殷国明文集❽

『狼文学』与『狗文化』

殷国明———

著

九州出版社
JIUZHOUPRESS

图书在版编目（CIP）数据

"狼文学"与"狗文化" / 殷国明著 . -- 北京：
九州出版社，2022.11
ISBN 978 - 7 - 5225 - 1482 - 6

Ⅰ.①狼… Ⅱ.①殷… Ⅲ.①文学研究—中国 Ⅳ.
①I206

中国版本图书馆 CIP 数据核字（2022）第 230335 号

"狼文学"与"狗文化"

作　　者	殷国明　著	
责任编辑	王　佶	
出版发行	九州出版社	
地　　址	北京市西城区阜外大街甲 35 号 （100037）	
发行电话	（010）68992190/3/5/6	
网　　址	www.jiuzhoupress.com	
印　　刷	唐山才智印刷有限公司	
开　　本	710 毫米×1000 毫米　16 开	
印　　张	20.75	
字　　数	307 千字	
版　　次	2023 年 8 月第 1 版	
印　　次	2023 年 8 月第 1 次印刷	
书　　号	ISBN 978 - 7 - 5225 - 1482 - 6	
定　　价	99.00 元	

目 录
CONTENTS

上部　漫话"狼文学"

写在前面 ……………………………………………… 3

一、你知狼有多少? ……………………………………… 5

二、狼真是人类走向文明的向导吗? ………………… 9

三、我们真是狼的传人吗? …………………………… 13

四、你能从印第安人"狼舞"中悟出什么? ………… 19

五、你知道罗马母狼的传说吗? ……………………… 23

六、北欧神话中的狼神到哪里去了? ………………… 28

七、狼孩的故事是真的吗? …………………………… 33

八、狼为何成了恶魔的象征? ………………………… 40

九、寓言故事中狼的厄运是如何形成的? …………… 47

十、"狼之罪"从何而来? …………………………… 53

十一、人是如何对狼进行"审判"的? ……………… 58

十二、狐狸为什么老是战胜狼? ……………………… 62

十三、小红帽为什么不能离开林中小路? …………… 65

十四、"人狼情结"是如何产生的? ………………… 73

十五、"人狼情结"是如何转生和变形的? ………… 76

十六、"给他一个兽心"意味着什么? ……………… 81

十七、中世纪为什么盛行人狼传说？ ·································· 84

十八、如何理解"圣彼特的狼"？ ·································· 87

十九、"吸血鬼"是"人狼"的变体吗？ ·································· 91

二十、真有可怕的"爪库拉"家族吗？ ·································· 95

二十一、"吸血鬼编年史"为何风行一时？ ·································· 97

二十二、真的有"人狼印记"吗？ ·································· 101

二十三、西方浪漫主义与狼有何亲缘关系？ ·································· 106

二十四、如何解读"荒原狼"？ ·································· 118

二十五、狼性是现代主义叛逆精神的来源吗？ ·································· 123

二十六、中国传统文学中的"仇狼情结"来自何处？ ·································· 127

二十七、"狼文化"与"龙文化"的碰撞意味着什么？ ·································· 132

二十八、西方狼性进入现代中国的契机是什么？ ·································· 136

二十九、为什么说鲁迅是喝"狼奶"长成的斗士？ ·································· 140

三十、如何理解人性解放中的狼性因素？ ·································· 146

三十一、你见过"有狼的风景"吗？ ·································· 151

三十二、革命是否就是一种"旷野的召唤"？ ·································· 157

结语："龙文化"是如何闯入"狼文化"的？ ·································· 162

下部　漫话"狗文化"

引言 ·································· 171

一、狗，你是谁？你从哪里来？要到哪里去？ ·································· 173

二、文化寻根：狼变狗的故事 ·································· 178

三、动物时代：狼变人的传奇 ·································· 185

四、知识考古：神狗盘瓠的由来 ·································· 193

五、中西神话谱系的交错：狼神与狗神的关系 ·································· 200

六、古今变迁：人类文明进化中人与狗的互动 ·································· 208

七、为了羊：关于狗与狼之间的恩怨情仇 ·································· 224

八、天狗星的传说：人与自然之间的"灵媒" ·································· 234

九、中国灵犬的故事：丰子恺向我们展示了什么？ ………… 245

十、狗随人性：关于狗之忠诚的两难选择 …………………… 254

十一、狗之为人：关于人类文明与教育尺度的延伸 ………… 269

十二、做狗还是做狼：人性在自由与奴役之间徘徊 ………… 279

十三、怀念狼：人类永远的回望与反思 ……………………… 292

十四、回到狗：人性的多重镜像 ……………………………… 302

十五、心有灵犀：艺术家与狗的故事 ………………………… 313

上部　漫话"狼文学"

写在前面

20世纪末，当全球化浪潮向中国大地袭来的时候，一个人类熟悉又陌生的身影也向人们走来——那就是狼。

一时间，在中国文化界也刮起了一股"狼旋风"。伴随着一浪高过一浪的"狼来了"的呼声，狼图腾、狼意象、狼文化、狼精神等纷纷出现在各大媒体上，以各种不同形式刺激、诱惑、召唤着人们，而人们也以各式各样的眼光和思索回应着这带点惊奇又带点神秘的丛林之兽。

它从哪里来？要到哪里去？到底意味着什么？

这就是本书的宗旨。文学是人学，不是狼的文学，而且，在文学世界中，有关狼的描述只占一小部分。但是，为什么"狼文学"会如此让人着迷，让很多作家、艺术家投入其中，这也正是让我们不得不思考和探索的问题。

显然，人在这个世界上，并不是孤立存在的，人类与自然界有着千丝万缕的联系，尤其是与大自然中的动物，有着生死相依的血肉联系。而从古到今，狼不仅与人类的物质生活有着密切关系，而且与人类的精神世界、感情生活也有密切的关系。所以，如果我们愿意的话，狼与狗就会成为我们观察人类生活与动物世界，乃至大自然的一个窗口。通过它们，我们不仅能够走向原始的历史神话，走到人性已经荒芜，已经纸醉金迷、疲弱不堪的当代生活中，重新认识、检索和找回我们的自然和艺术之魂，而且能够走进我们的内心，进行一次穿越国界、穿越东西方文化、穿越古今的历史文化漫游，在历史的最远处与人心的最深处会合，以更好地了解我们和自然的关系，了解我们内心的矛盾、冲突和渴望，搞清楚"狼文学"的来龙与去脉。

一、你知狼有多少？

你知道狼吗？

当然，你是知道的，但是，你知道多少呢？这是一个很难回答的问题。尤其是对于现代人来说，狼确实是一种熟悉而又陌生的动物。

那么，就让我们先熟悉一下这种神奇的动物吧。

根据百科全书上的说明，狼属于犬科犬属，是一种野生犬形食肉动物，在地球上分布很广且种类繁多。据说，最出名的狼种是鲁司狼（Canis Lupus），曾分布在整个北美洲和欧亚大陆，出没于开阔地带和多林地区。这种狼头宽，脚大，胸深而窄，与丛林狼相比，它耳短，鼻垫更阔，奔跑时尾巴直立起来。可惜，这种狼目前在很多地方已经绝迹，只有为数不多的一些分布在亚洲和北美的阿拉斯加到北部平原一带。

狼的种类很多，人们比较熟悉的还有美国中南部的红狼和西北美洲的恐狼。前者在一些电影和文学作品中出现过，是一种黄褐、浅红或黑色的犬科动物，体长105—125厘米，重15—37公斤，但是现存的数量已不多，甚至正濒临灭绝；后者的体形很大，比现在的灰狼还大。北美的丛林狼也是人们较为熟悉的。除此之外，值得令人注意的是，有很多不属于犬属的动物，人们也把它们归于狼的家族，例如鬃狼、土狼、袋狼、南极狼等。

狼可能是最大的犬科动物。大的北方雄狼，如果连尾巴的长度都算上，全长 2 米左右，体重约 50—60 公斤，雌狼一般稍小一些。对一般人而言，狼最大的特点就是食肉性，以很多小动物为食，包括鼠、兔、鸟类等，其中不乏一些人们所钟爱的小动物，所以人们会觉得狼很残忍。其实，它们的主要猎物还有一些更大的草食动物，比如鹿、麋和羚羊等，它们会很巧妙、很勇猛地潜、随、追、堵这些猎物，捕获猎物后，它们会大吃一顿，吃得只剩下毛和骨头。最可恨的是，狼竟然敢于和人争夺自然资源和利益，伤害家畜，侵扰羊群，掠走牛羊。

不过，狼也有可爱的一面。比如，狼是一种聪明、很有集体观念的群居动物，家族中相互关系非常友好，团结紧密，如若其中一个成员受到攻击或伤害，其他成员便会群起攻击和复仇。另外，作为一种特别重视亲情的动物，它们对幼子的爱护和关怀是出了名的。公狼会在母狼怀孕后，一直保护母狼，直到小狼独立，而不像某些自诩为"唯一有感情"的动物，在妻子怀孕后，在外花天酒地。所以怪不得就有人发出感慨，有人把那些不钟情的人称为狼心狗肺，这确实有点张冠李戴，他们如果真有点"狼心"就不会那样了。

狼还有很多优点让我们感到惊奇。例如，狼不会为了嗟来之食而不顾尊严地向主人摇头晃尾，狼是可恨的，但是它有傲骨，若为自由故，情愿在荒原上奔波。再如，狼是最善交际的食肉动物之一。它们并不仅仅依赖某种单一的交流方式，而是随意使用各种方法。它们嚎叫、用鼻尖相互挨擦、用舌头舔、采取支配或从属的身体姿态，使用包括唇、眼、面部表情以及尾巴位置在内的复杂精细的身体语言或利用气味来传递信息等。

因此，即使在现代社会，"狼性原则"依然受到一些人的推崇，一些有趣的总结表达了人类对于这种独特的大自然生灵的怀念与理解。

狼还是最早接受人类驯养的野兽之一，于是人类才有了自己忠实的帮手——狗。早在石器时代，狗作为一种被人类驯养的动物出现了，并且开始帮助人类狩猎。这也是人类文明的曙光。一些考古学家和科学家通过对古人类猎食遗迹的研究证明，人类曾和一些动物一起生活并分享食物，其中就包括狼。由于狼有敏锐的嗅觉，能够帮助人类找到和跟踪猎物，获取食物，而人类为了回报它们，自然也会让它们享用某些猎物，由此久而久之，自然而然就形成了一种相互利用的搭档关系。①

人们对狗当然比对狼熟悉得多。其实，谈到狼，一个绕不过去的角色就是狗。我们发现，狼在人类文化以及文学中有如此深远的意义，并不完全取决于它在神话传说与艺术创作中占据什么角色，还直接取决于狗与人类的密切关系；这不仅取决于狼与狗在远古时期原本就是难解难分，更取决于一部分狼永远不愿意变成狗。所以，狼尽管如今已经远离了人类生活，甚至已经到了濒临灭绝的地步，但是人类还是忘不了它，还经常成为人类讨论的话题，就是因为人类生活中经常活跃着狼的影子——狗。

这是狼留给人的一份"厚礼"。可以说，人类作为一种体力上并不占很大优势的动物，能够在竞争激烈的自然界崛起，是一件不容易的事。如果没有狗的有力协助，人类实际上很难获得某种"集体"优势。换句话说，人类是在不断向动物学习，不断获得它们的帮助中成长的，其中包括自己身体的进化也不是单独现象，而是与动物世界的分化过程——尤其是狼的世界的分化——紧密相连的。狗的出现，不仅促进了人的进化，也改变了人与大自然的关系。

于是，狼的意味已经远远超出了它的自然属性，它演变为一种文化图腾，成为人类文化，尤其是西方文化中的一种典型的精神意象。由此能够引起很多艺术家、文学家的兴趣，他们在不同时代，从不同角度关注狼、描写狼，为我们留下了丰富的人类文化遗产。

我们看到，不论是伊索寓言中的"狼"，还是杰克·伦敦笔下的"海狼"，直到赫尔曼·黑塞作品中的"荒原狼"，都使人们惊讶于它们之间存在的某种神秘的精神联系。人们之所以对狼保持着持久兴趣，实际上是表现了一种自我反省和认知的需要，因为人类自身就是从大自然中来，从动物世界中脱颖而出的。这里似乎有一条长长的历史链条，使我们看到人类文化的历史演进。在古老的神话传说中，狼在为我们传达着自然之神的某种神秘信息，触及人类起源的一些秘密；在近代小说中，我们可以感受到狼及其自然属性

---

① 关于这方面的内容，可参见美国电视《发现》（Discovery）频道上的专题节目《失落的环节》。

对于人际关系的潜在影响；而到了当代，狼在文化艺术生活中更是频频出现，带领我们深入人的精神世界，督促人们重建人与大自然和谐平衡的关系。

由于种种原因，中国人或许很难了解狼在人类文化心理中的意义。我们研究"狼文学"的企图，就是通过对不同历史文化传统和神话传说渊源的比较分析，进一步加深对于人性以及人类文化的理解。在这个过程中，狼也一次又一次地充当了文化使者，引导人们回到历史，回到神话，回到最早孕育人类产生的自然世界中去，体验和感受人类源远流长的文化心路历程。

二、狼真是人类走向文明的向导吗？

你是否相信，狼不仅是一种独特神奇的物种，是与人类历史，包括人类起源密切相关的一种动物，而且还是人类从远古洞穴时代走向文明的向导呢？

这里确实隐藏着一个深远的历史故事。狼在很早很早之前，就加入了人类的进化历程。

据考古发现，人类远祖大约在 200 万年前出现在了非洲大陆上，那时候的"人"还介于人与动物之间，与其他动物一道靠猎食为生。在非洲大陆，考古学家根据对有关猎食遗迹的研究发现，在古人类生活的范围内，还有许多其他动物生活的痕迹，证明人类曾和这些动物一起生活并分享食物，其中有一类常见的动物就是狼。由于当时的人类并没有像老虎狮子一样的勇力，不能单个进行狩猎，所以不得不依靠集体的努力捕获猎物，其中之一就是联络其他动物，与其他动物结成伙伴，共同进行猎食——也许这正是原始人类最早的一种智力表现，表明人类拥有其他动物所不具有的能力。

比如，我们在各种各样的古代神话中，都能看到一些半人半兽的意象。其实，这就是人类"动物时代"的原始记忆。也就是说，在人类早期生活中，人曾经一度与其他动物在一起共同生活，彼此处于难分难解的状态。这些半人半兽的意象，就是人类远古历史记忆的折射与再想象。那时候，人类的意识刚刚开始萌生，还无法把自己从动物世界中全然分离出来，只能通过与自己生存状态密切相关的动物印证自己——这在很多不同民族的神话传说中都能得到例证。

一些文化学者把这种意象看作是人类文化的"英雄原型"。由于生存和发展的需要，原始人类渴望自己能够拥有某种动物的力量和勇气，甚至把自己想象为某种动物的后裔，借以证明自己基因的优胜和强大，不断激励自己克服困难，不断增强自己在大自然中的生存与发展能力。这一点，不仅在希腊神话中有很多精彩描述，在中国的《山海经》中也同样有丰富的介绍。

可以设想，由于共同的猎食需要，当时的"人"在险恶的生存环境中与某种动物彼此合作，能够猎取到较大的动物来养活自己，得到充足的蛋白质用以哺育后代。在这个过程中，"人"也会让动物和自己一起分享一些猎取的成果。而这种现象目前在动物界仍然能够看到。① 这是人与狼史前处于亲缘关系的渊源，人与狼的这种共同生活的经历深深留存在人的潜意识甚至基因之中，已经成为人性深处的一部分。在中国古典小说《封神榜》中有许多关于这点的精彩描述。

如今，人类与狼为伍的时代早已过去，而那些以狼为神或为英雄的神话传说，产生在遥远的、不可求证的时代。但是，人们依然怀念狼，怀念人类童年时代的一些美好时光，于是人类就通过各种原始神话传说和文学作品来重新体验"与狼共舞"时代的情景，来感受人与狼之间的亲密关系。

例如，在北美东部史前丛林文化（Woodland Culture）的印第安神话传说中，狼就是一个活跃的文化主角，会把我们带回到久远的人与动物难解难分的时代，那时人类和动物生活在一起，并不比一些动物更高明、更有优势，人与动物之间保持着某种特殊的文化血缘关系。例如，在至今还留存的许多土著印第安人的图腾柱上，狼就是一种常见的形象，有时候它是单独出现的，有时候和乌鸦、鹰、熊等一些动物共同组成一个图腾柱。这些图腾柱分属于不同的世系和血统的部落氏族，是他们成员集体认同的一种象征和标志。而围绕着这些图腾柱总有一些传说，来描述和解释自己部落氏族的起源和发展过程。而狼在这些传说中扮演着一种特殊角色，它们和人互相帮助，共同承

---

① 关于这方面的内容，我是在美国电视《发现》（Discovery）频道上看到的，题目是《失落的环节》。

担困苦，甚至被认作部落氏族的祖先。

非常有趣的是，几乎在所有印第安神话传说中，都存在一个动物时代，那时候动物和人长得差不多——虽然它们确实是地地道道的动物，而人与动物形影不离，甚至就是动物的后裔——尽管他们也会感觉到自己与动物的不同。其中关于文化英雄纳纳包子豪（Nanabozho）的神话传说就非常有趣。尽管这一传说在不同部落的流传中有所不同，很容易互相混淆。纳纳包子豪有时被称为"Nanabozho"，有时又是"Nanabush"，并且在传说细节方面也有差异，但是主角却都是狼，氏族或部落往往也以狼为象征。

在不同的印第安部落，有着不同的神话传说。据有关专家的归纳与分析，关于纳纳包子豪的传说可以分为以下几种类型。第一种是坡塔瓦土木型（Potawatom type）。在这种传说中，纳纳包子豪是一只母狼一胎四子中最年长的。四个兄弟都是雄狼，老四火石（Flint）出生后不久就杀死了自己的母亲；老三则跑到北方去了，变成了野兔和有名的巫师；纳纳包子豪长大之后，非常勇猛，又有智慧，就杀死了四弟，和老二共同生活。但是，一些自然神对纳纳包子豪产生了嫉妒情绪，就设计淹死了它的弟弟。纳纳包子豪非常悲伤，一怒之下就向天神宣战。天神为了平息纳纳包子豪的怒气，就传授给它一套神秘法术及治病方法，还让它弟弟回来专门管理世上死去的灵魂。后来，纳纳包子豪又将这一套法术传授给了印第安人。在这一类型中，狼是一个抗争的英雄，它的反抗与创造精神引人注目。这一传说其实和北欧神话中关于狼神的故事有类似之处。

第二种类型被称为奥吉布瓦人型（Ojibwa）和克里人型（Cree），又称为流浪型和冒险型。纳纳包子豪到处寻找自己的弟弟，有一次发现弟弟已经和一群狼生活在一起，进行着各种滑稽的冒险活动，纳纳包子豪非常吃惊，就加入其中，永远消失在了旷野之中。另一种说法是，它弟弟有一次落入水中，快要被淹死了，是纳纳包子豪救了它，后来大洪水暴发，地球上的生命多数都被消灭，而纳纳包子豪却乘木筏得以逃生，并且从天神那里得到了地球的安息土，从此可以重新创造世界。

第三种类型，狼是作为创造世界、拥有超凡能力的文化英雄出现的。在印第安人的特林吉特（Tlingit①）和大平原居民的传说中，人与狼曾经和谐地生活在一起，并流传着狼是人的祖先的说法。

---

① Tlingit，特林吉特人，北美北太平洋沿岸北部的印第安人，居住在阿拉斯加南部沿海地区及海上诸岛屿，分为 14 个地区性部落，但是其社会组织的基本单位是同一母系血统延续下来的。每一家系都有可利用的土地，有自己基层礼仪的职能。经济活动主要是狩猎打鱼，鲑鱼是其主要食物来源，使用鱼叉、渔网等工具及诱捕方式来获得；其他陆生、海生哺乳动物则作为辅助食物。木材为主要制造材料，房舍、独木舟、器具等皆为木制。住房仅在冬季使用，夏季居民则四处渔猎，挑选合适的地方居住。

三、我们真是狼的传人吗？

此刻我们的心灵似乎受到了冲击，我们不禁要问自己：难道我们真是狼的传人吗？

在这里，我们感受到了一次深刻的不同文明和文化之间的历史碰撞——现代西方文明与古老的印第安文明之间的相互交接与影响。而这种碰撞与交接的直接结果，就是我们对以往人的观念的怀疑与重新思考。

于是，"我们是谁？从哪里来？要到哪里去？"成了现代人苦苦追寻的人类主题。

狼之所以又一次成了人们关注的文化角色，是因为其竟然成了人类的祖先——因为在很多神话传说中确实如此，很多印第安人也确实相信此观点。

例如，在阿拉斯加森林岛上，就有一个印第安部落自称是狼的后裔，并且有一则流传至今的传说：

一天，狼氏族的人在捕鱼时，看见一只狼在离岸很远的地方游泳。这只狼太累了，舌头都吐了出来。捕鱼人就把它救到了船上，带回了村里。从此，这只狼就和人一起生活。在人们出外打猎的时候，因为狼和人互相配合，所以总能取得成功，得到很好的食物。这只狼在部族里生活了很多年，已经完全被看成是其中一员了。这只狼死后还给这个部族的一个成员托了一个梦，在梦中，一群狼在为自己的同伴送葬，它们完全像人一样唱着歌。其歌词大致是这样的：

> 他做了祖先所做的，
>
> 他做了祖先所做的，
>
> 我们的叔叔已经跨越了巨大的差别，
>
> 他走了，我们也放弃了所有的希望。①

据说，这首歌是这个部族的挽歌，每当有人过世时，人们就唱这首歌为他送葬，歌声悠长而悲伤。从中我们能够体验到人与狼关系的一种奇特的历史记忆，在这个故事里，记述了从人与狼混为一体到狼与人分离的过程。这是两个不同的时代，一个是"狼生前"的时代，也就是人与狼和谐相处的时代，人还没有完全从动物圈中分离出来，而另一个是"狼死后"的时代，这时候，人已经从自然状态中解脱出来，和狼划清了界限。这里的"生"与"死"标志着野蛮与文明世纪的界线，但是谁又能否定人与自然、与动物界血浓于水的关系呢？

更有趣的是，这种分离是以狼的口吻表达的，也就是说，狼不仅是传说中的主角，同时也是叙述者，是狼自己感到了绝望，它再也无法跨越人狼的界限，所以才离开了人类。于是，人们不禁要问，是什么因素导致了这种分离？这些绝望的狼之后的命运又是如何呢？这就成了人类起源与发展的历史文化之谜。

其实，人与狼之间的这种亲密关系，在很多印第安神话传说中都有表现。这是一种深刻的、彼此难以分离的亲缘关系，它作为一种记忆已经深深印在人的意识中，它可能表现为一种宗教的和哲学的冥想和思考，也可能转化为一种历史的和文学的存在。至于狼作为人类的远祖，在神话中不乏各种传说，例如，加利福尼亚印第安人就认为：

---

① V. E. Garfield and L. A. Forrest, *The Wolf and Totem Poles of Southeastern Alaska*, Washington University Press, 1976, p. 20.

神话中的野狼，为其族人的祖先。野狼初时四脚跑路，后来开始产生人类身体上的东西，如一只手指，一只指甲，一只眼睛等。不久又变为两只手指，两只指甲，从此逐渐变为完全的人类。又摆脱了尾巴，学会了直坐的习惯。①

这反映了一种人与狼界限模糊不清的生存状态。所以，纳纳包子豪经常是扑朔迷离的兄弟俩，就像具有分身术一样同时扮演着两个角色，而且它们到底是人还是狼得根据情况而定，时而似乎是人，时而似乎是狼，就是当地人也分不清楚（或许他们根本不需要分辨清楚），有时候它还经常和其他动物搭伴。

其中郊狼的意象最为有趣，因为它们经常显得很聪明，很有智慧，俨然是史前"知识分子"的形象。例如在巴斯神话（Basin Myths）中，狼经常和郊狼（Coyote②）是兄弟或者搭档，后者是诡计多端的骗子，但是仍然被视为部落的文化英雄，甚至是创始主的化身、无所不能的巫师和魔术师，因为它具有各种各样人所不具有的神奇创造能力。它和狼一起旅行，共同进行冒险活动。

还有一些狼或是郊狼扮演着巫师或预言家的角色。它们不仅是命运的决定者，而且还给人类带来了火、太阳和白昼，创造了许多种人类需要的技艺。大家知道，在希腊神话中，为人类盗火的英雄是普罗米修斯，他因此遭到天帝宙斯的惩罚。可普罗米修斯是否就是狼神，或者和狼有什么关系？——这成了西方文化史上的一个谜。

郊狼还有一点特别滑稽，它们不同于西方神话中的狼神，甚至已经不再具有充当英雄的资格，从而更加接近人类的生存状态，显得更有人情味，更有趣。郊狼经常和狼同名，也叫纳纳包子豪或纳布包子豪，有时表现为人，

① 岑家梧：《图腾艺术史》，上海文艺出版社，1988年，第27页。
② 在英语中，郊狼和丛林狼使用同一个词"Coyote"，而丛林狼亦称 Prairie Wolf、Brush Wolf 或 Little Wolf。它体形比狼小，体重通常只有9—23公斤，喜欢夜间活动，经常发出阵阵短促吠叫和嗥叫声，奔跑很快，狡猾而敏捷，以小动物为食，亦喜欢吃其他一些植物和动物的腐肉。丛林狼住在地穴中，非常容易和家犬杂交，所生后代为狼犬。

有时表现为动物，它（他）具有各种各样神奇的本领，又经常喜欢恃强欺弱，很贪心，很放纵，很淘气，有时是一个蠢笨的骗子，会受到惩罚与嘲笑。在狩猎中，它们可能充当首领，原因在于它的头脑聪明、狡猾，能够识破猎物的诡计。它们贪婪又懒惰，卑劣但却会装模作样，忘恩负义但又能说会道，因此成了动物世界中特殊的一员，引起了人的关注。

例如，《郊狼和橡实》的传说就很有趣：

> 一天郊狼到一户人家去串门，这家人用很好吃的酸味橡实招待了它。郊狼非常爱吃这种酸味橡实，就问主人这橡实是如何做的，主人就告诉它："倒一些水在橡实里，把橡实压实，过几天就会变成这样了。"因为听起来很容易，所以郊狼听了后就不相信，怀疑主人是在骗它，没有说实话，觉得这里面肯定有什么秘方。因此，它就开始纠缠不休地问这问那，刨根问底，结果主人实在被问得不耐烦了，就气恼地说："好啦，是这样的，你用独木舟装满橡实划到水中间，然后把橡实都倒在河里，然后你再沿着河岸走，把它们都捞出来。"郊狼听了很高兴，以为自己终于得到了这个秘方。

> 郊狼高高兴兴回到家告诉祖母要做酸味橡实，祖母一听觉得很平常，就告诉它："在橡实里倒点水，然后使劲压它们就行了。"但是郊狼不以为然，说不是这样的，要把它们倒在水里。于是，它就按照听来的办法，把家里的橡实全部倒进了河里，然后很自信地沿河边去捞。结果可想而知，它什么也没得到。这事气坏了老祖母，好几天不给它东西吃，让它去吃自己腌制的橡实。郊狼因此被饿得头昏眼花。①

这个故事中的郊狼不是无所不能的英雄，而是一个可笑的角色，任人戏弄和嘲笑，这说明它完全融入了人们的生活。同时，这还透露出一种历史信息，人已经开始觉得自己了不起了，更具有自信心了，不再认为比郊狼更蠢

---

① M. Leach and J. Fried, *Funk & Wagnalls Standard Dictionary of Folklore Mythology and Legend*, Funk & Wagnalls Company, 1949, p. 258.

笨了。

所以，不管你如何看待狼与人的关系，印第安神话传说堪称人类早期状态的一面镜子，我们从中可以看到自己古老的影子：人类与动物禽兽为伍，飞奔在原野上，我们与狼一起狩猎，分享大自然的恩惠，甚至和郊狼一样分食其他更凶猛动物留下的残羹剩食，同时我们又和它们争斗，时刻想战胜它们，统治它们。

所以，如果说狼确实在一段时期内是人类心目中的祖先，那么人类何时告别了这位祖先，又成了一个问题。在这方面，印第安神话传说中也不乏例子。例如，"郊狼之死"就是一个很有趣的例子。根据威史若木神话（Wishram Myth of Plateau Area）所记载的说法，故事是这样的：

在动物时代，郊狼非常悲哀，因为它看到很多同伴都死了，到另一个世界去了。所以当鹰的太太死了之后，它和鹰一起伤心落泪，就决定和鹰到死亡之国走一趟。它们一起来到一条大河边，等到天黑，郊狼开始唱歌。于是来了四个灵魂，把它们带到了死亡之国。它们到了一个很大的住处，看到很多灵魂，他们的穿戴都很漂亮，脸上都化了妆，在那里随着鼓点唱歌跳舞。这时，月亮挂在天空，地上洒满了月光，而在月亮旁边蹲着一只青蛙，它就是死亡之国的守护神。等到天亮，灵魂们都散去睡觉了，郊狼趁机杀死青蛙，把它的皮披在身上，等到天黑，当灵魂们再次唱歌跳舞进入高潮时，郊狼一口吞掉月亮，老鹰在黑暗中趁机把这些灵魂一个个放进郊狼的口袋，把口紧紧扎起来。于是，它们赶紧返回生命之国，郊狼拿着口袋在地上跑，老鹰在天上飞。一路上，它们听到口袋里的灵魂在叫喊："放我们出来，我们要回去！"走啊走啊，口袋越来越沉重，郊狼确实累坏了，它提议把灵魂们放出来，但是老鹰不同意。又走了一阵子，郊狼再次提议放他们出来，并说："我们现在距离死亡之国已经很远了，他们出来后也回不去了。"但是当它们打开口袋后，这些灵魂获得解放，立即像风一样回到了死亡之国。

于是，鹰抱怨郊狼太早放了他们，但是过了一会儿又说："算了，如今是秋天,人死了就像树木落叶一样,等到来年春暖花开时我们再去一趟吧!"但是郊狼已经厌烦了,它说:"算了,就让他们永远待在死亡之国吧!"于是,他还制定了一个法令,人死后就不能再回到人世间。所以,印第安老人都说,如果郊狼当初不太早打开这个口袋,人的生命就会像四季循环一般,秋天死后春天又会复活。

这个故事很有趣,讲的是各种动物的死亡缘由,最终却把人不能复生的原因,归结为郊狼的决定,看来郊狼与人类的关系绝非一般。

这是一种生死相连的关系。印第安神话中有一则关于巴落芭(Ba Loba)的传说更让人不能忘怀:有一位"狼女人",她一半是狼,一半是人,独自生活在不知何处的山洞里,主要工作就是收集狼的骨头,在她的洞穴里放着许多狼的遗骨。当她一旦收集到一只完整的狼的骨架时,就把它摆放在自己面前,然后面对着它唱起古老的复活之歌,唱啊唱啊,随着她的歌声,狼的骨架就会逐渐恢复生机,长出血肉,最后变成一头活生生的狼,向大自然狂奔而去。

你能想象这是一首什么样的歌吗?当这个神奇的半狼半人的女子坐在夕阳西下的沙漠上,面对一副狼的白骨孤独高歌时,又将是怎样一种情景呢?人们或许可以如此解释:她是在进行一种神秘的沟通,通过自己虔诚的祈祷,从大自然中召唤狼的灵魂,从而使它的尸骨得以重新复活。这个神秘的女人就生活在现实和神话之间,她的心理世界处于一种我们如今已经很难解释和体验的边缘世界。

于是我们看到,在人类远古记忆中,狼不仅是人类生存与肉体上的伴侣,更是一种灵魂与精神的象征,通过它人类获得了通向另一世界的机会和可能,而这也正是现存的印第安神话传说中种种狼图腾、狼崇拜现象的迷人之处。它们不仅与人类最原始的生存状态紧密相关,而且直接体现了人的自然本性。人类在自己的文化意识中保留它们,不可能完全忘记它们,一方面人源于自然,曾经与动物一起生存和竞争过;另一方面则是因为人的原始本性不可能泯灭,其基因并不会随着社会的变迁而消失。

四、你能从印第安人"狼舞"中悟出什么?

由此,我们不得不想起如今还留存在印第安人中的"狼舞"。

你见过这种神奇的舞蹈吗?你知道这种舞蹈缘何引起了现代人极大的兴趣吗?

不过,你也许看过 20 世纪 90 年代一部引起人们广泛共鸣的电影——《与狼共舞》。这部电影把一种新的"狼文化"观念传播到了全球的每一个角落。在作品中,邓巴中尉是一个白人军官,来自远离自然的另一种文明,自然对印第安文化毫无了解,甚至存有敌意。但是,就是这样一个白人军官,最后转变成了印第安部落中杰出的一员,完全融入了印第安人的文化。这里不仅体现了一种深刻的文化回归过程,而且重新诠释了"狼舞"的文化意味。电影中,"与狼共舞"是印第安人接纳邓巴的新名字。也许邓巴中尉从来都没有想过,他与一只野狼的相遇,会改变自己的人生。在与狼无言的注视中,他重新理解了狼,理解了自己与大自然的关系——正如后来印第安人为他起的名字一样,他从狼那里不但感受到了信任,而且很快联想到了智慧,从它的眼睛里,感觉到了一种在现代文明社会中已经失去的感情纽带。

这也许就是电影一再渲染主人公与狼相遇和对视过程的意味。因为它改变了邓巴中尉对于周围环境的感受,改变了他感到孤独的心态。尤其是与那只狼结成伙伴之后,这位白人军官在印第安人文化中真正感受到了自然之根与文化之根的存在，找到了自己的精神文化家园。由此，"与狼共舞"不再是一种简单的自然奇遇，而是成为一种跨文化的社会理想和想象。

这是一种新的文化期许。在小说中，作者特别描写了邓巴中尉在民族、国家与文化等一系列价值观念上的变化。尽管这是一个相当矛盾的过程，但是他毕竟开始了新的思考，他开始用一种自然的、跨民族和文化的理念来接纳和投入生活。是的，他在为美国军方服务，而且也该算是模范，但是如今被这群印第安人深深吸引住了，被引向了另一个世界。正是在这个新世界的探索中，他意识到了比他以往的国家、军队、种族观念更具有意义的东西，发现了自己内心深处一直渴望的一种人生境界。于是，随着他和印第安人的相交相处越来越深，他觉得自己越来越像印第安人而不像白人了，他愿意翻越绝壁，去找他的印第安朋友，而不愿再回到自己的营地。就这样，他拥有了自己的新生活，比他以前任何时候的生活都要丰富，甚至还有一种落地生根的归属感。

因此，我们不得不承认人类文明和文化中拥有动物基因。狼的图腾意义正是由此生发出来的，它不仅与人类原始生存状态紧密相关，而且直接体现了人的自然本性。其实，人性中留存着狼性的基因。种种证据表明，早期的人类不仅和其他动物为伍并且相互竞争和搏斗，而且也有自相残杀，吃食自己同类的习性，这个残酷的事实在人类还没有学会畜牧和耕种之前就已经存在好几百万年了。早期人类为了取悦神灵和自己的祖先，有过用活人进行祭祀的习俗。由此人类的成长，不仅要与外在的动物搏斗，还要与自己内心中的"狼性"搏斗，不断创建人类的文明。

"狼舞"无疑就是《与狼共舞》创作灵感的来源之一。这是流行于印第安部落中的一种非常普遍的宗教仪式和娱乐方式。在太平洋沿岸北部的魁勒特（Quilrute）和马卡合（Makah）印第安人部落中，"狼舞"是一种最古老的传统仪式和规则，不仅由此召唤祖先的神灵，还用来为人治病驱邪。所谓"狼社"（Wolf Society）就是专门负责这种祭奠活动的组织。

这里还流传着一个奇怪的传说：在很久很久之前，最早的部落酋长是狼，后来部落中出了一位接替者，杀了狼酋长，自己当上了酋长，但是他又怀疑自己不能服众，害怕众人不信任自己，就披着狼皮跳舞，以此来表明自己确实是狼酋长的后裔，并通过这种方式表明自己与老的狼酋长相通（狼酋长上了天），自己可以和他交接，传达他的旨意。后来，人们就沿用这一仪式来祈求神灵的佑护，借助祖先的力量驱邪治病。在舞蹈过程中，人们模仿狼的动作和声音，扭动身体，互相致意，似乎在借这种模仿体验一种超越常人的力量，甚至沉浸于某种迷狂境界，在唤回某种神奇的历史记忆。如今，这种"狼舞"形式还在当地保存着，但是已经成为一种招揽游客的方式，只要观光者愿意付出比较可观的价格，当地人就愿意专门进行表演。

尽管如此，现代人仍然对这种"狼舞"非常着迷。原因之一就是其中隐含着种种文化意味。据说，很多印第安人的部落生活都有类似的信念，认为如果让狼的魂灵附体，人就会变成狼，并且拥有狼的神奇力量，可以置他人于死地。而这种魔力来自私藏着的一张狼皮，他们出来施展魔法的时候，一定得披上狼皮。因此，我们经常说的"披着人皮的狼"，最早可能要追溯到这种"披着狼皮的人"。在美国丛林印第安人的生活中，至今还保持着与动物息息相关的习性，他们和一些动物像邻居一样，能够以各种方式进行沟通，他们甚至不吃被认为是自己朋友的动物的肉，以表示自己的忠诚，特别在讲述有关动物故事的时候，他们会用各种动物的叫声来模仿它们的语言，十分生动。

当然，"狼舞"本身就包含着对狼的某种崇拜心情，人们相信狼具有神奇的力量，而从另一个角度来看，"狼舞"又表现了"杀狼"的情结，因为狼已经成为另一个世界的成员了，代表一种死亡的意象，人们只有通过这种舞蹈才能把它们召唤回来。在这里，我们似乎回到了史前社会，看到了人类告别野蛮，可怕而又令人惊奇的一幕：人类原本与动物平等地在大自然中共同生活，但是，到了某一个特定的时刻，人要从动物界脱颖而出，第一步就是"杀死"自己曾经崇拜的动物，借以摆脱自然图腾的制约。

所以，人类的进化过程从某种程度上就是一种"弑父（母）"的结果。我们可以把"人杀死狼酋长"简单地理解为一种人类从自然状态中解脱出来的过程。可惜的是，这种"杀死"本身也必然涉及人类自己，也就是说，人类在"杀死"（告别）自然同类的同时，其实也"杀死"了自己的某一部分。

"狼舞"还为我们提供了一幅远古人类生活思维的图景。人类处于半人半动物，时而为人时而为动物的生活与思维状态，还在一定程度上保留着动物生活的痕迹。因此，"狼舞"给予人们的不仅是一种娱乐快感，而且能够激起内心的一种原始激情与记忆。尽管我们已经无法考证人在何时何地和狼第一次相遇、第一次合作并第一次分享猎物，但是可以肯定的是，狼很早就进入了人类的生活，并且与人类共同分享了大自然的恩赐以及为生存而战的苦辣酸甜。人和狼之间的争和、亲疏、聚离，直接关系到人类早期的生存状态，也关系到大自然的平衡。当印第安人在无援无助的情况下披着狼皮去猎取羚羊的时候，心里不仅期望成为一只真正的狼，而且一定感念以往的日子里与狼同猎的记忆。而现代人之所以对于"狼舞"感兴趣，自然有其自己的原因，至于他们是否能够从中悟出什么，则取决于他们是否有对大自然的心灵感受。不过，从本质上来说，"狼舞"实际上是一次灵魂的旅行，狼神会带领舞者到神灵世界去，与人类久别的远祖相会。人们相信，通过激情的舞蹈，舞者一定能够跨越生死时空的界限，到另一个世界中去——狼神是不会让我们失望的。

但是，人类毕竟要离狼而去。随着人类的成长，人们不得不向自己的祖先告别，一步步地远离自然，远离动物世界，失去了我们与大自然亲密无间的接触和感应，同时也失去了我们灵魂的来处和去处，也因此现代人得到了许多，也失去了许多，他们越来越感到自己的孤单，自己内心的空虚，从而才如此忘情地投入到原始的"狼舞"中去。

五、你知道罗马母狼的传说吗？

跳完了"狼舞"，你或许获得了一种精神上的洗礼，进行了一次灵魂上的远游。但是，也许你并不知道，在远离印第安人生活的地方，在欧洲文化的中心，也有一匹狼在等着你，准备向你诉说一个悠远的故事。

其实，在西方神话传说中，狼文化源远流长，只不过一度被后起的文化遮蔽了，而印第安文化的魅力就在于，它们以自己的活生生的现实存在，唤起了西方文明人某种内在的历史记忆，在心灵深处产生了共鸣。

据考证，古希腊的天神宙斯就是狼神，所以在阿卡迪亚人迹罕至的岩石嶙峋的山区，有一座专门供奉宙斯狼的神庙，那里曾经牺牲活人，定期祭祀，主持祭祀者吃了人肉后也会变成狼。

黑格尔在其《美学》中就提到过狼在埃及与罗马神话中担任的角色：

在埃及人中间，狼发挥着很大的作用，例如俄西里斯在他的儿子霍鲁斯与泰风斗争时，作为他儿子的援助人与保护人而出现，在一系列埃及货币上也和霍鲁斯站在一起。一般地说，他与日神的联系是很古早的。但是在奥维德的《变形记》里，路康变形为狼，却被说成是对他的渎神罪的惩罚。据说巨灵族在被征服后，他们的尸体被打得粉碎，大地溅了他们的儿子们所洒的血，就温暖起来……天神继续说："路康准备趁我睡熟时杀害我，想趁机测出真相。他还不满足于此，他还用刀割了一只摩拉西种的山羊，把半死半生的一部分煮熟，把其余的部分放在火里烤好，把这两部分都放在我面前让我吃。我就用复仇的火焰把他的房子烧成灰烬。他畏惧起来了，就逃开了，当他走到寂静的田野里，他就号啕大哭，想说话却说不出来。他嘴里满是狂怒，心里渴望残杀，就去屠杀牲畜，直到现在还在喝他们的血；他的衣服变成了毛皮，他的手脚变成了蹄爪，他变成了一只狼，还保持着狼的原形的特征。"①

一些西方史诗，同样为我们提供了多种"狼文学"的文化线索，有的至今还在流传，但是有的已经失传了，有的则需要我们继续去探索与挖掘。例如，在古老的苏美尼亚和巴比伦（Sumerian and Babylonian）文化中，就流传着吉尔佳美史（Gilgamesh）和艾克度（Enkidu）的英雄诗史，前者是半神半人，具有超自然的能力，一直就和野兽生活在一起；而后者则是一个由野兽抚养长大的英雄，自然也具有超凡的勇气和力量。人的进化是从动物开始的，所以在很多人类史诗中，拥有超凡能力的英雄，都是人兽合一的形象，他们反映了原始时期人类与动物密切的亲缘关系。

但是，后来，随着文明的变迁，"变成狼"却已经成为一种天神的惩罚。例如，我们在希腊神话中就可以看到这种情景：阿尔卡狄亚国王吕卡翁（Lycaon）以杀死男孩的方式向宙斯献祭，结果震怒了天神，把他变成了狼。

为什么会是这样呢？

也许在很长的一段历史时间内，天神未必那么仁慈，也未必会因为用人献祭而感到不快。而早期人类不仅和其他动物为伍并且竞争和搏斗，而且也有自相残杀，吃食自己同类的习性。所以，为了取悦神灵和自己的祖先，用活人进行祭祀，在人类历史上并不少见，甚至到了 20 世纪初，地球上一些地

---

① 黑格尔：《美学》（第二卷），朱光潜译，商务印书馆，1979 年，第 184—185 页。文中提到的俄西里斯（Osiris）是埃及神话中的天神，他儿子霍鲁斯（Horus）是日神，也是狼神。泰风（Typhon）则是俄西里斯的弟兄，风神的父亲，统领巨灵族。路康（Lykaon）则是传说中希腊阿克里亚国王，吃人肉并用人肉供奉天神，天神用天火烧死他，把他变成狼。

方还在流行这种野蛮的习俗。

"人变狼"或"狼变人"的说法就更普遍了。人类学家爱德华·泰勒（Edward Burnett Tylor，1832—1917）在《原始文化》中，就列举过多种"人变兽"的传说，他还提到："在古代的证据中，最重要的证据之一就是彼特罗尼·阿尔比特尔关于'变兽者'的叙述。其中讲到一只受伤的狼，也讲到一个隐藏在狼形中的人。在关于变兽者和巫婆的欧洲故事中，这种观念经常遇到，但是还没有令人信服的证明，这种观念最初是在原始社会中产生的。"①

这些有关"狼变人"或"人变狼"的民间传说就成了人们茶余饭后的谈资了。比如，在奥古斯丁时代，巫术者相信狼可以保护人们的平安，而且相信某些草也具有这样的功效，人们食用它们或者用它们包裹身体，就能变成狼。后来，使用某种油膏，又成了巫师们的首选。古代斯堪的纳维亚的史诗，也描写了战士变兽者，他们在神志恍惚的情况下就会变成某种猛兽，爆裂出勇猛的力量。还有些丹麦人认为，变兽者的重要特征就是眉毛连接在一起，他们的灵魂可以随时进入另外一个躯体中去，比如狼、虎、豹等，一些在旷野上奔跑的狼群，可能就是一些囚犯变的。在斯拉夫人居住的地方，也流传着一些奇怪的观念和习俗，比如立沃尼亚（Livonian）人就相信，当地巫师每年都要到一条河里去洗澡，其后的十二天内他们就会变成狼。

种种人变狼的传说给泰勒留下了深刻印象，他特别指出，这些人变狼的神话传说具有"特别重要"的意义："……这种信仰通过了蒙昧的、野蛮的、古代的、东方的和中世纪的时期，迄今仍存在于欧洲的迷信中。它最好可以称作人变狼的学说。根据它，某些人具有特殊的才能或掌握一种暂时变成猛兽的魔术。这种观念的起源还远没有查明。然而对于我们来说，这种观念到处流传的事实应当是特别重要的。"②

不过，在种种"人变狼"的传说中，没有比罗马母狼的传说更神奇、更流传深广的了。这匹神奇的母狼，至今还作为罗马城守护者站立在罗马城头，而它所讲述的那个故事源远流长，是我们探索"狼文学"渊源最好的向导。

---

① 爱德华·泰勒：《原始文化》，连树声译，上海文艺出版社，1992年，第312—313页。
② 爱德华·泰勒：《原始文化》，连树声译，上海文艺出版社，1992年，第308页。

在西方文化史上，母狼的传说具有神圣的性质，它是神、人和兽共同谱写的一则英雄传奇，它是希腊神话的继续，又是罗马传说的开始，实际上，它也是西方希腊文化向罗马文明发展的转折点。

故事以一种神奇的方式展开。相传，古希腊人攻破特洛伊城后，一部分特洛伊人逃了出来。他们经过长期的流浪漂泊，一直梦想重建一座特洛伊城。后来，他们在意大利定居下来，建立了阿尔巴隆加城（Alba Longa）。当时阿尔巴隆加的统治者努米托（Numitor）有一爱女雷亚·西尔维亚（Rhea Silvia），她因为与战神马尔斯（Mars）相爱，生下一对双胞胎，起名为罗慕路斯（Romulus）和雷慕斯（Remus）。但是这一对双胞胎命运不佳，一生下来就受到迫害，原因是努米托的弟弟阿慕留斯（Amulius）居心险恶，篡夺了哥哥的王位，特别害怕哥哥的子孙以后夺取王位，于是他逼迫西尔维亚去当祭司，并宣誓永远保持贞洁，同时秘密下令把她的一对双胞胎抛到台伯河中，斩草除根。但是由于神的旨意，这对孪生兄弟并没有淹死，载他们的木盆随水漂流而下，一直到达后来建立罗马城的地方，被一棵老无花果树（这是一棵圣树）搁置在了岸边。这时，双胞胎的啼哭声引来一只母狼，母狼救了他们，并用自己的奶水喂养他们长大。

之后，神灵又派遣一位名叫法斯土路斯（Faustulus）的牧人发现了他们，把他们养大成人。这对喝过狼奶的双胞胎兄弟力大无穷，勇敢无比，很快聚集了一群有冒险精神的青年，组建了一支强大的军队。当他们得知自己的身世秘密后，就攻占了阿尔巴隆加城，杀死了篡位的叔外祖父，被囚禁的外祖父获救并恢复王位，建立了新王朝。

后来，这对孪生兄弟没有忘记母狼的救命之恩，他们决定在母狼喂养他们的地方建立一座新城，并为母狼建造一座永久的雕像。但是，在给新城命名时，这对双胞胎发生了冲突——因为两人都想当王，想以自己的名字命名，结果罗慕路斯杀死了雷慕斯，以自己名字的头几个字母（拉丁字母ROMA）为新城的名字——这就是后来罗马城的由来。而那位发现并抚养双胞胎的牧人法斯土路斯，后来也成了西方文化史上的神人，人们为了纪念他在很多地方专门修建了神庙。

如今，关于罗马城的传说早已是西方妇孺皆知的典故，而罗马众多的古迹则已经成为人类文明历史的见证。至于"Roma"，也形成了一种传统，成了西方浪漫主义的滥觞。母狼时代早已随风而逝，但是罗马人并没有忘记狼的恩德，为了纪念那只母狼，他们在意大利的卡皮托利山丘的神庙建造了一座母狼的雕像，成为罗马城永久的城徽和标志。

这是一件令人敬畏的雕像，因为在它身上，凝结着太多的历史眷念与文化思考。这只母狼在形态上和神态上显示出的那种力量的雄风，使我们领略到古代罗马人对狼的特殊的崇拜和敬畏之情。如今，有关母狼传说的种种雕刻，已经成为罗马的一道历史风景线，它们通过斑驳的画面向我们传达着人类早期的信息。它们或许表现了人类对自己身世的某种不确切的解释和认识，甚至仅仅是一种朦胧的想象，但是传达了一种人类无法忘怀的原始生命意识：这是人类文化的"根"，是人类最早精心营造的精神家园之一。换句话说，人类不是从石头缝里蹦出来的，不是无根无源的，而是有自己可靠的精神来处和去处的。

当然，现在我们已经无法欣赏到最早的母狼雕像了，如今在罗马城看到的，据说是文艺复兴时期的产物。在母狼身下吃奶的两个小孩——传说中罗马的祖先罗慕路斯和建城者雷慕斯，是后来加上去的，原来中世纪的雕像并没有这两个小孩。

这一笔加得好。因为时代变了，文艺复兴是一个人性觉醒的时代，人再次肯定了自己的原始本能，并把它带到了一个更生动、更深层、更丰富的历史境界。在新的历史时代，兽与人的亲缘关系为人们摆脱神学束缚提供了丰厚的文化资源。

六、北欧神话中的狼神到哪里去了？

"母狼的传说"为我们提供了追踪"狼文学"的重要历史线索，从这里不仅生发出了西方一系列的英雄传奇与文学故事，而且铸造了西方古老的神话原型。这只英雄母狼不仅成了罗马文化传统的象征，而且被引用到了不同的文化语境之中，成为不断变形和变幻的艺术影像。

建造罗马城的英雄早已经脱尘而去。据说，很多年之后，作为罗马城的第一位统治者，罗慕路斯突然在一次暴风雨中失踪，而罗马人相信他已经成了神，以后就把他作为神来供奉。

然而，留下来的是种种文化谜团：这个母狼又为何而来呢？它与周边的文化又有着何种历史关系呢？

我们不得不走向历史的更深处，更远处。

我们也许在北欧的斯堪的纳维亚神话中，能够发现一些蛛丝马迹，因为有一个狼神路给（Loki）的形象在天地间游荡。

北欧神话是神奇的，这里有一个狼神的王国。在这个神话王国里，奥帝（Odin）是主宰一切的天神，他的身边永远守候着两只大狼，一只代表"贪欲"，一只代表"暴食"，奥帝用献给他的肉喂养着它们。当然，它们也会按照主子的旨意，撕碎叛逆者和反抗者，分食他们的血肉。而路给的形象却是这个王国中的一个异数。他是大神奥帝的义兄弟，又是一位经常与天神作对的文化英雄，是巨人魔的儿子，是狼魔之父。在天界，他经常蔑视天规，破坏秩序，制造麻烦，戏弄诸神，揭露他们道貌岸然的面目，因此屡次违背天上的禁律，遭到天神的惩罚。比如，他不仅不顾禁令，偷了天火给人间，并且经常帮助失意和遇到困难的人和神。后来，他还一怒之下杀死了天神奥帝最喜欢的儿子美丽之神，犯了大罪，奥帝只有把他逐出天庭，用铁链把他锁在高山上，让毒蛇不断往其伤口上滴毒液，无止境地折磨他。这时，只有他的妻子塞给（Sigyn）守护在他身边，用碗接着那毒液，尽量不让它们滴在自己丈夫的脸上。

据说，路给是不会死的，他的出头之日就是世界末日，这时他会重新出现，并且和自己的儿子一起，与众神进行最后的较量。

当然这是后话。但是令人惊奇的是，路给与希腊神话中的普罗米修斯有着惊人的相似之处，他们都具有恶魔和文化英雄双重性格，只不过北欧神话显得更原始一些，路给头上还没有形成像普罗米修斯那样耀眼的光环。其实，今天我们已经找不到最原始的神话版本，也无法认定神话中天神最初的原始面目了。例如，北欧神话中天神奥帝在不同神话版本中身份不同，时而是狼神，时而又变成了由天狼佑护的神，再后来，佑护他的狼又变成了恶犬，只能匍匐在天国的角落里。

从这里，也可以看出动物逐渐从人类生活舞台退出的过程，因为神话毕竟是人创造的，是人类依据自己的生存状态和心理需求的一种想象。

路给就是一个充满矛盾的神话形象，具有神与魔的双重特征，而且更具有动物性，使神与动物的界限更加模糊不清。这与希腊神话与罗马神话都有很大不同，希腊神话中的神更加人化，其中的英雄业绩也以战胜猛兽为主，因此，希腊神话中为人类盗火种的普罗米修斯既不是印第安神话中的狡猾的郊狼，也与北欧神话中路给的形象脱离了干系，从而显得光彩夺目。而罗马的母狼传说，则别具特色，人与狼有着文化上的亲缘关系，但是各自又是分离的，狼最终还是狼，人则有自己的家族和命运。

在希腊神话中，著名大英雄海克勒斯就是一个征服野兽的英雄，包括在神灵的保佑下，扼死铜筋铁骨的猛狮，斩杀九头猛蛇，生擒金角铜蹄的赤牝鹿和危害人畜的野猪,赶走斯廷法罗湖上的怪鸟,清除积粪如山的牛圈,制服会喷火的公牛,驱赶吃人的马群,夺取亚马孙女王的腰带,取来远在天边的金苹果,从埃里忒亚岛赶回红牛等,完成了多项艰难的任务,其中征服看守黑暗王国的多头猎犬克布若斯(Kerberos),并把它带到了地面一事,最为震撼人心。因为这头猎犬的主人是地狱之神海德斯(Hades),掌管生死大权,而这只多头猎犬的责任就是守候地狱之门,海克勒斯不负众神之望,最终凯旋。

我们可以设想,海克勒斯战胜的是被打入地狱的狼神,而带回地面的则是已经被人类驯化的犬类。

也许在这里,我们会想到另一个神秘的身影,这就是埃及神话中的胡狼神。就与死亡世界的关联来说,胡狼与多头猎犬克布若斯有着某种神秘的缘分。这或许是一种神灵的启发,让人类在不同文化中感受到某种共同的旨意。谁能想象在神秘的狮身人面雕像背后也有一段狼神的传奇呢?但是,它确实存在。而当我们继续追问有关古埃及狼文化及其渊源时,自然会联想起在埃及古代墓室壁画上的一个狼头人身的神像——阿努比斯(Anubis)。

谁说这不是一个神秘的身影呢?阿努比斯的样子就是一只胡狼,是狼头人身,但是有时候干脆就是纯粹的胡狼形象,几乎出现在所有墓穴的壁画中。这说明,阿努比斯在古埃及诸神中占据着重要地位,他不仅是墓室的守护神,而且是在冥府主持正义的审判之神,人人死后都要经过他的审判,由他来决定是上天堂还是下地狱,连埃及王也不能例外。

胡狼显身手的日子叫"审判日"(The Day of Judgement),这是每一个人死后必须首先面对和经历的。仪式由胡狼神来主持,由此来决定一个人死后的命运,是进入永生还是受到严厉的惩罚。这一天,死者要交出自己纯洁的灵魂,并且为自己生前的所作所为进行辩护,说明自己活着的时候没有做过伤天害理的事。在此期间,有的人也会说些谎话,欺骗天神,企图蒙混过关,他们将理所当然受到天神的惩罚。

正式审判开始。其中在场的一个神是托特(Thoth),朱鹭头人身,是智慧和学习的象征;还有一位是自然和丰收女神伊西斯(Isis),负责监督仪式。

审判则由胡狼神主持,有关结果由托特记录下来。这时,死者的灵魂会变成一个很小的人头鸟在一旁等待结果,看胡狼神用一个特殊天秤对死者的灵魂进行衡量。这秤的一边放着死者的心,代表他的灵魂;而另一边则放着一根象征着真理和正义的羽毛。如果两者平衡,则意味着死者生前无罪,他的德行符合诸神要求,此后可以进入另一个永生的世界,而他的身体也可以由此保存下来,不至于因为前世罪孽而被抛到野外,成为野兽的口中之食。而这些野兽,例如恶狮、鳄鱼等,此时正在外面守候,等待着那些在审判中被定为有罪的人的心脏。

在埃及神话中,这位狼头(有时酷似狗头)人身的阿努比斯具有多重身份,但是它的职责似乎一直与死亡世界有关。每个死者的灵魂想要复活,就要由胡狼神带路,才能见到复活之神。胡狼神的另一个重要职责就是掌管防腐及香料,主持制作木乃伊的全过程。死者只有得到他的许诺和恩惠,才能保证身体不腐烂,将来才有可能复活——无疑这对古埃及人来说具有重要意义。所以,至今人们在古埃及壁画上还可以看到,当对死者身体进行清洗、涂油、包裹等一系列特别处理时,当事人必须戴着胡狼头的面具,以借助这位神灵的名义进行操作。

在这里,埃及神话与印第安神话传说确实有相通的地方,这就是狼与人的神秘关系,他们生前难解难分,死后也彼此关照,进行最后的终极对话。而狼比人优越的地方,就在于能够经常到死亡世界去旅行,从那里获得神灵的信息,并通过一定的仪式传达给人们,因此人类虽然早就脱离了与狼共舞的动物时代,但是在潜意识之中依然留存着原始印记,依然与它保持着某种联系,甚至在精神上不得不依赖它。也许正因为如此,埃及神话中的胡狼,与印第安神话中的郊狼有着相通的文化职能,它们不仅在死亡世界担任要职,审判人的灵魂,而且通过死亡之书向人们传达另一个世界的信息。

由此可以设想,北欧神话中的狼神不会永远消失,它已融入了人类记忆的长河之中。而狼与死亡世界的密切关系,反映了人类对于自己灵魂的终极关注。远古人类在告别动物时代的时候,就有了灵魂的概念,想到自己精神的托付,借此来克服对死亡的恐惧。当人类自己还没有能力建立天堂、创造

"人之神"的时候，他们首先选择了与自己生活联系最紧密且具有某种不可预测的本领的动物来担当重任。

不过，至于古埃及人为何要选择胡狼神来担任，人死后为什么要由胡狼来审判，由胡狼来决定人死后的命运，这里面隐藏着一种神圣的默契和秘密的承诺，也正是我们今天仍然需要追寻和思考的问题。其实，无论是印第安神话中的郊狼还是埃及神话中的胡狼，它们或许只是把我们带向更古老年代的向导而已，它所指引的正是我们需要深入探索的方向，这个方向的关注点就是人本身，人类最早从哪里来？最终会到哪里去？

这是人类文化永恒的秘密。

七、狼孩的故事是真的吗？

于是，我们发现了贯穿于人类心灵史的一种特殊情结——人狼情结。而现代人对狼孩的关注就格外突出地表现了这种心理。

其实，类似传闻在其他动物，诸如猿猴、猩猩群体中也时有发生，但是狼孩不同，每一次的发现与传闻，都能引起人们某种不可言传的兴奋和躁动。我们可以把它看作是一种纯粹的好奇心的驱动或者受某种历史神话的影响，但是不能排除它触动了人类生命深处的某种潜意识，唤醒了长期被深埋着的历史记忆。

印度狼孩阿玛拉和卡玛拉的发现曾是 20 世纪最轰动的新闻。1920 年 10 月，在印度米德那波尔地区的一个狼穴里，人们发现了两个"狼孩"，它们长得与人一样，但行为举止却完全不同，他们白天睡觉，夜晚活动，常常像狼那样嗥叫，他们用四肢爬着走路，用手直接抓起食物送到嘴里吃。

据说，这是一个名叫辛格的印度传教士发现的。1920 年 10 月初，听说有一些"怪物"在位于加尔各答以南的霍达木里村伤人害物，辛格就带了武器与几个欧洲人一起前往，目的是为民除害。但是，当来到"怪物"的巢穴——一个废弃的白蚁冢附近的时候，他们不仅发现洞穴里有三只大狼，两只狼崽，还有两只奇怪的"动物"，他们通过仔细辨认后，才确认是人。

于是，他们改变了计划，开始挖掘狼穴，结果击毙了一只母狼，其他两只大狼逃散,他们在一个圆形暗洞中发现了缩成一团的两只狼崽和两个小孩。这两个小孩都是女孩,一个1岁,另一个8岁左右,辛格给她们取名为阿玛拉和卡玛拉。后来,为了抚养她们,辛格把她们送进了米德那波尔市孤儿院,他和夫人成了她们的监护人,并且决定恪守秘密,不让外界知道,而自己继续观察研究,把一切用日记的形式记录下来。

这两个狼孩被救出之后,辛格立即对她们进行了身体检查,结果发现她们身体的生物系统很正常,虽然营养不良,但是没有大碍。据发表的日记所述,这两个狼孩不会像人一样行走,只会四肢着地,像动物一样灵活地爬行,她们眼睛是蓝色的,非常敏锐,能够像狼一样在黑暗中闪闪发光,但是害怕光亮,并且拒绝给自己穿上衣服。刚开始,她们只会像狼一样舔食东西,热的时候,就像狗一般张大嘴巴喘气。她们白天缩成一团,萎靡不振,午夜一过就变得活跃起来,她们不喜欢吃人类的食物,但是对动物肉类的气味非常敏感,藏在哪里都能够找出来,并大口吞噬。她们不会说话,但是到了夜半三更,会不时地发出阵阵长嗥。

一年后,因为阿玛拉得病需要求医,狼孩的故事才彻底曝光,一夜间成了整个西方世界的头号新闻,狼孩和她们的养育者自然成了新闻媒体追逐和包围的对象,有关新闻照片登载在所有的报纸上,引起了包括历史学家、医学家、心理学家、人类学家在内的各类人士的广泛关注,有关讨论和研究一时间层出不穷。相关的报道还有1954年对一名叫穆拉的男性狼孩的发现,他被关在新德里的一家医院里,据说交一定类似门票的钱就可以去观看这位从热带丛林里被带回的9岁的狼孩。

人们最关心的还有他们的智力水平和学习能力。据说,研究者从一开始就对其进行了测试和训练,教他们识字,教他们学习人类的基本行为方式和生活技能。然而,其中卡玛拉回到人间不久就死于肾炎,而阿玛拉则在四年之后才开始能够讲一点点话,智力水平相当于一个普通的婴儿水平。她活到了17岁,死于1929年。在这期间,她学会了用语言来表达自己的愿望,并且掌握了一些简单的词语和句子,但是始终未能流利地讲话。值得庆贺的是,阿玛拉逐渐和其他人建立了感情,适应了人的生活。她开始与其他孩子交往,一起玩洋娃娃，她喜欢自己的养母，习惯于人的饮食和穿着，而且特别喜欢红色的装饰。但是，尽管辛格夫人尽了很大努力，包括借助按摩和浴疗来舒张她的关节，使她能站立起来，但是阿玛拉一直未能学会直立走路。

对于这一轰动世界的狼孩奇闻，一开始就有人提出疑问，认为这不过是新闻炒作而已，根本不足以令人相信，而且从科学的角度进行分析，也是不可能的，说不通的。但是，不管事实如何，人类对此所表现出的巨大兴趣本身就是一个值得认真探讨的问题。也许人们无法否认在媒体传播过程中的某种不可避免的夸大、渲染和炒作，但是完全否认此类现象的存在恐怕也站不住脚。在这里，对狼孩的浓厚兴趣与对印第安神话传说的关注有相通之处，我们最好把它看作是通向人类心灵深处的一条小径，种种猜测、想象、评论和探讨，其实都透露出人类心理深处的某种历史文化心理，其中隐藏着人类在文明进化过程中被遗忘和被压抑的一些秘密。

由此我们不得不联想到西方文化中对"母狼"的关注，以及其在精神意识方面留下的深刻痕迹。在这里，我们或许能够看到，狼的文化魅力就在于它与人类精神的关联，狼孩此时成了人类文明的一面镜子，为人类检视自己的文明提供了参照和镜像内容。由此我们或许可以获得一些启示，比如，狼孩受教育的实践表明，人类的知识和才能并非天赋，也不是生来就有的，而是与人类社会环境有着极大关系，所谓"性相近，习相远也"，人之为人就得依靠后天的学习，其发育与成长，尤其是智力和思维的成熟和发达，不能脱离人类创造的社会环境和文化基础。

这至少引起了人们对早期教育的重视。如今，狼孩的故事已经成为心理学和教育学中经常被援引的事例，说明人类潜力的开发首先取决于教育。如果一个人在脑的生长发育期失去了良好的环境影响，没有受到较好的教育，就会埋没其身心的潜能，以后不可能再得到补偿了。

但是，这并不是这个狼孩故事的全部意义，专家们在讨论这个故事的时候，也往往都把关注点放在了狼孩身上（因为她们是人），而忽略了那个抚养孩子的狼妈妈！倒是一位母亲在自己的博客中提醒了我们：

　　这倒让我想起了那个印度狼孩卡玛拉的故事。这个故事恐怕在任何一个版本的《心理学》中都被引用过，启示也是一致的：人的语言、思维、智力等的发展在儿童时期的重要性。同时人脑所产生的意识是来自社会实践的。据说类似的狼孩故事不止一例，他（她）们的被发现为我们的心理学的发展提供了生动的，绝无仅有的"天然"案例。我却想到了那匹把女孩儿卡玛拉养大的狼。

　　作为有着噬血本性的狼（每次带女儿去动物园，那里的两匹狼都会用凶残的目光和人对视，令人望而生畏），它能够抚养它的死对头——人类的孩子，这是多么伟大的事！它有理由吃掉这个孩子，但是它没有，而是把人类的孩子当作它自己的孩子。作为贪婪的人，这多少有点不能理解，简直是不可思议！

　　这究竟是什么原因呢？狭隘的人类思维是无法去读懂一匹狼的！是婴儿时的卡玛拉那双纯洁的眼睛感化了那颗狼心，还是一个脆弱的生命感动了这匹狼的恻隐之情，还是与生俱来的母性驱使它收养了这个孩子。要么，就是这匹狼通着佛性，它不会用人类惯用的"下三滥"手段来对付弱小的对手，这是何等的气度，对于人类社会而言这更像是一种惩罚。

　　我们不能理解，我们也做不到，因为我们是比狼更贪婪、更凶残的人类！

　　人类不是打死了一匹狼，而是一个母亲，一个曾经养育了人类的孩子的母亲。人们把卡玛拉再次拉回她本该生活于其中的人类社会，但我们并没有救了她，而是破坏了一个美好的狼母人子的和谐家庭！在人本社会里，没有人去关注那匹狼，那匹曾经养育了人类的婴孩的狼母亲，自封为万物之灵的人类毫不犹豫地举起了屠刀，那匹狼终究是狼。

令人高兴的是，终于有人注意到了"狼孩"中的"狼"的重要意义了。其实，在这个故事中，至少有以下几个方面值得我们反思：1. 人与自然的关系，人是如何在自然状态中存活下来的，谁帮助了人类？2. 人是如何对待在智力上比自己低下的动物的？人是用什么标准衡量生命的意义的？3. 关于狼与人类文明的关系，人类文明的进步是否就意味着狼的生存状态的绝境等。而就在这篇文章中，我们看到了人与狼相通的一种生命情怀。就从这个意义上来说，狼不仅存在于动物界和神话传说中，更存在于人们的内心深处，是自己想抹却也不可能抹去的。

因此，作为人类文化心理上无法抹去的"胎记"之一，动物的狼变成了文化的狼和象征的狼，而母狼的魂灵至今还常常在人类的梦中出现。

这其实就是"狼文学"能够延续至今的原因。例如，在西方文化史上，弗洛伊德学说的诞生就与狼文化意象的再发现有密切关系。弗洛伊德在人类的梦境中发现了狼的身影，并通过一系列论证把它揭示了出来，引起了现代人对狼图腾的持续关注和想象。

所以，《荒原狼》的作者黑塞在追寻人类迷失的自我的时候，选择了狼意象，他如此形容他笔下的主人公："一只迷了路来到我们城里，来到家畜群中的荒原狼——用这样的形象来概括他的特性是再恰当不过了，他胆怯孤独，粗野豪放，急躁不安，思念家乡，无家可归……他迷路了，他发现他处在一个不愿思考、不会思考、不能思考、不许思考的死寂却又狂热的社会，人们不愿珍惜生命，动辄要诉诸武力，毫不吸取教训，彬彬有礼的外表掩盖着腐烂发臭的思维。"

在这里，人性与狼性互为镜像，形成了一种绝妙的对比。作品中的荒原狼原本是一个艺术家，他来源于市民，但是，他一方面热爱平静、善良、有秩序的市民生活，另一方面又感到压抑，对市民生活虚伪的循规蹈矩感到愤懑，渴望彻底撕裂这种表面的虚情假意，于是，他不得不在夹缝中生存，彷徨，忍受绝望，在孤独中痛苦跋涉。

可以说，这是一个狼人的自画像，只是经过了变形、变异和重新组合的艺术处理。而弗洛伊德对人的潜意识的分析，最接近的正是人类原始的人狼情结。狼人不断从人的无意识中浮出，所传达的是人类早期生活的原始信息，艺术家通过艺术创作表现出来。从历史学角度来说，这犹如发现了一个重要的考古现场，由此披露出了人类一直想自我隐瞒的真实图景。可以说，"狼人"作为人类历史文化中的一个重要现象，一向备受人们的关注，但是在这之前，却一直没有从人类文化基因的角度认真探讨过这个问题。

从"狼孩"到"狼人"，人类正是通过"狼文学"进一步走进自己，认识自己的。例如，卡尔·荣格（Carl Gustav Jung，1875—1961）就是在此基础上创建了自己的"原型"理论。他在《人类和它的象征》（*Man and His Symbols*）中特别提到了罗马母狼的传说以及其他一些狼的英雄角色。他认为，这种文化现象与人类心中的"英雄梦"密切相关，这些神话传说之所以对人类具有某种不可言喻的魅力，是因为这些具有超凡能力的神与动物具有整体心灵的象征意义，能为人类提供自己缺乏的力量和勇气，使人类在艰苦的人生中更加坚强。他还指出，英雄原型可以和魔鬼原型结合，形成"残酷无情的领袖"形象。荣格的原型理论，为人们探索人类意识的发展及文化心理状态提供了重要的线索和思路。

荣格的理论可以在很多神话中得到印证。比如，在瓦那合印第安人的沙画中，狼是为人类从天神那里偷来火种的英雄，这和希腊神话中的普罗米修斯的意义是一样的。而在罗马母狼的传说中，一对英雄双胞胎就是由狼养育成人的，所以他们才具有非凡的力量和勇气——这也是罗马神话英雄的基因和源泉。

由此，人类文化不仅有自己的原型，而且有自己独特的基因。如果说，原型体现为某种独特的、具体的意象的话，那么，基因则深藏在这些原型之中，体现了人类与某种动物或动物性更深刻的联系——狼及其狼性就是这种文化基因的象征之一。

显然，文明起源是多元的，即使在信奉狼图腾的文化中也不能排除其他动物图腾的影响，也不能把文明进步的根本因素完全归结于狼。比如，在西方文化中，罗马文化及母狼的传说，只是其众多文明根基中的一种传统，并不能取代和代替其他因素的作用和意义。在这之前，还有数种文化及动物原型融入西方文化，成为其中不可分割的因素，它们共同建构了如今西方文化的基础。其实，即便在罗马文化中，我们也能看到除了狼之外的多种动物意象，它们活跃在各种各样的神话传说中。

但是，母狼传说所具有的重要意义毋庸置疑。现代人对"狼孩"的关注则表现了对自己历史渊源的关注。因此,"狼孩"的故事是否真实,在某种意义上来说就显得不那么重要了,因为重要的是它们揭示和表现了人类的内在心理,唤醒了人们对于原始时代的历史记忆,其中包含着人类至今都无法摆脱的、深层次的文化情结。也许这也正是"狼孩"的故事吸引人心的根由,它们唤起了长期隐伏在人心深处的原始记忆。

八、狼为何成了恶魔的象征？

但是，狼并不走运。狼在人类文化史上注定只有短暂的辉煌。

尽管我们可以举出许多例子说明人和狼有着一种亲密关系，但是注意一下人们的日常用语和心理就能看出，狼依然是一个不光彩的恶魔形象，而且很难一下子改变人们现存的对狼的仇视和偏见心理。即便在欧洲，即使人们没有忘记罗马神话中的祖先，但是也没有完全恢复狼的本来面目。

于是，我们向历史发出询问：昔日神话传说中作为文化英雄的狼，如今为何成了恶魔的象征？这一切到底是如何发生的？

这是一个漫长的历史过程。

按照一般文化史的排序，狼崇拜现象可能是动物崇拜的最后一个阶段，是人类由野蛮向文明转变中的最后一站——这时候，人类要告别动物神崇拜，向半人半兽神乃至人神崇拜转变。由此，狼理所当然地成了人类告别动物时代的转折点。由此狼也难以摆脱承担兽性总代表的角色，成为野蛮时代的"替罪羊"。

正因为如此，狼的命运与巴比伦文化中的狮子，美索不达米亚和波斯文化中的熊，以及希腊时代的猎豹不同，它与人类产生过不同凡响的亲密关系，但是最终成了人类的最恨，成了文明的大敌。例如，美索不达米亚和波斯时代的英雄可以悠然地作为星辰在天上闪耀，但是天狼星则要忍受人类的诅咒。

在《变形记》中，人可以变成熊，遭到英雄的射杀，但人如果变成狼，就会遭到人类永恒的诅咒，万世不得翻身。

狼何以遭到如此厄运呢？这当然不是狼愿意如此，而是一种人类文化的营造。因此，狼从神话中的"文化英雄"形象转变成精神上的恶魔形象，镌刻着人类文明史的转型，体现了人类观念意识的转变。作为"文化英雄"的狼，之所以逐渐沦为野兽和恶魔，是因为人类话语的演绎和包装。不幸的是，狼既然能够被选中作为"文化英雄"，那么，人类所无法更改的喜新厌旧的根性也决定了它被淘汰、被恶魔化的命运。

其中，新型宗教的产生，注定了狼的厄运的开始。如果说在人类文明史上，新的人神代替旧的动物神，或者说人神宗教代替过去的动物崇拜，是一个必然过程，那么基督教及新兴宗教的产生，则是狼之文化厄运必然到来的关键因素。新的宗教、新的上帝产生了，意味着对旧的宗教及其偶像的清洗和更换。当新的文明形态呈现时，旧的文化象征也必然遭到淘汰。而狼神之所以成了首先被"逐出天国"的对象，是因为狼毕竟是人类原始社会的文化英雄，带着明显的原始自然的特点，其原始本能和本性有着不可更改、无法驯化的特征。所以，人类当饱受无序混乱、茹毛饮血之苦，期望进入相对比较平和、自在和有序的生活之时，就不得不与这位文化偶像发生矛盾和争执，最后推翻它，告别旧的精神信仰，营造或改信新的宗教。

神话的变异首先透露了这种信息。在北欧的斯堪纳维亚（Skandinavia）神话中，狼神路给无论如何英勇，如何建功立业，最终还是被驱逐出了天国，并且成了恶魔和撒旦的象征。而在后来的一些神话中，路给不仅是不会死的，而且成了人类灾难和末日的象征，一旦它重新出现，就意味着世界末日的到来，也是人类文明被摧毁之时，地球将会有冰雪、洪水、地震和火山爆发等大灾难，人类将重新回到野蛮原始时代。

这是一幅令人万分恐惧的图景：

> 世界末日的来临，将经过三个冬季的战争。接着，大地又经历了三个极其严寒的冬季。一只狼吞了太阳，另一只吞了月亮，星星消失了，

大地开始震动。这是被锁住的狼魔斐瑞（Fenrir）重获了自由，开始向众神宣战，他要吞下整个世界。

众神拼命进行抵抗，表现得很勇敢，但是没有用的。天神奥帝被狼魔吞掉了，众神被杀死了。火在大地上到处燃烧，一些土地开始沉入海里，剩下的是一片烟火狼藉的废墟，最后也被大洋淹没。

世界不存在了，它回到了最初的荒蛮时代。①

这种"狼神回归"，也是后来基督教时代"撒旦回归"的渊源，狼及狼性自然成了撒旦的原话语。"撒旦回归"的可能性，不仅成为一直萦绕在人们心头的一种挥之不去的梦魇，而且积淀成了一种心态和潜意识，一方面不断有文人作家发出可怕的预言，预计在百年或千年之后的某一日撒旦会重新降临；另一方面，人们已经习惯把世界末日归结为撒旦的降临。狼由此被迫走下神坛，从人类崇拜的对象转变成为人类的仇敌，从人类可以信赖的朋友变成了人类文明秩序的对立面。在这个过程中，狼依然是狼，但是狼的文化生存处境和命运改变了，注定成为万众怒目的对象，或者被打下地狱，或者被沉重的铁索锁住。

可怜的狼在文学作品里也日日难过。比如，奥维德《变形记》中的多头狼犬塞勃若斯就是如此，它看守着地狱之门，至少有三个狗头，还有数个蛇头长在背上，吐着毒舌，摇动着恶龙的尾巴。因为它的父母是恶魔之躯，拥有多种野蛮的血统，混合着狼性的基因，所以它具有可怕的破坏力，连奥林匹斯山上的众神也怕它三分。

但是，还是大英雄海克勒斯取胜了。在地狱入口，这位大英雄先后遭遇了十一种恶兽的袭击，但都被他一一制服，最后与这个怪兽展开了决战，并把它制服带到人间，接受人类的驯养。

这不仅是野蛮时代的末日，也是狼的厄运的到来。海克勒斯的英雄行为象征着人类文明的转机，他把塞勃若斯从地狱中解救出来并加以驯化，其意

---

① C. D. Richard, *Mythology*, Rizzoli International Publications, 1980, p. 189.

义非同小可，意味着狼的自由和尊贵时代的完结。人把狼从自然野蛮状态带到了家养状态，从旷野森林带到了文明家园，给野性的狼烙上了文明的印记。从某种意义上说，海克勒斯带回的是黑暗蒙昧动物世界的"人质"，表达了人类与狼分道扬镳的历史转型，人开始摆脱原来野性的动物世界，开始建立属于自己的价值观和评价体系。

由此，狼成了那个将要失去的世界的承担者，由人的意志来决定它的角色及其特征。这也印证了人类文化无所不能的特征，可以依照自己的需要进行各种形象包装，可以变换自己的面目。就此来说，狼是不幸的。正如《金枝》的作者弗雷泽所说的："人按照自己的形象创造了人神，人是要死的，他自然认为他的创造物也处于同样可悲的境地。所以，格陵兰人相信风是能杀死他们最有力的神，神要是摸着狗，狗也一定会死，他们听人说到基督教的上帝的时候，他们老是问他是否永远不死，听说上帝不死，他们很吃惊，并且说他必定是一个非常伟大的神。"[①]

可惜，正是上帝宣判了狼的十恶不赦。

这要追溯到原始基督教产生的年代，罗马的暴行激起了人们对狼性的普遍反感，这对于狼神的变形、衰落和恶魔化来说，是一个历史契机，而基督教提倡的仁慈、博爱，更是对罗马暴政及狼崇拜意识的否定。

这是西方文化发生转折的关头。思想家孟德斯鸠曾就罗马城的建立写道："这座城市在初建的时候，征兆是极好的。他们的国王和他们的神罗慕路斯，同城市一样永恒在过去，什么时候曾在罗马人的心灵中造成一种他们永远保存下去的印象。"但是，事与愿违，罗马"嗜血"的暴政，以及酒池肉林的腐化生活，开始把这座英雄之城送上末路。在母狼雕像的周围，罗马人建起了包括竞技场、角斗场等充满血腥暴力的场地，不断爆发着的是野性的肉搏和呐喊，使有关狼的声名不断恶化，逐渐成为暴君、暴力、野蛮、歇斯底里的代名词和同义语。例如，被称为古罗马象征的角斗场，是八万名犹太俘虏作劳役，用工八年完成的，可以容纳九万观众。据说当年角斗场开幕时，共用

---

① 詹·乔·弗雷泽：《金枝》，徐育新、汪培基、张泽石译，大众文艺出版社，1998年，第393页。

狮子、老虎等五千头猛兽和由三千名奴隶、俘虏、罪犯及受宗教迫害的基督教徒组成的角斗士，持续进行了一百天的表演。在演出中，猛兽被不断从圈中放出，与角斗士相搏，兽要吃人，人要求生，血肉横飞，人狂兽吼，场面异常惨烈。更残酷的是人与人进行角斗，必须有一方死亡才可收场，否则双方都要处死，或让野兽吃掉。这种极端野蛮的竞技比赛直至公元405年才被制止，可见罗马文化把狼性因素发挥到了极致，对于人性的成长产生了不可救药的负面影响。

新兴的基督教文明则完全不同，它体现了一种仁慈、博爱的精神，用一种文明和谐的生活理念与远景吸引人们。这与罗马暴政的残酷形成了鲜明对比。耶稣之死的经典意义也许就体现在这里。一方面是罗马当局"钉十字架"的酷刑——这是罗马人设置的一种最典型、最残酷、最可怕的刑罚，体现了一种野蛮的崇尚暴力的倾向。通常，在钉十字架之前，要鞭挞犯人的全身，直到身子发肿且流血，然后犯人还要遭受那些罗马士兵的戏弄。罗马当局惯用这种方法来镇压反对者。而另一方面，则是以仁慈抗暴的耶稣，头戴荆棘，以无比怜悯、宽恕之心对待所有的人，包括那些行刑的人，为整个人类的罪恶承担身体上最大的痛苦。

这无疑是一幅感人至深的图画。

罗马暴君只能在肉体上杀死耶稣，但是基督教却从精神上真正把狼神打入了地狱。

可以说，这里体现了人类对新的文明生活的追求。早期基督教强调的就是对无节制的淫乱生活的限制，坚决反对"肉体的放纵"，其第一要义就是摆脱肉体的魔障和狼性的诱惑，使人类最终摆脱野性的禽兽时代的原欲。于是，他们制定了一系列超然的伦理标准，节制人的原始本能，绝对禁止谋杀和强奸，甚至把贪心、不诚实、染头发、画眼睛、酗酒、奸淫等，都视为罪恶；教会要求人们高度自律，远离一切引诱，自觉压抑欲望，极端的时候甚至把音乐、美食、温水浴等也视为不洁或"魔鬼的诱惑"；崇尚一种仁慈、平和、简朴、顺从、真诚和宽容的生活。

古罗马圣徒奥古斯丁在《忏悔录》中，曾讲述了好友阿里比乌斯如何无法抵御残酷角斗场面诱惑的情景,为我们留下了最初基督教观念与罗马世风冲突的生动资料。"入座之后,最不人道的娱乐正在蓬勃地展开。他闭上眼睛,严禁思想去注意这种惨剧。可惜没有把耳朵塞住!一个角斗的场面引起全场叫喊,特别激动,他被好奇心战胜了,自以为不论看到什么,总能有把握地予以轻视,镇定自己,等到他一睁开眼睛,突然在灵魂上受到了比他所见到的角斗者身上所受更重的创伤,角斗者受创跌倒所引起的叫喊,使他比斗败者更可怜地倒下了。叫喊声从他的耳朵进去,震开了他的眼睛,打击了他的灵魂,其实他的灵魂是外强中干,本该依仗你,而现在越依靠自己,越显得软弱。他一看见鲜血直流,便畅饮着这残酷的景色,非但不回过头来,反而睁大眼睛去看,他不自觉地吸下了狂热,爱上了罪恶的角斗,陶醉于残忍的快乐。他已不再是初来时的他,已成为观众之一,成为拖他来的朋友们的真正伙伴了。还有什么可说呢?他目不转睛地看着,他大叫大嚷,他带走了催促他再来的狂热,他不仅跟随过去拖他来的人,而且后来者居上,去拉别人了!你用非常坚强而又非常慈悲的手腕把他挽救出来,教他懂得依靠你,不应依靠自己。"

可见,基督教不仅创造了一种新的宗教信仰,一种新神,而且创造了一种新的精神价值观念与新的伦理道德。

这就形成了基督教原罪的理念。因为原罪是一种人类与生俱来的、不可能根除的原始罪孽,起源于人类的动物时代,是野蛮的基因。

不幸的是,狼在这里再一次承担了全部罪责,成为人类史前洞穴阶段野蛮状态的总代表,成为"撒旦"和"魔鬼"的象征和化身。狼是无辜的,但是基督教如此的认定,确实有自己的文化逻辑:第一,狼原本就来自原野和森林,是动物界的佼佼者,直接体现了野性的魅力;第二,狼曾经与人类有过密切的接触,在人类原始思维中留下了深深的印记,甚至一度作为原始人类崇拜的对象;第三,狼是罗马建城英雄的象征,直接体现了罗马精神的灵魂等。所有这一切,都决定了基督教文化对狼的态度,它是现实与人性罪恶的最合适的代码,必须被打入地狱,成为人类文明的禁忌。

所以,奥古斯丁的《忏悔录》成了一部反思和剖析人性状态的杰作,其意义不仅在于对宗教人生的阐释,而在于对人心、人性内在永恒矛盾与冲突的刻画,从一系列深刻、具体和生动的自我剖析中,我们不仅能够感受到一个人内心复杂、丰富和激烈的冲突及其寻求解脱的欲望,而且能够更确切地发现很多艺术大师创作之间的内在联系和共通性。从此,西方文化中生长出了一系列以忏悔、拯救为主题的文学作品,记录了人类精神成长的历程,不断提醒和勉励人们净化心灵,提升精神世界的境界,例如,卢梭的《忏悔录》、歌德的《浮士德》、陀思妥耶夫斯基的《卡拉马佐夫兄弟》等,都是这方面的经典之作。

九、寓言故事中狼的厄运是如何形成的？

由此看来，狼的恶魔化是一个文化过程，有深刻的历史缘由。在这个过程中，狼所代表的含义扩大了，不再是某一种动物的指称，而成为一种恶的象征。这是多么奇妙的文化过程啊，从以狼为友、以狼为神到以狼为魔，人们可以重新"改写"狼的历史，通过一系列新的虚构、推理与描述，使人们相信"仇狼"是天经地义的，由此狼的名声越来越坏，最后成了万人深恶痛绝的对象。

这不但表现在宗教领域，而且逐渐扩散到了民间文化中，成为街谈巷议的主题。这在西方中世纪的寓言故事中表现得非常突出。

例如，拉·封丹（Jean de La Fontaine，1621—1695）有一则寓言诗《教育》就值得细细品味：

拉狄顿与恺撒，原本是两只漂亮、端庄、勇猛的名犬兄弟，

很久以前，由于两位不同主人的挑选，

一只出入森林，另一只则在厨房。

起先，它们分别有各自的别名，

各种不同的食物，分别供应着幸运的这一只，

与变坏的另一只——它是厨师的助手，

被命名为拉狄顿。

而它的兄弟则必须冒着千辛万苦，

穷追群鹿，与野兽搏斗，

做些祖先所做的事情。

一位外行的女主人细心地注意不让它后代的血统起变化。

相反的，被忽视的拉狄顿证明，

它的柔驯已跟初来之时的勇猛完全不同了。

他全然改变了品种：

绞肉机使它在法国住家里

失去了冒险精神，只剩下了躯体，

变成了与恺撒完全相反的狗。

人们不再注意它的祖先与父亲，

粗心，岁月，一再使它退化。

由于不善于对本性和天赋的培育，

喔，有多少只恺撒正在变成拉狄顿呢！

这首寓言诗表现了一种文明观念的转变，在狼与狗关系的转变中，我们可以感觉到西方人对狼性的不同态度。诗中的拉狄顿，原意为猪油，是当时人们普遍使用的狗名。拉狄顿原来也是狼，但是通过人类文明的驯养，变成了与自己祖先完全不同的狗。而"恺撒"在原文中有祖先的含义，又是罗马最著名的皇帝的名字，所以不仅指一头狼，而且是象征着罗马狼文化的血统。从这里我们不难看到，人类文化的力量何等伟大，它正在改变整个世界，包括不同物种的禀性。

而在这种改变现实的力量背后，则隐藏着人类"变形"的文化虚构能力。应该说，"变形"是人类文化发展的原生动力之一，最初就来源于人类本身的进化过程，因为人类就是从某种动物"变形"而来的，同时也可能重新"变形"为动物。这在罗马诗人奥维德的《变形记》中有深刻的体现，在其第一部《创世》（*The Creation of the World*）中，"变形"就是以一种创造世界的能力出现的。"人类的身体可以变幻为多种形式，这是众神创造的奇迹……"与此同时，动物同样可以变成人，人类身体的多种形式也是从动物世界来的，并且是对于动物世界神奇的复制。

这是一种神奇的能力，是人类艺术创造能力的源泉。但是，这种变形能力也给了人类征服、假借、愚弄和控制自然界其他生命形式的可能性。人类可以运用这种心志和能力，来为自己的利益与欲望制造理由与根据，并由此把自己的竞争者置于无理、无奈、没有自尊的地位，从而理直气壮、心安理得地为自己的欲望及其实现提供合理性。所以，"变形"可能成为一种"文化陷阱"，使一些无辜的生命形式成为悲剧的载体，成为人类自身某种罪恶的象征与比喻。

不幸的是，狼与其他一些动物一样，最先落入了人类这种"变形"的"文化陷阱"之中。

当然，狼之恶魔化的背后，还有另一层意义，那就是人类对自然资源占有意识的形成。这是随着人类的成长、人类需求的增长自然产生的一种意识。特别是人类逐渐告别了狩猎时代之后，定居下来，开始有了私有观念。他们把一些地圈起来就认为是自己"神圣不可侵犯"的地盘，把一些动物圈养起来，就认为只有自己可以享用。可惜，动物并不承认这种人类先入为主的占有，它们像以往一样在自然界生存，期望获得自己的食物与领地。于是，人与动物的争夺开始了，那些大型的食肉动物，首先成了人类的眼中钉，因为它们最具有这种竞争能力。

狼就是在这个过程中引起人极大的反感的。因为它们最靠近人类生活，并不承认或者并没有意识到这些圈养的动物已经成为人类独享的不可侵犯的财产，竟然还经常与人争食，叼走这些人类驯养的动物。

这是多么可恶的行为啊，作为万物拥有者的人怎么能够容忍呢？

于是，一场真正的人狼之战开始了，首要争夺的对象就是羊。尽管在自然界的搏斗尚有胜负之分，狼偶尔也有得逞的时候，从人们眼皮之下掠走羊，但是在文化领域中，狼是多么无能为力啊，它们只能就范，接受人类任何方式的形容和描画。在这方面，人类是绝对的胜利者。因为这种归属的认定是人类单方面做出的，只要符合人类的生存需要，只要能满足人类的心理需求，就可以做出任何独断的"变形",置狼于不义之地。

狼一旦被纳入人类"变形"的过程中,就是绝对的受害者。它无权申辩,也不可能有任何申辩的机会,这时候,狼就不再属于自己,而是成为人类文化或文明的附属品,成为传达人类讯息的文本——这也许是最早被人类尊奉为各种天神的动物万万预料不到的。

当然,从更深一层来说,在自然竞争中,本来无所谓谁残酷谁不残酷,实际上问题在于以谁的利益为标准来进行判断,谁有权利进行这种判断——这是自然界铁定的规律。狼就是如此不幸。在西方中世纪,这种陷狼于不义的"陷阱",得到了一次又一次的普遍使用,尤其在一些民间故事中,形成了一种固定模式,反复呈现,使狼的恶魔化逐渐变成了一种日常话语,一种生活常识。例如,在《格林童话》中,狼与狐的故事就是如此,下面一则《狼和狐狸》就是例子:

狼以前和狐狸住在一起,而且狼要什么,狐狸就得去做什么,因为狐狸较弱。有一次他们穿越一片森林,狼说:"红狐,去给我找点吃的,不然我就把你给吃了。"狐狸回答说:"我知道附近有个农场,里面有两只小羊。如果你愿意,我们就去弄一只来。"狼觉得这主意不错,便和狐狸来到农场。狐狸溜进去偷了一只小羊交给狼,自己就走开了。狼吃完小羊,觉得不过瘾,还想吃,就自己去偷,结果笨手笨脚,马上就被母羊发现了,便"咩咩"地惊叫起来。农夫跑出来一看是狼,毫不手软地把它一顿痛打,直打得狼嗥叫,一瘸一拐地跑到狐狸那里去了。"你骗得我好苦哇!"狼说,"我想再吃一只,那农夫突然袭击,打得我几乎变成肉酱了!"狐狸却说:"谁让你这么贪婪啊。"

第二天他们又来到农场。贪婪的狼说:"红狐,去给我找点吃的,不然我就把你给吃了。"狐狸回答说:"我知道有户农家今晚要煎薄饼,我们去弄些来吃吧。"他们来到农舍,狐狸围着房子蹑手蹑脚地转了一圈,一边嗅一边朝里张望,终于发现了放饼的盘子,就偷了六个薄饼交给狼。"这是给你吃的。"狐狸说完就走了。狼转眼就吃完了六个薄饼,对自己说："这些饼真让人还想吃。"于是跑到屋里，把整个盘子都拖了下来，结果盘子掉在地上，响声惊动了农妇，她发现是只狼，连忙叫人用棍子狠狠地打狼，直打得狼拖着两条瘸了的腿嗥叫着逃回了森林。"你太可恶了，把我骗到农舍，结果被农夫抓住，打得皮开肉绽。"可狐狸说："谁让你这么贪婪啊。"

第三天，它们又一起出去，狼只能跛着脚走，它又对狐狸说："红狐，去给我找点吃的，不然我就把你给吃了。"狐狸说："我知道有个人今天正好杀了头牲口，刚腌的肉放在地窖的一个桶里，我们去弄些来。"狼说："我跟着你一起去，假如我被逮住了，你也好帮我一把。""行。"狐狸说着就将方法和通地窖的小路告诉了狼。它们终于来到地窖，里面有很多肉，狼张口就吃了起来。

狼想："我要用足够的时间吃个痛快才走。"狐狸也很爱吃，但它总是四下张望，时不时跑到进来的洞口，试试自己的身体能不能钻出去。狼问："亲爱的狐狸，你能不能告诉我为什么总是跑来跑去、钻进钻出的？""我得看看是不是有人来了，"狡猾的伙伴回答说，"别吃太多了！"狼却说："我要把桶里的肉全部吃光为止。"此时农夫听到狐狸跳进跳出的声音，就朝地窖走来。狐狸一看到他的影子，就一溜烟地钻出去逃走了。狼也想跟着跑，可它吃得肚子鼓鼓的，被洞口卡得牢牢的，钻不出去了。农夫拿棍子把狼打死了。而狐狸却跑回了森林，为能够摆脱那贪得无厌的狼而感到十分高兴。

这是一种奇妙的搭配，同样是动物，狼与狐狸的关系及其在故事中的地位却极不相同。狐狸往往扮演一个布置"陷阱"的角色，而狼则是被置于其中的角色，而人的角色就更直接了，他们是最后"陷阱"的收获者和得益者。除此之外，这个故事还有下面几重意义值得注意：第一，狼的拟人化就是给狼设置的第一重陷阱。人原本是鄙弃狼的，本意就是要"摆脱那贪得无厌的狼"，但是为了达到这个目的，偏偏要让狼变成人，说人话，干人事。第二，人类虽然不直接出面，但通过狐狸这个"朋友"设置第二重陷阱。其实这完全是为了使狼陷入不义的绝境，因为按照人的原意，像狼这样的野兽原本就不可能有朋友。第三，通过狐狸，让狼有表现自己的欲念并实现它的机会，而且反复表现，结果使人们感到"农夫拿棍子把狼打死"合情合理，大快人心。

这里可见人类文化的高明之处：当需要将一个对象恶魔化的时候，会用各种方式先将对象变形，使其脱离或失去自己的平常面目，然后用各种情结和细节来证明其罪不可恕。狼由此不得不上当，不得不接受恶魔化的渲染，不得不成为一种意识形态与人文精神的工具，不仅恰如其分地表现了人在自然界的扩张活动，而且表达了一种精神上的"征服"。正因为如此，狼才一再落入一系列人类设计好的陷阱和圈套之中，越陷越深，越抹越黑，成了不可救赎的恶魔的化身，不论是狐狸，还是山羊，都永远不会靠近它，信任它。

十、"狼之罪"从何而来？

可见，"恶魔化"同时也是一种谋划，是人类确立自己的对立面的一种心智活动。

要达到恶魔化，就得有理由，有理由就得有罪证，所以，人类不仅需要在感性上、归属上进行排斥，还需要制造各种各样的"理由"来实施自己的意图，并使有羞耻心的人类也感到心安理得。

这在民间故事中得到了广泛印证，而制造这种理由的一个重要途径就是虚构。

最典型的例子莫过于寓言《狼和小羊》了。

这是一则在西方源远流长和家喻户晓的寓言故事。在《伊索寓言》、拉·封丹的寓言诗中，都有记述。这个故事如今在世界上也流传甚广，不仅存在于欧洲各国的民间传说和寓言中，而且在亚洲好多国家和民族中都能找到大意相同的文本，只不过所属的作者名字不同而已。中国流传的版本，较早出自俄国的《克雷洛夫寓言》，由新文艺出版社 1954 年出版，这个故事很快就进入了语文教科书，在中国人人皆知。下面文本就选自于此：

一只小羊，在大热天走近小河去喝水，也是倒霉，它正好碰到一只饿狼在那儿徘徊。饿狼暗中瞧着小羊，把它当作逐猎的对象，可是为了要做得冠冕堂皇，狼吆喝道：

"你好大胆子，竟用你的脏鼻子，让泥沙把清水（我的水）搅得浑浊不堪？吓，你还敢笑？我干脆就把你的傻脑袋摘下来！"

"要是狼大王准许，我敢斗胆报告，我是在离开大王一百步的下流。我可没有什么错儿，要招大王发怒，我从无弄脏大王的饮水，即使我存心弄脏也不成！"

"这样说来，倒是我撒了谎了！你这混蛋！过去谁说过这样无理的话，你从实招来！唔，我想起来了，两年以前我走过的时候，就是你站在这里说的。伙计，我可忘不了，忘不了！"

"然而，的确是你错了。我还不满一岁呢。"不幸的小羊答道。

"那么，一定是你的哥哥。"

"我没有哥哥，大王。"

"哦，那就一定是你的朋友什么的，要不然就是你的亲戚。可不是吗，凡是你们羊类，还有你们的猎狗和你们的牧人，都想谋害我，老是想谋害我，老是找机会要害死我。为了这些个损害，我就要跟你算账！"

"可是我呢，我哪儿得罪你了？"

"别废话！你讲了一整天的话了。你以为我有工夫来细数你的罪状，小畜生？你的罪状就在这里：我要把你吃掉！"

于是狼就把小羊拖到树林深处去了。

可以说，这是对狼实施"恶魔化"最典型的文本。狼如此可恶，而羊却那么可怜和可爱，故事通过虚构方式充分显示了"仇狼"的合情合理。而人们之所以能够接受这种比喻，一方面由于既定的生活和文化习惯使然，另一方面则由于这个寓言所包含的心理逻辑。从表面上看，这里反映的是小羊和狼的关系，人们站在小羊一面，同情小羊，是由于小羊的无辜和狼的无理，但是内在所表现的却是人与狼的关系。这一层关系虽然没有明说，却在人们的潜意识中起着作用。

问题是，人们为何这样虚构？而人们又为什么长期以来欣赏这种虚构？

从人类理性的角度来说，狼吃羊原本天经地义，是狼的一种本能的生存需要，无可厚非，也并不需要什么理由，但是，人类为什么如此极力渲染狼吃羊的"凶残"本性呢？真是"此地无银三百两"，无非就是为了实现对狼的有罪指控。这实际上与狼吃小羊的逻辑是一致的，而所不同的是，狼没有能力创造这种逻辑，只能接受人给予它的这种逻辑。

其实问题的症结很简单，就是狼不该吃人类的羊。人们之所以站在小羊一边，并不是为了维护小羊的生命——如果真是那样，人类早就放弃食用羊肉的习惯了，而这里强调的正是这种人类的特权——不仅羊是属于人类的，是人的私有财产，而且只有人可以吃羊。所以，在羊和狼冲突的背后，是人与狼争夺生存资源的斗争——这是人类与自然最古老的冲突的持续。

可见，在这个故事中，人类揭露的狼吃小羊的逻辑，恰巧也是人类自己的逻辑，而小羊也不会由此改变自己的命运，它不仅是无辜的，而且是完全虚化的，只是人类利益的一种替身和筹码，自身是没有意志和价值的。

所以，人在恶魔化狼的时候，自己也在变成"狼"——一种有文化逻辑的、自己能够为自己罪恶行径制造理由的掠夺者。我们可以把这个寓言理解为人类对自己吃羊特权的一种认定，同时又是对狼的罪恶的一种宣判。可惜，人们总是从单方面来理解这一寓言故事，而且在很长一段历史时期，乐此不疲地不断重复这种虚构的指控——不仅对狼，而且还对自己假想的各种敌人。

或许这是人类文明与文化的两面性，一方面它会为人类提供文化家园，使人类不断反省自我，提升自己的精神品位和境界；另一方面，它有欺骗性和虚伪性，为了维护自己的"人类利益中心"，不断为自己的自私和贪婪寻找文化根据，建构合法性。

另一个虚构的杰作则是"披着羊皮的狼"，人类把一种只有自己才最擅长的罪恶行径通过虚构的方式转嫁到了狼身上，使之成为十恶不赦的对象：

    有一只狼想吃羊，但是害怕警惕的牧羊人和牧羊犬，只能在周围徘徊。有一天，狼发现了一块羊皮，便披着它混入羊群，并瞒过了牧羊人，一起回到驻地。一只小羊羔把这只披着羊皮的狼误认为是自己的妈妈，结果被领出了羊群，成了这只披着羊皮的狼的美餐。

显然，人类把自己的伎俩转嫁到了狼身上。在原始社会中，人类为了狩猎，学会了用各种兽皮伪装自己，包括披上狼皮或羊皮来吓唬或迷惑其他动物。但是，在这里，狼再一次无法申辩地陷入了圈套。

可见，虚构是人类一种神奇但是又十分危险的能力，如果不留心就会成为诬陷、造谣、无中生有的工具。这也是人类所有"阴谋文艺"产生的温床，一旦脱离了公正、公平和正义的轨道，就有可能被邪恶之心所利用，成为"莫须有"罪名的圈套和陷阱。这种情景不仅适用于狼，同样适用于人类自己。一个人，一个民族，甚至一个国家，一旦不幸被选定为恶魔化的对象，就会失去一切自我辩护的权利与余地，被无限制地丑化或恶魔化。

这是非常可怕的。狼的恶魔化是由一系列精心设计好的情节完成的，这在寓言故事中有近似完美的体现，我们不妨列举一二：

狼与母山羊

母山羊在陡峭的山崖上吃草，狼无法捉到她，便劝说她赶快下来，免得掉进山谷里，还说自己身边的草地好，青草茂盛鲜嫩，还有许多花。母山羊回答说："你不是真心喊我去吃草，而是让我去填饱你的肚子。"

这是说，尽管坏人老奸巨猾，但在聪明人面前，他们的诡计仍是枉费心机。

妄自尊大的狼

一条狼徘徊在山脚下。落日的余晖使他的影子放得特别长。看着自己的影子，狼得意洋洋地对自己说："我有这么大的身体，几乎大到一亩田那样大，为什么还怕狮子？难道我不该被称为百兽之王吗？"正当他沉醉于其中时，一头狮子向他扑来，将他咬得快死了。此时狼悔恨不已，大声喊道："我真不幸啊！是狂妄自大毁灭了我。"

这是说，那些盲目狂妄自大的人，会自食其恶果。

什么是"欲加之罪，何患无辞"？人类又是如何运用了它，造成了无数人类与地球的灾难呢？这正是我们今天应该认真思考的问题。在这方面，狼至今依然是我们的老师，教我们学会了很多东西。

十一、人是如何对狼进行"审判"的？

显然，狼之厄运是人类赋予的，其中不仅通过虚构的方式，而且还有理性的审判。什么是理性的审判呢？就是把感性现象上升为理性认识，把个别的事实转化为某种普遍的"真理"形式，成为人类活动合法甚至合情的根据。例如，人一旦把狼确定为是恶魔的象征，无限制地捕杀狼就成了一种"为民除害"的德行，自然会受到社会的鼓励和赞誉，而把某一种恶性厘定为"狼心狗肺"，自然就成了一种合乎某种理性逻辑的判断。

所以，虚构背后还有逻辑，隐藏着人类的理性思考。而在一些寓言故事中，我们可以看到绝妙的例子，用生动的方式对狼进行理性审判。例如，在西方狐与狼的故事中①就有狼面对公堂，直接接受审判的场景。在故事中，动物法庭和人的法庭几乎没有什么区别，只不过法官、律师、被告和原告都是由动物来扮演罢了。狼总是最可怜的，不仅成了受嘲弄的对象，一个配角，而且经常成为"被告"，虽然百般狡辩，但是最终还是不得不败诉，接受被惩罚的命运。

下面就是一次审判过程：

---

① L. W. William, *Medieval Story*, Kessinger Legacy Reprints, 1962, pp. 161-163.

狮王（King Noble the Lion）宣布开庭，除了狐狸瑞那特（Reynart the Fox），所有动物都参加了。审判由狼伊辛格瑞（Isengrim the Wolf）的告状开始，它说狐狸瑞那特老是和自己的太太打情骂俏，完全超越了礼仪的界限，所以要求法庭将狐狸绳之以法。但是狮王给予冷笑，认为狼夸大其词了，他并不想介入狼与狐狸长期的怨仇之间。所以当熊先生请求他在狐狸和狼之间维持公道时，狮王并不想改变主意。恰巧这时狼的太太表示抗议，她红着脸发誓，说自己是清白的，并暗示自己丈夫的嫉妒心太重。可怜的狼还想继续申诉，但是已经无法改变狮王的判断。狮王再次轻蔑地打断狼的申诉，并责怪他，迫使满怀委屈的狼坐下，并且把尾巴夹起来。①

为什么会是这样呢？难道狼在动物世界一点尊严和威信都没有吗？显然，狼已经被定性为"狼"，就意味着在精神上已经被剥夺了伸张正义的话语权，根本不可能东山再起，得到公平的待遇。

下面的场景也非常有趣：

年老的狮王重病躺在洞里。除了狐狸之外，动物们都去拜见国王。狼便趁机在狮子面前诬陷狐狸，说狐狸胆大包天，藐视大王，竟敢不来拜见。正在此时，狐狸进来了，听到了狼所说的最后几句话。狮子一见到狐狸就怒吼起来，狐狸马上请求让他解释几句。他说："在所有向大王问候的动物之中，有谁像我这样忠诚，为你四处奔走，遍访名医，寻找妙方呢？"狮子立即命令他将药方说出来。狐狸说："将狼的皮活剥下，趁热裹在身上。"狼立刻成为一具尸体，躺在了那里。狐狸得意地笑着说："你不应当怂恿主人起恶念，而应该诱导他发善心才对呀。"

这故事说明，常常算计别人的人，往往都会自食其果。

---

① L. W. William, *Medieval Story*, Kessinger Legacy Reprints, 1962, pp. 161-163.

在这里，法庭原本就是一个伸张正义、主持公道的场所，体现人类理性的抉择。而正是在这里，狼已经完全失去了自己的话语权，被压抑在了社会最底层，处于一种"无语"或"失语"的尴尬状态。可见，理性审判的最终目的就是确定一种"文化身份"，把狼归入一种普遍的"坏人"行列，打上永久的恶的印记，再踏上一只脚，让它永世不得翻身。

由此我们看到，虚构的、恶魔化的狼通过各种各样的民间故事，已经积淀下来，成为人类文化心理中的潜意识。而这些故事又反过来影响着人们的日常生活，不断巩固和强化这种"仇狼"意识，不断从各个方面加强了对狼及狼性的责难，把狼的恶魔化给固定化和观念化。

这在著名的《伊索寓言》中也能找到很多例子，我们可以慢慢欣赏：

狼与鹭鸶

狼误吞下了一块骨头，十分难受，四处奔走，寻访医生。他遇见了鹭鸶，谈定酬金请他取出骨头，鹭鸶把自己的头伸进狼的喉咙里，叼出了骨头，便向狼要定好的酬金。狼回答说："喂，朋友，你能从狼嘴里平安无事地收回头来，难道还不满足，怎么还要讲报酬？"

这故事说明，对坏人行善的报酬，就是认识坏人不讲信用的本质。

牧羊人与狼

牧羊人捡到一只刚出生的狼崽子，把它带回家，跟他的狗喂养在一起。小狼长大后，如有狼来叼羊，它就和狗一起去追赶。有一次，狗没追上，就回去了，那狼却继续追赶，待追上后，和其他狼一起分享了羊肉。从此以后，有时并没有狼来叼羊，它也会偷偷地咬死一只羊，和狗一起分享。后来，牧羊人觉察到它的行为，便将它吊死在树上。

这故事说明，恶劣的本性难以改变。

狼与羊群

狼一心想吃掉羊，但因有狗守护他们，不能得逞，心想：非智取不可。于是，他派使者去拜访羊们，说狗才是他们之间的敌人，若能把狗赶出去，他们之间就能和平共处了。羊根本没有认清狼的险恶用心，不假思索地将狗赶了出去。没有了狗的保护，狼便轻而易举地把羊都吃掉了。

这也就是说，人们如果失去保护自己的人，很快就会被敌人征服。可见，民间文学与庙堂文学从来就不是隔绝的，它们有不相同的一面，也有相通的一面。比如，人们通过对狼的讽刺与嘲讽来表现善恶观念或某些经验教训，就是民间故事中普遍的模式。这和宗教理性在狼的恶魔化过程中互相补充，合为一体，最终带来了对狼全面恶魔化的效果。

十二、狐狸为什么老是战胜狼？

这是一个有趣的问题，因为狐狸和狼都是动物，在很多民间故事中，它们都是形影不离的搭档，一起狩猎，一起商量对策，一起应付事变，但是奇怪的是，狼总是不走运，不仅垂头丧气、走投无路，而且经常遭到狐狸的戏弄。这在欧洲列那狐（Reynard the Fox）的故事中表现得非常突出。在故事中，列那狐是一个聪明、狡猾、虚伪、花言巧语、报复性很强的角色，它经常陷入困境，但是又总能逃脱，而狼不仅是它注定的敌人，而且注定是被它捉弄的对象。

不过，很少有人能考察到这个故事的变化过程。据考证，列那狐的故事最早来源于拉丁文的诗 *Ysengrimus*，这个词也就是故事中狼的名字。也就是说，原本狼是这个故事的主角，但是不知怎么搞的，故事的主角后来被那只狐狸列那狐抢去了，于是整个故事的名字也变了，而过去的主角狼不仅成了配角，而且成了其中处处受挫、受嘲弄的倒霉蛋角色。

不仅如此，故事的讲述方式和口吻也不断有所变化。换句话说，同样是狼与狐狸的故事，但是由于人们讲述的方式、口吻甚至语气的不同，故事的意味可能完全不同。

下面一则故事出自法国作家圣·克劳特的手笔，题目是《狼伊辛格瑞如何被狐狸瑞那特请君入井的》（*How Reynart got Isengrim into the Well*），非常搞笑：

狐狸瑞那特半夜偷了寺院的鸡吃了以后，渴得要命，急急忙忙来到井台找水喝。它把水中自己的影子当作了自己的情人合木兰（Hermeline），就急忙跳进井辘辘上挂着的一只桶里下到井里。到了井下喝足了水它才发现，靠自己是上不去的。但是，天无绝人之路，正当它感到沮丧之时，狼伊辛格瑞也来到了井旁，狡猾的狐狸立即觉得自己有了上去的希望，决定让这只狼做自己的替死鬼。

狼来到井边，在水面上看到自己和狐狸的影子，误认为是自己的情人和狐狸在一起，醋性大发，就用两种语言大骂自己的情人不忠。狐狸觉得时机已到，就花言巧语说自己进了天堂，并且历数天堂的种种好处，这里有牛，有羊，有花草树木种种好东西。狼听了羡慕极了，也向往极了，请求狐狸也能够让它有机会加入。狐狸就告诉它，井上面有一只吊桶，只有具有美德的人才能下来，"但是，像你必须首先承认自己的罪过才行，你能忏悔和弃绝你的罪恶吗？"狐狸说。

"能"，狼急不可待地回答，于是它用长嗥来向各种动物表示悔罪。之后，狐狸表示它已经被宽恕了，可以进到桶里了。就这样，狼一下子就下到了井里，而坐在另一只桶里的狐狸却轻轻松松上来了。得意的狐狸这时对井下的狼说："一个走了，另一个来了，这是惯例。现在，我上了天堂，而你下了地狱。"

狐狸逃走了，被狼叫声引来的寺院僧侣把狼从井里拽出来一顿痛打。狼一瘸一拐回到家里，向上帝发誓要报复这可恶的狐狸。①

对于这种"搞笑"的叙述方法，作者有自己的说明："我就是要使你们发笑，因为你们不喜欢圣人的说教。你们所想要的就是一些使你们感到快乐的故事。"在这个故事中，人们一方面欣赏动物之间的闹剧，另一方面在娱乐中

---

① M. R. Lynette, *Literature and Society in Medieval France*, St. Martin's Press, 1985, pp. 91–92.

体会人生的表演和意义。寓言的突出特点就表现在自然性和人性的交织,动物为生存而进行的斗争以及表现出来的权力、体力和智力,同样反映了人世间的情况。

不过,作者并没有说为什么总是拿狼来寻开心,而听故事的人就喜欢看到狼处处倒霉。可见,这种"令人发笑"只是一种叙述形式,而其中扬狐贬狼,使狼无地自容的内容更令人注目。

在故事中,狐狸一直是一个绝妙的角色,聪明狡猾,装模作样,从来不讲信用,但是也从来不会受惩罚,危难之际,总有逃脱之计。而狼恰恰相反,它总是笨头笨脑,自以为是,受人摆布,代狐狸受过,凸显了其愚蠢、倒霉的一面。换句话说,随着人类文化的演进,正像《伊索寓言》中所表现的一样,狼的日子,不论从物质还是精神方面来说,都越来越不好过了,倒霉的时候也越来越多了。它不仅斗不过狐狸、毛驴,甚至连小山羊也不会受骗上当,能够识破它的诡计,让它受到应有的惩罚。

可见,故事不是一成不变的,讲故事的方式也大有考究,背后隐藏着人类不同的善恶观念、情感倾向和价值取舍。同样是讲故事,由于取舍不同,讲述方法就不同,效果自然也不相同。狼,从人类心目中的文化英雄和崇拜对象,变成恶魔,是西方政治要求、宗教变革与民间文化之间"合谋"的结果。人类不仅借助于虚构与想象方式来表达自己的取舍,而且还创造了各种特殊的叙述方式,让自己的爱憎合情合理地呈现出来。在这个过程中,狼遭遇了类似"老鼠过街,人人喊打"的厄运,声名狼藉,成为一种类型化的恶的象征。

十三、小红帽为什么不能离开林中小路？

说到民间故事，就不得不提到《小红帽》（有时被译为《小红斗篷》）的故事了，因为这是在民间流传最广的童话之一。千百年来，几乎所有的欧美家庭都讲着同样的故事，父母把同样的教诲传给下一代，让一代又一代人牢牢记住一条禁忌——万不可离开林中的小路。故事是这样的：

很久很久以前，有一对夫妻，他们有一个漂亮活泼的小女孩。因为小女孩有一件奶奶做的漂亮的带帽子的红斗篷，所以人们都叫她"小红帽"或"小红斗篷"。

有一天，母亲让她带着蛋糕和酒去看望生病的奶奶，再三嘱咐她要小心，不要离开林中的小路，不要和陌生人讲话，不要乱蹦乱跳，到奶奶家的时候，别忘了说"早上好"，也不要一进屋就东瞧西瞅。

但是小红帽一进入树林后就忘了一切。走了不久，就遇到一只大灰狼上前搭讪，小红帽不知道狼是坏家伙，所以一点儿也不怕它。在狼的引诱下，小红帽忘乎所以地把一切有关祖母的情况都告诉了大灰狼。大灰狼心里早盘算好了如何享用祖孙二人，决定先吃老的再吃小的。

于是它自告奋勇为小女孩带路，说："小红帽，你看周围这些花多么美丽啊！为什么不回头看一看呢？还有这些小鸟，它们唱得多么动听啊！

你大概根本没有听到吧？林子里的一切多么美好啊，而你却只管往前走，就像是去上学一样。"

小红帽抬起头来，看到阳光在树木间来回跳荡，美丽的鲜花在四周开放，便想："也许我该摘一把鲜花给奶奶，让她高兴高兴。现在天色还早，我不会去迟的。"于是她离开大路，走进林子去采花。她每采下一朵花，总觉得前面还有更美丽的花朵，便又向前走去，结果一直走到了林子深处。

就在此时，狼却直接跑到奶奶家，敲了敲门。

"是谁呀？"

"是小红帽。"狼回答，"我给你送蛋糕和葡萄酒来了。快开门啊！"

"你拉一下门闩就行了，"奶奶大声说，"我身上没有力气，起不来。"

狼拉起门闩，那门就开了。狼二话没说就冲到奶奶床前，把奶奶吞进了肚子。然后它穿上奶奶的衣服，戴上她的帽子，躺在床上，还拉上了帘子。

这时小红帽还在跑来跑去地采花。直到采了许多许多，她都拿不了了，她才想起奶奶，重新上路去奶奶家。

小红帽来到后，看到门没有关，奶奶又有许多变化，心里一惊，就一一问奶奶为什么与往日不一样，大灰狼一一回答："耳大好听你的声音，眼大好看你，手大好抱你，牙大好吃你。"说完就一口把小红帽也吞下了。

大灰狼吃饱后酣然入睡，一个猎人正巧路过，听到屋内鼾声震天，于是进屋查看，结果发现躺在那里的是大灰狼，于是猎人先开膛救出祖孙二人，又给灰狼肚子里填满石头，重新缝好，大灰狼醒来时仓皇逃走，最后掉进河里淹死了。这时祖孙二人欢乐如旧，只不过小红帽从此得了教训："以后我再也不离开小路，再也不和陌生人说话，再也不贪图玩耍了。"

人们还说，小红帽后来又一次给奶奶送蛋糕，在路上又碰到一只狼跟她搭话，想骗她离开大路。可小红帽这次提高了警惕，头也不回地向前走。她告诉奶奶她碰到了狼，那家伙嘴上虽然对她说"你好"，眼睛里却露着凶光，要不是在大路上，它准把她给吃了。"那么，"奶奶说，"我们把门关紧，不让它进来。"不一会儿，狼真的一面敲着门一面叫道："奶奶，快开门呀。我是小红帽，给你送蛋糕来了。"但是她们既不说话，也不开门。这长着灰毛的家伙围着房子转了两三圈，最后跳上屋顶，打算等小红帽在傍晚回家时偷偷跟在后面，趁天黑把她吃掉。可奶奶看穿了这家伙的坏心思。她想起屋子前有一个大石头槽子，便对小红帽说："小红帽，把桶拿来。我昨天做了一些香肠，提些水去倒进石头槽里。"小红帽提了很多很多水，把那个大石头槽子装得满满的。香肠的气味飘进了狼的鼻孔，它使劲用鼻子闻呀闻，并且朝下张望着，到最后脖子伸得太长了，身子开始往下滑。它从屋顶上滑了下来，正好落在大石槽中，淹死了。小红帽高高兴兴地回了家，从此再也没有谁伤害过她。①

这个故事成形的准确年代已经无从考证，但是可以肯定的是中世纪就已经流传了。这里的大灰狼已经不再是拉·封丹寓言诗中那个有名字的具体的狼了，而成了一种拟人化的野蛮的象征。在这个故事中，大灰狼的每一种习性和特点都体现了人类对野蛮的认定与理解，并提醒人们千万不要脱离文明生活的轨道，违背文明生活的规则，否则就会堕入诱惑的陷阱，被野蛮所吞噬。

为什么不能离开林中的小路呢？为什么不能到丛林中去摘取野花呢？这是很多小朋友听完故事之后首先发出的疑问，也是讲故事的父母或者老师务必要回答的问题。

因为离开了小路就会碰到大灰狼，因为到丛林中去就会迷路。

这是大多数长辈的回答。

当然，学者会有更深刻的解说：在这里，大路象征着人类文明的氛围和

---

① 根据 Peter Cater 的 *Grimms' Fairy Tales*（英译本）改写。后面部分出自不同故事版本中。小红帽又一次去看祖母，再度遇到了大灰狼，但是这次小红帽变得聪明了，她不与狼搭腔，而是一口气跑到祖母家，然后祖孙二人合力消灭了大灰狼。

轨道，丛林意味着未开化的野蛮领域，大灰狼则直接体现为一种野性的诱惑，用乔装打扮、花言巧语等多种形式诱惑、教唆人们，尤其是青少年最容易脱离文明的轨道，堕入危险的深渊。

难道人类文明就是筑建一条安全、通达的人生道路吗？人类很清楚，自己虽然进入了文明时代，但是仍然处于野蛮、未开化自然的层层包围之中，处处隐藏着种种原始记忆的恶兽，时时有迷失自我的危险，所以人类不得不列出种种"禁止前行"的告示，设置在下一代人生活道路的两旁，警示他们不要离开文明社会的轨道，否则就有堕入深渊、被野蛮吞噬的危险。

所以，离开小路就可能找不到路，找不到路就回不了家，回不了家就再也见不到自己的父母和奶奶了。

而且，更可怕的是，你会引狼入室，毁掉自己的家园。

所以，《小红帽》的故事体现了西方文明的一种永远的禁忌，那就是恪守文明规则，警惕所有不属于自己文明圈的外来客，不与陌生人搭腔，不可信任陌生人，永远不要向陌生人敞开自己的家门。

当然，也许更重要的是，这个故事生动地展示了西方基督教文明对于诱惑的拒斥。在故事中，大灰狼就是欲望的象征，它所期待的猎物就是脱离了文明轨道的人，就像恶狼捕捉离群的羔羊一样。而小红帽之所以受到诱惑，上了大灰狼的当，就是因为自己不能遏制内在的欲望，忘记了大人的嘱咐。

显然，关于欲望的主题，在不同历史时期有不同的关注与诠释。在中世纪，人们关注的是外界的引诱，告诫人们自律、自制和自我保护，恪守传统的社会规范，按照既定的道德准则行事。而在现代社会中，人们更加关注的是内心欲望，以及在欲望引诱下的堕落。例如，20世纪50年代风行一时的影片《欲望号街车》（*A Streetcar Named Desire*）就讲述了一个现代的"小红帽与大灰狼"的故事。影片中的南方女子布兰奇因为行为不检点而被迫离开家乡，乘一辆叫"欲望"的电车进了城，投靠自己的妹妹。她声称自己是教师，因身体不好而辞职休养，实际上并不安分守己。很快，她在妹妹家结识了一个忠厚的男人，开始谈婚论嫁，但是不料妹妹了解她的底细，使她的男友一气之下离她而去。在这种情况下，布兰奇竟然开始勾引自己的妹夫，对他卖弄风情，结果引得妹夫情欲大作，趁妻子入院分娩之机强奸了布兰奇，最后导致布兰奇的精神崩溃，被强行送进了疯人院。

这是一个现代悲剧，而主人公的堕落来自传统道德规范的丧失，不可遏制的欲望导致了人性的迷乱与丧失。而另一部20世纪70年代的电影《巴黎最后的探戈》（*Last Tango in Paris*）则更加深刻地呈现了欲望的悲剧。

在影片中，保罗是一个年近五旬的美国作家，妻子刚刚自杀，尽管他知道妻子生前有情人，但是仍然深爱着妻子，无法忍受她如此离去。在这种情况下，失落的保罗与青春艳丽的让娜相遇，很快陷入疯狂的爱欲之中。让娜有一个男友汤姆，是一个年轻导演。让娜经常去保罗的公寓与保罗幽会，渐渐发现自己爱上了这个神秘古怪的男人。但是，让娜还是和汤姆结婚了，开始了正常的生活。这时，曾经回绝让娜的爱的保罗，却希望让娜回到自己身边。遭到拒绝后，保罗一直追到了让娜母亲家中，他说爱让娜，而就在这时，让娜手中的枪响了，保罗倒在了阳台上。

整个影片充满着疯狂的性欲、激情和可怕的孤独，显示了绝望的诱惑和诱惑的绝望的悲情色调，传达出一种压抑、疯狂的地狱般的悲剧感。在整个作品中，诱惑是关键词，并一再凸显出其野性的一面，充满着相互吞噬的欲望，所以让娜一直将他们的关系比喻为小红帽和大灰狼的关系。实际上，这部电影就是一次对小红帽故事的现代书写，尽管人物、时代、场景等发生了巨变，但是欲望的主题没有变。无论是保罗妻子的自杀，还是保罗最后被让娜所杀，他们都是欲望的牺牲品，他们失去了真正的生活目标和信念，只能被欲望本身所毁灭。

这里，我们再一次看到了《小红帽》故事中的"欲望的语言"。所谓"欲望的语言"就是大野狼的眼神，它们是从人类古老的原始生活中流露出来的，经过了人们长期的文化转译，最后变成了一种既定的传说和象征。在这种特定的叙述中，我们分明感受到了人类内在的冲突。正因为它是内在的，所以大灰狼不能从我们的生活中被赶出去，它就在人们内心深处，并且不断对外在的"狼"发出会心的微笑，就像小红帽和大野狼的关系一样，稍不留神，大灰狼的眼神就会唤起人们的共鸣和回应。

其实，在现代社会，人们的欲望得到了越来越多的肯定，欲望的眼神也越来越频繁地闪现在生活中，数不清的商品广告、市场宣传和享乐策划等，闪烁着的就是欲望之眼，无法抗拒的就是人们自己制造的各种各样的诱惑。

其实，民间文学也在变异，关于狼的故事同样如此，旧的故事在继续流传，新的传说又在不断出现，并且不断修正着过去的记忆。例如，被称为意大利现代童话大师的伊塔洛·卡尔维诺（Italo Calvino，1923—1985）就是如此，他所完成的《意大利童话》（*Fiabe ltaliane*，1956）堪称是对现代人灵魂的追根溯源，通过再现意大利的"民族记忆"，表现了现代人对现实的历史思考。其中《狼叔叔》就是一则非常有趣的现代故事演绎：

> 从前有一个馋嘴的女孩。狂欢节那天，老师跟女孩们说："谁要是做乖孩子，把毛线活织完，就给谁炸糕吃。"
>
> 这个女孩一点儿也不会织毛衣，就向老师请假，假装去洗手间。她把自己关在洗手间里，睡着了。当她回到教室时，别的女孩已经把炸糕吃完了。她哭着回到了家，把学校里发生的事都给妈妈说了。
>
> "别哭了，小可怜。妈妈给你做炸糕吃。"可是家里很穷，炸锅也没有，妈妈说："你去狼叔叔家，请他把锅借给我们用用。"
>
> 小女孩来到狼叔叔家门口，"咚咚"地敲门。
>
> "谁呀？"
>
> "是我。"
>
> "多少年多少月也没有人再来敲这扇门了！你有什么事？"
>
> "妈妈叫我来的，向您借一口锅做炸糕。"
>
> "等等，让我把衬衣穿上。"
>
> "咚，咚！"
>
> "等等，让我把裤衩穿上。"
>
> "咚，咚！"
>
> "等等，让我把长裤穿上。"
>
> "咚，咚！"

"等等，让我把外衣穿上。"

狼叔叔总算把门打开了，递给她一只锅，说："我把锅借给你们，不过你告诉妈妈，还锅的时候，在里面装满一锅炸糕、一个圆面包和一瓶酒。"

"好，好，我一定送来。"

回到家，妈妈给她做了好多好吃的炸糕，也给狼叔叔留了一锅。天黑之前，她对小女孩说："把这些炸糕给狼叔叔送去，还有这个圆面包和这瓶酒。"

这个小女孩实在嘴馋，一上路闻着炸糕的香味。啊，真香啊！尝一个吧！就这样，一个、两个、三个……小女孩把炸糕全部吃光了，拌着炸糕，她把圆面包也吃了，为了把炸糕和面包送下肚，她又连酒也全喝了。

吃光喝完，小女孩为了装满锅子，就在路上抓了些驴粪团放了进去，又往酒瓶里灌了些脏水。随后，她用一个在路边干活的瓦匠的灰泥浆揉成了圆面包的形状。到了狼叔叔家，她把这些脏东西都给了他。

狼叔叔尝了一个炸糕，"呸！这是驴粪呀！"他马上喝了一口酒想漱掉嘴里的臭味，"呸！这是脏水啊！"他又咬了一口圆面包，"呸！这是灰泥啊！"狼叔叔双眼冒火盯着小女孩，说："今天夜里我要去吃了你！"

小女孩跑回家告诉妈妈："今天夜里狼叔叔要来吃了我！"

妈妈赶快关好门，关好窗，堵好家里所有的漏洞，想阻止狼叔叔进屋，但她忘记把烟囱关上了。

到了夜里，小女孩已经上床了，就听到外面传来狼叔叔的声音："我来吃你了！我到你家门口了！"随后听到瓦片上有脚步声："我来吃你了！我到烟囱里了！"

"妈妈，妈妈，狼来了！"

"你快藏到被子里去！"

"我来吃你了！我到了壁炉里！"

小女孩蜷缩在床角，吓得像树叶一样发抖。

"我来吃你了！我到了屋里！"

小女孩吓得屏住了呼吸。

"我来吃你了！我到了床前！啊！我吃到你了！"说着，狼就把小女孩给吃了。

就这样，狼叔叔总是吃馋嘴女孩。①

作为一篇童话作品，这个故事的训诫意味是很明显的，而对于一般读者来说，也许今天已经很少有人去追究这位"狼叔叔"的来源。其实，"狼叔叔与炸糕"这类的民间故事在意大利非常普遍，不知道已经流传了多少个世纪，而"狼叔叔"也一直履行着自己教导侄女的职责。正像狼叔叔在故事中所暗示的那样："多少年多少月也没有人再来敲这扇门了！"尽管自从那一对神奇的双生子告别养育他们的母狼之后，人类就再也不去看望那些"狼叔叔"了，但是也并没有完全忘却他们——实际上，有时候，在危难之际，"狼叔叔"依然会突然出现，并带领人们脱离险境。从另一个角度来说，人和狼是同体的，可能十恶不赦，但是也可能慈心大发，继续担任人类的"老师"。

你怎么看这篇童话呢？

---

① 卡尔维诺：《卡尔维诺文集：意大利童话（上）》，马箭飞等译，译林出版社，2001年，第223—225页。

十四、"人狼情结"是如何产生的？

为了更深入理解西方"狼文学"的意蕴，我们不得不关注"人狼（Werewolves）情结"。

所谓"人狼情结"指的是西方文化中长期积淀的一种深层文化意识，它以某种特定的文化原型为核心或者基础，在不同历史时期与语境中，具有不断变化的再生能力，由此构成了某种奇特的、历久弥新的文化形象与景观。换句话说，这是构成某种独特文化或文明体系的重要因素或标志之一，作为一种难以磨灭的心理积淀，不仅深刻影响着人们的行为与心理状态，而且不断通过外在的文化方式复制自己。可以说，从罗马母狼传说到20世纪人们对狼孩的极大关注，反映了西方文化中人与狼之间的特殊关联，而这种意识最深刻、最生动的表达则是长期积淀于西方历史文化心理深处的人狼情结。

应该说，人狼的传说如今已经成为西方日常文化的一部分，家喻户晓，人人皆知，因为这类传说在古希腊罗马时期就已经成型并广泛流行。这种"人狼情结"一般被称为"里卡兹若比"（Lycanthropes，又称Boanthropy）现象。从词源上探讨，"里卡兹若比"来自希腊传说中阿尔卡狄亚国王的名字吕卡翁（Lycaon）。在奥维德的《变形记》中就有相似的记述，吕卡翁是阿尔卡狄亚的国王，有一天他用人肉来招待天神朱庇特（Jupiter），朱庇特因其残暴把他变为狼。他还极力想要申辩，但是口中直吐白沫，极度渴望血，于是就跑到羊群中猎吃动物。

更详细的传说大约发生在人类的青铜时代，世界的主宰宙斯不断地听到人们报告阿尔卡狄亚国王吕卡翁的恶行，决定扮作凡人降临人间查看。他来到人间后，发现情况比传言中的还严重。一天深夜，他走进吕卡翁的大厅，吕卡翁不仅待客冷淡，而且残暴成性。宙斯以神灵的先兆，表明自己是个神。人们都跪下来向他顶礼膜拜，但只有吕卡翁不以为然，反而嘲笑人们的虔诚迂腐，并要考证一下宙斯的真假，他暗自决定半夜趁宙斯熟睡的时候将其杀害。在这之前，他还悄悄地杀了一名人质，是一个摩罗西亚人送来的可怜人。吕卡翁让人剁下他的四肢，然后扔进滚开的水里煮，其余部分放在火上烤，以此作为晚餐献给陌生的客人。宙斯把这一切都看在眼里，非常愤怒，从餐桌上跳起来，唤来一团复仇之火，投放在这个不仁不义的国王的宫院里。这位残暴的国王惊恐万分，想逃到宫外去，但是，当他发出第一声呼喊时，就变成了一声狼的嗥叫，接着，他身上的皮肤开始变得粗糙多毛，双臂支到地上，变成了两条前腿，由此整个人成了一只嗜血成性的恶狼。而宙斯回到奥林匹斯圣山后，就与诸神商量，决定用这种办法来根除一切可恶的人。所以，在后来的希腊神话传说中，出现了各种被惩罚的人变野兽的故事。罗马诗人维吉尔在自己的作品中详细描述了这种异象，其中纽伦恩人（Neurian）可以由人变成狼，再变回人形。

这些传说并不完全相同。比如，希腊有一个传说，讲一个人一辈子都是人狼，死后就变成了僵尸。在荷马的《奥德赛》中，古代英雄奥德修斯的祖父叫奥托吕科斯（Autolykos），意思就是"他是一只狼"。因为阿尔卡狄亚国的人相信，他们中的一些人具有变成狼的魔法和能力。如果他们在转型期间吃了人肉，那么至少在九年之内不能转回人形，而根据公元前5世纪希腊历史学家希罗多德（Herodotus）所记，在某一年某一天，纽伦恩人会变成人狼，去攻击其他人类，咬断受害者的脖颈。

显然，"人狼情结"的来源，我们也许可以追溯到更久更远，因为从现有资料来看，欧洲确实存在着多种"人变狼"或"狼变人"的说法。例如，在一些历史记述中，巫师就有某种神奇的魔法，可以把人变成狼，用来实施上天对一些恶人的惩罚。在欧洲,民间还普遍流传着这样的传说,人狼会在黎明时分重新变成人,这时人狼会脱掉狼皮,把它藏在什么地方。如果把它藏在寒冷的地方,那么作为人的他会整日冷得发抖;如果狼皮被什么人或动物发现和损坏了,这个人狼就会死去。还有一种流传很广的说法是,一个人变成人狼,是由于用了一条狼皮制成的皮带;而在德国,被吊死的人的皮制成的皮带具有同样的魔力,但是人狼在受伤的那一瞬间会变回人形(这也许是人们无法见到病中或死后的人狼的真实面目的原因),只是会在受伤的地方留下伤痕。

甚至,在很长一段历史时期,在欧洲广大地区,人们都相信人可能变成人狼,并且拥有狼的性情和力量。根据传说,人狼有两种来源,一种是自愿的,一种是非自愿的。自愿者往往和魔鬼签订了契约。在大多数传说中,人狼都是在夜间变形的,因为夜间是魔鬼出没的时间。他们吞噬人和动物,在黎明前变回人形。非自愿者往往是由于某种可怕的经历,所以即使是基督徒也可能变成人狼,在大多数情况下,这些"人狼"是命定的,根本无法或无力自救,只能接受变形的命运。例如,在西西里(Sicily),在月亮满轮时出生的孩子,被认为长大后可能会变为人狼。而在德国的民间故事中,某些山涧小溪里的水能够把人变成狼。在塞尔维亚(Serbia)故事中,人如果喝了狼爪印里的水,就会变成人狼。有的人长着斜眉毛,也被认为有存在变成人狼的危险。在希腊,所有癫痫症病人皆被认为是人狼。某些人狼被认为是上帝的惩罚,因为他们有罪。一些圣徒也有某种法力把有罪的人变成人狼。在亚美尼亚,人们相信魔鬼会造访那些色情女人,并给她们带去狼皮。为了赎罪,她们会披上狼皮过七年才能恢复人形。显然,这种种"人狼"或"狼人"的传说,从不同角度说明了人与动物之间的密切关系,人是从动物世界脱颖而出的。

十五、"人狼情结"是如何转生和变形的？

　　显然，与这种"人狼情结"意象相关的，是人们对于这种文化心理现象的持久关注和解释，由此构成了西方文化史上另外一条线索。例如，在《原始文化》中，爱德华·泰勒曾对"人变兽"神话进行过分析，特别指出了其与病态的妄想、梦想与幻觉的关系："病人可怕的想象和神话的关系，特别鲜明地表现在极为流行的信仰的历史中，这种信仰通过了蒙昧的、野蛮的、古代的、东方的和中世纪的时期，迄今仍存在于欧洲的迷信中。这也是一种人变狼的学说。某些人具有天赋的才能或掌握一种暂时变成猛兽的魔术，但这种观念的起源还没有查明。然而对于我们来说，这种观念到处流传的事实应当是特别重要的。但是，应当注意，这类概念与万物有灵观是完全一致的，按照这种理论，人的灵魂能够脱离他的身体而转移到任何一种动物或鸟的身上去，同样也跟人能够变为动物的观点完全一致。这两种观念在蒙昧阶段及其晚期的人类信仰中起了相当大的作用。"[1] 他还写道：

　　　　人变狼论本质上也同样是暂时的灵魂转生论或变形论。在各种精神紊乱的情况下会真正发生这样的事：病患们带着全部恐惧的特征走来走

---

① 爱德华·华勒：《原始文化》（第一版），连树声译，上海文艺出版社，1992年，第308—309页。

去，容易咬人或杀害人，甚至自以为变成野兽。相信这类变化的可能性，或许是在心中激起病态幻想的真正原因，这也是想象物取代此人本身的原因。无论如何，这些荒诞的谬误是存在的，医生们把神话的术语狼人症加在他们上面。相信人能变成狼，相信人能变成虎等，这就为那些自以为是这些动物的人提供了有力的证据。此外，职业男巫也采取了这种观念，他们什么样的骗术都干得出来，会假装用巫术把自己和别人变成野兽。①

这也许是对"人狼情结"的一种解释，但是我们也会发现，这只是一种泛化的、笼统的解释，并没有对这个问题做出更加细致的分析。这也许与作者的思维方式有关。自 19 世纪以来，人类学的发展日新月异，人们不仅注重收集各种原始资料，而且注重从个案分析中找到属于人类文化发展的共同线索和普遍规律。

应该说，人兽混杂与同行是人类早期神话中的普遍意象，人狼的种种传说，根源于人类与动物同行以及"人变兽"的原始记忆与幻象，但是，这种记忆与幻象在不同民族中有不同变体。比如，在印度，人会变成老虎，吃掉自己的邻居；在非洲，人可以变为雄狮；在土耳其，则流行一种传说，说女人会变成狼，吃掉自己的孩子等。即便在欧洲，也存在过多种人变兽的记忆，包括人虎、人狮、人蛇、人豹、人牛、人狐、人蜈蚣等，还存在多种变形的神话传说，甚至一个人可能有多种形状和身体，可以把一个放在家里，以另一个身体上街；一个人当然也可以依据本能，获得其他动物的形状，并获得它们的力量、智慧、激情、技能和勇气。至于这众多的人变兽的传说不断演变、分化和精简，最后逐渐凝聚到了原始的狼意象上，构成了"人狼情结"的历史渊源与象征，这不仅是一个漫长的历史过程，而且还需要独特的文化契机，否则我们就不可能明白人狼为何在西方文化中刻下如此深的印记。而我们的困难正在于如何解释这种独特原始记忆的历史积淀与文化积聚过程，

---

① 爱德华·华勒：《原始文化》（第一版），连树声译，上海文艺出版社，1992 年，第308—309 页。

再现这种人类难以忘却的心灵印记——这就是"人狼情结"发生的文化语境与氛围。

由此只能这样设想,人类早期对动物图腾崇拜的选择是多元的,但又是易变的。这是一个充满变化,充满相互影响、融合、合并、冲突的过程。有的类型从无到有,从小到大,有的则从有到无,从大到小,甚至是消亡。各种各样的图腾崇拜和神话传说中的原型,就像撒在历史河道上的种子,有的数千年后还是种子,有的则是先盛后衰或者未盛就衰,而有的则命大福大,在人类历史流变中逐渐成长发展,在精神文化意识中占据重要地位,比如中国的龙意象就属此类。

人狼情结也是在这个过程中逐渐生发和扩展的。它最初也许并不起眼,而且不断遭到误解和压制,甚至在一段时间内被迫销声匿迹,但是由于其独特的品质,它会再次在人类心中复活,并由于人类在历史遗产基础上的不断探讨、更新、引申和创造而变得更加丰富,更加深入人心,这也就使得神话传说中另外一些显赫一时的原型黯淡失色,无法与它相提并论。

显然,探源"人狼情结",并不能只局限于人与狼的关系,它不仅与万物有灵观有关,牵涉到了种种原型意象,而且也与人类自身的成长有关,人们通过各种方式展示自己与动物,甚至大自然之间的生命联系,并且把这种关系不断扩展或者浓缩,形成某种特殊的象征。

人狼情结的产生熔铸着人类对自身,以及与自然关系的种种体验与认识。例如,黑格尔也注意到了人与狼的关系,并且考察过种种"人狼"传说,但是对于如何解释这种现象颇费心思。就《变形记》来说,黑格尔一方面非常重视其中昭示的作为古典艺术类型的意味和意义,但是另一方面又认为,奥维德笔下的"变形"已经脱离了远古的动物崇拜意识,体现为一种对神或人过错的惩罚,由此说明古典艺术形成过程的第一要点就是"贬低动物性因素"。① 这似乎通过古希腊雕刻《拉奥孔》得到了完美的显现,人类的痛苦正是在动物的纠缠咬噬中最大限度地显露出来的。

---

① 黑格尔:《美学》(第2卷),朱光潜译,商务印书馆,1979年,第179—180页。

由此可以看出，人类文明的发展确实存在着"否定与肯定"交互更替的现象，远古"动物变人或神"的神话传说逐渐演绎成为"神或人变动物"的想象，由于人之为人，以及人与自然关系的变化，神无处不在的泛神主义（Pantheismus）自然会被主宰并被超越自然的新神所取代——而对于黑格尔来说，最重要的新神就是"绝对理性"。但是，这并不能抹杀古希腊艺术中动物与人和谐相处的美学意义。如果是这样，著名的音乐之神（Orpheus）就不会经常与动物，包括狼如此亲近相处了。就此来说，与黑格尔相比，荣格显然对动物性更宽容一些，他提出的原型理论基本来自原始动物崇拜，其中一种英雄原型就是罗马神话中的"双胞胎"意象。当然，如果只拘泥于某种意象，则容易导致认识和研究人类文化心理的模式化，即用一种既定的文化类型去界定和规范活跃的、新鲜的人类文化体验和经验。在这种理念导引下，似乎所有人类文化创作都不过是原型的副本（并且因此才有意义），人类历史也不过是某种原型复制的过程而已。这样，不仅使研究思路有可能被束缚在既定的历史语境中，而且难免造成认知方面的心理遮蔽。

其实，关于"人狼情结"的文化渊源，远不能只局限于狼本身，因为它不仅直接表现了人与动物的关系，而且连接着森林、原野以及大自然的一切造化。例如公元一世纪的勃卓尼阿斯在其《森林之神》（*Satyricon*）中也记述过人狼，但是从手稿的书名就可以看出，其主角是"人羊神"（satyr）。值得注意的是，在古希腊神话中，人羊神原本是一个笑容可掬的形象，但是在《森林之神》中却增加了肉欲色情的内容，成了纵欲狂欢的形象。作者勃卓尼阿斯本是罗马皇帝尼若（Nero）的侍奉者，因为自由无度，口无遮拦，受到嫉妒者的陷害，最后被迫自杀，但是他留下来的手稿记录了那个时代的种种风俗人情，尽现了罗马皇帝时代奢华糜烂的生活状态。在那个时代，人们不顾一切地追求感官的欢愉，食与性的狂欢成了当时社会生活的时尚。也许正因如此，这部写于公元61年左右的著作，直到1664年才正式印行于世，但是它成了西方历史上"最不道德的书"之一，在20世纪30年代还遭到过英国警察局的禁止与销毁。

显然，"人羊合体"在西方神话传说中有多种文本，很难弄清楚其确切来源。但是，可以肯定的是，追求感性欢愉与狂欢，不仅是西方文化具有感官冲击力的重要源泉，而且还为此造就了各种刺激人欲望的文化景观。直到今天，西方社会还热衷于举行各种狂欢节和嘉年华会，人们借助这些机会来纵情欢乐。而在这些狂欢的场景中，我们总能发现"人羊神"的影子，有时它还以"酒神"的名义出现。

当然，在《奥德赛》中，女神喀耳刻（Circe）的诱惑同样引人注目。这位住在艾阿亚岛（Island of Aiaia）上的女妖，具有把人变成兽的能力。她有一种魔药，可以把任何被她诱惑的人，尤其是男人变成野兽，后者吃了她招待的美食就会神志迷乱，浑身长毛，变成动物，甘愿受其调遣。而一些她不喜欢的人将遭到她的鞭打，变成猪的模样。英雄奥德赛就遭受了这种考验。当奥德赛的同伴、第一批英雄上岛后，看到华美的宫殿，更有成群的雄狮和野狼，在宫院里到处奔跑，野狼露出尖尖的牙齿，狮子抖动着蓬乱的鬃毛，将他们团团围住。他们惊慌失措，但是没想到这些野兽竟然很温和。它们慢慢地走过来，围着他们摇尾巴。与此同时，喀耳刻女神也轻而易举地把他们变成了服服帖帖的野兽。奥德赛则在神赫尔墨斯（Hermes）的指点下，战胜了喀耳刻，并且救出了自己的同伴，最后离开了能够尽情享受人生的海岛。

值得注意的是，喀耳刻女神尽管具有诱惑的能力和魔力，但是她毕竟是神，她所履行的是对英雄的考验，她不但拒绝和奥德赛上床，而且最后为奥德赛指点迷津，帮助了这位英雄回家。

十六、"给他一个兽心"意味着什么？

　　显然，无论是森林之神或者喀耳刻女神，都不能确定为"人狼情结"的直接来源。它们在历史文化交流与演变中确实与"人狼情结"发生了联系，甚至成了"人狼情结"来源的一部分，不仅具有历史原型的意义，而且扩大和丰富了"人狼情结"的内容。但是，若要进一步探究"人狼情结"的形成，就不得不涉及基督教的形成及其对西方文化的深刻影响。显然，在这个过程中，狼意象进一步被"符号化"了，它从某种历史层面进入了文化心理层面，被赋予了特定的意识内容，从一种个别动物意象转化为一种与人类文明相对立的、代表所有野兽及其品行的象征。

　　也许这就是《旧约》中"给他一颗兽心"（Let his heart be changed from man's, and let a beast's heart be given unto him）的来源。其实，在《圣经》中并没有确切的人狼记载，但是关于古巴比伦尼布甲尼撒（Nebuchadnezzar）王"梦兽"的记载，为后人提供了"人狼情结"的想象。据《旧约·但以理书》（*Old Testament Daniel*）第四章记载，古巴比伦王尼布甲尼撒攻入耶路撒冷之后，曾重用过圣徒但以理，但是他毕竟不信奉上帝，所以一度陷入了狼狂症状态，他脑中出现了这种景象：他看见大地当中有一棵树，极其高大。那树渐渐长大，而且坚固，高得顶天，从地极都能看到；叶子华美，果子甚多，可作众生的食物；田野的走兽，卧在荫下；天空的飞鸟，宿在树上；凡有血气的，都从这树上得食。还有：

> 我躺在床上脑中出现异象：见一位守望的圣者，从天而降，大声呼叫说："砍倒这树！砍下树枝！摇掉叶子！抛撒果子！使走兽都离开树下，飞鸟躲开树枝。树却要留在地上，用铁圈和铜圈箍住；在田野上的青草，让天露滴湿，让他和兽一起吃草，让他的人改变，不再像人心；给他一个兽心，使他经过七期。"这是守望者所发的命令，圣者所发的命令，要让世人知道，至高者在人的国中掌权，要将国赐给谁，就赐给谁，可能会立极卑微的人执掌国权。

关于尼布甲尼撒王梦见自己"变成兽"的幻象，成为后人解释"人狼情结"的另一个缘由。很多研究学者认为，这位尼布甲尼撒王可能得了狼狂症，因为梦中所记与狼狂症症状相似，得这种病的人往往由于难以解释的心理原因导致心理错乱，会产生奇特的幻觉，把自己当作某种野兽，甚至一举一动都会模仿野兽的行为，包括每天在草地上匍匐走动，不断拔草吃草等。而这种病症很早就引起了西方宗教界的注意，当然解释不同。最流行的说法莫过于撒旦附身或恶魔缠身。至于这个梦境是否隐含着对文明起源过程的解释，则是另一个值得探讨的问题。

当然，《旧约·但以理书》的主角是但以理，而不是攻占耶路撒冷的统治者。而这位圣者和预言家的一些神迹同样引人注目，为后人留下了丰富的遐想空间。其中很重要的例子，是他与狮子同穴。据记载，他曾因为坚持祈祷而触犯律法，曾与狮子关在一起，但是由于神的保佑，丝毫没有受到伤害。这一家喻户晓的"神迹"或许以一种新的想象"复制"了人类"黄金时代"的美梦：人和动物在天神面前不仅平等，而且可以和睦相处。

更值得探讨的是《旧约·但以理书》中记载的但以理在夜里见到的"异象"——也就是四种怪兽，它们都是从海上来的，第一个像狮子，但是有鹰的翅膀，后来翅膀消失，就两脚站立，变成了人形，并且得了人心；第二个如熊，横坐着，口里衔着三根肋骨，还不断要肉吃；第三个如豹，有四个翅膀，四个头，还得到了王权之柄；第四个最可怕，强壮无比，大铁牙，大嚼大咽，剩下的用脚践踏。这第四个野兽与前面三个不同，不仅头有十角，而且后来又长出一个小角，上面还生出一个眼睛，不断口出狂言。

很难精确解释这个梦境的含义，事实上，这个梦境已经成为西方文明史上的一种神秘。尽管有人认为这四种怪兽就是西方文明缘起的四个阶段，但是这个观点能否站住脚则是另一个问题。不过，可以肯定的是，作为基督教经典，《旧约》确立了一种新的人类文明尺度，那就是信仰在"人之为人"理念中的决定性地位，确定了人和兽之间的根本区别就在于人是有信仰的。也就是说，文明人应该是有信仰、有宗教的；而野蛮人尽管有人形，但是不能摆脱野蛮兽性的生存状态，并且随时有可能变成兽。也许正因如此，但以理在与狮相处之时，能够受到神的庇护，而后来投入狮窟的人却立即被狮子吞噬。

十七、中世纪为什么盛行人狼传说？

其实，尽管人狼情结在西方文化中源远流长，但是"人狼情结"的真正确立——也就是说狼性成为兽性的总体表征与代名词，是在基督教文明在欧洲崛起之后的事情，也就是中世纪的现象。可以说，作为一种深层次的心理意象，尽管我们可以追溯到希腊罗马时代，甚至一些史前的神话传说，但是如果没有中世纪对有关母狼传说的进一步压抑、复制和再造，就很难想象"人狼情结"会如此深地刻在西方心灵史上、教堂的十字架，并与荒郊野地的"人狼"构成了这一独特历史时期文明与野蛮的对峙。

可以说，"人狼"观念形成于中世纪。在这之前，狼意象还多半属于"神"或"兽"的范畴，与人的联系并不十分确定，但是中世纪就不同了。"werewolf"中的"were"原本就是古英语中的人的意思，狼人就是一半是人一半是狼。中世纪的欧洲，就是一个人狼出没的世纪，到处游荡着人狼的幽灵，到处流传着各种各样的人狼传说。很多资料表明，人狼情结的产生与西方基督教文化的兴盛有直接关系，可以说，是上帝让狼下地狱的，上帝才是这场审判的真正主宰。若没有上帝的力量，或者说人们若不借助宗教的力量，人类就无法真正脱离兽性，与自己黑暗的历史诀别。正是从这个意义上来说，母狼诞生的地方同时又是罗马教廷的所在地，这绝非偶然。与其把它理解为历史的巧合，还不如说成是一种历史的分界和对人类的警示。教廷起到了类似中国雷峰塔一样的作用，对狼魔进行镇压。其实，西方有众多的人狼传说，但是都有一个共同点，那就是人狼不管来自何处，有多大的魔力，都无法抵御十字架的威力。由此我们甚至可以设想，西方基督教的兴起与人狼情结的形成是相辅相成的。人们对人狼的恐惧感造就了他们宗教感的基础，而基督教的传播又使得人狼传说更加深入人心，在同自己内心恐惧的抗争中，基督教成了人类文明和精神家园的保护神。

在中世纪，"人狼情结"渗透在生活的各个方面，在耸人听闻的宗教故事的影响下，几乎所有人都相信人狼的存在。至于各种各样的民间故事和传说，更是加强和渲染了人狼存在的氛围。一方面，狼被形容为一种具有魔力的动物，其身体各个部分都能入药，并有神奇功效。比如，狼肝粉可以助产；用狼的右爪可以治疗喉咙痛等。另一方面，狼的可怕被夸大了。人们相信，马如果踏上狼爪印就会跛脚；人如果与狼对视就会失明；甚至认为，狼的呼吸就可以烤肉，狼一般在猎食前会磨牙等。还有，人们把狼的尸体埋在村口，认为这样可以防止其他野兽进入。旅行者一般禁止一个人穿过荒野森林，并且在这些地方建立了专门的石屋供路人避难。现代词语中的"枪眼"（loophole）就是从欧洲中世纪的"狼眼"（loophole or wolf hole）而来，人们透过它窥看外面有没有狼群。

不过，话说回来，关于人狼到处出没，有多种多样的传说，其基本情节大致相同，逐渐形成了固定的模式，并且形成了固定的对付和惩治人狼的方法。一般人狼都是人被人狼咬死后变成的，然后开始在夜晚出来伤人，人们只能在教堂神职人员的帮助下，掘开坟墓进行宰杀。

由此，中世纪的欧洲成了一个人狼到处出没的场所。由于基督教的盛行，古罗马的异教传说首先成了人狼产生的渊源，而历史上抚养建造罗马城英雄的那只母狼，首先成了罪恶的远祖，其化身流落在民间，演变为各种各样的"人狼"，不断向人们传达着来自恶魔的信息。可以说，人狼情结的形成与基督教的兴盛相辅相成，极大地影响了西方文化的面貌和进程，构成了中世纪文明与野蛮冲突的重要线索。"狼禁忌"及其意识在这个过程中，得到了进一步升华与确定，一方面确立了人的灵魂对神性的追求，同时也是引导西方进入漫长的"黑暗"时期的重要因素之一。

据史料记载，中世纪不仅猎狼成风，而且普遍存在着由教会公开判决和处死"狼人"的习俗，仅在 1520 年至 1630 年期间，欧洲就有约 3 万起关于人狼出现的案例，其中大多数人遭到了严酷的迫害，他们被施以火刑或柱刑。

据说"狼人"有如下特征：面目可憎，眼窝深陷，手指成爪形，身上有半月形的刺青，行为和行动方式犹如动物，经常夜间出来伤害人类，有时会闯入农家叼走疏于看管的孩子。当时欧洲有一位叫盖尼尔的男子就由此被判为是狼人并受到惩罚。令人惊奇的是，盖尼尔有一种特殊的神奇药膏。据盖尼尔供认，这是使他变为狼人的原因，每当把它涂在身上时，他的性情就变得怪异，性格暴躁，甚至倾向于杀戮。① 而这药膏来自森林中一个会治病的怪人，他用各种奇怪的植物制作药膏。由此后人怀疑，这种药膏很可能是由某种带有迷幻性质的植物制成的，早期的一些"狼人"也很可能因此进入了某种迷幻，甚至歇斯底里的状态。

---

① 这个例子来自美国电视《发现》频道的一个专题节目。美国对此进行了专门研究，认为盖尼尔可能长期服用了一种迷幻药物，是当时女巫用来治病的特殊方法，来自对某种特殊植物的炼制。

十八、如何理解"圣彼特的狼"？

但是，在中世纪当然不可能如此解释。根据基督教的理念，"人狼情结"的缘由也自然而然地纳入了宗教的话语体系。在西方神话中，原本就存在着上帝与狼交恶的传说，狼原本是上帝的弟子，也是天国的一员，但是由于狼不服从上帝的指令和规则，屡屡违规作恶，结果被上帝打入地狱。可惜，地狱也有疏忽之时，所以狼经常溜出来继续作恶，并且经常打着上帝的旗号干坏事，给人间造成了经常性的恐慌和灾难。这就为人世间不断出现的人狼现象提供了宗教背景。

人狼作为撒旦的再世，自然也出现了种种变体和文本，其中最流行的莫过于"圣彼特的狼"的传说。在西方文化史上，圣彼特是著名的十二圣徒之一，在基督教享有神圣地位。当年，他不仅是耶稣门徒之首，而且也是耶稣的代言人，其遗志的继承人。耶稣升天后，圣彼特积极推行基督教圣旨，并创建了罗马主教制度。

但是，就是这样一位伟大的圣徒，竟然成了人狼的主人，成了西方文化史上的迷案之一。很多艺术家都曾以此为题材，描述了"人狼情结"的来龙去脉。

例如，美国作家米歇尔·卡特奴穆（Michael Cadnum）就属其中之一，他的小说《圣彼特的狼》（*Saint Peter's Wolf*）就非常具有代表性。作品中的主人公本杰明·班德（Benjamin Byrd）是美国一个成功的古老家族的成员，同时也是一个心理学家和收藏家。一次偶然的机会，他结识了一位神奇女子乔安娜（Johanna Fisher），并由乔安娜介绍，结识了著名的收藏家曾塞（Jacob Zinser），他在这位收藏家那里不仅欣赏到了很多珍贵的收藏品，还见识了那枚令人恐惧同时又令人向往的银色狼齿，从此便打开了他生活新的一页。他开始夜夜做梦，梦到自己在天地之间奔驰，自由而又快乐无比，他的身体也因此从人变成了另一种神奇的动物。由此，他与乔安娜双双变成了人类追杀的对象，只能永远逃离人类社会，进入一个新的宇宙世界——因为只有在那里，无尽的恐惧和逃亡才能变成无限的自由。可以说，这是一部奇特的爱情小说，更是一部奇异的心理分析小说。作者所探讨的是人的本能，人对动物世界的向往，以及人类追求自由的极限与可能性。

在反思和追寻这种痛苦而又神秘体验来源的过程中，作者卡特奴穆试图通过对主人公心理体验、生活经历与学术活动等各个方面的描写，来揭示"人狼情结"的历史根源。下面是主人公与自己的老师阿斯比博士（Dr. Ashby）的一段对话，很明显地表现了这一点：

> 阿斯比博士的解释总是那么清晰，阉割现象很可能还会存在，就像很多人类丧失现象一样——比如杀头，似乎人们更加关注而已。因为阴茎是自我的象征，失去了不仅意味着失去了心仪的东西，没有了快乐的源泉，还意味着自我本能魔力的丧失。阿斯比分析问题总是那么富有说服力，听者绝不会迷失方向，或者以为自己的思考与这个世界的股票、高速公路毫无关系。他的思想简直就是生活的奇迹，就像闪光的星辰。
>
> "我知道您并不完全赞同我的看法。"我说。
>
> 他又咧嘴笑了："我为你骄傲。"
>
> 我真是又惊奇，又高兴，差点流泪。为了控制情绪，我好奇地打量着他的房间。有一个古老的十字架，我推测，大概是16世纪的，俄国东正教教会的圣物，也许是19世纪的，还有一个木制的圣彼特，属于中世纪晚期，可能出自弗罗仑沙，差不多有一米高，是橡木雕刻而成。他像

持枪一样扛着他的大钥匙。

还有一件文物吸引了我。这是一个小小的、黑色的雕像，也许是青铜制成的，手掌大小。这是只母狼，从其不自然的鼻子、五个夸张的奶头判断，可能是 15 世纪的圣物。我从心理习性方面来推测它的性格，但是我无法控制对它的好奇心。

它似乎正在仔细地看着我。仿佛在说：

"你是我们其中之一。"

我惊呆了，就像一个小男孩面对一张活生生的、裸体女人的照片一样。这几乎是不可能的，它如此清晰地望着我，它的嘴唇微微卷曲，奶头似乎充满奶汁，并因此非常痛苦。

"这是我最喜欢的藏品之一。"这时阿斯比博士又突然睁开了眼睛，令我很惊奇。

我觉得自己仿佛做了什么不虔诚的事，但是不知道为什么。我企图解释我的兴趣，但是阿斯比博士并不在意我的尴尬，他总是非常了解我的内在意识。

"这只狼值得一爱。"他说。

他又闭上了眼睛，如数家珍地说道："罗马城就是狼孩建造的。"他微笑了，就像回忆起了那两个孩子。"罗马尼亚有一个很有意思的传统，他们说圣彼特曾经因为嫉妒耶稣，所以希望自己能够创造属于自己的动物，而且像自己一样强壮和聪明，尽管它可能不像其他动物那样虔诚，但是同样值得圣者爱戴。因此上帝同意了圣彼特的请求，让他选择创造一种动物，结果他选择了狼。"①

显然，这种解释已经将"人狼情结"的发生宗教化了，同时加入了现代心理学的意味。谈话首先提到了"阉割"（castration），这是弗洛伊德精神分析学乐意讨论的一个话题，借以解释人之"本我"（ego）与野蛮之间的关系。

---

① C. Michael, *Saint Peter's Wolf*, Carroll & Graf Publishers Inc, 1991, pp. 90-91.

在这里，作者无疑想通过人狼的故事来揭示人类潜意识中隐藏着的动物本能，并说明"这只狼值得一爱"的内在原因。

这当然在一定程度上再现了古老的基督教的意图，狼不仅在被拯救之列，而且也有进入天国的权利。但是这并不适合于中世纪基督教的戒律。由此可以说，所谓"圣彼特的狼"，是西方文化中不断复制、改写和更新的一个原型，它缘起于西方古老的神话传说，但是随着基督教的兴起出现了新的变体，罗马母狼从意大利转移到了罗马尼亚、俄国，甚至世界各地，在不同地域被人们赋予了不同的内容和色彩，积淀成了不同的人狼情结。不过，总的来说，在漫长的中世纪，人狼一直作为邪恶的化身出现，神圣的十字架一直追随着它，随时准备把它打入地狱。因此，在社会生活中，除了教堂惩治人狼的各种各样的宣传与"新闻"外，民间还有流传甚广的《小红帽》（Little Red Riding Hood）、《三只小猪》（The Three Little Pigs）等，营造了一种"人人喊打"的文化气氛，"人狼情结"已经在西方历史文化意识中深深扎了根。甚至到了现代电影时代，"人狼情结"依然是人们热衷表现的主题。从 1913 年第一部人狼电影《人狼》（The Werewolf）出现以后，《嗥叫》（The Howling）、《美国人狼在伦敦》（An American Werewolf in London）等各种影视作品就层出不穷，形成了西方文化中特有的文化景观。

十九、"吸血鬼"是"人狼"的变体吗？

　　显然，与人狼情结密切相关的是西方广泛流行的吸血鬼（vampire）的故事。可以说，在西方的恐怖故事中，最可怕又最具有吸引力的莫过于吸血鬼了，不管他是鬼魂还是魔鬼，都是黑暗恐怖的化身，而且充满激情、智慧和神秘感。十几个世纪以来，围绕着吸血鬼，西方演绎出了种种迷信、仪式、学说、替身、魔法和神器，造就了一代又一代的吸血鬼的恐惧者和迷恋者，以及诡异多端的故事传说。

　　应该说，吸血鬼和人狼是同源的，是人狼的变种或变体，是人狼的进一步"人化"和"家族化"。但是，它也有自己的特性，吸血鬼一方面继承了西方人狼传说的血脉，同时又融入了一些东方元素，把罪孽之源扩展到了一些异族、异教、异国文化之中。

　　从另一方面来说，随着人类远离动物世界，人狼情结有逐渐泛化和淡化的倾向，而吸血鬼的传说则后来者居上，在西方产生了更加广泛和深刻的影响，它们一方面延续了人狼情结的原型，同时在内容上更加靠近人形和人性的世界，重新演绎了人心深处的原始恐惧。

　　吸血鬼最早是什么时候出现的，已经是个难解之谜，因为吸血鬼一词在希腊并不存在，但是可以肯定的是，到了 17 世纪，吸血鬼的故事不仅在欧洲大陆到处流传，而且已经成为一种特殊的"学问"，出现了许多记录、研究和整理有关资料的学者，其大部分资料在雷布兹格（Leipzig）出版，在当时形成了一个高潮。在这方面，20世纪的苏曼斯（Montague Summers，1880—1948）恐怕是最有影响的研究学者了，他1928年出版的《吸血鬼的学问》（*The Philosophy of Vampirism*），从神话、历史、世俗和时代等各个方面探索了西方吸血鬼的渊源与特色，其中列举了大量的资料。

据说，吸血鬼一词最早出自东欧斯拉夫语系的一些国家，例如俄国、波兰、保加利亚、塞尔维亚和匈牙利等，现代词语是"vrykolakas"，其意义和英语中的"werewolf"、苏格兰语中的"warwolf"、德语中的"werwolf"以及法语中"loup-garou"相对应，都与人狼情结相关。而在塞尔维亚传说中，相信一个人活着的时候是人狼，那么死后就会变成吸血鬼，所以人狼与吸血鬼是紧密相连的。甚至在有的地方，人们相信人如果吃了被狼咬过的羊肉，死后就会变成吸血鬼。

可以说，18世纪的欧洲，到处晃动着吸血鬼的幽灵。在西方文化中，据说第一个描写吸血鬼的作品是1734年的《三个英国旅行者》（*The Travels of Three English Gentlemen*），从此"吸血鬼"一词开始风行于世，在奥里维·高登斯米兹（Oliver Goldsmith）的《市民世界》（*Citizen of the World*，1760）中就频繁出现了这样的句子："他吃饭就像吸血鬼吸血一样贪婪无度。"纵观当时的欧洲大陆，吸血鬼似乎无处不在，有着各种各样的化身，穷人、流浪者、皇帝、大臣，都可能成为吸血鬼的替身。吸血鬼一般夜间从坟墓出来，袭击在床上熟睡的人，把他们的血吸干。

显然，西方过去所有的令人毛骨悚然、茹毛饮血的神话传说，都不能与吸血鬼的故事相提并论。甚至到了20世纪，在特兰西瓦尼亚（Transylvania）、斯沃窝尼亚（Slavonia），在希腊的岛屿及山区，农民依然相信吸血鬼的存在，并坚持有权依法处死被认定的吸血鬼替身，可见吸血鬼传说在西方流传之广，影响之深。

还有一种说法则认为，吸血鬼传说最早是从北欧的挪威、瑞典等国家兴起的，然后很快传遍了整个欧洲，激起了人们更多恐惧的想象，情节也变得更加荒诞、恐怖和多样。这种说法可能与北欧神话传说中的狼神有关。

据说，亚述人（Assyrian）早就知道吸血鬼的存在，并相信他们潜伏在丛林中。但是吸血鬼到底是什么，曾经有过种种说法与争议。1733 年，约翰·汉瑞持·祖帕非斯（John Heinrich Zopfius）在其《论塞尔维亚的吸血鬼》（*Dissertation on Serbian Vampires*）一文中写道："吸血鬼一般夜间出来，袭击在床上熟睡的人，吸干他们的血，然后摧毁他们。他们困扰男人、女人和孩子，获取他们的精力和性资源。那些在吸血鬼残暴控制下的人，感到窒息和毫无精神抵抗。一些人在死的时候，被问起他们是否能讲一讲得病的原因，会提到一些最近死的人如何从坟墓中出来缠上他们。"而斯科弗恩（Scoffern）在他的《科学的迷途与传说的魅力》（*Stray Leaves of Science and Folk Lore*）中指出："我认为吸血鬼最好的定义是，一种活生生的，危害和残害生命的尸体。是活尸体！这个词有点怪，相互矛盾，不可理解，但是这正是吸血鬼。"霍斯特（Horst）则如此定义吸血鬼："仍然活在墓穴中的死尸，晚上离开墓穴，去寻找猎物，吸取活人的血来维持生存，由此来避免像其他死尸一样腐烂分解。"

1744 年在那布勒斯出版的达万匝提（Giuseppe Davanzati）的著名作品《论吸血鬼》（*Dissertazione sopra I Vampiri*），记录了当时许多著名的吸血鬼案例，特别是德国在 1720—1739 年发生的现象，他以渊博的知识和生动的文笔揭示和分析了这一现象的种种表现。

比较出名的还有 1746 年法国度姆·阿古斯丁·卡尔门特的多种吸血鬼题材的作品。这些作品多次重印，并译成英文和德文，在欧洲产生了广泛影响。在书的前言中，卡尔门特谈了他关注吸血鬼的原因。他强调吸血鬼主要来自斯拉夫，17 世纪才被西欧注意到，更多的有关知识到了 18 世纪才为人所知。由此，卡尔门特对吸血鬼现象进行了长期潜心研究："在过去的六十年里，我们听到和目击了许多有关的可怕事件，在匈牙利、波兰、斯里塞亚等，人们都受到了这种威胁。在这里，我们谈到一些死人，死了好几个月了，又从墓穴中回来了，到处游荡走动，侵扰着人们的生活，伤害着人与家畜，他们的血使人感到恶心，会让人得病，并导致死亡。但是，人们无法自己传达这些信息，亦不能自己逃避吸血鬼的袭击，唯一的办法就是找到他们，把他们从墓穴里重新挖出来，用尖锐的器具穿透他们的身体，割下他们的头，挖出他们的心，然后用火把他们烧成灰。"

17世纪另一位作者莱昂·阿拉斯（Leone Allacci）在论文《吸血鬼》（*De Graecorum hodie quorundam opinationibus*, Cologne 1645）中描述了不同文化传统中的吸血鬼传说，他指出："吸血鬼是一种邪恶、不洁的尸体，通常是被教廷驱逐的人。这样的尸体不像其他尸体一样，埋葬之后腐烂分解到土里面去，而是他们僵硬的皮肤会肿胀，所以关节会难以弯曲；由于皮肤紧绷，所以打击上去会发出鼓一样的声音。"当魔鬼得到这个身体之后，就会在夜里从墓穴中出来，到街上或村子里，剧烈敲某个人的门并叫他的名字。如果这个人答应了，第二天必死无疑。不过，吸血鬼从不叫第二遍，所以希俄斯（Chios）人在任何情况下都不会回应第一遍叫声。可是这个魔鬼对人们来说实在太可怕了，他甚至会在白天现身。在中午，他不但会到家里访问，还可能出现在田野、葡萄园或大道上，单独的劳动者或旅行者都会突然遭遇到吸血鬼，并且无声无息地被这种可怕的恶魔所杀害。

可见，吸血鬼有两个最恐怖的特点：一个是可以不断寻找替身，先前是坟墓中的尸体，后来发展到现实中的活人，凡是被吸血鬼吸过血之后，就会变成同类；二是吸血，鬼要不断吸血才能维持生存。由此，苏曼斯认为，魔鬼是没有尸体的，尽管他有时要猎取一个用来汲取精力，用以承载自己，但是这毕竟不是他的身体。所以吸血鬼不是严格意义上的魔鬼，尽管他的嗜血欲望和可怕行径绝对只有地狱魔鬼才拥有。所以，吸血鬼，严格说来，是一种鬼魂和幽灵，其真实存在是不可捉摸的。吸血鬼有身体，并用吸血的方式来维持它，他不能死也不能说活，但却活在死亡之中，完全是一种超常现象，是幽灵幻象世界的生死同体，而对吸血鬼来说最恐怖的，就是他不能在墓穴里休息，必须不断出来猎取生命。

二十、真有可怕的"爪库拉"家族吗?

因此,考察吸血鬼的起源,是一件相当费力的事情,这首先要追溯到原始时期人们对人的身体与灵魂神秘关系的观察与理解。这种肉体与灵魂一分为二的观念可能来自原始人对无意识现象的体验,比如梦境,进一步就是死亡想象,即认为人的身体和灵魂是可以分离的,灵魂可以脱体,而身体也可以承载各种灵魂。比如人就可以借助鸟兽的身体飞翔或完成自己无法完成的事情。因此,人们也可以想象,一个人死亡只是到另一个世界去,其灵魂依然存在。另外就是人们对鲜血的珍爱、迷信与崇拜,认为血和人的灵魂相连,所以在各种原始祭祀仪式中,都有淋血的习俗,还有一些宗教把嗜血列为禁忌。

显然,吸血鬼在欧洲立刻就被宗教化了,教会声称这是撒旦、魔鬼的再世,是人狼的化身,因而制定了很多教规惩治吸血鬼,其中最普遍的是火刑。在这种恐怖的气氛中,一时间整个欧洲成了一个吸血鬼的世界,人们被笼罩在对吸血鬼的恐惧之中,很多人由此而被认定为吸血鬼,被活活烧死。

例如,一些患有僵直性昏厥、癫痫病,甚至多动症的病人,就会被怀疑是吸血鬼的化身;还有一些人的假死现象或者休克、一时精神失常等,更有可能提前遭受被焚烧的厄运。这种情景一直延续到了 20 世纪。据苏曼斯的调查与研究,甚至到了 20 世纪初,美国每周平均还至少有一个焚烧的案例发生。这说明吸血鬼引起的恐惧非常令人震惊。我们实在难以估计，在过去的几个世纪之中，到底有多少人因此被处死。

也许正是这种恐惧，更加助长了吸血鬼文学在欧美的广泛流行。根据有关资料，19 世纪初就出现了有关吸血鬼的小说，比如玛瑞·席勒的《弗软肯斯泰因》(*Frankenstein*，1816)就记录了一个德国医生与一个英国科学家的奇异恐怖经验，曾引起很大反响。而约翰·波里多利 (John Polidori) 的《吸血鬼》(*Vampyre*，1819) 可能是第一部英语短篇小说集，随后詹姆斯·马尔科姆·莱默 (James Malcolm Rymer) 的《嗜血的盛宴》(*Feast of Blood* 或 *Varney the Vampyre*，1845)、J. 开里顿·勒范努 (J. Sheridan Le Fanu) 的《卡米拉》(*Carmilla*，1872)、布莱姆·斯托克 (Bram Stoker) 的《爪库拉的邀请》(*Dracula's Guest*，1897) 等作品相继问世，再加上大量的文献资料收集，构成了吸血鬼文学的经典文库。

与人狼传说不同，吸血鬼文学最初出于某种似是而非的文献资料，有某种事实调查的性质，而作者也多半并不否定这类事件的真实性，这就给人们带来了很大的迷惑性。而其中吸血鬼角色不仅有自己的家族历史，而且代代相传，不断涌现出新的受害者、继承者和复仇者，所以有关作品也形成了家族型的系列小说。

其中爪库拉的传说 (Vlad Dracula) 最为著名。据说他生于 1430 年或 1431 年，其父亲与恶龙有干系，并成为东方某地的君主，但是 1442 年却被土耳其劫为人质，但是后来在 18 岁、25 岁、44 岁时，三次戴上王冠。他嗜杀无度，并开始向土耳其复仇，失败后在匈牙利藏匿了十三年。1463 年，诗人米歇尔·白海姆 (Michel Beheim) 写了《嗜血鬼爪库拉》(*Story of a Blood-thirsty Madman Called Dracula of Wallachia*) 献给罗马皇帝佛瑞德克三世，同时，关于爪库拉的传记第一次在维也纳印行，成为最流行的恐怖故事。爪库拉死于 1486 年 12 月，仅 46 岁，但是在日后出版的种种关于他的传记、传说和故事中，他作为吸血鬼必定会不断问世。在一系列吸血鬼爪库拉的故事中，爪库拉不仅有自己的家谱，而且有自己经常出没的城堡——这已经构成了西方文化中的某种特定的景观。

二十一、"吸血鬼编年史"为何风行一时？

作为 20 世纪一位知名的女作家，安妮·赖斯（Anne Rice）就是以专门写吸血鬼家族史起家的。她的《吸血鬼编年史》（*Vampire Chronicles*）系列小说，从罗马时代一直写到 20 世纪 90 年代，体现了人与魔鬼不断搏斗、和解的过程，其中包括《吸血鬼相会》（*Interview with the Vampire*，1976）、《吸血鬼传奇》（*The Vampire Lestat*）、《遭天罚的皇后》（*The Queen of the Damned*）、《偷窃身体的故事》（*The Tale of the Body Thief*，1992）等，都深受读者的欢迎。

显然，20 世纪的吸血鬼小说与传统小说已经有很大不同。传统的吸血鬼文学，主要通过墓地、黑暗和嗜血来表现和渲染恐怖色彩，力求在环境和氛围方面制造真实效果，而对付吸血鬼的唯一手段就是宗教的十字架，特别是桃木十字架（后来演化为银子弹），是其中最重要的武器。

但是，现代吸血鬼文学已经不满足于这种单纯的外在描写效果了，作家们更注重历史与文化心理，特别是对人性的揭示与探索有了深刻的变化。过去的吸血鬼可能是魔鬼撒旦的造物，但是他们的后辈却不一定是撒旦造就的。当撒旦到世界上来挑选自己的接班人或代理人时，已经不需要那么费劲，很多心理上被嫉妒、贪心、报复和恶意所控制的人会急不可待地接受黑暗的赠物，根本没有当年浮士德的那种犹豫不决。人之所以变成吸血鬼，是由于欲望的渴求，无法遏制自己对权力、金钱、财富、地位等无止境、无节制的追求，而魔鬼、吸血鬼之所以能够把人变成自己的替身，无非是能够给予人们某种他所无法拥有的优势，满足人们的欲望。魔鬼可以使你有钱有势，能够使你超越肉体的限制，能够使你飞翔，最后，能够使你不死——而这一切只有一个条件，那就是放弃你的信仰，加入魔鬼的行列。

这是一种永远的诱惑，其经典之作早在19世纪就出现了，那就是歌德晚年所作的《浮士德》——它成了20世纪安妮·赖斯吸血鬼系列小说中最富有象征意义的读物。可以说，安妮·赖斯是在新的历史语境中与吸血鬼相约的。不过，20世纪的吸血鬼似乎更有春风得意之势，因为在人们心中，上帝的支撑几乎失去，内心非常虚弱，非常容易接受黑暗的诱惑，接受魔鬼的馈赠。他们有时拒绝黑暗，不接受魔鬼的馈赠，只是因为他们害怕，并不是他们不向往，他们只是在表面上抵御诱惑，但是内心却是极度空虚的。

这是一种令人触目惊心的人性剖析。《偷窃身体的故事》让我们看到了20世纪90年代的吸血鬼。作品的特别之处，就是以一个吸血鬼的眼光打量现代世界与现代人，探索和检验现代人的自我存在意识。小说中的莱斯坦特是诞生于18世纪的吸血鬼，到了20世纪再次出现时，已经是黑暗之神了。他没有忘记过去的遭遇与梦幻，却面临着一个交通与通信高度发达的电脑时代。

当然，吸血鬼之所以需要制造吸血鬼，不断诱惑人们去接受恶魔之血，与他们签订契约，是由于人之恶之为恶的特殊心理，也就是他们需要同类，希望有人能够陪伴他们一起走邪恶之路，并为自己的恶性寻找根据。因为这样他们才有安全感，才会生存得理所当然。"我们都一样"——这就是魔鬼和所有吸血鬼需要证明的真理，也是在《吸血鬼编年史》中吸血鬼对人和历史的理解。

这部小说主要由两条线索构成，一条是吸血鬼莱斯坦特与学者大卫·塔尔博特（David Talbot）的争论和友谊，另一条是他与简姆斯（James）达成协议，互相交换了身体，因此莱斯坦特体验和忍受作为一个人的感觉。这两条线索总是相互纠缠在一起。就第一条来说，吸血鬼是作为诱惑者出现的，他所想的就是让大卫接受他的诱惑，接受他的礼物，但是74岁的大卫潜心于自己的研究之中，对他的诱惑并不动心。在这种诱惑与被诱惑的关系中，他们建立了友谊,成为朋友。第二条是小说主线,吸血鬼因为渴望人的生活,把自己放在一个 26 岁男子的身体里,体验到一系列作为不死的吸血鬼所没有的感觉,因此经常陷于困惑与痛苦之中。尤其是与修女格雷琴(Gretchen)的交往,他第一次体验到了人的身体的魅力以及爱的感觉。这和吸血鬼的灵魂(如果可以这样说的话)产生了尖锐的冲突,由此他无法忍受这种人的生活,并且需要回到自己原来的状态,回到不死的情景之中。

应该说,这是灵与肉搏斗的一次展现。但是在这里,并没有重复过去对身体的过分谴责。过去,身体总是罪恶的源泉,永远是需要灵魂控制和克服的对象。相反,作品凸显了身体的独立性和力量,人的全部意义都是通过人的身体显示出来的,而魔鬼的灵魂对此是不能忍受的。这一切不仅通过莱斯坦特的感受表现出来,还表现在修女格雷琴的言行中。她自愿到非洲医疗队去工作,无私献身于拯救他人的工作中,以完成对上帝的承诺。但是,她并不因此压抑自己身体的要求。她回到美国,遇到暂时拥有男人身体但处于危险状态的莱斯坦特,她就精心护理,最后与他做爱,满足了自己身体的要求。当莱斯坦特问她是否有犯罪感时,小说中写道:

> 她想了一下,"犯罪感? 不,我会感到高兴。你知道你对我做了什么吗?"她停了片刻,眼睛里慢慢有了泪光,"我在这里遇到你,和你一起待过,"她的声音变得浓重, "然后我可以心安理得地回非洲继续工作了。"①

这种作为人的身体的感觉,深深震撼了莱斯坦特,甚至改变了他的面貌。他迫不及待地找到自己制造的另一个同类劳尔斯(Louis),要求对方和他换血,恢复吸血鬼的原样,但劳尔斯断然拒绝了他,并且让他照照镜子,看看自己现在的样子,说他已经获得了新生,应该回到格雷琴身边去,让他不要错过上帝让他重新做人的机会。

① R. Anne, *The Tale of the Body Thief*, Ballantine Books, 1992, p. 247.

可以说,在这里,吸血鬼的故事同样是人类生存与心理状态的镜像,我们由此可以透视人们内心深处的另一个隐秘的自我。小说的结局殊途同归:当套入人体的莱斯坦特走投无路时,大卫来到他身边,并找到了那个偷人身体的简姆斯,莱斯坦特终于回到了那个冰冷的,但具有无限能力的躯体之中。而在这个过程中,大卫又和简姆斯互换了身体,一直徘徊在上帝与魔鬼中间。拒绝接受黑暗馈赠的大卫,最后还是无法抵御一个26岁年轻身体的魅力,成了另外一个偷窃别人身体的人。在作品结尾处,吸血鬼也终于意识到自己已经真正失去了大卫——一个最爱、最理解自己的人间凡人,于是亲手处置了他,把他变成了另外一个吸血鬼。

在理智上没有人愿意接受魔鬼的礼物,但是人人都得面对这种诱惑。吸血鬼的故事其实不断地提醒我们要思考这样的问题:人类的罪恶是来自身体,还是灵魂,或者是来自它们二者?也许来自二者之间的错位和不协调?当电脑时代的吸血鬼衣冠楚楚地站在我们面前,我们是否会照顾好自己的身体,是否能够感受到华丽服饰下冰冷可怕的身体,是否能够避免罪恶的吸血鬼来占据自己的身体呢?

显然,人的身体是美丽的,迷人的,但是正因如此,它会悲伤、痛苦,具有种种缺陷和限制,这正是吸血鬼不能忍受的原因。但是,如果有人因此渴望利用和占据别人的身体,把自己的灵魂转移其中,那又会发生什么样的事呢?

二十二、真的有"人狼印记"吗？

由此可见，不论是人狼还是吸血鬼，在西方文化史中，不仅都传承着文明与野蛮的历史冲突，而且引领着人们对人性以及相关问题进行深入思考。从某种意义上来说，这是自然及原始生活在人类心灵上留下的特殊印记，具有多种多样的属性，可能是自然赋予的本能，也可能是魔鬼的标记，也可能是神性的存证。正因如此，人们总是试图从各种角度、各个方面去寻找它们的来源，印证它们的存在，探究它们现实的或者象征的意味。

于是，人本身，首先是人的身体成了人们关注的焦点。人们期望通过自己的身体找到历史的标记，从中解读出自然与上帝赋予人们的某种神秘的启示。在这种意识的鼓励下，正如人类普遍存在的胎记一样，人们也对"人狼"赋予了某种特殊的指认。比如，人狼的一个显著特色就是"狼斑"。据传说，一个人如果被人狼或吸血鬼所蛊惑，或者本身就有这种遗传，身上就会出现某种印记或者烙印。至今此观点在民间还可以找到很多证据。例如，司汤达（Stendhal，1783—1842）的《意大利遗事》（*Chroniques Italiennes*）就记述过意大利人曾把一种皮肤癌称为"母狼"。

这种与狼狂症相似的记载，在《新约·启示录》第十三章中也可以找到印证，成为一种打印在右手或额头上的"印记"，后人把它理解为一种人类潜藏的兽性，对人类意识和文学创作产生了深刻的影响。不仅如此，在西方，

"狼疮"（lupus）同时也指一种星座，据说是母狼的化身。在希腊传说中，母狼（she-wolf）是日神阿波罗的情人。当时奥林匹克山上的众神都视天狼星为狼王吕卡翁（Lycaon）的代表，他有50个儿子，并要求人类在满月的时候用活人的身体来祭祀他。这就是罗马母狼传说的来源。后来人们相信罗马的双生子（Romulus and Remus）就是母狼的后裔，也是最早的人狼，后来成为撒旦的化身。其实，母狼的印记不仅表现在神话传说中，更表现在西方人文历史中。例如西方姓氏中的"Wolfe""Hugh""Woulfe"等，也许都与这位母狼或母狼星座有关。

显然，把狼与一种皮肤病联系起来，甚至推广到了天文地理、人文历史诸多方面，多少包含着人们的猜测臆断，尚无法得到确切证明。于是随着近代科学的兴起，人们从医学病理和心理学角度来解释人狼现象，开始在西方社会引起人们的关注。在20世纪初，弗洛伊德就对"人狼现象"进行过专门的研究。那是一种基于人类本能状态的研究，为人类潜意识的存在提供了另一种依据和假说。因为野性始终隐藏在人的内心深处，人们不得不用现实理性来压抑自己的本能，用"白日梦"或艺术创作的方式来宣泄和疏导内心不能实现的欲望，让精神由此得以解脱。可见，西方现代主义文学理念与"人狼"的重新发现密切相关。

其实，在罗马时代晚期，埃伊纳·保罗（Paulus Aegineta）就把宙斯把吕卡翁国王变成狼的故事列入了"人狼"的病例记录。尽管中世纪一般都把狼人看作是恶魔的化身，因此在很长一段时期内，"狼人"被指控为一种可怕的、危险的现象，进而被当众处死。但是还是有人注意到了"人狼"最显著的症状就是性狂想与妄想，因为病人对自己的欲望难以克制，会对他人造成攻击性行为，这是一种人的精神错乱状态。

从现代科学的角度分析，"人狼情结"是一种病理心理症状，病人产生一种野兽（通常是狼）的幻觉，所以《旧约》中的尼布甲尼撒王所经历的正是一种心理病症的煎熬。现代心理学家认为，这只不过是类似于某种传统的"Lycanthropy"病理现象。患者渴望血，尤其是人的血，由此幻想自己会变成某种凶残的食人动物。最近，据加拿大有关科学家解释，"人狼"很可能来源于某种身体病变。由于基因的紊乱，患者就像卟啉症（Porphyria）一样对光线特别敏感。在最坏的情况下，患者可能身体变形，面目全非，鼻子和手指脱落，嘴唇萎缩以致露出整个牙齿，肌肤上会长出毛发。这些病变还会使患者的手看上去像动物的利爪，面目像疯狂的野兽。在这种情况下，被病魔纠缠的患者会显示出类似于人狼的特点，需要鲜血滋养。其实，这时患者急需输血，但是这在当时是做不到的，所以患者就很可能通过嗜血和吃人肉来缓解痛苦。

还有一种解释认为，这些"人狼"实际上受到神经错乱的困扰，或者由于某种迷幻药物的影响，也可能患上了狂犬症，因为人狼的一些行为颇与狂犬相似。有时候，一些别有用心的人还会利用人们的迷信心理，披上狼皮，来做一些吓唬人的勾当，这自然也在某种程度上使人狼的传说更加神乎其神。

根据不久前美国马里兰大学一些科学家对人狼传说的细致考察，人们又提出了新的假设。他们认为四百多年前法国的某地之所以会出现那么多的"人狼"，是由于食用了一种特殊燕麦烤制的面包，而这种麦子有一种特殊成分可使人产生迷幻感觉，误以为自己是某种可怕的动物。这项研究还发现，实际上在自然界有很多种植物对人有迷幻作用，当时的巫师可以通过它们来证实自己的某种判断。而有些人也可以通过它们来实现自己的某种梦幻，以为自己确实能够与某种神灵交接，或者转变为某种动物。

当然，这只是一种假说，还不能说明导致病变的全部原因。我们相信人狼传说的产生还会有多种多样的发现和解释，但是不管怎么说，这都不只是一个单纯的科学话题。而人们之所以对此发生长久的兴趣，无疑在于长期以来其对人们文化心理的影响。也许狼不仅存在于自然界，更存在于我们的身体里，我们的文化心理深处。

作为一种人文心理现象，人狼传说的产生一方面是某种身体和心理病态现象所致，另一方面则离不开古代人对这种现象的想象、演绎、装饰和再创造。从另外一种基因错乱的观点来看，这一现象之所以经常发生，与当时人们遗传环境的封闭性有关。在现代医学产生之前，人们也许认为，一些重要的病态现象与某种动物行为有关，因为人们害怕再回到黑暗、野蛮的原始时代，所以就把它们和某些病理现象联系起来，这也就给巫师的巫术和讲故事的人留下了极大的想象空间和发挥余地。换句话说，"人狼"现象是一种文化，一种在特殊文化语境中的人文演绎。

正因如此，人们对"狼人"病例及其真实病因表现出了极大兴趣。直到20世纪，有关"狼人"病例的报告还不断出现，并引起医学界与心理学界的持续探索。例如，在20世纪70年代的美国，一位49岁美国已婚妇女的"人狼"症状，就曾留有如下的医学记录：

> 她"觉得自己是一只狼"，自己不能控制自己，"一种可怕的声音冲脱而出"。
>
> 这个病人在没有任何药物的作用下，常常痴迷和梦见狼，梦见自己和狼在一起。当家人聚集在一起时，她神志不清，做出母狼交配的样子邀请自己的母亲接受，这个样子有20分钟左右。当晚，她与丈夫性交后，痛苦不堪了两个小时，在床上呻吟、乱抓和长嗥。她说，魔鬼进入了她的身体，她变成了野兽。就医期间，医院实施了心理与药物双重疗法。在头三个星期，她不断重复下列话语："我在夜间是狼，我在白天是人狼……我有爪子，利齿，狼毛……我最痛苦的是晚上猎食……用牙咬、撕……我没劲儿了，我还是我，直到死，我要继续追寻完美和宽恕。"
>
> 有时候，她在镜子里看到自己，非常恐惧，因为她的眼睛很不同："太可怕了，是一只狼……又黑又深，充满魔鬼，充满复仇的眼神。这个黑暗的动物渴望屠杀。"这时候，她在性方面感到格外的需求和痛苦，并伴有强烈的同性恋倾向，几乎无法忍受这种动物冲动，不由自主沉浸于手淫之中，来满足那种与狼交配的幻觉。她还会不断照着镜子说："我是狼，看我的头，爪子，指甲，身体，我是魔鬼。"并发出难以想象的动物的吼声。
>
> 在后来几个星期里，她逐渐趋于稳定。她说："我照镜子，发现狼眼睛没有了。"但是，在一个满月的夜晚，她写下了如此体验："我并不想停止我的追寻……在我现在的婚姻生活中……我寻找那种有毛的动物。

我将在坟地里寻找……那种高大、黑色的男人……"她接受了9周免费治疗，主要服用神经性药物。

以上摘自有关病例报告。专家们根据有关症状，认为病人可能被某种家族性狂想症（chronic pseudoneurotic schizophrenia）所折磨，并对于这种病做出了以下诊断：1. 在某种压力下经常产生转变为人狼的幻象；2. 经常沉浸于某种宗教意识之中，包括会感觉到魔鬼的眼睛；3. 由于经常需要到附近的坟地或树林里去，因此心理受到某种困扰；4. 在某种兽性的残忍中表现出原始的贪婪与对极度性冲动的追求；5. 始终伴随着极度紧张的心理。而根据病理学分析，这些心理主观性症状又可以归结为以下几种可能性：1. 精神分裂型；2. 脑神经紊乱导致心理幻觉；3. 过度心理压抑所致的精神分裂；4. 紊乱型歇斯底里病症；5. 狂躁忧郁型心理以及心理癫痫病。从其他一些病例分析中还证实了患者往往具有偏执狂精神分裂症，也可能与某种麻醉毒品与家族性脑神经病变有关。性压抑在患者的变形症状中起到重要作用，不仅会产生某种幻象，而且可能导致自杀现象的发生。

可见，"人狼"是一种罕见的病理现象，存在生理与心理两方面的因素，而文化意识因素无疑扮演着极其重要的角色。其实，从很多病例分析中都可以看出，患者往往面临着各种生活困局和压力，个性与周遭环境存在严重不协调、不适应的状况。所谓"人狼"的出现，一方面体现了文明的崩溃，社会性的文明规则已经不能约束和整饬个体心理和肉体的欲求了；另一方面显示了个体心智的崩溃，说明自然的个体已经不能承受社会文明的压力，从而采取了某种极端的"进攻"或"逃避"的生存方式。

二十三、西方浪漫主义与狼有何亲缘关系？

西方浪漫主义与狼的天然联系，从其词源上就可以确定，所谓"Roma-"就来自建造古罗马城的母狼传说。汤奇云先生在研究中指出："这一关于古罗马城来历的神话传说体现出丰富的文化内涵。因为在人们的文化观念中，狼是贪婪而残忍的象征，在这里，狼却成了人类文化的母祖。Roma 就是吸着狼的乳汁长大的。因此，这就寓意着 Roma 是神性与兽性的交响曲，人性是崇高理性和贪婪欲望的完整结合。从罗慕路斯和雷慕斯的曲折身世来看，Roma 又是传奇而富有冒险精神的个人主义英雄人生的写照。"①

更重要的是，这一神话故事反映出古罗马文化与古希腊文化的本源性联系。因此，连勃兰兑斯也认为："'罗曼蒂克'（romantic）这个词被传播到德国时，它的意义几乎就和'罗马式'（Romanesque）的意义一样。它意味着罗马式的华丽修辞和奇巧构思，意味着十四行诗和抒情短歌；浪漫主义者热烈地赞美着罗马天主教和伟大的罗马式的诗人卡尔德隆，他们发现了他的作品，翻译了他的作品，并且赞扬备至。"②

显然，浪漫主义对生命表现出了更强烈的激情，这一点在法国雕塑家让·

---

① 汤奇云：《浪漫主义及其"中国化"研究》，华东师范大学，2001 年。
② 勃兰兑斯：《法国的浪漫派》，勃兰兑斯《十九世纪文学主流》（第五分册），人民文学出版社，1982 年，第 26 页。

巴普帝斯蒂·卡尔波（Jean Baptiste Carpeaux，1827—1875）的创作中显露无遗。他应建筑家夏尔·卡尼埃的委托，为巴黎国家歌剧院建筑装饰而创作的《舞蹈》，就是出色的例子。其自由流畅的气势和人物忘我的姿态与激动的表情，体现了一种欢愉的节奏与旋律，热情、愉快、狂欢、朝气蓬勃、充满生机，展现出无限的生命力与魅力。而夹在其中的一个小爱神，以及隐藏在背阴处的狼、人羊神，似乎有意识地向人们透露西方浪漫主义艺术精神及其历史文化的来源。或许正是这种过度的热情所致，卡尔波到了晚年，心情忧郁，最后因为精神失常病故。之后，他的学生罗丹开始关注人类的理性思考和追求，其作品《思想者》表达了人们对自我状态更深刻的探索和把握——人类需要人性的解放，同时也需要用知识和理性把握解放的尺度，不能失去必要的控制。

对于中国读者来说，理解和把握西方浪漫主义的困难，不在于一些概念和理念上的总结概括，而是在于对其传统文化和历史背景的透视，从而对渗透到浪漫主义骨髓中的重重幽灵心有灵犀。在这方面，我们不得不提到鲁迅，他把同西方浪漫主义文学的对话，直接感应为一种与"恶魔"共鸣的过程。

我们发现，浪漫主义的兴起与文艺复兴有一脉相承之处，浪漫主义不仅借鉴和借助了文艺复兴时期创造的艺术与思想遗产，而且持续深化和发展了文艺复兴时期开拓的人性解放。甚至可以说，浪漫主义就是文艺复兴的某种延续。有所不同的是，文艺复兴时期的"诸神复活"，在浪漫主义时期形成了"泛神论"思想体系；文艺复兴时期对"肉体的幸福"的追求，在浪漫主义文学中进一步深化，演绎成了一系列"灵与肉"的深刻冲突；而浪漫主义对宗教的膜拜也添加了对自然神殿的赞美。

首先，除了古罗马神话传说的深刻影响之外，北欧神话中的野性也渗透到了浪漫主义情愫之中。海涅在谈到浪漫主义缘起时，多次提到北欧神话中诸神的再次复活，他认为欧洲的民族信仰，"北部要比南部更多地具有泛神论倾向"，这就决定了德国文学中具有一个"阴森可怕的恶魔世界"，并且"像北方那样忧郁和阴暗"。①

西方浪漫主义的缘起，充满着对常规的善恶观念的怀疑和冲击。海涅认为，基督教最可怕的思想就是"善恶两种根源的学说"，"邪恶的撒旦和善良的基督对立着，基督教代表精神世界，撒旦代表物质世界；我们的灵魂属于精神世界，肉体属于物质世界；从而，整个现象世界，即自然，根本是恶的；撒旦，这黑暗的主宰者，就想用它来引诱我们堕落；因此，必须谢绝人生中一切感性快乐，对我们的肉体，这个撒旦的采邑，加以折磨，这样才能使灵魂更加庄严地升到光明的天国，升到基督光辉灿烂的国度。"海涅称这种思想"像传染病一样"，蔓延到整个罗马帝国，"这种病痛延续了整个中世纪，它时而加剧，时而弛缓，使我们现代人还在肌体中感到痉挛和无力。"② 所以，他认为在这种情况下，不可能有健康的人生。而健康的人生的关键就是"肉体和灵魂重新在原始的和谐中互相渗透"。海涅一直牢记着马丁·路德的一句有名的格言："谁若不爱美酒、女人和歌，他就终生是个傻瓜。"③ 所以，任何人讨论德国浪漫主义文学，就必须从路德开始，因为他开创了这种文学的自由精神，而且创造了这种文学用来表达情意的文体和语言。

由此可以理解，为什么歌德强调"生命之树常青"。因为正是这种生命活力的注入，不仅"像用魔法呼唤出来一样"，使一大群出色的哲学家出现在德国，而且也催生了欧洲浪漫主义文学的璀璨鲜花。而歌德本人的文学创作就贯穿着神性、狼性与人性的冲突和搏斗。《浮士德》就集中表现了浪漫主义时代人性的觉醒、追求和冲突。歌德从二十几岁就开始写《浮士德》，直到晚年才完成，实际上其记录了他一生的心路历程。在某种程度上，《浮士德》是心灵意义上的《神曲》，因为诗人在《舞台序幕》中就写下了如此初衷："……就这样通过这狭隘的木棚，请去跨越宇宙的全境，以一种从容不迫的速度，

---

① 海涅：《论德国宗教和哲学的历史》，海安译，商务印书馆，1972年，第21页。
② 海涅：《论德国宗教和哲学的历史》，海安译，商务印书馆，1972年，第16页。
③ 海涅：《论德国宗教和哲学的历史》，海安译，商务印书馆，1972年，第38页。

遍游天上人间和地狱。"① 而魔鬼梅非斯特②则犹如《神曲》中的母狼，不仅是诗人游历人生的引路人，而且一直陪伴着这位诗人。由此我们也能够理解，歌德为什么对狼情有独钟，让它与毛驴、小犬、猫一起上天堂了。因此，海涅曾高度评价歌德的贡献，他不仅称歌德为"文学中的斯宾诺莎"，是"伟大的异教徒"，而且称赞他具有"原始的美与永恒的和谐意识"，指出："尽管他对基督教有强烈的反感，但基督教却向他透露了精神世界的秘密，他分享过基督的血，并借此理解了大自然隐蔽的声响，就像尼伯龙根史诗中的英雄吉格佛里特杀死了巨龙，嘴唇上沾了一滴龙血之后，就突然懂得鸟语一样。"③ 海涅还如此评价歌德的《浮士德》："……他试图用一种旁若无人的神秘的直接的方法和自然结成某种关系，他用降魔的符咒唤出了神秘的大地精灵。"④

而最能体现浪漫主义文学中这种"狼性"印记的，恐怕是纳撒尼尔·霍桑（Nathaniel Hawthorne，1804—1864）的小说《红字》（*The Scarlet Letter*）了。在作品中，女主人公海丝特·白兰因为与神父私通生了一个女儿，由此受到教会的侮辱，在她胸前戴了一个红色的"A"字。而其中最能表现海丝特·白兰心迹的则是在广场上的那一幕：

> 丁梅斯代尔牧师先生低下头去，像是在默默祈祷，然后便迈步向前。
>
> "海丝特·白兰，"他俯身探出阳台，坚定地朝下凝视着她的眼睛说着，"你已经听到了这位好心的先生所讲的话，也已经看到了我所肩负的重任。如果你感到这样做了可以使你的灵魂得以平静，使你现世所受的惩罚可以更有效地拯救你的灵魂，那么我就责令你说出同你一起犯罪的

---

① 歌德：《浮士德》，钱春绮译，上海译文出版社，1982 年，第 15 页。
② 原文 Mephistopheles，亦作 Mephisto。语源可能来自希伯来语 mephiztophel，即说谎者，否定者，善的破坏者（故称恶魔 der Böse）。译文中梅非斯特托费勒斯译名太长，故一律用梅非斯特。但是也有一说法认为，梅非斯特来源于北欧神话，正如歌德在"献词"中所说的，《浮士德》中的人物是从北方神话的"云雾"中来的。
③ 海涅：《论德国宗教和哲学的历史》，海安译，商务印书馆，1972 年，第 126 页。
④ 海涅：《论德国宗教和哲学的历史》，海安译，商务印书馆，1972 年，第 128 页。

同伙和同你一起遭罪的难友！不要由于对他抱有错误的怜悯和温情而保持沉默。请你相信我的话，海丝特，虽然那样一来，他就要从高位上走下来，站到你的身边，和你同受示众之辱，但总比终生埋藏着一颗罪恶的心灵要好受得多。你的沉默对他能有何用？无非是诱引他，事实上是迫使他——在罪孽上再蒙以虚伪！上天已经赐给你一个当众受辱的机会，你就该借以光明磊落地战胜你内心的邪恶和外表的悲伤。现在呈献到你唇边的那杯辛辣而有益的苦酒，那人或许缺乏勇气去接过来端给自己，可我要提醒你注意，不要阻止他去接受！"

青年牧师的话音时断时续，听起来甜美、丰润而深沉，实在撼人心肺。那明显表达出来的感情，要比言词的直接含义更能拨动每个人的心弦，因此博得了听众一致的同情。甚至海丝特怀中那可怜的婴儿都受到了同样的感染：因为她此时正转动着始终还是空泛的眼珠，盯向丁梅斯代尔先生，还举起两条小胳膊，发出一阵似忧似喜的声音。牧师的规劝实在具有说服力，以致在场的所有的人都相信，海丝特·白兰就要说出那罪人的姓名了。否则，那个犯罪的男人自己，不论此时站在高处或低位，也会在内心必然的推动之下，走上前来，被迫登上刑台。

海丝特摇了摇头。

"女人，你违背了上天的仁慈，可不要超过限度！"威尔逊牧师先生更加严厉地嚷道，"你那小小的婴儿都用她那天赐的声音，来附和并肯定你所听到的规劝了。把那人的姓名说出来吧！那样，再加上你的悔改，将有助于从你胸前取下那红字。"

"我永远不会说的！"海丝特·白兰回答说，她的眼睛没有去看威尔逊先生，而是凝视着那年轻牧师的深沉而忧郁的眼睛。"这红字烙得太深了。你是取不下来的。但愿我能在忍受我的痛苦的同时，也忍受住他的痛苦！"

"说吧，女人！"从刑台附近的人群中发出的另一个冷酷的声音说，"说出来吧，让你的孩子有一个父亲！"

"我不说！"海丝特回答着，她的脸色虽然变得像死人一样惨白，但还是对那个她确认无疑的声音作出了答复,"我的孩子应该寻求一个上天的父亲!她将永远不会知道有一个世俗的父亲的!"

"她不肯说!"丁梅斯代尔先生喏嚅着。他一直俯身探出阳台,一只手捂住心口,待候着听他呼吁的结果,这时他长长吐了一口气,缩回了身体,"一个女人的心胸是多么坚强和宽阔啊!她不肯说!"

……那些目光随着她身影窥视的人耳语着说,她胸前的红字在黑漆漆的通路上投下了一道血红的闪光。

这是何等严酷的场面,又是何等勇敢的回答:"那烙印太深了。你们除不掉它的。"①

当然,这也是刻在西方浪漫主义文学史上的一个明显印记。因为这个"红字"存在的中心就是"狂野",这就是"生命的原质",它美丽而光辉,但是又使人感到危险和恐惧,是永远无法抹去的。据说,霍桑对"灵性"特别感兴趣,所以在他的作品中出现了许多神秘、隐秘的意象,其中蕴藏着作者对人、自然及其命运的特殊暗示和触及。在《红字》中同样存在着这种特色。作者把"红字"作为书名,不仅表现了某种特殊的社会习俗和想象,而且体现了作者对这一特殊现象的深刻的心理透视,在其耻辱的象征背后深藏着人性、人类文化的原始奥秘。

但是,今天的我们如何来理解这个"除不掉它"呢?而这个"太深"又意味着什么呢?

显然,这个"红字"虽然被迫印在了女主人公海丝特的身上,但是却实实在在地存在于每个人的心灵之中,除非这个人身心不健全或者极其猥琐,就像作品中那个罗格·齐灵窝斯一样。因此,作为牧师的丁梅斯代尔,不得不承受内心的折磨,当他夜间站在海丝特遭受公众侮辱的刑台上的时候,"他的心灵上突然感到一阵极度的恐惧,仿佛全宇宙都在凝视着他赤裸的胸膛,盯住了他心房上的那个红字的标记。"②正如作品中所揭示的那样,海丝特是

① 霍桑:《红字》,侍桁译,上海译文出版社,1981年,第20页。
② 霍桑:《红字》,侍桁译,上海译文出版社,1981年,第98页。

感到痛苦的，但是内心并不屈从，她感到有罪，但是她并不认为她独自一个人在犯罪，因为"那个字母使她对旁人心胸中隐藏的罪恶有了亲切的认识"，因为"如果到处都揭穿实情的话，在海丝特·白兰之外，许多人的胸上都要闪现出那个红字来的"。①

因此，海丝特的这段话自然包含着自己独特的情感体验，其中的"太深"表达了她对自己情人丁梅斯代尔牧师的爱意。但是从更深的层次来说，这个"红字"来自人性的深处，原本就是人性、大自然灵性的一部分，是谁也无法从人类生活中抹去的。

由此，阅读《红字》，在某种程度上来说，也是不断触及、领会和理解这个"烙印"的过程。就海丝特·白兰来说，她能够在极其屈辱的情况下坚持活下去，还在于她意识到这个"烙印"不仅"太深"，而且在每一个人心头都有——无人可以逃避。所以，她表面上生活极其孤独，但是在内心中不无一种自信的倔强。所以，作为一种世俗罪恶的标记，"红字"赋予了这个女人更透彻的人性眼光，使她能够在各种各样道貌岸然的面具之下，看到人们内心深处隐藏着的同一种火焰——"她闪耀得非常明亮"。

这是"红字"给予海丝特的"新感觉"，更是作者在生活中发现和感悟到的新奥秘。但是，要真正揭示出这个"烙印"的底蕴，真正回答"它从何处来"，并不是一件容易的事。对海丝特来说，独自承担的不仅是红字的耻辱，还有对下一代的责任。她不止一次地从自己的女儿珠儿身上感受到了这个"烙印"的无可回避。可以这么说，海丝特之所以坚持活下去，就是为了自己的孩子。而之所以要坚持这种"爱"的责任和信念，则完全出自一种自我生存、认定和发展的本能，因为她在珠儿身上感受到了自己，更加绝望地体验到这个"烙印"的存在。

文化基因是传代的。实际上，海丝特不仅从周围的人身上，更从自己的女儿身上一次又一次印证着这个"红字"的存在。所以，海丝特敏感注视着自己孩子天性的发展和流露，"她从珠儿身上可以看出她自己那种狂野、绝

---

① 霍桑：《红字》，侍桁译，上海译文出版社，1981年，第38页。

望、反抗的气氛，那种轻浮的性质，甚至可以看出那隐伏在她心里的忧郁绝望的阴云。这些性质在小孩子的气质中晨光闪耀着，在将来的人生中，时时会产生出暴雨和旋风。"① 而更为令人绝望的印证在于，对于珠儿这样的孩子，无论用什么方法，都不能抹杀、除掉，甚至从表面上完全控制这种"烙印"，为此海丝特采用过了严格的管束、哄骗、斥责、命令、劝诱或乞求，但是都毫无用处。不管海丝特把珠儿怎样称呼和想象，如妖精、魔鬼、鬼怪、恶魔的精灵，但是都无法否认珠儿是一个健康的孩子，她是爱的结晶，她懂得爱也需要爱。

不仅如此，珠儿还是一种象征，作者从她身上直接触及了"红字"最深的根源，进入了原始的旷野、荒原和异端的森林，体验到了人性与自然最深层的联系：

当母亲同牧师坐着谈话的时候，珠儿并没有觉得时间过得很慢。那座阴暗的大森林，虽然对于那些把人世罪恶与烦恼带到它胸怀里来的人们来说显得严峻，但对于这个孤独的婴儿来说，却尽其可能变成了她的游伴。它虽然十分阴沉，却露出了最亲切的心情来欢迎她。它送鹧鸪莓子给她吃，那是一个秋天长出来到今春才成熟的果子，眼前在枯叶上正红得像血珠一样。珠儿收集了一些，闻着野生果子的香味，很是喜欢，旷野间的小生物，差不多都不肯费事从她的行径上避开她。一只鹧鸪鸟，率领着十只小雏，确曾凶猛地向前冲，但是不久就后悔它的凶猛了，同时招呼着她的几只小雏不要害怕。独自停在低低的树枝上的一只鸽子，听凭珠儿来到它的下面，发出一声又似欢迎又似惊骇的呼声。一只松鼠，从它居住的高耸的树顶上，不晓得是发脾气还是欢喜地叽叽咕咕，因为松鼠原本是一种脾气不定且滑稽的小动物，所以很难摸清它的心情，它就这样对那孩子叽叽咕咕着，并投下一颗栗果在她头上。那是一颗去年的栗果，已被它锐利的牙齿咬过了。一只狐狸，因为她踏着落叶的轻轻

---

① 霍桑：《红字》，侍桁译，上海译文出版社，1981年，第42页。

的脚步声,从睡眠中惊醒过来,它疑虑地端详着珠儿,仿佛拿不定主意,是偷跑掉好呢,还是在原来的地方重新睡觉。据说——故事说到这里,真是越来越无稽了——还有一只狼走上前来,嗅着珠儿的衣服,要她用手拍抚着它那野蛮的头呢。不过,实际上仿佛是,森林母亲与它养育着的那些牲畜,全都在这个人类的孩子身上,看出和它们一脉相承的野性来。①

珠儿与狼的相遇,会使我们想起小红帽的故事,但是却体现了两种不同的想象和意味。在这里,完全是一种诗意的童话境界,犹如梦境,洋溢着伊甸园的和谐,人与自然,与自然中所有的生物亲密无间,和睦相处,尤其是那只狼的出现,能够把人们带回悠远的原始岁月,带回到罗马森林中母狼的身旁。而也许只有在这里,才隐藏着使海丝特感到心醉神迷的"喜悦的神秘",才是亚瑟·丁梅斯代尔眼中最后闪耀着的光明,才是读者能真切感受到的这个烙印"太深"的含义。

如果野性是人性的一部分,那么完全回避它、否定它、诋毁它,就等于与人类自己过不去,而小说中最后牧师的出场则显示了人性的无畏与坦荡:

"哈,诱惑者啊!我认为你来得太迟了!"牧师畏惧而坚定地看着他的目光,回答说,"你的权力如今已不像以前了!有了上帝的帮助,我现在要逃脱你的羁绊了!"他又一次向戴红字的女人伸出了手。

"海丝特·白兰,"他以令人撕心裂肺的真诚呼叫道,"上帝啊,他是那样地可畏,又是那样地仁慈,在这最后的时刻,他已恩准我——为了我自己沉重的罪孽和悲惨的痛楚——来做七年前我规避的事情,现在过来吧,把你的力量缠绕到我身上吧!海丝特!但要让那力量遵从上帝赐予我的意愿的指导!这个遭受委屈的不幸的老人正在竭力反对此事!竭尽他自己的,以及魔鬼的全力!来吧,海丝特,来吧!扶我登

---

① 霍桑:《红字》,侍桁译,上海译文出版社,1981年,第153页。

上这座刑台吧!"人群哗然,骚动起来。那些紧靠在牧师身边站着的,有地位和身份的人万分震惊,对他们目睹的这一切实在不解。既不能接受那显而易见的解释,又想不出别的什么含义,只好保持沉默,静观上天似乎就要进行的裁决。他们眼睁睁地瞅着牧师靠在海丝特的肩上,由她用臂膀挽扶着走近刑台,跨上台阶,而那个因罪孽而诞生的孩子的小手还在他的手中紧握着。老罗杰·齐灵渥斯紧随在后,像是与他们几人一齐参加演出的这出罪恶和悲伤的戏剧密不可分,因此也就责无旁贷地在闭幕前亮了相。

"即使你寻遍全世界,"他阴沉地望着牧师说,"除去这座刑台,再也没有一个地方更秘密——高处也罢,低处也罢,使你能够逃脱我了!"

"感谢上帝指引我来到了这里!"牧师回答说。

然而他却颤抖着,转向海丝特,眼睛中流露着疑虑的神色,嘴角上也同样明显地带着一丝无力的微笑。

"这样做,"他咕哝着说,"比起我们在树林中所梦想的,不是更好吗?"

"我不知道!我不知道!"她匆匆回答说,"是更好吗?是吧。这样还有小珠儿陪着我们一起死去!"

"至于你和珠儿,听凭上帝的旨意吧,"牧师说,"而上帝是仁慈的!上帝已经在我眼前表明了他的意愿,我现在就照着去做。海丝特,我已经是个垂死的人了。那就让我赶紧承担起我的耻辱吧!"

丁梅斯代尔牧师先生一边由海丝特·白兰撑持着,一边握着小珠儿的手,转向那些年高望重的统治者;转向他的那些神圣的牧师兄弟;转向在场的黎民百姓——他们的伟大胸怀已经被彻底惊呆了,但眼里仍然泛滥着饱含泪水的同情,因为他们明白,某种深透的人生问题——即使充满了罪孽,也同样充满了极度的痛苦与悔恨——即将展现在他们眼前。刚刚越过中天的太阳正照着牧师,将他的轮廓分明地勾勒出来,此时他正高高矗立在大地之上,在上帝的法庭的被告栏前,申诉着他的罪过。

"新英格兰的人们!"他的声音高昂、庄严而雄浑,一直越过他们的头顶,但其中始终夹杂着颤抖,有时甚至是尖叫,因为那声音是从痛苦与悔恨的无底深渊中挣扎出来的,"你们这些热爱我的人!——你们这些敬我如神的人!——向这儿看,看看我这个世上的罪人吧!终于!——终于!——我站到了七年之前我就该站立的地方。这儿,是她这个女人,在这可怕的时刻,以她的无力的臂膀,却支撑着我爬上这里,搀扶着我不至于扑面跌倒在地!看看吧,海丝特佩戴着的红字!你们一直避之不及!无论她走到哪里,——无论她肩负多么悲惨的重荷,无论她多么盼望能得到安静的休息,这红字总向她周围发散出使人畏惧、令人深恶痛绝的幽光。但是就在你们中间,却站着一个人,他的罪孽和耻辱并不为你们所回避!"

牧师讲到这里,仿佛要留下他的其余的秘密不再揭示了。但他击退了身体的无力,尤其是妄图控制他的内心的软弱。他甩掉了一切支撑,激昂地向前迈了一步,站到了那母女二人面前。"那烙印就在他身上!"他激烈地继续说着,他是下定了决心要把一切全盘托出了。"上帝的眼睛在注视着它!天使们一直都在指点着它!魔鬼也知道得一清二楚,不时用他那燃烧的手指触碰折磨它!但是他却在人们面前狡猾地遮掩着它,神采奕奕地定在你们中间。其实他很悲哀,因为在这个罪孽的世界上人们竟把他看得如此纯洁!——他也很伤心,因为他思念他在天国里的亲属!如今,在他濒死之际,他挺身站在你们面前!他要求你们再看一眼海丝特胸前的红字!他告诉你们,她的红字虽然神秘而可怕,只不过是他胸前所戴的红字的影像而已,而即使他本人的这个红色的耻辱烙印,仍不过是他内心烙印的表象罢了!站在这里的人们,有谁要怀疑上帝对一个罪人的制裁吗?看吧!看看这一个骇人的证据吧!"

他哆哆嗦嗦地猛地扯开法衣前襟的饰带。露出来了!但是要描述这次揭示实在是不敬。刹那间,惊慌失措的人们凝视的目光一下子聚集到那可怕的奇迹之上,此时,牧师却面带胜利的红光站在那里,就像一个人在备受煎熬的千钧一发之际却赢得了胜利。随后,他就瘫倒在刑台上了!海丝特撑起他的上半身,让他的头靠在自己的胸前。老罗杰·齐灵渥斯跪在他身旁,表情呆滞,似乎已经失去了生命。

"你总算逃过了我!"他一再地重复说,"你总算逃过了我!""愿上帝饶恕你吧!"牧师说,"你,同样是罪孽深重的!"他从那老人的身上取回了失神的目光,紧紧盯着那女人和孩子。

"我的小珠儿,"他有气无力地说——他的脸上泛起甜蜜而温柔的微笑,似是即将沉沉酣睡,甚至由于卸掉了重荷,他似乎还要和孩子欢蹦乱跳一阵呢——"亲爱的小珠儿,你现在愿意亲亲我吗?那天在那树林里你不肯亲我!可你现在愿意了吧?"

珠儿吻了他的嘴唇。一个符咒给解除了。连她自己都担任了角色的这一伟大的悲剧场面,激起了这狂野的小孩子全部的同情心。当她的泪水滴在她父亲的面颊上时,那泪水如同在发誓:她将在人类的忧喜之中长大成人,她绝不与这世界争斗,而要在这世上做一个妇人。珠儿作为痛苦使者的角色,对她母亲来说,也彻底完成了。

"海丝特,"牧师说,"别了!"

二十四、如何解读"荒原狼"？

由此我们不得不想到黑塞的《荒原狼》。这是"人狼情结"在现代社会生活中的一种绝妙演绎。赫尔曼·海塞（Hermann Hesse，1877—1962）原籍德国，后加入瑞士籍，1946 年获得诺贝尔文学奖。1927 年，两次世界大战间歇中的一年，他发表了长篇小说《荒原狼》，用一种独特的方式揭示了主人公哈立·哈勒——一位知识分子——内心的巨大冲突，他在狼心和良心之间挣扎，预示着一场人类精神灾难的爆发——这似乎也决定了这本书为什么在第二次世界大战后突然风靡世界，尤其是美国、日本和欧洲各国。

显然，作为一个深受罗马文化熏陶的作家，他的血管里流淌着母狼传说的血液，使他能够最早感受到一种野性的风暴正在人类灵魂中酝酿，人类或者死灭或者爆发，否则别无选择。

《荒原狼》的读法很多，但是我以为最亲近的读法是把它看作是一次内心的对话，也就是作者黑塞与自己内心中的狼的一次交谈。这似乎把作者置于了一种无法自我申辩的地步，但是使我们自己成了不可逃脱的被分析对象，使我们在阅读作品的时候也在阅读自己。不过，这个"自己"以往一直都是我们自己所忽略、所极力回避的，所以尽管"他"一直居住在我们心灵深处，我们却一直视之为陌生人，这也正是作品从一开始就提示给我们的：

荒原狼是个年近五十的人。几年前的一天，他来到我姑妈家商谈租一个带家具的房间。他租下了上面的阁楼和旁边的一间小卧室。几天之后，他带了两个箱子和一大柜子的书住了进来。在我们这里一共住了九十个月。他沉默寡言，独善其身。要不是由于卧室相互毗连，偶然在楼梯和走廊上相遇的话，也许我们根本就不会认识，因为此人不善交往，而且我从未见过像他那样不善交往的人。他确实像他有时所自称的那样，是一只狼，一个陌生的、野性的而又胆怯的、可以说是十分胆怯的、来自另外一个世界的生物。①

显然，如果说荒原狼也是一种"人狼"，那么他至少在外表上已经完全"人化"了，文明化了。但是，荒原狼到底是怎样一个人呢？他内心中到底在想什么呢？这正是读者最想知道也最难知道的。所以，作者一开始就突出了他外表和内心的巨大差异，似乎在有意识地掩盖人物的内心，以引起读者内心的更强烈的追逐心理，去探知这个似乎"从一个陌生的世界，从海外国度来到我们这里的"人。事实上，"荒原狼"全然不像狼，他非常和善、客气、有礼貌，经常面带微笑，而更使人无法解释的是，尽管他给"我"的印象不算好，但是他不仅赢得了姑妈的好感，而且"我"也被吸引住了，"我"得承认"我"喜欢那张并不漂亮的脸，感到"那是一张清醒的、很有思想的、爱钻研学问的、充满智慧的脸"，他介入"我"的心灵如此之深，使"我"在梦里经常见到他。作品中还这样写道：

你一眼见到他就会马上得出一个印象，他是一个重要的、罕见的、才智不凡的人物，他的脸充满智慧，表情显得特别温柔而灵活，从而反映了他那有趣的、动荡的、非常细腻而敏感的内心世界。要是和他交谈，而他又越过常规的界限（并不总是如此），并且摆脱了他的生疏感而说出富有个人特色的语言，让我们这样的人都会马上对他心悦诚服。他想得

---

① 赫尔曼·黑塞：《荒原狼》，李世隆、刘泽珪译，漓江出版社，1986年，第3页。

比别人多。在智力上他具有那种近乎冷静的客观性。他深思熟虑，有可靠的知识，这些只有真正的智者才具备，这样的人没有虚荣心，他们从不希望闪光，从不希望说服别人，从不固执己见。①

可以看出，黑塞似乎有意识地把读者和荒原狼拉近，企图消融我们与他的界限。有时候告诉读者：荒原狼似乎成了那个时代的超人，他的眼光能够洞穿整个人类文化的虚伪。作者借一次著名的历史哲学家兼文艺评论家的报告会之际，表达了这种无法抵赖的崇拜之情：

> 在这位名人开始演讲并想讨好听众，对有如此多的人士出席表示感谢时，荒原狼向我投来一瞥目光，啊，那是令人难忘而又可怕的目光，对那目光的含义简直可以写一部书！那目光不但批判了报告人，以温和但却很有逼人分量的讽刺使那位名人变得一钱不值，那只是其中极少的部分。那目光与其说是含有讽刺，不如说更多的是伤心，它简直像个无底深渊，包含着绝望无比的悲哀。这是沉默的绝望，在一定程度上是肯定无疑的绝望，而且从某种程度上来说，已经成为习惯和固定的形式。他用这种绝望的目光不仅看透了爱虚荣的讲演者个人，而且讽刺和荡涤了眼前这一场面，还有听众的期待和情绪，已公布的傲慢的讲演题目——不，荒原狼的目光刺穿了我们整个时代，一切忙忙碌碌、装腔作势，一切追名逐利之举，一切虚荣，一切自负而浅薄的智力的表面游戏——啊，遗憾的是，这目光比仅仅针对我们时代的，我们智力上的，我们文化上的弊病和不可救药还要更深刻、更广泛得多。它直指一切人类的内心世界，它在那仅仅一秒钟的时间里就意味深长地说出了一个思想家、一个可能是智者的人对人生的尊严和意义的全部怀疑。这一目光是说："看吧，我们这些猴子！看吧，人就是这样的！"所有学者名流，所有智者能人，所有人类庄严、伟大和悠久的渊源都崩溃了，这是一场猴戏！②

---

① 赫尔曼·黑塞：《荒原狼》，季世隆、刘泽珪译，漓江出版社，1986年，第7页。
② 赫尔曼·黑塞：《荒原狼》，季世隆、刘泽珪译，漓江出版社，1986年，第8页。

人类文明到底是什么？是荒原狼眼中的"猴戏"还是戈雅笔下的漠然听众？这当然是一个深刻的话题，但是毋庸置疑的是，人类对自己所创造的文明的怀疑和质疑，随着工业化时代的到来越来越显著了。而这里，只是作者借荒原狼来表达这种时代情绪罢了。如果说这部小说的意图，在于用一种心理分析的方法来揭示现代人的一种特殊状态，那么，其潜在的另一种快感则来自对人类整体文化状态的一种批判。作者所选择和所迷恋的"陌生"，"那种异常的和可怕的孤独的原因和含义"，那种他极力抵御的"某种精神病或者忧郁症，性格病"，就成了一种人类整体文化状态的征候，它们一方面显示了主人公"一种天才的、无限的、可怕的承受痛苦的能力"，另一方面则显示了一种潜在的巨大的矛盾和冲突的力量，它们时时刻刻都有可能爆发，或者毁灭世界或者毁灭自己。

这里演示着一种复杂的文明与人性的冲突，它们二者处于一种不和谐的状态而创造了这种特殊的人的状态。在作品中，作者似乎一直在强调这种人与文化的矛盾，认为教育从一开始就试图用一种"意志折服"的方式来毁灭个性，让人们自己与自己的本性为敌，用自己的思维能力和智力来反对自己"这个无辜的、高贵的自我"，促使他成为一个"地地道道的基督教徒和纯粹的殉教者"。但是，这一切并不能消灭他内心的一切欲望和心性，所以他只能不断地厌恶和批判自己，用各种方式防范、规范和诅咒自己。

所以，荒原狼的生活很奇怪，他喜欢整齐干净、一尘不染的居室，赞美那种井井有条、安分守己的市民生活，但是他自己的房间却杂乱无章，乱七八糟，最高雅的诗集、绘画与各种饮料、水酒瓶子杂乱在一起；他待人彬彬有礼、温文尔雅，但是生活却毫无规律和节制；他是一个"年老而又有点粗野的荒原狼"，同时又是非常有教养的绅士。而就在这两者之间，作者不是在取舍，而是在探索着人性与人类自己所创造的文明之间的关系问题。

可以说，《荒原狼》是典型的心理分析小说，作者最关注的是人的心理状态，但是就在这种艺术探求中，自然而然地生发出了新的艺术观念。例如，黑塞认为，一个人的肉体是统一的，而灵魂从来不是统一的。而文学创作，即使是最精粹的文学创作，也似乎习惯于把人写成完整的、统一的，结果给予人们一种每一个人都是统一体的错误印象。这是一种廉价肤浅的美学，所表现的都是自我与人物的幻觉，都是人从有形的躯体出发所产生的错觉。所以现代文学创作应该也必须透过人物和性格的表演来揭示错综复杂、丰富多彩的内心世界，下决心把这种作品中的人物看作是高一级的统一体（不妨叫作诗人之灵魂）的各个部分、各个方面、各个不同的侧面，他不能把这些人物看成单个的人。人们十分熟悉浮士德说过的一句话，也是庸人们非常赞赏的名言："啊，在我的胸膛里有两个灵魂并存。"然而他却忘了他的胸中还有摩菲斯特，还有许许多多别的灵魂。黑塞笔下的荒原狼也以为在他的胸膛里有两个灵魂（狼和人），他觉得他的胸膛已经因此而拥挤不堪。因为一个人的胸膛、躯体只有一个，而里面的灵魂却不止两个、五个，而是无数个，一个人是由千百层皮组成的葱头，由无数线条组成的织物。

黑塞还认为，古代亚洲人已经认识到了这一点，并且了解得十分详尽，佛教的瑜伽还发明了精确的办法，来揭露人性中的妄念。人类的游戏真是有趣得很，花样多得很：印度人千百年来致力于揭露这种妄念，而西方人却花了同样的力气来支持并加强这种妄念。就对于灵魂的探究来说，黑塞的作品虽然不像戈雅的绘画那样惊心动魄，但是却更加意味深长，黑塞不仅在追问着荒原狼的来历和去处，而且也在试图揭开其文化心理之谜。

二十五、狼性是现代主义叛逆精神的来源吗？

因此，"一只因迷路而跑到我们这里，跑到城市里来的、跑到群居生活世界的荒原狼——除此之外没有其他形象更能恰当地表现他，表现他怕见世面的孤独，表现他的野性、他的不安、他的思乡情绪和他那无家可归的命运了。"① 这是作者对荒原狼生存和内心状态的一种理解和象征，也是对现代艺术状态的一种隐喻。人生和艺术在这里似乎面临着同一种困境和同一种冲动。

这种情景我们在波德莱尔的诗中，在戈雅、梵高（Vincent van Gogh，1853—1890）、毕加索的画中可以一再感受到，但是《荒原狼》依然使我们不禁要问，作为荒原狼，难道他愿意持续这种绝望、孤独和放任自流的生活吗？难道他愿意接受这种自杀式的生活方式吗？也许我们很难追索到太久远的母狼英雄的时代，但是在荒原狼内心中确实燃烧着历史的火焰，使他无法安宁地享受平庸的市民生活，正如他在手记中写到的："于是我心里燃起了对强烈感情的野蛮渴望，对轰动世界事件的渴望；燃烧起对平庸、单调、常规、空洞的生活的愤怒；燃起要打碎什么东西的疯狂欲望，砸烂一个百货商店也好，一个大教堂也好，或者毁掉我自己也行。我就是想鲁莽冒险，想扯下可敬的神像头上的假发，想给那些敢于造反的学生买好他们渴望去汉堡的车票，想

---

① 赫尔曼·黑塞：《荒原狼》，季世隆、刘泽珪译，漓江出版社，1986年，第16页。

诱骗年轻的姑娘，或者扭断维护中产阶级世界秩序的某些代表人物的脖子。我深深地憎恨、厌恶、诅咒这一切，憎恨与世无争、健康舒适、中产阶级所推崇的乐观，中庸之道的繁文缛节，一切普通、中等、平常东西的滋生滥殖。"①

这似乎是对 20 世纪现代主义文艺状况的绝妙写照，现代主义的根本特性就是躁动不安，就是标新立异，就是憎恨、厌恶和诅咒平庸的一切——可以说，就是一种"野性的呼唤"。

由此可见，"人狼情结"并没有因为现代社会的到来而消失，换句话说，对于"人狼情结"的表现与探讨，从来就没有被局限在古代"神话原型"的范围内，它总是能够在不断变幻的现实生活中找到自己新的"替身"。于是，尽管千百年来流落在民间的"狼齿"（fang）确实不见了，我们似乎距离现实中真实的狼也越来越远了，但是我们总还是怀着某种恐惧或者着迷，害怕同时又期待的心情，直到这件神秘人狼家族的遗物再次被人赏识，并以某种不可预知的方式重见天日。正是从这个意义上来说，人狼并不是被关闭或封存在历史密室中的标本，也不是潘多拉匣子里的妖魔，而是活跃在人类文化生活中最具有叛逆性的精灵。

所以，俄国白银时代的诗人巴尔蒙特（1867—1942）曾如此赞美波德莱尔：

> 你熟悉女人，像熟悉魔鬼的梦寐，
>
> 你熟悉魔鬼，像熟悉"美"的骨髓，
>
> 你自己就具有女人的灵魂，你本身就是强悍的魔鬼。
>
> ——《波德莱尔》②

作为现代主义文学先驱，波德莱尔无疑昭示着一个新的艺术时代的来临，

---

① 赫尔曼·黑塞：《荒原狼》，季世隆、刘泽珪译，漓江出版社，1986 年，第 24 页。

② 玛琳娜·范维塔耶娃：《俄罗斯白银时代诗选》，汪剑钊译，云南人民出版社，1998 年，第 14—15 页。

而其中表现出的最震撼人心的转向，就是从审美向"审丑"，甚至以丑为美、以恶为美的转移。① 正如我们在波德莱尔的创作中所遭遇到的，死神、魔鬼、幽灵、怪兽，以及种种可怕的场景，已经成为 19 世纪艺术创作中逐渐展开的一种新的景观，它们正在演绎着比但丁笔下穿越地狱更加直接、可怕的心理体验。就此来说，也许奥古斯特·罗丹（Auguste Rodin，1840—1917）对于波德莱尔的领悟最为透彻。他在反复阅读了《恶之花》之后，感觉到了一种世纪审判的力量，创作了他的大型雕刻《地狱之门》，从中我们可以感受到一个新的艺术大门正在打开——显然，这是一个叛逆的、与死神相伴的、"狼性"张扬的时代。

与此相对的则是罗丹的另一个重要作品《思想者》——当这幅作品在 1889 年被扩大三倍首次公开展出时，罗丹竟把它命名为《诗人》。这个诗人会是谁呢？是不是罗丹内心所想象和期待的另一个波德莱尔呢？

显然，在 19 世纪西方艺术的创作中，这绝不是一种个别现象，我们也不能简单地把罗丹的创作归结于波德莱尔的影响。因为就绘画来说，在罗丹之前，已经有很多艺术家进入了这种"与狼同行"的境界。例如，弗朗西斯科·戈雅（1746—1828）就是突出的例子。他所创作的《狂想曲》（Caprice），以及死后才问世的《战争的灾难》就深刻表现了人性与兽性的搏斗。《狂想曲》首幅画的题词就是"理智的沉睡引来了恶魔"，画面上的人物已经沉睡，背后是一片扑下来的蝙蝠。我不知道这是否为日后罗丹创作《思想者》提供了灵感，因为《思想者》正在显示一种清醒理智的回归。

显然，《狂想曲》展开的是一个充满恶魔、怪兽、巫婆、鬼魂、猛禽的噩梦世界，这个世界或许在过去很长一段时间内，被压抑在人们意识的最深处，但是此时艺术家却把它们放了出来，进入了人类的日常生活之中。

同样令人震撼的画面我们在比戈雅还早的亨利·富塞利（Henry Fuseli，1741—1825）的创作中就能看到。富塞利在 18 世纪末就画出了像《噩梦》（Nightmare）那样令人恐惧的画面，把人们带入了一种充满野性、死亡、性幻

① 栾栋：《感性学发微》，商务印书馆，1999 年。

觉的梦境世界。他对梦境世界迷醉与关注，先于弗洛伊德进入人的潜意识世界。据说，他为了激起自己对人类原始生命与生活的幻想，曾经采用过大吃生肉的方式，体验茹毛饮血的心理状态。在这种状态中，他借助于古代的巫师、梦魇中的野兽，似乎已经进入了历史的黑洞之中，在人类阴森可怖的非理性世界中漫游和挣扎。这种几乎失去了理性指引的感觉及想象透过《坦塔尼雅与深渊》（*Titania and Bottom*，1790）、《麦克白斯夫人与张口器》（*Lady Macbeth Seizing the Daggers*，1812）得到了展示——深度的感觉其实就是深入到人类的原始意象之中，在那里找到人生荒谬、绝望与恐惧的根源。

显然，作为一种"诗中有画，画中有诗"的比照，西方 19 世纪艺术创作能够为我们提供很多绝妙的素材。除了戈雅、富塞利等画家之外，我们还可以列出一系列画家的名字，例如德·沙瓦纳（1824—1898）、鲁道夫·布列斯丁（1825—1885）、居斯塔夫·莫罗（1826—1898）、费里西埃·罗普斯（1833—1898）、奥迪隆·勒东（1840—1916）等，他们的画与波德莱尔、兰波等人的诗一样，展现着人类内心深处不可遏制的原始冲动，充满怪力乱神，以及毒蜘蛛、九头蛇、地狱、死亡等意象，把艺术的视野与触觉引向了不可知的神秘世界。

可以说，这些艺术创作是我们解读现代艺术最早的文本，它们实际上都触及或者暗示了人类必须再次面对的问题，那就是人类与自然的新关系，人们如何在"文明"与"野蛮"之间、在新兴的都市文明与即将失去的乡村文明之间做出选择，是做一个"文明的野兽"还是做一个"野蛮的文明人"。对于这一点，波德莱尔似乎一直心怀忧虑，担心现代社会在毁坏自然的同时，会"使每个人摆脱自己的责任，使意志挣脱对美的要求与它一切的联系"，①导致人类自身的退化——而这正是高更（Paul Gauguin，1848—1903）在自己绘画中提出的"我们是谁？我们从哪里来？到哪里去？"的问题。

---

① 李道新：《波德莱尔是怎样读书写作的》，长江文艺出版社，1998 年，第 252 页。

二十六、中国传统文学中的"仇狼情结"来自何处?

在西方文化和文学中,狼扮演了一个重要角色,但是在中国传统文化与文学中却有着不同的命运,由此折射出中西文化及文学不同的价值观和情感内涵。狼在中国的特殊命运及其变迁,不仅与中国传统文化和民族心理的独特性密切相关,也体现了中外文化及文学关系的不断变化。显然,中国是龙文化的故乡,具有根深蒂固的"仇狼"情结,闻名的《中山狼传》就是例证。

但是,20 世纪以来,这种情况发生了重大变化,随着中国打开国门,走向世界,西方文化中的狼及狼性也进入了中国,成为中国文学乃至文化发生变革的一个重要元素。由此,从传统到现代,西方的"狼文化"经历了一个漫长的历史时期,开始进入了中国文化,而中国的"龙文化"也随着中国融入世界的过程,在地球的各个角落游走。"狼文化"与"龙文化"的碰撞、交接、交流和互相认同交融,正在成为当今世界最引人注目的文化景观。

"狼文化"与"龙文化"的不同,与各自不同的文化传统有关。如果说中国人"仇狼",那么西方之"憎龙"同样也是源远流长的——它们都是一种文化的产物。中国与西方文明不同,尽管在中国传统典籍中涉及动物的神话传说不少,但是有关狼的,尤其是把狼作为正面形象的神话传说却寥寥无几。例如《山海经》记录了许多人兽合体的形象,有的是人头鸟身或人头龙形；有的蛇身人首或者虎脑人身；还有的兽身虎皮或者人身狗脑等。除此之外，还记述了一些奇形怪状的动物野兽，例如形状如虎但有翅膀的犬类，四足九尾的狐狸，赤首白头、其声如牛的大蛇，身长类虎、五彩毕具的驺吾等，但是唯独对狼的记述不多。相反，中国人很早就开始推崇龙了，从简单的龙纹图，到一个融合了多种动物图腾的整体意象，在一定程度上反映了华夏民族源远流长的历史传统和文化心理。

但是，这并不意味着中国传统文化与狼无关，更不能肯定狼在中华先民生活中，尤其是在原始部落进化过程中并不扮演主要角色。应该说，汉民族对狼并不陌生。就表达这一动物的文字来说，在甲骨文和金文中就已出现。《说文解字》释"狼"字为："狼，似犬，锐头，白颊，高前，广后，从犬，良声。"而从字源上可以查到，中国古代很早就有以狼为姓氏的，说明古人与狼并非全无缘分，如"周成王封嬴姓孟增于皋狼，其后以狼为氏"。据说直至春秋时鲁国还有狼坛等，后来则不再流传。《山海经》中有很多人与动物禽兽相互沟通、糅合一体的形象，但是其中很少有具体单纯的动物崇拜意象，关于狼的神话传说更是只有一些蛛丝马迹。例如，《山海经·中次九经》中有一种叫"驰狼"的动物，它形状如狐，凡是它出现的地方就会有战乱，是一种十分不吉祥的象征。"狼"的意象在《诗经》中也有出现。在《狼跋》一诗中，狼是一种尊贵和力量的象征，表现了英勇善战的威武形象。但是，后人的解释却相当暧昧，甚至有意识地诠释为一个反面形象。①

这一切说明文化在发展变化中有所留存和光大，同时又有所简化和涤荡的过程，因此才形成了具有鲜明特色的文化体系。正是在这个过程中，狼在中国文化中非但没有留下"英雄神话"的印记，反而早早就被定为一种不祥的意象。在有限的一些记载与记述中，占统治地位的是一种有"仇狼情结"的人，把狼看作是贪婪、罪恶、忘恩负义的象征。

---

① 程俊英、蒋见元：《诗经注析》，中华书局，1991年，第432页。

中国远古神话中并不缺乏人与动物和睦相处的记忆和理念，① 但是"仇狼"情结却根深蒂固。由此，不得不留下这样的文化之谜：如果说，华夏文明的形成过程与狼并不疏远，中国文化也早就与"狼"有所交接，那么，中国传统文化何以在自己的形成与发展过程中选择了龙而有意识地舍弃了狼呢？我们还可以继续追问：为什么在汉语记载的神话传说中很少涉及狼呢？如果把狼作为一种不祥的动物，那么其背后隐藏着一种怎样的历史文化心理呢？其中又隐含着或者暗示着中国传统文化与心理什么样的存在方式与特点呢？

通过不同类型的神话传说的比较，我们还可以进一步思考以下若干问题：第一，不同历史文化发展过程中可能失落的意识环节，包括民族意识形态对历史文化有意的筛选；第二，在比较研究中了解狼在人类早期文化中的特殊意义；第三，确认狼的意象在不同的文化系统和不同历史发展阶段中的意义；第四，探讨在跨文化的条件下，一种特殊的文化原形的重现和变异过程。同样是狼，作为一种英雄原型，和作为一种被排斥的对象或者一种毫不起眼的陪衬，其意义是绝对不同的。

我们很难得到这些疑问的圆满解答。但是从文明起源、发生与发展的轨迹来看，华夏文明有着自己独特的人缘、地缘和文化之缘。从历史留下的蛛丝马迹来看，华夏文明的形成正是在与周边不同部族文明的冲突与交融中进行的。换句话说，狼不但得以继续生存繁衍于地广人稀的西北部和东北部，而且生活在这些地区的游牧少数民族多半也曾以狼为自己民族的图腾和旗帜，他们曾是与汉民族争夺生存发展空间的竞争者，长期与汉民族处于冲突和交战状态，在人们心理上留下了深刻印象。

---

① 这个问题另有探讨，可以参见拙作《狼与中国传统文学》。例如，中国神话传说中的很多神人、圣人都有兽形的特征，他们或者人面兽身或者兽面人身，如造人的始祖女娲具有蛇形，而治水英雄大禹则是一只熊，黄帝是一条龙等。古代中国人似乎并不在意人与动物的区别。在《山海经》中，很少有关于狼的神话传说，但是充满着人与动物禽兽相互沟通、糅合一体的形象。而在《列子》中，古人在观念上更强调人和禽兽在很多方面的一致性和相通性。后来由于人类的强大，才导致了本来和人类和睦相处的禽兽们"始惊骇散乱矣，逮于末世，隐伏逃窜，以避患害"，也终结了人类能够解动物之语，通动物之情，与禽兽同乐的理想人生境界。虽然《列子》没有直说这是人的罪过，但是从语气上可以看出这绝不是动物的过错。

也许这种冲突和竞争可以追溯到很古老的时代，比如神话中记载的黄帝和蚩尤的大战就是一例。从某种程度上来说，这是一种游牧文明和农业文明的冲突，在人们文化心理上形成不同的反响，直接影响到他们对不同文化象征物的认同和拒绝。不幸的是，正是在这个过程中，狼在汉民族的文化心理中成了不祥象征和战争的"替罪羊"，有关狼的意象和传说自然也加入了人们特殊的感情色彩。例如在古汉语中，往往称入侵的敌军为"狼军"，称其首领为"狼主"，战争的象征被说成是"狼烟"① 等。在《国语·齐语》中记载的"穆王将征犬戎……得四白眼狼"，人们就解释为实际上是捉了四个俘虏。

这样，狼在中国的神话传说中当不成英雄就顺理成章了。而"狼"被习惯性地解释为"残忍""野蛮""无文化""侵略"之义也并不奇怪。比如"狼子野心"一词就很早出现。《左传·宣公四年》就有记载：

> 初，楚司马子良生子越椒。子文曰："必杀之。是子也，熊虎之状，而豺狼之声，弗杀，必灭若敖氏矣。谚曰：'狼子野心。'是乃狼也，其可畜乎？"

这说明在约两千两百年之前，这一成语在中原一带就已经非常流行。再比如中国汉语中习惯用"狼藉"一词来形容乱糟糟的情况。

显然，从"文字链"的角度来考察这个问题会有更多的收获，例如与"狼"在字形和意义上有关联的"狠"，原本读"wan"（去声），《说文解字》释为："狠，犬斗声，从犬艮声。"但后来被假借为恶毒、残忍之义，比如狠

---

① 中国古代有一种观念，认为"虏至必举狼烟"。据段成式《西阳杂俎》中的解释，狼烟是用狼粪烧成的，所以烟能直上而风吹不斜。我认为只是猜测而已。

心、狼毒等。尽管并不能一概而论中国汉字体系对狼这一意象特殊的演绎，①但是已经充分显示了文化演绎的力量。这种情景在《淮南子》《九歌》《列子》《庄子》等较多记载神话传说的汉语典籍中多有出现。

---

① 这里应该指出的是，这些涉及汉语文字形意结构的现象，并不能完全反映汉民族对狼的复杂感情，也不能说明他们对狼只有敌意。就文字链来说，与狼发音相近的还有"娘"和"良"，其词义所传达的感情色彩就与"狼"截然不同。"娘"有指母亲、少女之意，而"良"则经常用来形容性善、骏马、精兵等，有时和"郎"同义，指丈夫。由此看来，在形和声两种基本关系中，与"狼"有关的可以引申出两种不同的意味。有一种语言理论认为，发声的相同或相近，完全是任意性的"约定俗成"的结果，本身并不代表什么意义。我并不赞同这一说法，尤其对于汉语来说是如此。我认为"约定俗成"之中也隐藏着某种潜意识的动因。狼在中国人的文化心理中，亦存在着两种不同的意识倾向：当人们在表层意识中极力排斥它的时候，在潜意识中却隐藏着喜欢和向往的意向。对此，我虽然还没有形成完整的观点，但是相信这是一个值得讨论的问题。

二十七、"狼文化"与"龙文化"
的碰撞意味着什么?

　　这为华夏文化很早远离了狼而选择了龙提供了一种文化契机。华夏民族与其周边部族,尤其是西域社会的关系,在某种程度上确定了后人对狼的态度。当然,狼在西北游牧民族神话中的特殊地位,更加强了华夏民族的这种印象。一些汉族典籍就记述了一些异域、异族文化中的狼的英雄传奇,例如《隋书·突厥传》中的神狼传说就是一例。① 这则故事和西方罗马母狼传说、俄罗斯灰狼传说有类似之处。狼是人的救命恩人,并在危难之际解救了人,保卫了人,最后帮助人创建了国家。这也从另一个角度解释了为什么在历史上由狼救人,并抚养小孩成人的传说有很多,而这也是狼孩一直受人们关注的原因。而在中国有些地方,汉族习惯把少数民族称为"狼",恐怕也与这种传说有关。也许开始的时候,并无什么不敬,但是随着汉族传统理念的确立及其作用,"狼"则不得不带上了一些"不文明"的含义。这也说明,一种动物意象的文化变迁,很可能牵动不同文明与文化传统的形成与价值取向。

---

① 其原文为:"……其先国于西海之上,为邻国所灭,男女无少长,尽杀之。至一儿不忍杀,刖足断臂,弃于大泽中。有一牝狼,每衔肉至其所。此儿因食之,得以不死。其后遂与狼交,狼有孕焉。彼邻国者,复令人杀此儿,而狼在其侧。使者将杀之,其狼若为神所凭,欻然至海东,止于山上。其山在高昌西北,下有洞穴。狼入其中,遇得平壤茂草,地方二百余里。其后狼生十男,其一姓阿史那氏最贤,遂为君长。故牙门建狼头纛,示不忘本也。"

由此，我们甚至可以推断，这是一条漫长的中西文化交接的路线。"狼文化"从北欧神话出发，在罗马神话中发育成长，在东欧罗马尼亚等地转型为人狼，途径俄罗斯流传到东亚西亚，演变为中国西域地区的各种狼的神话传说，最后通过丝绸之路与华夏"龙文化"交接。而华夏"龙文化"则从黄河流域发源，同时向东南和西北方向流传和延伸，并通过丝绸之路传到欧洲。

因此，华夏民族的"仇狼"有其历史原因，表现了一种文化在特殊境遇中为保存、持续、传递自己的特性所做的不懈努力。从地理方面来讲，保存至今的汉语典籍主要记载的是中原地区的文化成果，也就是说，古代中国文化的中心是在黄河流域，这里虽不乏荒山深谷，但也并不是食肉动物的天国。根据自然生态平衡的原则，任何动物都生活在一种"食物链"之中，所以狼的生存与繁衍需要一定的自然条件，得有好多弱小动物供其食用。而黄河流域的黄土地并非适宜于狼的生存与繁衍，人们自然就与狼的关系比较疏离，对心理上的影响也比较淡薄。相反，汉族神话传说中有关牛、羊、象和龙（蛇）的意象较多，或许与这种地理环境密切相关。黄河流域的中国人很早就摆脱了游牧或打猎生活，进入了农耕时代，主要以种植及养殖业为生。

这样，也就意味着人类生活与动物世界的分离，即使黄河流域的狼很多，与人们的关系也不会很密切。我们可以如此设想，由于早年发源于黄河流域的汉族较早进入了农业社会，所以也较早地摆脱了与动物禽兽为伍的生活，与此有关的记忆和传说留下来的不多。与此相对的是，长期以放牧和狩猎为生的一些少数民族，自然比以农为本的汉族更接近自然和动物世界，因此也就保留了更多、更丰富的有关动物世界的神话传说。狼在这些神话传说和民间故事中往往扮演着重要的角色，与人的欲望和生存状态有着更密切的联系。根据现存的历史资料，狼的神话传说及其流传，与狩猎、游牧、畜牧生活形态紧密相关，而中国与西方社会的不同之处就在于很早就较为彻底地告别了狩猎畜牧时代，这也为比较早和比较彻底地告别狼的神话传说创造了条件。

其实，中国动物神话传说与西方的不同之处在于，这些动物多半形态奇异，不是很具体实在的，有些是从异国他乡道听途说来的，一是充满着想象的色彩，二是不同动物组合而成的形象较多。这一方面反映了汉民族在历史上与其他民族和国度文化的交流情况，另一方面则说明中国文明成熟较早，汉民族很早就告别了直接与野生动物打交道的生活，逐渐忘却了自己与动物共处的情景。就前者而言，汉族本身的繁衍成长就是各种部落文化交融合并的结果，其文明的成熟主要表现为各种图腾文化的综合融通。作为一种民族图腾的象征，龙的形象的演变形成过程就是一个最好的例子。

我们发现，不论是中国古代龙的意象，还是后来《山海经》中对于奇禽异兽的记载，都不再是自然界的原始动物，而是增加了太多的文化想象与加工，已经成为某种文化创造的心理幻想，承载着特殊的文化积淀与历史内涵。在这里，龙的意象突出了各种动物图腾交汇融合的特点。中国龙的想象很复杂，据说画家画龙有一个口诀："一画鹿角二虾目，三画狗鼻四牛嘴，五画狮鬃六画鳞，七画蛇身八火炎，九画鸡脚画龙罢。"可见龙是一个多种动物的集合体。由此我联想到了印第安人的图腾柱，往往集合着多种动物形象，包括鹰、狼、虎、蛇等，只不过都处于自己原本的自然形态，它们依次串联在一起，共同成为人们崇拜的对象，还没有像龙一样成为一个综合形象。

从这个角度来说，狼的命运实际上暗示了中国文化的形成及其特点的形成。可以说，目前留存的中国汉语典籍只是农业文明的产物，而由于种种历史文化的原因，中国有关前农业文明的记载中断了，或者被大规模地删除和改造了，成为中国文化"失落的环节"。也许因为中国黄河农业文明的过早成熟，使历史付出了有关动物神话传说丧失的代价。这也形成了中国文化历史不完整记载的因素之一。资料可查的只有近三千年的历史，大量的前农业社会状况的见证，还有待于继续挖掘和发现。

从上述分析可以看出，在一个民族的文化意识中，人与狼的关系主要取决于特定的历史状况和文化塑造，即便中国也有过狼神的传说，但是也注定要退居到一个不显眼的地位。所以，"仇狼"本身是一个文化的产物。在这个过程中，狼最初作为动物存在的意义逐渐减弱，而作为人化的引申、假借和象征的意味不断增强，最终积淀为一种民族历史意识中的稳定因素。因此，尽管没有任何证据表明，中国文化乃至中国人比西方文化乃至西方人更早摆脱动物世界，但是，从现实文化与生活方式来看，西方文化乃至西方人比中国人更接近动物，并更注重与动物的亲密接触。这不仅表现在一般生活和文化心理方面，甚至还表现在文化思想和理论方面。例如，西方的古代罗马斗兽场，到现代斗牛，甚至拳击等诸种娱乐活动，都是中国人至今难以接受的。而一向喜好与自然和谐相处的中国人，即使到了 20 世纪也不能完全接受弗洛伊德的"潜意识"学说。至于西方人进攻性强、敢于创新、张扬个性、强调爱情，中国人比较含蓄、趋于保守、强调族群、注重伦理等诸种特性，也是人们可以感受到的。而正是在这种不同的文化语境中，狼在中国文化氛围中的遭际，更加凸显出了其特殊的意味。

二十八、西方狼性进入现代中国的契机是什么？

由此可见，中国与西方社会的不同，是很早就告别了狩猎和游牧生活，加上历史上一直受周边游牧民族的侵扰与威胁，是世界上少有的建立在纯粹农耕社会基础上的社会形态，其前提就是远离动物性，纯粹以"人"的伦理理念为中心，营造一种人与自然和谐的氛围。所以，尽管中国远古神话中并不缺乏人与动物和睦相处的记忆和理念，但是"仇狼"情结还是根深蒂固的，"梦狼"也就成了中国人的一种可怕的梦魇。中国传统文学也一向以自然和谐、温柔敦厚与仁义礼教为旨归。如果说中国的儒学是一种"人学"的话，那么这种"人学"是以人之伦理为中心的。而西方文化不同，罗马的狼性因素一直流动在其血液中，尽管有基督教长期的遏制，但是始终涌动着不满、痛苦与叛逆的情愫，不断冲脱而出，表现出不断求新与创造的原始活力。西方思想界也从不回避这一点。因此，较中国文化而言，西方文化中有更多的动物性因素，其人性观念中也包含着兽性的欲念，需要不断释放，也需要不断用法律与宗教来进行约束与升华。

中国社会不同。也许在相当长一段时间里，中国人确实享受着一种平和与平静的生活方式，但是物极必反，最终形成了一种"灭人欲"的理念，把"人"之生命规范作为一种符合礼教观念要求的存在——一种纯粹的、完全消除动物性的状态，以封建礼教为中心的"精神文明"成了压抑、束缚人的生命要求的桎梏，造成无数的人性悲剧，甚至形成一种社会性、体制性的"太监文化"，使"被阉割"与"性无能"成为一种普遍的、文人最受宠幸的精神征候。这显然有悖于自然人性。因此，在宋明理学兴起之后，中国文学乃至文化逐渐失去活力成为一种必然，而为了改变这种状态，中国文学内部也滋生出一种反对礼教、呼唤人性解放的潮流，艺术家用各种"越轨"的创作不断冲击着封建礼教的理性藩篱。

显然，这不仅为新文学的产生创造了文化语境，也为西方"狼性"进入中国文学创造了历史契机。尽管"狼性"进入中国伴随着西方的坚船利炮，在中国历史上留下了深深伤痕；尽管它首先引起了中国人心中的骚动，甚至是反感恐惧，但是它毕竟带来了一种新的文化，其中所显示出的生命活力和创造精神，还是吸引和感染了很多人，首先是期望强国富民的志士仁人，他们开始从中吸取冲破束缚、再造中国文明的思想和理念。

20世纪是一个发现和解放欲望的时代，人的原始本能重新得到了印证和发挥。人们的各种欲望从以往的压抑与禁锢中鱼贯而出，不仅在各种物质生产领域创造了奇迹，而且在各种文化领域与学术探讨中寻求变革，转化为各种新的文化理念与艺术潮流。现代中国文学正是在这种文化背景中发生的。随着西方文化的引进与传播，"狼"及狼性也进入了中国文学，并成为其中重要的角色之一。在很长一段时间里，它以一种外来的、异己的，但是又充满活力的面目出现，兼有恶魔与天神两种特质，深深卷入到现代中国文学的创作与理论之中，参与并显示了中国文化内在的剧烈变化、转化、矛盾与挣扎，不仅深刻触动了中国传统的文学观念与格局，而且以独特的方式，拓展了中西文学在更大范围、更深层次的交流与对话。

王国维就是思想界最早的代表人物之一。尽管西方文化进入中国，总是以福音书开路，但是王国维还是首先选择了叔本华与尼采，不仅给予高度评价，而且把他们直接引入到了中国文学。从西方哲学史上来说，叔本华与尼采不仅代表了新的潮流，开创了现代路径，而且是最具有叛逆精神、最能体现"狼性"的哲学家，他们面对当时基督教与世俗理性（包括当时流行的黑格尔绝对理性的哲学神话）的种种陈规戒律毫无惧色，扬起了革命意识的大旗，在人文哲学领域开始了一次新的叛乱。王国维之所以对他们情有独钟，也正是因为从他们的学说中感受到了一种生命的原始活力，它能够冲破一切世俗的、观念的束缚，为人生摆脱和超越痛苦与悲剧提供指南。

对于叔本华来说，这种"狼性"最显著的标志就是"欲望"——这是他哲学探讨的根基和焦点，显示了他与一切道貌岸然的哲学家的根本不同的价值取向——他们的哲学往往不是回避它们，就是企图压抑、消灭它们，使哲学远离生命本身，而进入一个纯净的、高尚的、合乎规范的理性殿堂。王国维正是在叔本华的"欲望"中嗅到了不同于宋明理学的生命气息，他说："吾人之本质，既为生活之欲矣。故保存生活之事，为人生之唯一大事业。"① 这段话不仅为"欲望"正了名，而且由此汲取了其美学观念的生命源泉，获得了冲破一切理性观念约束的可靠的路径。当是时，中国"灭人欲"的封建理学尚到处流行，无处不在，强调欲望之重要，自然也是一种"叛逆"。

为了探寻生命的真谛，打开原始生命的艺术之门，王国维还批判了包括康德在内的一些西方哲学家之偏颇，他指出："至叔氏哲学全体之特征，亦有可言者。其最重要者，叔氏之出发点在直观（即知觉），而不在观念是也。盖自中世以降之哲学，往往从最普遍概念立论，不知概念之为物，本由种种之直观抽象而得有。故其内容，不能有直观以外之物，而直观既为概念，以后亦稍变其形，而不能如直观自身之完全明晰。一切谬妄，皆生于此。"② 由此，王国维也非常崇尚尼采的学说，在文章中引用"灵魂三变说"，宁取"狮子之心"（我欲），也不愿意接受"使狼为羊，是人为人之最驯之家畜者也"的理念与现实。

可见，当王国维通过《〈红楼梦〉评论》等文章来张扬生命意识，对中国传统文化进行反思、对人之善恶观念进行探讨的时候，已经把西方之"狼性"带进了中国，而且，他也意识到了"狼性"不仅具有叛逆与创新的原始活力，同时也具有"魔鬼"的一面，在人心中酝酿持久不断的骚动与痛苦。对此，他在《论性》一文中亦特别提到：

① 徐洪兴：《求善·求美·求真——王国维文选》，上海远东出版社，1997年，第39页。
② 徐洪兴：《求善·求美·求真——王国维文选》，上海远东出版社，1997年，第42页。

……基督教之理知派亦承此思想，谓世界万物之形式为神，而其物质则堕落之魔鬼也。暗黑且恶之魔鬼，与光明且善之神相对抗，而各欲加其势力于人，现在之世界，即神与魔鬼之战也。夫所谓神者，非吾人善性之写象乎？所谓魔鬼者，非吾人恶性之小影乎？他如犹太、基督二教之堕落之说，佛教及基督教之忏悔之说，皆示善恶二性之争斗。盖人性苟善，则堕落之说为妄。既恶矣，又安知堕落之为恶乎？善则无事于忏悔，恶而知所以忏悔，则其善端之存在，又不可诬也。夫岂独宗教而已，历史之所纪述，诗人之所悲歌，又孰非此善恶二性之争斗乎？但前者主纪外界之争，后者主述内界之争，过此以往，则吾不知其区别也。①

显然，不论是"内界之争"还是"外界之争"，中国文学乃至整个社会人心的相对宁静平和的状态已经被打破，进入了一个充满矛盾、冲突、挣扎与痛苦的时代，"狼性"开始搅动社会与生活，人们开始不满，欲望开始增长，情感开始膨胀，想象开始飞扬，"狼性"的进入引起了中国精神文化，首先是文学艺术深层次的动荡与变化。

---

① 徐洪兴：《求善·求美·求真——王国维文选》，上海远东出版社，1997 年，第 12 页。

二十九、为什么说鲁迅是喝"狼奶"长成的斗士？

　　正是在这种情况下，《新青年》吹响了新文化运动的号角。"狼性"进入现代中国，我们不得不提到的是鲁迅。在 20 世纪中国文学的变动中，鲁迅对于"恶魔诗人"的推崇与介绍引人注目。在《摩罗诗力说》中，鲁迅最欣赏尼采的地方，就是其"不恶野人，谓中有新力，言亦确凿不可移"。这是因为鲁迅对封建礼教对中国人的摧残感触特别深，真切感受到了一个丧失了原始生命活力的民族的悲哀。所以他"别求新声于异邦"，首选就是摩罗诗人。鲁迅尽管深知"摩罗之言，假自天竺，此云天魔，欧人谓之撒旦"，但是，正是这种恶魔撒旦气质吸引了他，他从中感悟到那种"无不刚健不挠，抱诚守真；不取媚于群，以随顺旧俗；发为雄声，以起其国人之新生，而大其国于天下"的"精神之战士"的形象。早就有人指出，鲁迅是"喝狼奶长大"的，而所谓"狼奶"就是西方文化，尤其是其中具有反抗、叛逆与创新精神的"狼性"因素，在他精神上烙下了深深的印记。在很多文章中，鲁迅都表达了对天性与本能的尊重与理解，认为文学力量来自生命的要求，所以他非常欣赏厨川白村的《苦闷的象征》，并在"小引"中说："作者据伯格森一流的哲学，以进行不息的生命力为人类生活的根本，又从弗罗特一流的科学，寻出生命力的根柢来，即用以解释文艺——尤其是文学。……作者自己就很有独创力的，于是此书也就成为一种创作，而对于文艺，即多有独到的见地和深切的会心。"这种"狼性"不仅赋予鲁迅文学冲破一切传统思想束缚的力量和勇气，同时也造就了一个充满痛苦、挣扎、绝望与奋进的现代灵魂。

从《狂人日记》到《女吊》，我们始终能够感受到一种渴望拼搏、背叛、浴血、战斗和复仇的欲望和精神。有时候我甚至觉得，鲁迅本人就是一匹在洪荒中奔走和漂泊的狼，他不能再忍受囚禁在羊圈中的生活，要不顾一切地冲到旷野中，去追寻和体验生命的孤独、自由的大欢喜。作为新文学的奠基之作，鲁迅第一篇白话小说《狂人日记》中就出现了狼。故事发生在"狼子村"，这里生活的人与猎狗没有什么区别，作者写道："他们是只会吃死肉的！——记得什么书上说，有一种东西，叫'海乙那'的，眼光和样子都很难看；时常吃死肉，连极大的骨头，都细细嚼烂，咽下肚子去，想起来也教人害怕。'海乙那'是狼的亲眷，狼是狗的本家。前天赵家的狗，看我几眼，可见他也同谋，早已接洽。"在《狂人日记》中，鲁迅对"狼子村"中"人吃人"的情景进行了深刻揭露，其中熔铸着自己对"人吃人"社会生活的亲身体验。其中还特意提到了"海乙那"——一种专门吃腐肉的动物，表示了自己对"狗性"的鄙视——因为鲁迅喜欢的是真正的狼，就如同他一直非常推崇的"恶魔诗人"，注重生命的原始野性，由此，他甚至建议年轻人多读外国书，不读中国书，因为后者压抑人的天性和欲望。①

但是，应该说《狂人日记》的重心是"人吃人"，海乙那并不担负"吃人"的主要责任。而真正的"狼"出现在《孤独者》之中，主人公魏连殳带有一种"自喻"的性质，正因为他是"喝狼奶长大"的，所以血管里流淌着反抗和绝望的血液，充满着"狼性"的欲望，具有叛逆的品格——而这正是鲁迅自我性格特征中最重要的因素。也许正因如此，魏连殳的"狼性"多次在夜深人静之时发出孤独者般的绝望长嗥，使人们感受到历史重压下的一种不可遏制的欲望，一如鲁迅在作品最后写到的："我快步走着，仿佛要从一种沉重的东西中冲出，但是不能够。耳朵中有什么挣扎着，久之，久之，终于挣扎出来了，隐约像是长嗥，像一匹受伤的狼，当深夜在旷野中嗥叫，惨伤

---

① 殷国明：《20世纪中西文艺理论交流史论》，华东师范大学出版社，1999年。

里夹杂着愤怒和悲哀。"

这种像一匹受伤的狼般的嗥叫，不仅显示了现代中国文人灵魂的特征，而且对现代中国文化状态也有象征意味。"狼性"预示着个性时代的到来，但是个性在中国社会是一种"异数"，必然意味着孤独与难以言说的内在困境。所谓孤独，首先是一种被周围的同胞视为"异类"，打入另册的痛苦处境，即使你在行动上处处妥协，时时谨慎小心，但是仍然不能被现实所接受，仍然得不到人们的理解，仍然会遭到莫名其妙的攻击和暗算。而也许更无法忍受的是，因为你是异类，传统的社会体制和氛围就会像一张网，最大限度地剥夺你的生存权利和物质要求，使你陷入贫困，陷入社会的最底层，处于孤立无援的境地。于是，尽管魏连殳受到过现代教育，但连自己都养活不了，成为这个社会中最让人瞧不起的人，更妄谈什么个人的尊严和权利了。"长嗥"就是在这种困境中发出的，与其说表达了内心对于认同和理解的渴望，不如说是在进行一种冲出孤独的绝望的挣扎。

显然，魏连殳的孤独不单是一种个人心理现象，而是一代知识分子在特定的文化环境中共同体验到的人生悲剧。作为一个接受了新的思想价值观念的"新党"，魏连殳生活在传统与现代、理想与现实的夹缝之中，所面对的是身心被撕裂的生存处境，要么放弃自己精神理想的追求，去获得肉体上、物质上的满足；要么坚持自己的生活理想和人格追求，忍受物质上的穷困和肉体上的煎熬。这种精神与物质、灵与肉、理想与现实的双重困境，会把人逼上绝境，"不是在沉默中爆发，就是在沉默中灭亡"，而魏连殳的长嗥只是在爆发与灭亡之间的一种挣扎而已。正如魏连殳临死前最后在信中写到的，当他高朋满座，热闹非凡，物质上和肉体上已经不再孤独之时，他也完全失去了自己的精神存在和真正的人生快乐，陷入了一种彻底的自我戕害之中，自己作践自己，否定自己，最后把自己送上了死路，他的灵魂再也没有了自己的家园，只能在自己的旷野上嗥叫，愤怒而悲伤地嗥叫。

由此，当我们重新进入鲁迅的心灵世界时，就会发现其中的痛苦与欢喜为什么如此紧密地交织在一起，为什么生就意味着死，为什么生命中最大的快感来自真正的痛感，就会更加深刻地理解下面一段鲁迅的内心独白：

……我以为如果艺术之宫里有这么麻烦的禁令，倒不如不进去；还是站在沙漠上，看看飞沙走石，乐则大笑，悲则大叫，愤则大骂，即使被沙砾打得遍身粗糙，头破血流，而时时抚摩自己的凝血，觉得若有花纹，也未必不及跟着中国的文士们去陪莎士比亚吃黄油面包之有趣。

"狼性"进入中国，无疑是一种中西文化相互交流的结果，与中国接受外国文学的影响有直接关联。诚然，鲁迅"狼性"的来源是多方面的，其中俄罗斯文学的影响不可忽视。由于特定的历史背景与个性心理的作用，俄罗斯文学显示出了社会尖锐的矛盾冲突与内心痛苦难熬的状态。所谓生命的真谛、肉体的盛宴和精神的酷刑，总是纠缠在一起，难解难分。就此来说，魏连殳的这种狼嗥会使我们想起鲁迅欣赏的一系列俄罗斯作家及其作品，尤其是俄罗斯白银时代的诗人索洛古勃的这首诗《我们——一群被囚的野兽》：

我们——一群被囚的野兽，
扯开了嗓子在嗥叫。
笼门被紧紧关锁着，
我们空自张牙舞爪。

我们唯有嗥叫，嗥叫以自慰，
如果心灵依然相信神话。
尽管囚笼里充斥恶臭污秽，
我们也早已忘却，不再觉察。

心灵已习惯于单调的重复，
我们乏味地一个劲叫吼。
在囚笼里大家都一般面目，我们早已不再忧患自由。

我们——一群被囚的野兽，

扯开了嗓子在嗥叫。

笼门被紧紧关锁着,

我们空自张牙舞爪。①

　　鲁迅非常欣赏这位诗人的创作。除此之外,安德列耶夫(Леонид Николаевич Андреев,1871—1919)作品中那种神秘幽深和"阴冷"的象征主义色彩,所表现的那种浓重的人类悲剧,都深深影响和渗透到鲁迅的作品之中。例如《在地下室里》中的希兹尼亚科夫,一开始就生活在"灰色猛禽"(在作品中象征着死神)的盯食之下,而他"脸色死白,一双眼睛像是受了伤害的野兽"。② 在《墙》中,人们"像是一群蝗虫"般活着,还有一个骨瘦如柴的老妇人,"她那深陷的两腮干瘪异常,未经梳理的长发活像饿狼身上的灰白色鬃毛",③ 特别令人注目。《警钟》中的情景更令人悲哀,不仅气氛怪戾,而且"人也跟狗一样,相互用凶狠而又恐惧的目光望着对方,大声谈论着纵火和神秘的纵火犯",整个作品中都活动着"黑魆魆的影子"。还有《红笑》中的"疯狂和恐怖","整个旷野都浸染在烽火的凝滞的殷红的光照里,旷野像是有生命的,在蠕动,充斥了呼喊、嗥叫、咒骂和呻吟。这些穿着破烂的、骚动的、动作沉滞的人几乎不像是人,却像是一个个黑压压的小土堆,他们在蠕动,在爬行,犹如跳出篮外的半死不活的龙虾,向外撇着脚尖,一副怪异的样子";"这群破衣烂衫的人,像群凶恶的幽灵,日夜在山冈间彷徨跋涉,有的往前,有的往后。他们往四下里乱跑,没有路途,没有目的地,也没有地方栖身。他们挥舞着双手,大笑大叫,还咿咿呀呀唱着歌,相遇了,就扭打起来,或者彼此看也不看,走了过去。他们吃什么呢? 多半是什么吃的也没有,可也许,吃死尸——跟那些野兽,跟那些吃得肥肥的,

---

　① 玛琳娜·茨维塔耶娃:《俄罗斯白银时代诗选》,汪剑钊译,云南人民出版社,1998 年,第 20—21 页。

　② 安德列耶夫:《安德列耶夫中短篇小说集》,靳戈、顾用中等译,上海译文出版社,1984 年,第 71 页。

　③ 安德列耶夫:《安德列耶夫中短篇小说集》,靳戈、顾用中等译,上海译文出版社,1984 年,第 57 页。

在山冈间彻夜打架和狂吠的野狗一起吃死尸。一到夜里他们就像给暴风雨惊醒的禽鸟,就像怪样的飞蛾,往有火的地方聚集起来,只要生起一堆御寒的篝火,半小时后篝火旁就会出现十来个这些衣衫破烂、吵吵闹闹、像受冻的猴子般的野人的暗影。"① ——这一切都使我们能够联想到鲁迅《狂人日记》中所描述的"狼子村"里发生的情景。

---

① 安德列耶夫:《安德列耶夫中短篇小说集》,靳戈、顾用中等译,上海译文出版社,1984年,第62、262、272页。

三十、如何理解人性解放中的狼性因素？

人性解放与复归，是 20 世纪中国现代文化及文学变革的根本动因。由此发生的对人性价值观念的重估、发现与批判，也是新文学发生、发展的核心理念。"狼性"进入中国，就中国文学乃至文化的深层次需求来说，则是人性解放的呼声。"狼性"的进入，不仅直接冲击了中国传统礼教的人性观念，唤起了人们原始生命活力的觉醒，而且为中国的人性观念注入了新的意识因素，改变了过去人的价值尺度，把灵与肉的冲突、神与人的对峙等意象引入到了现代中国文学之中，这在社会中引起了深刻的反响。

五四新文学革命的号角，是由白话诗的创作吹响的。且不说胡适倡导白话文直接受到被"学衡派"称为"狂澜横流"的意象派的影响，就拿郭沫若的《女神》来说，其中就充满了叛逆的"狼性"精神。其中《天狗》一诗中"天狗"的意象最为明显：

> 我是一条天狗呀！
> 我把月来吞了，
> 我把日来吞了，
> 我把一切的星球来吞了，
> 我把全宇宙来吞了。

我便是我了！

……

我飞奔，
我狂叫，
我燃烧。
……①

　　郭沫若的创作与西方浪漫主义文学的渊源很深，尼采、卢梭等很多"不安本分的野蛮人"都是他作品中崇拜的对象。而郭沫若对情欲的歌颂与追求，更是触及了中国社会人性中最敏感的部位：

我把你这张爱嘴，
比成着一个酒杯。
喝不尽的葡萄美酒，
会使我时常沉醉！

我把你这对乳头，
比成着两座坟墓。
我们俩睡在墓中，
血液儿化成甘露！

——*Venus*，1919 年间作②

　　情欲原本就是狼性最显著的特征，凸显了人的原始本能与激情，这也是

---

① 郭沫若：《郭沫若全集》（第 1 卷），人民文学出版社，1982 年，第 54 页。
② 郭沫若：《郭沫若全集》（第 1 卷），人民文学出版社，1982 年，第 131 页。

西方早期基督教"以狼为敌"的原因。人类起源于自然,动物性是自然属性,人类要走出野蛮与蒙昧的非理性状态,走向文明生活,就必须克服和控制这种原始情欲。到了现代,尽管西方文明观念发生了很大变化,基督教也不再像过去那样控制人们的生活,但是,野性与文明的冲突依然不断,"狼与羊"的观念依然深深影响着思想文化的变迁,例如,弗洛伊德创立精神分析学说,仍然念念不忘原始图腾与禁忌对人的心理状态的深远影响,他把古老的"人狼情节"与"性本能"联系起来,从中发现了人类自我不可控制的潜意识的存在及其特点。

中国文化历来讲究人性,但是一整套"男女授受不亲"的人伦规则的确立,使情欲、爱欲成为文学创作中绝大的忌讳。就此来说,中国人对狼性的态度,也是中西文化冲突的焦点。在西方文化中,尽管有种种约束,但是狼性仍然是人性中的一部分,情欲是人类无法消除的本能,可能表现为暴力与叛逆,酿成罪恶,但也可能转化为创造的能量,升华为艺术与美。但是对一般中国人来说,人性应该是纯粹的,不仅是纯粹属于"人"的,而且应该是纯粹道德和理性的,不容许有任何动物性的因素。因此,对西方文化,即使是神圣的宗教绘画,中国人也会产生某种"色情"的感觉,至于西方古典雕像,中国人对其中赤身露体的形象恐怕也难以接受。

因此,狼性进入中国,打破了这种文化禁锢,唤醒了人们对于原始情欲的要求——这对中国人来说,无疑是最敏感、渴望、恐惧,并引起震撼的地方,这也是很多新文学创作赢得人心的地方。例如,诗人徐志摩大胆追求爱情的诗歌创作,就打动了很多人。

当然,当"狼性"带着其浪漫情欲与自由表达的情绪进入中国时,也许不得不乔装打扮一番,不得不稍微掩饰一下自己的本来面目,但是最终不得不触动中国人深层的文化心理,直接影响人们的情感生活和文学创作。一种长期被压抑、忽视,因而又是极度渴望的心理能量,终于像火山一样爆发出来,它最无节制,甚至是可怕的,但是又是那么震撼人心,吸引人心,尤其是青年人的心。五四新文化运动原本就是年轻人的运动,是青春的渴望与赞美。正是这种情感的力量,打破了封建礼教对于性爱长久的桎梏,道出了人们渴望自由爱情，把自己身心从压抑中解放出来的心声。

所以，就礼教观念来看，新文学无疑是"铲伦常"的；而新派作家无疑是"不道德"的，代表了"人欲横流"的世界，根本不符合"纯正的人性标准"，也完全脱离了传统人性的理性与纪律的轨道。正如梁实秋所说，中国新文学发生的最根本的因素，就是受西方浪漫主义文学的影响，其核心就是情感的力量。在五四新文学中，最"震撼人心"的创作与论争，都围绕着一个"情"字在进行——这实际上是人性解放的焦点。例如，郁达夫的创作及其引起的评论，就是"狼性"在中国的一次"赤裸裸"的展示。《沉沦》中也许所表现的"狼性"来源不同，其在很大程度上来自日本的自然主义与"私小说"创作——西方的"狼"经历了一番曲折才辗转来到中国，所以表现得更为感伤与敏感。但是其内在真实情感仍然直指人的原始欲望，直接抒发了人们被压抑的生命的要求。这不但是郁达夫创作关注的中心，也表达了一种对人性的新认识，理所当然地把情欲看作是人生命中重要的因素，正如他自己所说的："种种的情欲中间，最强而又有力、直接摇动我们的内部生命的，是爱欲之情。诸本能之中，对我们的生命最危险同时又最重要的，是性的本能。"①

关于"湖畔诗人"的论争同样反映了"狼性"进入中国所引起的心理波澜。正如朱自清所感叹的，中国缺乏情诗，有的只是"忆内""寄内"或曲喻隐指之作，而几个青年诗人的爱情诗竟引起社会如此强烈的反响，甚至被有的人指责为"不道德""有意挑拨人们的肉欲""兽性的冲动的表现"等，实在说明了当时中国社会对情欲与情感过度敏感与重视的程度，以及人性被长期扭曲的状态。

由此，我们不难发现新文学产生的真正突破口——新文学实际上是从人心最压抑，也是最敏感与渴望的地方异军突起的。而这一切都直接涉及了五四新文学运动的中心话题——人性解放问题。所以胡适一直坚持把中国新文学运动称为"文艺复兴"，并且高度评价周作人的《人的文学》（1918），认

---

① 郁达夫：《郁达夫文集》（第 5 卷），花城出版社，1982 年，第 57 页。

为"人的文学"是那个时代的"中心观念","人的文学"观念的核心就是人性问题。显然,周作人所说的"人",不是儒家经典中的"人",也不是道家追求的那个"人",而是加入了西方"狼性"的人,用其自己的话来说,就是"灵肉一致的人"。为此周作人特别强调了"从动物进化的人类"的基本出发点,其中两个要点:一是从"动物"进化的;二是从动物"进化的"。这种与"动物"紧密相连的"人"的观念,不仅受到了西方文化的深刻影响,包括古希腊罗马文化、欧洲动物童话、浪漫主义文学、弗洛伊德学说等一系列文化资源,而且还表现了周作人对在传统礼教统治下中国人性状态的深刻观察与批判。特别值得一提的是,周作人曾对西方著名性学家蔼理斯(Ellis,1859—1939)情有独钟,多次提到过自己所受到的影响。① 他在1915年就写过一篇文章《上下身》,从身体出发批判了被肢解与扭曲的人性观念:"上下本是方向,没有什么不对,但他们在这里又应用了大义名分的大道理,于是上下变而为尊卑、邪正、净不净之分了:上身是体面绅士,下身是'该办的'下流社会。这种说法既合于圣道,那么当然就不会错的了,只是实行起来却有点为难。不必说要想拦腰的'关老爷一大刀'分个上下,就未免断送老命,固然断乎不可,即使在该办的范围内稍加割削,最端正的道学家也决不答应的。"②。

---

① 殷国明:《20世纪中西文艺理论交流史论》,华东师范大学出版社,1999年。

② 周作人:《知堂文集》,天马书店,1933年,第44页。

三十一、你见过"有狼的风景"吗？

可见，周作人的贡献，是把人性解放落实到了一种新的人性观念上，其创新性与时代性就是把西方"狼性"引到了中国文化语境中，为人性的复归与生命活力的勃发提供了新的话语权，也为人们观察、理解人性提供了一种新的文化视角。由此我们想起周作人在《文章之意义暨其使命》中的一段话：

> 夫文章者，国民精神之所寄也。精神而盛，文章固即以发皇。精神而衰，文章亦足以补救。故文章虽非实用，而有远功者也。第吾国数千年来一统于儒，思想拘囚，文章委顿，趣势所兆，邻于衰亡，而实利所归，一人而已。及于今日，虽有新流继起，似易步趋，而宿障牵连，终归恶化，则无冀也。有志之士，生当近时，见夫民穷国敝，幡然思以改之，因太息涕流言工商之不可缓，顾知谋一身之饱温，遂不顾吾心之寒饿乎？又或呼号保国，言利权收回矣，顾知宝守金帛，而心灵桎梏遂不思解放乎？

在这里，周作人当时与鲁迅一样，对中国专制体制的压抑与束缚感触极深，期望改变中国人"精神而衰"的状态，突破心灵桎梏获得解放。但是，只有到了《人的文学》的发表，才彰显了其人性解放的比较完整的内涵，这就是"灵肉一致",文学创作只有关注人的整体存在,把"上下身"结合起来,才能成为真正的"人的文学"。这也是周作人早年为什么一直关注"贞操问题",并不断为青年诗人鸣不平的原因。

其实,"狼性"的广泛流传与彰显,在现代文学创作中有着种种不同的表现。

尽管中国文化语境具有特殊性,"狼性"在大多数情况下显得有些隐晦,显得怯懦,远远不像在西方文学中一样直接、显明与名正言顺,但是,只要我们稍微留心一下,在各种各样的文学作品中,发现"狼性"的踪影并不是一件难事。例如,在巴金的创作中,"狼性"始终游荡在作品的字里行间,甚至已经渗透到了主人公的血液与气质之中。在《家》中,如果说觉新的懦弱是一种传统的"羊"的德行的话,那么觉慧的叛逆无疑显示了"狼性"的复苏。而这种复苏是在五四新思潮,尤其是在西方文化影响下产生的。尤其使读者感动的是,这种"狼性"与中国的"孝道"发生冲突,从而凸显了人们对自由爱情的真诚向往。

其实,何止是巴金,很多亲历西方社会生活、接触到西方文化的作家,都对西方社会与文化中旺盛的生机与活力、对中国社会和中国人精神状态中生命力萎缩的现象,感触颇深。例如老舍,早年游历伦敦期间,就写下了《二马》等重要作品,表达了对中国文化中惰性因素的反省和批判。如果说小说中老马已是一只老态龙钟的羊的话,那么小马身上显示出的"狼性",就表达了老舍对新一代中国人的期许。林语堂也是如此。尽管他面对西方读者宣讲中国文化的温柔敦厚,但是当他面对中国读者的时候,却对西方文化的叛逆精神大加赞赏。

"狼性"进入中国,首先催化了中国都市文化的繁荣,使沿海一些城市成为欲望的象征。20世纪30年代,在上海滩出现的"新感觉派""现代诗派""新浪漫派"以及后来的"九叶诗派"等现代主义文学创作,无不涌动着"狼性"的欲望与情绪,这些创作不仅表现了现代中国人追求生命自由、奔放和原始创造力的情愫,甚至可以看作是西方"狼性"文学在中国的延展。生命哲学、弗洛伊德主义、意识流、新感觉派等西方潮流,触动和引发了中国文学创作中的生命活力,使文学冲破了传统规则的束缚,不断迸发出创新的能量。诱惑、叛逆、灵与肉的搏斗,则给文学创作带来了从未有过的张力。

于是,在施蛰存笔下,即便是自以为永远不要懂得恋爱的古代将军也感到了诱惑、困惑与慌乱。他处决了强奸民女的部下,自己却陷入了无边的痛苦和烦恼之中:

> 而正在这时,将军又恍惚觉得所看见的那个施行强暴的人并不是他的部下,是的,绝不是那个狞笑着的骑兵了。那么,这样残暴地对一个无抵抗的美丽少女正在肆意侮辱着的人究竟是谁呢?将军通身感觉到一阵热气,完全自己忘却了自己。原来将军骤然觉到侮辱那少女的人竟绝对不是别人,是的,绝不是别人——而是将军自己。自己的手正在抚摩着那少女的肌肤,自己的嘴唇正压在少女的脸上,而自己所突然感到的热气也就是从这个少女的裸着的肉体上传过来的……①

显然,作品写的是古代人物,却反映了现代主义的欲望,背后不仅有弗洛伊德的精神分析,更有大上海涌动着的追求金钱的欲望。而令人沉思的是,"狼性"进入中国,不仅激发了中国人的叛逆之心与生命之力,同时也引起了文化心理深处的慌乱、不安与恐惧。例如,早年辜鸿铭就对西方文化中的野性与侵略性进行了针砭,借此来倡扬中国文化中的理性。而辜鸿铭的观点之所以在西方学界引起了强烈反响,则是因为自法国大革命之后,欧洲世界"狼性"膨胀,叛逆四起,使传统的价值观、文化观处于风雨飘摇之中,导致了一系列社会动乱与变更。这种情景同时也成了西方文化保守主义兴起的温床。作为一个传统古国,中国具有丰厚的传统文化资源,自然会对这种文化保守或保护主义思潮有深刻的共鸣与回应,因此继辜鸿铭之后,又有"学衡""甲寅"等诸多学派加入了对西方新潮的抵制与批判,他们在文学批评与创作领域中留下了深深的痕迹。例如,五四时期对郁达夫小说的批评、对"湖畔

---

① 施蛰存:《十年创作集》,华东师范大学出版社,1996年,第162页。

诗人"爱情诗的指责等，都可以看成是对"狼性进入"的抵制与恐惧。

　　这一方面反映了中国传统文化与西方文化的差异和冲突，同时也注定了"狼性"进入中国必然伴随着一种痛苦的心理体验。例如，在"九叶诗人"穆旦的诗中，我们可以读到如此的心声：

> 黑夜里叫出了野性的呼喊，
> 是谁，谁噬咬它受了创伤？
> 在坚实的肉里那些深深的
> 血的沟渠，血的沟渠灌溉了
> 翻白的花，在青铜样的皮上！
> 是多大的奇迹，从紫色的血泊中
> 它抖身，它站立，它跃起，
> 风在鞭挞它痛楚的喘息。
>
> 然而，那是一团猛烈的火焰，
> 是对死亡蕴积的野性的凶残，
> 在狂暴的原野和荆棘的山谷里，
> 像一阵怒涛绞着无边的海浪，
> 它拧起全身的力。
> 在暗黑中，随着一声凄厉的号叫，
> 它是以如星的锐利的眼睛，
> 射出那可怕的复仇的光芒。

　　　　　　　　　　　　　　　　——《野兽》，1937 年 11 月①

　　而在无名氏（1917—2002）的《野兽、野兽、野兽》之中，我们则能够

---

① 王圣思：《九叶之树长青——"九叶诗人"作品选》，华东师范大学出版社，1994 年，第 22 页。

感受到在走向革命过程中更为激动而又深刻的心理波动。这种情景在后来杨沫的《青春之歌》中得到了生动的演绎。小说一开始就展示了欲望爆发、野性狂欢、斗兽出笼、酒神狂醉的时代背景，而主人印蒂正是在这种情况下，听到了"它的神秘召唤，仿佛野兽听到同类召唤。他那时唯一的欲念是：'冲出黑暗洞窟！投到旷野喊声里！'"于是，他不顾一切从家出走，参加了社会革命，而当他博学、仁慈的父亲问他为什么一定要出走时，我们听到了如此的对话：

> 印蒂望望父亲严肃的脸，沉思一下，慢慢道：
>
> "当初我为什么出走？这里并没有什么理由，只有一点必要，也可以说是一点盲动。
>
> "在这个盲动爆发之前，我一直机械似的生活着。我也有欲望，有反应，有不满，但一切都类似齿轮与链条的动作，它们自己并不是主体。于是，那样一天突然来了，我突然发觉，过去所有生活，全无自我意识。我只是环境牵线下的一具十足木偶。从今天起，那沉睡在黑暗心灵中的'我'，第一次睁开眼睛，从漫长噩梦中醒来。这个'我'第一次决定开始要做它的躯壳的主人，而把原先所有的各式各样的主人赶走。一点不错，这以前，我有许多主人。这以后，他们只凝成一个主人：'我！'
>
> "'我'醒了，他第一眼看见的，就是外界的黑暗与丑恶，正像一个第一次能运用视觉的婴儿。对他柔嫩的生命，这黑暗与丑恶实在是一种粗糙的压迫。因此，他便大声催促我：'你得逃走，赶快逃走。逃出这黑暗与丑恶的包围。'我听从它的声音，毅然出走了。"
>
> "你当时所看见的黑暗与丑恶是什么呢？"父亲问。
>
> 印蒂略略踌躇一会儿，镇定地道：
>
> "第一个黑暗和丑恶就是学校。我发觉它只是一种枷锁，除给我不必要的沉重与囚锢外，再没有别的意义。在枷锁的阴影下，我必得变成一具器械，专为适应每天那些铃声、升旗、早操而反应的器械。那些起床铃、上课铃、自修铃、熄灯铃，那些布告、守则、训话、条规，像兽笼

的一些栅栏，锁禁我那头心灵的兽。我必得在这些栅栏的冷酷阴影下，过一种单细胞式的纯粹'反应'生活。我不知道这些铁栏杆有什么意义，我更不知道我为什么非在这些铁栅栏里作'反应'表演不可。教师们的面孔，大都像从坟墓里发掘出来的汉砖秦瓦，又古又严又冷，他们似乎不是教师，而是注射牛痘苗或打盐水针的医师，唯一的吩咐是：'把臂膀伸出来，不要动，不要响！'训育主任与训育员们都像监狱石墙，又高又冷又凶，在这个万事万物都准许理解的世界上，他们仿佛是唯一不许理解的存在。……我的心渴求一点火、热、亮，但是我四周都是北极冰山，以及那片漫漫黑夜。我的心需要自由，但是所得的却是捆绑及绳索。……除此之外，在社会里，我觉得一切社会活动只是假面跳舞会，人所见的只是面具，所摸到的是面具，所获得的是面具，所要求的也是面具。在社会中，和学校一样，也有一种起床铃、上课铃、自修铃、熄灯铃；也有布告、守则、训话、条规；人们同样也得作单细胞式的'反应'表演。不同是，这种表演要复杂得多，也深刻得多。人们既以面具为生活中心，'真实'与'诚意'这类名词，必然只剩下一个面具，再没有血肉。于是，我不得不发现，自己是生活在僵尸性的面具丛中，没有了解，没有同情，没有援助。人类千万年进化的结果，先由原始动物进化为人，再由人进化为面具，后者相当于尼采的超人，是文化黄金时代的最高表现。这是一个伟大的面具时代。可是，我不能忍受这一切，我只有逃走。"①

---

① 无名氏：《野兽、野兽、野兽》，花城出版社，1995年，第21—22页。

三十二、革命是否就是一种"旷野的召唤"？

且不论这种描述，在多大程度上表现了那个时代冲出家庭、走向革命的心情和心境，就其中所表现出的反束缚、反规则倾向来说，就预示着一种强烈的生命力量的爆发，这如同作者后来所表现的："随着魔鬼式的叛逆激情，一种奇迹式的勇气突然弥漫全身，像挣断宙斯大神铁索的普罗米修斯，他从强酷的命运枷囚下解放了，他重新获得生命精力了。"①

这个奇迹其实就是革命，就是造反，就是叛逆。在这个过程中，精神上的压迫，会转变为身体上的暴力，而身体上的压抑也会转变为精神上的追求。而作者正是通过这种革命的激发、膨胀、怀疑和幻灭的体验过程，开始了对文化的反思。其间，作者通过一位革命者杨易之口说出如此沉痛的预示：

> 一幕新的雅各宾历史剧，已吹了哨子，红色的幕布上正在慢慢揭开
> ——这结果，只能招来一个新的"热月反动"，② 以及"热月反动"的胜

---

① 无名氏：《野兽、野兽、野兽》，花城出版社，1995 年，第 119 页。
② 作品原注："法国大革命中的左派雅各宾专政，到罗伯斯比尔时代，达最高峰。在罗氏左倾独裁下，实行恐怖政策，两千七百五十人被送上断头台，大部分是穷人和无辜的人。一七九四年七月，所有国约议会中的右派联合一致，反对罗氏左倾恐怖独裁。七月二十七日，罗氏受捕，不久处死。左派雅各宾的力量，被全部扑灭。此即所谓'热月反动'。热月指七月。"

利。这个"热月反动"的到来，也许不是今天和明天，也许不是今年和明年，也许不是这十年二十年，但只要雅各宾的锣鼓一天天高，它的到来就是命定的。在革命阵营里，只要雅各宾狮子一出现，后面就一定紧跟着"热月反动"的狼。而中国这只狼在面貌上，一定会以极左面目出现，而不是极右，结果，非毁灭千千万万人不可。革命者想借这狮子贪拣一点便宜，结果却被狼咬死。即使肉体不被咬死，灵魂也被咬死了。历史是不会冤枉人的。①

显然，历数现代中国文学创作中"狼性"的踪迹，也许是一个长长的系列，我们可以列出很多重要作家的名字，从鲁迅、巴金、曹禺、沈从文、施蛰存、戴望舒、无名氏、徐訏，到王蒙、张贤亮、莫言、林白、红柯等，也许灵与肉的冲突是人类生存状态永恒的矛盾和话题，人们在不同的历史阶段和文化环境中有不同的体验和磨难，而人们在寻求更完美和完善的过程中，又总是处于不断追求和不断破灭之中。所以，狼性的激情与反抗总是常新的，总是会演绎出新的艺术篇章。

于是，我们确实进入了一种"有狼的风景"之中。而"狼性"也成为20世纪中国现代文学的基本特征之一。所谓"有狼的风景"，其实是一位日本作家近藤直子一本研究中国当代文学专著的书名。②令我惊喜的是，在她眼中，这种独特的风景就是从五四新文学、鲁迅的《狂人日记》开始的。她详细分析了残雪《我在那个世界里的事情——给友人》之后，发表了如下看法：

　　人吃人肉。也许自己被别人吃掉，自己也肯定吃过人。大家想想就会重新认识到，中国的现代文学是从多么可怕的主题开始的。而且同样的主题，在20世纪70年代后的残雪的小说中以更加激烈的强度重复了多次。在《我在那个世界里的事情——给友人》中，以被逼到绝境的恐

---

① 无名氏：《野兽、野兽、野兽》，花城出版社，1995年，第338—339页。
② 近藤直子：《有狼的风景——读八十年代中国文学》，廖金球译，人民文学出版社，2001年。

怖，以及在结局展开的心象世界的描写为主旋律。……（引者略）

让我们在对比中想想，……这两位杰出作家的小说中出乎意料地出现同样主题这件事，到底意味着什么呢？使鲁迅和残雪各自描写人吃人的小说的动机或者背景中，是否有共通之点呢？①

回答当然是肯定的。这里的共通之点也许就是书名所表现的"有狼的风景"。这也许是现代中国文学发展中一种共通的意象，是历史赋予中国文学的一种新的人性特征。狼，在这里，当然不仅是一种形象或者意象，而是一种新的文化基因和精神象征，它所代表和唤起的可能是被压抑了几千年的心理欲望，以及由此不能自制的恐惧感。而残雪对自己作品中角色与激情的认定，也可以看作是对"有狼的风景"的一种诠释：

我的小说中的角色的激情来自不灭的理想，来自幽深处的灵魂之光，也来自生命体的强大的本能的律动。虚汝华也好，述遗也好，麻老五也好，皮普准也好，不论他们的肉体多么的猥琐不堪，看上去多么丑陋、阴暗和绝望，只要有了那一束光，一切就被照亮，如同魔术似的，丑变成了美。如果我们抛弃了我们那种所谓的浪漫主义，来凝视我们的生存状态，我所描写的难道不是人的本质吗？也许一般人就是习惯于假象，尤其是大多数人造出的假象。只有住在这种假象的世界里才心安。我小说中的人物都是我个人人格分裂的结果，自相矛盾的创造物。请注意一点：凡是那些最猥琐、最"负面"的人物，往往是最本质、层次最深、凝聚了最多激情的人。②

确实，现代中国文学是一片独特的"有狼的风景"。而当我们进入了中国

---

① 近藤直子：《有狼的风景——读八十年代中国文学》，廖金球译，人民文学出版社，2001年，第28—29页。

② 林舟：《走向纯净的虚无——对残雪的书面访谈》，《花城》2001年2期，第184—191页。

20世纪80年代之后,更能领略其中的风采。打开国门,精神解放,年轻人中间流行着齐秦的那首歌《我是一匹来自北方的狼》。没有人解释这是为什么,但是它却如此快地传遍了大街小巷和大学校园。我也就是从那时起开始关注"狼"在中国的命运的。我知道,在我出生和成长的新疆,汉族人似乎习惯性地称呼少数民族为"老狼",当20世纪90年代外国资本开始大量进入时,几乎全国上下的媒体都发出了一致的"狼来了"的惊呼。

这并非仅仅是一种恐惧的惊呼,其中更多地夹杂着兴奋、渴望和对拼搏的期待。也许正因为某种恐惧,才显得更加刺激和兴奋;也许正因为面对陌生的市场,外国资本才更显得有吸引力和诱惑性;也许正因为有危险和有风险,才更具生命的挑战性。对禁锢已久的中国人来说,改革开放就是一次人性的解放,是生命能量得以释放的时机和机会。所以,"狼"来了,不仅是指外来的文化和投资,而更是指中国人自己内在生命欲望的觉醒和回归。例如在1999年上海一份经济杂志上就可以看到一篇署名毕为的文章《企业要有狼的特性》被摘登,其中写道:"企业就是要发展一批狼,狼有三大特性,一是敏锐的嗅觉,二是不屈不挠、奋不顾身的进攻精神,三是群体奋斗。企业要扩张,必须有这三要素。所以要构筑一个宽松的环境,让大家去努力奋斗。"①

确实,20世纪80年代之后,狼的意象也越来越频繁地出现在中国作家笔下,如果掠过20世纪80年代,随着中西文化的交流和自然观念的演进,中国作家对狼的感觉也在悄悄地但是急剧地发生着变化。我们从很多作品中,都能看到或感受到"狼影"或"狼味"。这不仅仅是一种意向和情愫,而且是一种充满矛盾与冲突的艺术创意。正如近藤直子已经充分感受和注意到的,在现代中国文学的"有狼的风景"中,贯穿着一种"人吃人"的恐惧感及挣扎意识,由此构成了现代中国文学沉重的悲剧性。但是,在另一方面,在"有狼的风景"中也酝酿和包含着由"狼性"所唤起的某种刺激和激动,以及对狼性的召唤和欣赏,这一点我们在莫言的作品中能够有深切的感受,被

---

① 毕为:《企业要有狼的特性》,《经济展望》1999年12期,第58页。

唤起的内在本能的熊熊烈焰,正在铸造着新的艺术景观。如果忽视了后一点,也就很难完整地把握和理解这"有狼的风景"的独特意味和景象。

例如,在 1999 年 8 月的《作家》杂志上,潘军在小说《独白与手势》中这样写到了狼:

> 半夜里,他又听到了狼嗥。
>
> 这大概是山中最后一只狼吧?他这么想着。点上煤油灯,墙上立刻出现了自己怪异的身影。他的睡意渐渐淡了下去,想着那个月夜在桥头与狼的相遇。狼没有袭击他。狼似乎洞穿了他的空虚与怯懦,放了他一马。狼不屑与这种动物交手,持重地回到了山里。他没有看清狼的面目,记忆犹新的是狼的高贵的行姿。很多年以后,在中国南海的沙滩上,他突然又发现了这狼的足迹。
>
> 他惊异这种奇迹出现在眼前,他注视着,浪潮一波一波地扑向沙滩,然而狼迹犹在!于是他的思维与那个十分遥远的乡村之夜焊到了一块。[1]

就从狼的面目来看,这是一种相当模糊的描写(他并没有真正看清它的面目),与杰克·伦敦笔下的狼的真切感受无法相比,但是主人公确实从狼那里获得了一种生命启示,使他感受到了"狼迹犹存"的兴奋。从这个意义上来讲,我们宁可把这只狼看作是一种虚幻的精神象征,它的出现仅仅是为了传递一种文化信息,使主人公(作者)能够重新面对和回味自己在乡村与女人(韦青)第一次做爱的情景。在这里,人和狼的关系之中隐含着真实与虚伪、怯懦与勇敢的冲突,也许是受到了西方文化的影响,狼被描写为一种比人高贵的动物(人也是一种动物),它并没有袭击人类,只是人类自己无法摆脱历史形成的恐惧感。

---

[1] 潘军:《独白与手势》,《作家》1999 年 8 期,第 57—58 页。

结语："龙文化"是如何闯入"狼文化"的？

也许并不是一种偶然的现象。不久，著名作家贾平凹的长篇小说《怀念狼》出现在《收获》杂志 2000 年第 3 期上。他在访谈中如此回答编辑的提问：

商州的故事是我终生也难以写完的，如果有一段时间目光投向了别处，商州仍是背景。正因为狼是以一种凶残的形象存在于人的印象中的，也恰恰是狼最具有民间性，宜于我隐喻和象征的需要。人是在与狼的斗争中成为人的，狼的消失使人陷入了惊恐、孤独、衰弱和卑鄙，乃至于死亡的境地。怀念狼是怀念勃发的生命，怀念英雄，怀念世界的平衡。

四十岁以后，我对这个世界感到越来越恐惧了，我也弄不明白是因为年龄所致还是阅读了太多战争、灾荒和高科技时代的新闻报道。如果我说对人类关怀的话，有人一定会讥笑我也患上了时髦病而庸俗与矫情，但我确确实实如此。有一日，故乡的几位农民进城看病，来我家闲聊，我的孩子问道狼是什么，因为幼儿园的老师给他们讲了大灰狼的故事，我和我的乡亲当时都愣了：怎么现在没有狼了呢？小的时候，狼是司空见惯了的，而这二三十年来狼竟在不知不觉中就没有了。狼的近乎绝灭如我们的年龄一样，我在过了四十五个生日之后，才猛然地觉得我已经开始衰老了。

对于生存的观念变了, 随之自然而然地引发着我的文学观的转变。作家的特点决定了他永远与现实发生着冲突, 其超前的意识往往是以生存环境为根本的。当种种迹象表明, 西方理性文化在遭受种种挫折后与中国的感性文化靠拢吸收之际, 这就为我们的文学提供了可以独立的机会。

人的生存不能没有狼, 一旦狼从人的视野中消失, 狼就会在人的心中依然存在。这部小说肯定是隐喻和象征的, 隐喻和象征是人思维中的一部分, 它最易呈现文学的意义。

可以设想, 从小生长在中国黄土高原上的贾平凹此时遇到了和西方作家同样的困惑。其实, 在贾平凹的作品中, 狼性早在《废都》中就出现了, 那个丧失了性能力的庄之蝶, 不仅 "怀念狼", 而且是在寻找狼。他的痛苦不仅在于生理本能的丧失, 更在于一种长期的精神 "被阉割" 状态所导致的生命力的退化。灵与肉的状态原本就是连在一起的。所以, 贾平凹创作的意义, 就在于以一种活生生的生命状态显示中国人的困境与渴望, 通过原始的生命活动寻找与展现艺术的美及其源泉。而从历史上看, 中国的黄河流域可能是人类农耕文明最早成熟的地区, 因此也是人类 "仇狼" 意识发生形成的地方。这与文化的感性或者理性原则并没有多大的干系, 但是能够帮助我们重新反思和了解一个民族的精神, 促使作家开始重新返回自然, 寻找失落的原始生命活力。

但是, 狼性带来的恐惧、慌乱以至于大欢喜之后的悲剧, 依然在中国文学创作中上演, 甚至比以往任何时候都更加震撼人心。1993 年, 著名的 "朦胧派" 诗人顾城在没有任何预兆的情况下, 在新西兰的一个小岛上杀死自己妻子、孩子后自杀。消息传出, 海内外震惊, 人们纷纷猜测、评判和谴责诗人这一令人难以置信的举动与结局。因为读过他的诗歌的人, 见过他那 "有星云闪动的大眼睛" 的人, 听到过他那娓娓动听的谈话的人, 都不会相信他最终会做出如此灭绝人性的事来。而我, 在研读他最后的小说《英儿》的时候，在其结尾处，发现了一种长久隐藏在作者内心中的激情与渴望：

> 我几乎是一个魔鬼了，我必须从这里走出去，可是一切都围绕着我驱之不散。我心里有种美慕的欣喜，似乎在遗憾着：我还没有过这样的经历呢。这样活一回就够了，他够幸运的。这个现代的浮士德，这个诱惑。"一个脱离了道德的人，一个保存了低级趣味的人。"他痛快自嘲地说着自己，他已经没有了。他把自己毫无保留地交给了魔鬼。①

很难解释顾城为什么从北京跑到欧洲，最后选择一个小岛，渴望一片原始丛林，去过一种沉浸在爱欲激情之中的生活。如果不是内心中原始狼性的逐渐勃发，不是把自己完全交给了魔鬼，他是不会如此远离文明社会，最后发狂杀人并自杀的。

也许，这同样是中国文学面对世界的一种回应。不论狼性带来的是悲剧还是喜剧，是生命的毁灭还是创造力的勃发，从中我们都能感受到中国文学在跨越多种文化的间隔。由此我想到一位华人画家曾长生所画的秋狼形象。曾长生与贾平凹不同，他长期旅住在南欧和南北美洲，实属一个流浪型艺术家，因此有"现代高更"的美誉，而从早期的《丛林与蜥蜴》系列、《蜕变》系列到《风与狼》系列，表现了他独特的艺术探索过程。1994 年 6 月 29 日纽约《亚美时报》上发表了署名华子的专论《从曾长生的秋狼说起——谈海外艺术家的冥想》。令我难忘的是，这篇专论开头便引用了美国作家杰克·伦敦的小说《野性的呼唤》中的话语："古老的渴望和流浪的跳跃，在习惯的锁链下挣扎，又从冬眠中唤醒了野性的气质。"而在对秋狼形象的评论中，华子几乎在用杰克·伦敦的小说来解释画家的用意。他认为，秋狼的寓意就是从加拿大北方的神秘象征及自然界具有生命力的造型中，寻回人类先天的本能与知觉的本源，亦即人性的本质。

我深深地被该作者深邃的思考所感动，但是问题是，曾长生的秋狼何以

---

① 顾城、雷米：《英儿》，华艺出版社，1993 年，第 252 页。

能够和杰克·伦敦笔下的狼结合在一起呢? 这东西方的漫长距离是如何跨越的? 请看华子的一段论述:

> 有些人认为艺术家、文学家一旦离开他们原来的创作土地,就如植物被连根拔起一样,从此创作力衰退,甚至源泉枯竭。然而在我们的世纪里可推翻这种说法的例子却多的是,画坛里的毕加索、夏加、梵谷、高更、康定斯基、高尔基,都是流浪他乡的人。文坛里的王尔德、康拉德、山达雅纳等多半不是用他们的母语创作,在卡夫卡、乔矣斯、贝克特的作品中,母语也逐渐摆脱了其原来所包含的狭隘民族意识。
>
> 今天如果没有"其他元素"来支撑的话,那些纯粹与民族心理有关的风格化处理效果等已站不住脚。归根究底,对那些流浪异乡的艺术家来说,隶不隶属某一国籍和语言已无关紧要,重要的是他们是否能维持最起码的尊严生存下去;其作品是否触及了生命里人性最基本的需要,那才是千古不变的真理。①

也许正是因为这种思考,华子把曾长生的创作理解为从"跃入洪荒到忘我入神"的过程。这也从另外一个角度揭示了中国人与狼再次结缘的内在原因,中国古代有丝绸之路,而如今更涌动着跨洋过海去求索、追寻和创业的浪潮。这是一种冲出围困、向往自由的感觉,一种在陌生的环境中求生存、求发展的欲望,一种在背水一战情况下渴望认同的体验,它们会唤醒一向循规蹈矩的礼仪之邦的人们内心的原始活力,使他们走向旷野,走向陌生的世界,重新体验原始的、自然的力量和潜力。就在这个过程中,他们能够从久违的狼的生命中感受和体验到这种极致的、不受任何约束的大欢喜和大解放。值得庆幸的是,这种相通的精神欲望,我们如今在贾平凹这样的本土作家身上也同样能够感受得到。

赵毅衡先生曾在《后仓颉时代的中国文学》一文中提出了一个很有意思

---

① 华子:《从曾长生的秋狼说起——谈海外艺术家的冥想》,《纽约亚美时报》1994年6月29日第10版。

的命题，他在观察和研究一个多世纪以来中国文化及文人如何走向世界的历程，他在这个基础上认为，海外中国作家、客居西文作家、华裔西文作家，正在共同创造一个新的文学奇迹，中国文化已经明白无误地延伸到了异国文字中。在这篇文章中，赵先生先后提到了水仙花（Sui Sin far，1865—1914）、德龄公主（Princess Der-ling）、汤婷婷、提摩西茅、姚强（John Yau）、《珠塔》（*A Pagoda of Jewels*）的作者 MoonKwan、蒋西曾（H. T. Tsiang）、林语堂、蒋彝、盛成、张爱玲、聂华苓、哈金（Ha Jin）、程抱一、闵安琪、虹影等作家及其作品，我们从中能够感到一种中国文化及文学走向世界的气度和趋势，因此我把它们称为"闯入狼群的龙文学"，其价值就在于——正如赵先生在文章中所说——"中国现代性的一大特征，就是中外文化在各个领域中的渗透融合。以中文为基础的中国文化，应当拥抱世界。这不仅是信心，也是中国文化可取的前行道路。第三千年的头开得不错，外语中国文学，作为中国文化的成果之一终于站住脚了，中国文学终于推开了中文的自我封闭"。①

可惜，赵先生没有提到中国文学的另一方面，就是狼性在现代中国文学中的回归与复活，它在某些方面与西方文学形成了互补和对照的特色。中国文学不仅正在给世界增添色彩，而且西方"神性"和"狼性"也开始渗透到中国文学之中。特别是 20 世纪 90 年代之后，文学出现了在欲望和身体方面的空前张扬。例如，法国作家杜拉斯的作品受到欢迎，由其小说《情人》改编的电影备受推崇。杜拉斯的身体观念，成了新一代文艺批评家笔下的经典名言。因为杜拉斯曾经指出：

> 人们听到肉体的声音，我会说欲望的声音，总之是内心的狂热，听到肉体能叫得这么响，或者能使周围的一切鸦雀无声，过着完整的生活，夜里、白天，都是这样，进行任何活动，如果人们没有体验过这种形式

---

① 赵毅衡：《后仓颉时代的中国文学》，《花城》2001 年 5 期，第 202—207 页。

的激情，即肉体的激情，他们就什么也没有体验到。①

谢有顺在其著作《文学身体学》中，不仅引用了杜拉斯的这段话，而且指出："在这个意义上，杜拉斯（其实也包括张爱玲）会在20世纪90年代的中国作家群中盛行，并影响了越来越多的女作家，这并不是偶然的。她们其实可以看作是中国文学恢复身体叙事的两个标志性人物，通过她们，有一大群作家找到了通往自身（身体）的道路。"②

当然，这并不是新鲜的提法，特别是20世纪以来，肉体的觉醒和解放不断以各种形式得到提倡，几乎成为艺术的中心话语。但是，即便在西方，"身体"也不能成为一种单独的美学，因为它得有来处和去处，必须有自己"人学"的特征。所以，当文学强调自己的"身体"时，也不得不警惕狼性的深渊。

"有狼的风景"，并不等于狼是这片风景里的主角。

在未来的文化时空中，"飞龙在天"与"有狼的风景"将互相衬托，共同构成一种新奇的景观。

---

① 克里斯安娜·布洛-拉巴雷尔：《杜拉斯传》，徐和瑾译，漓江出版社，1997年，第87页。
② 谢有顺：《文学身体学》，《花城》2001年6期。

下部　漫话"狗文化"

引言

很多年之前，大约在小学三年级的时候，我读过一篇短篇小说，篇名已经记不清了，大概是写一位抗洪水的老英雄，独身一人，养了一条大黄狗。在一次抗洪中，老英雄为了保住国家和人民的财产，奋不顾身跳入水中，不幸被洪水吞没，从此那条大黄狗就日夜卧在河边，不吃不喝，眼巴巴地望着河水，直到死去……

从此，我心里有了一条大黄狗。后来，我也养了一条黄狗，起名"玛什伽"，我们一起奔跑，跳跃，戏耍，晒太阳，甚至一起苦思冥想，它给了我很多温情和快乐的时光。可惜，后来它被"打狗队"打死了，我为此伤心了很久，不敢见狗，不敢想狗，也害怕梦见狗。

再后来，我读到了很多书，了解了很多事，方才知道和我一样为一条狗感动的人有很多很多。狗在人类生活中，远不只是一种动物，而是一种文明的象征，是人类心灵的朋友。它和人类一道从旷野、洞穴与原始丛林走来，一路陪伴着人类，帮助着人类，安慰着人类，甚至在人类最危难的时刻解救过人类……我们没有理由不去更好地认识它，理解它和爱护它，和它一起继续走向未来。

这就是我关注文学艺术中狗的原因。当然，文学是人学，并不是狗的文学，而且，在文学世界中，有关狗的描述只占了一小部分。但是，人在这个世界上，并不是孤立存在的，人类与自然界有着千丝万缕的联系，尤其是与大自然中的动物，更有着生死相依的血肉联系。而狗，恰恰是从古到今，不仅与人类物质生活，而且与人类精神世界、感情生活有最密切关系的一种动物。所以，如果我们愿意的话，狗就会成为我们观察人类生活与动物世界乃至大自然的一个窗口，通过它们我们不仅能够走向原始的历史神话之中，走到人性已经荒芜、已经纸醉金迷、疲弱不堪的当代生活之中，可以重新认识、检索和找回我们自己的自然和艺术之魂，而且我们可以走进自己的内心，进行一次穿越国界，穿越东西方文化，穿越古今的历史文化漫游，在历史的最远处与人心的最深处会合，更好地了解我们和自然的关系，了解我们内心中的矛盾、冲突和渴望。显然，我们并不是孤身前往，尽管由于人类的无知和狂妄，陪伴我们的生命种类每天都在减少，比如狗的祖先狼，很可能会在不久的将来灭绝，我们不得不越来越感到孤独和失落，但是我们还可以想象：至少狼的同类或后裔——狗也许将会继续伴随我们前行。

据考古发现，人类远祖大约在二百万年前就出现在了非洲大陆上，那时候的"人"还介于人与动物之间，主要靠猎食其他动物为生。而科学家通过有关猎食遗迹的研究，发现了一个有趣的事实，那就是在古人类生活的范围内，还有许多其他动物生活的痕迹，证明人类曾和这些动物一起生活并分享食物，其中有一类常见的动物就是狼。人类由于当时并没有像老虎、狮子一样的勇力，单个进行狩猎就能胜利，所以不得不依靠集体的努力捕获猎物，同时不排除联络其他动物、与其他动物结成伴侣、进行联合行动的可能性——也许这正是原始人类最早显示出来的一种智力表现，表明人类拥有其他动物所不具有的能力——就是与其他动物合作，并在合作过程中建立永久的伙伴关系。

一、狗，你是谁？你从哪里来？要到哪里去？

现代人经常如此追问自己：我们是谁？我们从哪里来？我们要到哪里去？

其实，我们不但要问自己，还要问一问我们的世界，问一问与我们最亲近的动物。显然，随着人类距离野生动物世界越来越远，狗似乎与我们更加亲近了。但是，尽管如此，我们未必真正了解狗，未必真正知道它们是谁，从哪里来，要到哪里去。尽管狗是一种常见的犬科哺乳类动物，经常与我们相遇见面，甚至给我们带来种种欢喜和烦恼，但是，它们是何时从野生世界进入了人类家园的，又何以与人类结下如此深厚的情义关系；它们是如何从人类的物质生活层面进入人类的精神世界和艺术家园的，又是如何在人类文化与精神生活中占据如此重要地位等，都依然是一系列自然与人类精神之谜，等待着我们去追寻，去探讨，去揭开谜底。

也许这是我们走向自我、找到自我、理解自我的路径之一；也许只有真正了解了动物世界，了解了我们周围的狗和猫，最后我们才能真正了解我们自己。

按照自然科学分类，狗最早是一种食肉性动物，属于犬狼科（Canis lupus），是数百万年前具有裂齿咬断肉类的食肉哺乳动物的后裔，与狼、狐和郊狼等野兽一道依靠猎食其他动物为生。肉食动物本身是动物界的一个大家族，所有现代食肉动物的七大家族中，猫（猫科动物）、浣熊（普西诺尼科动物)、鼬鼠（香猫科动物）、熊（熊科动物）和犬（犬科动物）都有共同的祖先。直到 1000 万—2000 万年前，它们才开始向各自不同的方向演化。据科学研究，一种叫米柯斯的食肉动物生活在大约 3800 万—5400 万年前，可能是最早的犬科动物，不过这种动物照复原的样子看，既像猫又像鼠，确实难以确定其就是狗的直接祖先。除此之外，科学家根据不断发现的动物化石分析推断，在北美洲、欧洲、亚洲等地还曾经分布着黄昏犬、特马斯犬、莱普特犬等早期犬类，它们分别具有不同犬类动物的特征，与如今的犬类具有某种亲缘关系，但是，能否确定它们就是现代犬类动物的真正祖先，科学界还存在一定的争议——因为这些动物化石的年代太久远了，我们现在很难找到确切的相关证据。

不过，经过精细的科学研究，人们已经大致弄清楚了现代犬类的身世来源，关于现代犬类进化的基本谱系，如今已几乎没有争议。有证据显示，大约是在 200 万年前，包括狼、豺、郊狼、狐狸等成员及其近亲，处于不断杂交与变异之中。由于气候的变化和栖息地的巨变，这种原始犬类动物的命运也在急剧变化。大约 200 万年前，热带雨林开始大面积地消失，地球上出现了广阔无垠的大平原，为草食动物的繁衍创造了空前良好的环境，而犬类祖先由此获得了新的生存发展空间，它们充分发挥自己进行群体狩猎的能力和优势，能够获得比单独狩猎更多的猎物，在体能和体格方面都发生了新的变异，保证了能在大自然残酷的优胜劣汰竞争中继续生存和进化。

我们今天所看到的犬类动物的基本特征，就是在这个过程中定型的，它们体现了自然竞争的法则。比如，一般犬类都拥有强健的后腿，能够提供足够的爆发力和耐力，后腿关节灵活，柔韧性好，使得其能最大限度地跃起；还有强健的四肢，桡骨和尺骨紧密结合在一起，前肢不能左右转动，使它奔跑时保持躯体非常稳定；还有典型的长颅骨，因此内部腔就大，面颊肌肉强健，这有利于动物捕食；还有独特的牙齿，大而发达的犬齿是捕捉和紧抓猎物所必需的，坚硬的下臼齿和上前臼齿适于撕裂和切断物件。

它有灵敏的听觉，头盖骨进化至耳朵深部，大脑的听力部位很发达，占据较大的空间。它神奇的大脑体积，发达的大脑皮层，能更协调适应群体活动，相互传达和交流信息。例如，在共同追猎过程中，相互传递信息是非常重要的，而所有犬属动物在尾巴背面都有嗅腺，无论在任何地方只要擦动尾巴就会释放出气味。再如，所有犬属动物都有成熟的较规范的身体语言，尾巴的位置和毛的状态能够传达准确的信息。

所有这些，都印证着自然历史进化的过程，诉说着自然世界中种种神奇的变异。而狗的出现更是显示了人与自然相互影响和互动的历史。狗原本属于野生动物，进入了人类世界后才获得了自己的俗称，通常指的是家养的犬类。约 200 万年前，也就是野生犬类家族获得新的发展机遇时，原始人类也开始在非洲原野上崛起，狗的祖先与人类祖先由此相遇，创造了人类与动物进化中一次难得的相互融合的机会。这时候，随着人类开始定居，一部分野生犬类也紧随其后进入了人类的生活，逐步改变了自己过去的生活方式，与人类长期相处，并逐渐变成了脱离野生环境的家犬。

这是一次大自然造就的文明奇迹，也标识着人类在地球上的崛起。据考证，最早家养犬类的出现，大概是在距今 1.4 万年或 1.5 万年前，一些野生的犬类动物被人类驯化成了狗。所以，狗与其野生祖先仍然有着共同的属性。狗的骨骼先天就适合奔跑和跳跃，虽然狗经过人类的生育控制已经改变了许多，但所有的狗仍然从先祖那里继承了这些基因。比如狗的肩骨是分离的（如同人类缺少锁骨），这种结构允许其在奔跑和跳跃时步幅更大。可以说，在很长一段时期内，家养的狗并没有因为脱离野生环境而丧失自己原来的食肉与捕猎能力，它们依然是勇敢的掠食者，善于追捕和杀死猎物，在继续发挥便于攻击、抓捕和撕咬食物的锋利尖牙和有力的爪的优势的同时，还拥有结实的足部，松软灵活的前腿，坚韧的用于与躯干连接的肌肉，以及强健有力的后腿，使它们的猎物望而生畏，成为人类最神勇的帮手。

再如，狗所拥有灵敏的嗅觉与听觉，也是猎食时代祖先的遗赠。人类虽然拥有比狗较强的视力，但是在嗅觉与听觉方面绝对不如狗类，这在充满凶险的自然环境中无疑处于劣势，尤其是在狩猎过程中，更显得技不如狗。据检测，狗的视觉比较差，是二元色视者，有点色盲，同时狗类的眼球透镜也比人类要平，所以不能看见过多的事物细节，只是对光和运动比人敏感，视力范围也比人类稍宽。但是，狗的嗅觉却是无与伦比的。使人类难以想象的是，在一个手帕那么大小的范围内，一条狗拥有将近 2.2 亿个嗅觉细胞，远远超过了人类的灵敏度。所以，狗在完成各种嗅猎与追踪工作的方面，是出类拔萃的高手。

听觉也是如此，狗耳朵远胜过人耳朵。比如，狗对低频声波的感觉极限为 20—70Hz，而人类是 16—20Hz；对高频声音的感觉极限为 70000—100000Hz，而人类为 20000Hz。也就是说，狗能够听到很多人听不到的声音。同时，狗的耳朵是可以活动的，不像人的耳朵那样不灵活，这就可以帮助它们快速、准确地定位声音的来源，比人类要快得多，并且，它们听见声音的距离也要比人类远四倍。值得注意的是，不同的狗，耳朵形态也不相同，其大小、长度和在头部的位置，甚至是耷拉下来的方式，都有不同，所以人们对它们也有各种不同的称呼，比如蝠耳，指的是头部两侧竖直的大耳朵，顶端呈圆弧状；巴顿耳（Butten ear），是顶端折叠向前贴近头部的小耳朵，形成 V 字形；克若派特耳朵（Cropped ear），则像被切过那样整齐划一；爪普耳（Dorp ear），有时也被称为培丹特耳（Pendant ear），折叠向下，但是紧贴头部，是大部分嗅猎犬的特征。除此还有玫瑰耳（Rose ear）、半竖耳等，不同的耳朵，表明狗有不同的个性。

如此灵敏的嗅觉和听觉，是大自然赋予狗的天然禀赋，是人类所无法比拟的。在很多情况下，人类在嗅觉和听觉上的迟钝，是一种生死攸关的缺失。这使人不仅在狩猎中会失去线索和机会，更有可能对潜在的危险缺乏警觉和防备，在睡梦中被潜入的对手伤害。多亏了狗的存在，弥补了人类在禀赋方面的弱点。可以设想，在原始生活环境中，周围存在着各种潜在的危机和危险，稍有不慎，就有可能受到伤害，如果没有狗担任"哨兵"，充当人类的"雷达"预警系统，早期人类很有可能早就失去了生存机会，被激烈残酷的自然竞争所淘汰。

至于狗在掌握信息、传达信息方面的能力，更使人类惊叹不已。所有的狗类，都具有自己丰富的"语言系统"，用来掌握复杂的社会行为，表达和传达不同的信息内容，比如利用身体、声音、姿态、面部表情等方式，继而与人类进行沟通与交流。比如，狗的面部表情就相当丰富，能够通过丰富的肌肉活动和微妙的表情控制，传达出各种不同的情感状态。这一点，猫就显得大为不足，猫脸虽然妩媚，但是脸部肌肉活动非常单调，只能表现出有限的情感。这一切都表明狗能够与人类有更多的沟通和互动，甚至在情感方面也能互相获得认同和慰藉，成为人类钟爱的朋友。

因此，人类幸运地获得了自己的朋友，在大自然中找到了自己最初的，并且可能是永久陪伴的知音。我们已经无法想象人类祖先第一次获得如此旅伴、朋友的欣喜之情了，人类或许以为这是天上神灵派遣下来的使者，专门帮助他们获取猎物，传递信息，战胜对手，渡过难关的。

二、文化寻根：狼变狗的故事

由此可见，人与狗如此亲密绝对不是偶然。不过，我们却不能由此忘却狼，因为狗的种种优点大多来自它们的祖先——狼。

人类要寻根，狗也要寻根。所以，要了解狗，就得了解狼，因为狗是从狼演变而来的。同时，我们还会发现，人类身边陪伴着狗，人类的精神意识中却也没有离开狼。如果说人类白天的伙伴是狗的话，那么，在夜晚的睡梦中，往往就是狼来造访。因此，狗在人类物质与精神生活中拥有着重要而深远的意义，不仅取决于它本身担负的角色，还直接取决于狗与狼的密切关系；不仅取决于狼与狗远古时期原本就难解难分，更取决于一部分狼永远不愿意变成狗。所以，尽管狼如今已经远离了人类生活，甚至已经到了濒临灭绝的地步，但是人类还是忘不了它，它还经常成为人类讨论的话题，就是因为生活中经常活跃着狼的影子——狗。

狼是狗的祖先。

由于长期以来我们独享着"万物至尊，万兽之王"的地位和荣耀，满足于对野生动物世界浅薄的认识，对自然界中的生灵缺乏关注，甚至由于某种历史文化的偏见，对狼进行了各种各样恶魔化的描述，使它们一直处于被捕杀，甚至被灭绝的状态。

当然，这也是长期以来人与狼之间关系的写照。狼与狗同源，但是绝不同类。狼拥有多重身份，既是野生动物世界中最不愿接受人类驯化的一员，同时又是人类最早家养动物的祖先。狼是最早接受人类驯养的野兽之一，但是狗的出现却没有改变人类与狼之间的敌对关系。早在石器时代，狗就出现在了人类生活之中，并且开始帮助人类狩猎，但是这时候原野上依然活跃着大群的狼，与人类争夺猎物。

因此，狗的故事往往与狼的存在纠缠不休。一些考古学家和科学家发现，在古人类进食场所，常常有其他动物的遗迹，表明人类曾和一些动物一起生活并分享食物，其中包括狼或者狗。一种推测认为，由于狼有敏锐的嗅觉，能够帮助人类找到和追踪猎物。所以原始人类很早就开始利用狼的这种能力，并与狼合作获取猎物；而狩猎成功后为了回报它们，自然也会与它们一起享用猎物，久而久之，人与狼自然会形成一种默契，而人与狼之间长期的相互利用和配合，也自然会形成某种相对稳定的搭档关系，共同在大自然中猎食和生活——也许这就是狼逐渐变成狗，融入人类生活的过程。可以说，在自然界弱肉强食的竞争中，人类在体格和感官上并不占优势，能够与其他动物抗衡，并在激烈竞争中崛起，离不开与其他动物的结伴和结盟，由此获得某种"集体"合作的优势，获取自己生存发展的机会和空间。

这也是其他动物所不具备的能力，尽管它们可能在体格上、嗅觉和听觉上都远远强于人类，但是却没有借助、利用与团结外在的自然资源、不断增强自身实力的潜力，这就失去了不断适应新环境、不断发展和完善自己的可能性。换句话说，人类是在不断向动物学习，不断获得它们的帮助中成长起来的。人自身的进步和进化并不是单独现象，而是与动物世界的分化过程——尤其是与狼的世界的分化——紧密相连的。狼的部分驯化促进了人的进化，改变了人与大自然的关系，也改变了人类本身在大自然中的处境。

狼与狗的这种亲缘关系，一直备受人类的关注，因为其中包含着种种人类文明起源与发展的奥秘。面对这一脉相传的动物的两种不同选择，人类经常会感到困惑，无法解释其中的原因。例如，在印第安神话传说中，就留存着种种狼与狗混淆不清的画面与叙述，表明了人们难以区分和理解两者之间的关系。而人类为了给狼与狗的区分提供一种说法，于是就创造了很多离奇的故事进行解说。例如,有一种说法是,在远古时代,狗就想找到一个靠得住的朋友一起生存,它先找到了狼,但是后来发现狼怕豺;接着它又去找豺,可发现豺又害怕狗熊,于是又去找狗熊;没想到熊怕人,狗最后只好找到了人,并与人结伴生活,成为人类永远的朋友。

这当然只是人类的一种想象,而且分明是为了说明人类是狗的保护人。其实已经有很多证据表明,狗的祖先是狼,但是人类似乎不愿承认这位野性的祖先。这就导致了我们对狼与狗之间的亲缘关系及其转变过程,至今还缺乏详细的了解。再加上被驯化之后的狼,经过人类文明的种种熏陶和变种,变异如此之快,我们就更难获得狗之产生的明晰的遗传地图了。对此,我们如今只能从大体上推测,狗是由多个种类的古代狼类演化而成的,所以呈现出一种或多种古代狼类的生物特征,至于最初的从野生到家养的演化过程,我们依然面临着很多难解之谜。

其中之一就是何种狼最早接受了人类的驯化。因为狼本身就是一个复杂的大家族,虽然所有的狼都属于 Canis lupus 种,但无论现在还是过去都有许多亚种,它们在外形、社会结构或特征上都有所不同,比如,在 20 世纪初灭绝的日本狼的体形比其他种类的狼都要小,皮毛呈现灰色,下腹部发红,更偏向于独自狩猎;而至今仍然在某些区域生存的北美狼,体形要大许多,它们喜欢集体狩猎,同时拥有复杂的社群结构和等级森严的行为模式。况且,远古时代的狼的形态,与今日又有了很大变化,很多狼种已经灭绝,现存的也都经过了很多次变异,我们就更难判断哪些狼最早或者最容易被人类驯化为狗了。

另外一种困难在于,即便用现代基因(DNA)技术进行分析,狗与狼也是难以区别的。所以,当人们在 1.2 万年前的古墓中发现一具尸骨手中搂着一个犬形幼崽时,依然难以确定它是小狼还是小狗。即使人们确信这可能就是家养犬的证据,但是也难以确定这是如何进行的。所以有人只好推断,认为狼之驯化关键在于人类的选择,最初收养一些较为温顺的狼崽,逐渐进行驯化。但是也有人认为,这可能取决于一些狼自己的选择,它们起先追随人类一起打猎,久而久之,形成习惯,就再也不愿意离开人类了,于是渐渐变成了最早的狗。

所以，最初的情况很可能已经超出人们的一般想象了。比如，人们普遍认为，一只威风凛凛、凶猛强壮的德国牧羊犬与一只憨态可掬、满脸皱褶的中国沙皮犬（Chinese Shar-Pei）相比，前者肯定更接近狼的血统，与狼有更密切的亲缘关系，但是真实情况未必如此。最近一些生物学家和遗传学家研究表明，后者比前者更接近狼的 DNA 样本。科学家通过对一种被称为微卫星坐标（microsatellite loci）遗传记号的细微差异进行分析后还发现，原产于亚洲和非洲的一些犬类与亚洲灰狼——目前公认的家犬起源——基因上最为相近。也就是说，它们才是最古老的纯种犬。而更令人意外的是，就在这一支上，长得和狼几乎没有共同之处的中国沙皮犬居然是与灰狼血缘关系最近的犬种。这就为我们描画了一幅意想不到的狼与狗基因传递图。如果把不同纯种犬彼此间的遗传关联看成一棵大树，在以狼为根的主干上，分出的第一支便是中国沙皮犬。随后，在这一支上又分出了西巴犬（Shiba Inu）、松狮犬（Chow Chow）和秋田犬（Akita）等其他犬种，它们与中国沙皮犬处于同一组中。

科研人员从基因遗传谱系上还发现，处于与灰狼血缘关系较近的，也就是可以列为第二支的是非洲贝生吉犬（Basenji），这是一种体格并不算太威武的狗，至少比起列在第三支的两种北极纯种犬——西伯利亚雪橇犬（Siberian Husky）与阿拉斯加雪橇犬（Alaskan Malamute）相差很多。第四支是两种中东的视觉猎犬——靠敏锐的视力发现猎物踪迹的猎犬，与嗅觉猎犬相对应——阿富汗猎犬（Afghan Hound）和沙克犬（Saluki），也都比德国牧羊犬优先，而一直顶着"狼狗"之名的德国牧羊犬，其实与斗牛犬和老虎犬一样，属警卫犬一类，反而只能算是狼的"远房远房远房远房亲戚"。

这些新发现，一方面令我们惊奇，另一方面也使我们重新思考人类文明与动物的关系。这说明我们过去一些既定看法并不能真实反映狼与狗的关系。也许我们如今所看到的最像狼的狗，仅仅是因为它们原本被人类驯化时间较晚的缘故，而一些与自己祖先长相一点儿也不像的狗，才是人类最早驯服的狼，只是由于历史久远，长期的人化过程改变了它们的模样，就拿中国的沙皮犬为例，尽管基因测定可以确定它们与狼有密切的亲缘关系，但是我们无法确定它们最初的模样是否就是现在的模样，也许它们最初也是个头威武，行动敏捷，八面威风，但是经过人类长时间的驯养和熏陶，才变异为如此模样，就像如今关在动物园笼子里的雄狮，我们实在难以想象它们数千年后还是今天的模样，况且狼的驯化经历了数十万年的过程。

这样的例子并不少见。比如，研究人员惊讶地发现，一些一直被认为属于最早的纯种犬的犬种，其实并没有那么长久的历史。曾频繁出现在 5000 年前的法老王陵墓墙壁上的法老王猎犬（Pharaoh Hound）和依比沙猎犬（Ibizan Hound）相当闻名，人们历来认为这是"纯种犬的老祖宗"，但是基因分析表明，现代的法老王猎犬和依比沙猎犬尽管外观上与古埃及壁画上的狗如出一辙，但其实并非同族同宗，两者的基因相差甚远，几乎是风马牛不相及，可以断定它们是在相当晚近时代通过和其他犬种杂交而产生的，也就是说，这种猎犬其实是人类后来通过杂交获得的一项新的文明成果，把部分的原始自然因素纳入了人类生活之中。

可见，狼变狗的故事扑朔迷离，充满种种人为的变数。挪威猎麋犬则是另一个例子。在寒冷的斯堪的纳维亚半岛，挪威猎麋犬一直是猎人最好的助手，而且从外表上看也与野狼相差不远。它们能凭借灵敏的嗅觉迅速发现麋鹿的所在，并帮猎人看守住猎物，然后等待猎人捕获猎物。过去，人们都认为它们可能是在 5000 年前由北极狼种驯化而来的，但是近现代人们通过基因分析，却发现了它们是晚近欧洲犬种后裔的遗传证据。

由此可见，确定狗与狼的亲缘关系，存在着种种变异的途径，想要得到一张精确、完整的基因谱系图并不容易，因为人类驯养家犬的历史最早可以追溯到数十万年前，到如今已经加入了太多的人为因素。特别是从 16 世纪以来，人类开始大规模有意识地将不同的狗（甚至与狼）杂交，以满足自己的不同需要，使得狗的种类增加，而狗与其祖先狼的直系关系也更加难以确定了。

不过，我们依然相信，狼最初变为狗，进入人类家园，是一个自然而然的过程。也就是说，在一定程度上是彼此共同的选择。我们可以如此设想人类第一次与狼相遇，也是狗之产生的情景：刚开始，由于彼此的需要，人与狼结为伙伴，共同在大自然中求生存，久而久之，他们形成了一种彼此依赖的关系，人们借助狼寻找食物，猎取其他动物，而狼则可能由此得到人们的奖赏，分享猎取的动物，于是，在共同的狩猎与生存竞争中，人与狼（并不是所有的狼）达成了一种默契，形成了一种难解难分的关系。长此以往，他们彼此之间已经非常熟悉，甚至产生了某种生死相依的感情，再也无法分离了——而这，就是最早的狗的出现，一些狼不再姓"狼"，而改姓为"狗"，成了人类文明大家庭中的一员。

显然，作为人类最早驯养的动物，狗的角色非常特殊。通过狗，古人类不仅大大提高了自己的捕猎能力，而且在狗的协助下，学会了驯养其他动物，并由狗来帮助看管——最早家养的羊或许就是如此产生的。

这无疑是人类早期文明中最精彩、最富有戏剧化的情节。

不过，即便在这种情况下，在早期人类日常生活中，狼和狗之间也并没有明确的界限。狼有时候是狗，而狗有时候是狼，它们与人类生活在一起，共同组成了一个家园。

这一点，我们在印第安人的神话传说中就能找到线索，从一些文化遗存中还能感受到这种人、狼、狗三者之间难解难分的亲密关系。

在印第安人的神话传说中，狼一直都是一个活跃的文化主角，它会把我们带回到久远的人与动物难解难分的时代，那时候，人类曾经和动物生活在一起，并不比一些动物更高明，更有优势，人与动物之间保持着某种特殊的文化血缘关系。例如，在至今还留存的许多土著印第安人的图腾柱上，狼就是一种常见的形象，有时候是单独出现，有时候和乌鸦、鹰、熊等一些动物共同组成一个图腾柱。这些图腾柱分属于不同的世系和血统的氏族部落，是他们成员集体认同的一种象征和标志。而围绕着这些图腾柱总有一些传说，来描述和解释自己氏族部落的起源和发展过程。

而这就意味着，在古代印第安人的意识中，人类世界同时也是一个动物世界，人与动物共同组成了一个生活空间。所以，几乎在所有印第安神话传说中，都存在着一个动物时代，那时候动物和人长得差不多——虽然它们确实是地地道道的动物,而人与动物形影不离,甚至就是动物的后裔——尽管他们有时也会感觉到自己与动物的不同。

在这个世界中,狼扮演着一种特殊的角色。它们和人互相帮助,共同承担困苦,甚至是氏族部落中重要的一份子。

例如,关于文化英雄纳纳包子豪的神话传说就非常有趣。尽管这一传说在不同部落的流传中有所不同,很容易互相混淆。纳纳包子豪有时被称为"Nanabozho",有时是"Nanabush",并且在传说细节方面也有差异,但是主角却都是狼。

三、动物时代：狼变人的传奇

值得注意的是，在有些印第安神话中，狼不仅作为创造世界，拥有超凡能力的文化英雄出现，而且还是人类的祖先。但是从它们与人类的这种亲密关系来看，它们似乎已经不是充满野性的狼，而更像是温顺的狗。

所以，野狼变人的神话与狼变狗的过程有一致的地方，例如：

> 神话中的野狼，为其族人的祖先。野狼初时四脚跑路，后来开始产生人类身体上的东西，如一只手指，一只指甲，一只眼睛等。不久又变为两只手指，两只指甲，从此逐渐变为完全的人类。又摆脱了尾巴，学会了直坐的习惯。①

就人类学意义而言，这种神话传说表现了人类早期对自己起源的某种不确切的解释和认识，仅仅出于一种原始朦胧的想象，但是，如何解释这种认识和想象本身，却是对现代人的一种挑战。也许我们只能猜测，它们传达出了某种原始人类生活的信息，同时也表达了一种生命意识，就是人的生命与自然界紧密相连，与动物世界浑然一体。原始人类之所以创造了众多人兽同

---

① 岑家梧：《图腾艺术史》，上海文艺出版社，1988 年，第 27 页。

体的神话传说，之所以强调大自然的认同，是为了印证自己的生命与大自然的关系，由此在心理上获得某种永恒的支撑。换句话说，人类不是从石头缝里蹦出来的，不是无根无源的，而是有自己可靠的来处和去处的。

可见，在人类原始时代，狼与狗的故事拥有丰富的文化意味，其中隐含着人类对自身文化属性的认识。例如，在阿拉斯加森林岛上就有一个印第安部落自称是狼的后裔，并且有一则流传至今的传说：

一天，狼氏族的人在捕鱼时，看见一只狼在离岸很远的地方游泳。这只狼太累了，舌头都吐了出来。捕鱼人就把它救到了船上，带回了村里。从此，这只狼就和人一起生活。在人们外出打猎的时候，因为狼和人互相配合，所以总能取得成功，得到很好的食物。这只狼在部族里生活了很多年，已经完全被看成是其中一员了。这只狼死后还给这个部族的一个成员托了一个梦，在梦中，一群狼在为自己的同伴送葬，它们完全像人一样唱着歌。其歌词大致是这样的：

他做了祖先所做的，

他做了祖先所做的，

我们的叔叔已经跨越了巨大的差别，

他走了，我们也放弃了所有的希望。①

据说，这首歌是这个部族的挽歌，每当有人过世时，人们就唱这首歌为他送葬。这则传说的很多内容令人感兴趣。其一就是人和狼的界限。这短短的故事，记述了从人与狼混为一体到狼与人分离的过程。这是两个完全不同的时代。在狼生前的时代，人与动物禽兽和谐相处，人还没有完全从动物圈中分离出来；而狼死后的时代，人已经从自然状态中解脱出来，和狼划清了界限。

显然，狼是不会变成人的，这在科学上已经得到了充分证明。但是，人

---

① V. E. Garfield and L. A. Forrest, *The Wolf and Totem Poles of Southeastern Alaska*, Washington University Press，1976，p. 20.

类为什么要创造这样的神话呢？难道是原始人类一时的心血来潮，还是这仅仅是他们愚昧无知的表现？如果话不能这么说，那么如何来解释这些神话出现的原因呢？

于是，我们不得不从我们习惯的思维方式中跳出来，尽量排除一些既定的现代思想与观念的影响，深入到原生态的原始语境中去寻找答案。原来，就远古的动物时代来说，所谓"人"以及"人世间"的概念完全与今天不同，所谓"人世间"并不仅仅只属于人，或者完全由人来主宰；而所谓"人"也并不仅仅指直立行走、没有尾巴的群居动物，而是包括了所有融入人类文明生活圈的各种动物，狗当然就是其中重要的一员——也就是说，狗也是某种"人"。人对待和称呼自己的爱犬，就像对待和称呼自己的同类和家人一样。

就此来说，狼变人完全是有可能的，只要它愿意接受人的驯化，融入人的世界，就可能变成"人"——至少在原始人思维中是合情合理的。而接下来的问题是，是什么因素导致了人与狼的这种分离呢？这些绝望的狼之后的命运又将如何呢？这就成了人类起源与发展的历史文化之谜。我们还可以设想，在人类进化的初级阶段，人类还无法把自己与动物截然分开，常常以为自己就是某种动物，或者把动物也看作人，这时候，当然谈不上狗与狼的区别。但是，到了一定阶段人类才发现，动物世界并不是铁板一块，其间是有差别的，有的动物可以成为人类的朋友和伴侣，有的则是人类生存的竞争者，它们将在很长一段时间内与人类分庭抗礼。

这就导致了狼世界的一次分裂，也是人从动物世界脱颖而出的重要一步。在这个过程中，一部分性情比较温顺的狼被人驯化成了狗，而另一部分个性强悍的狼则由于不愿放弃自己的本性和生存方式，而被排除在了人类世界之外。

于是，这部分被人类驯化了的狼，变成了现在的狗的祖先，成了人类家族的成员之一。

显然，狼变成狗并不是轻而易举的，因为这不仅是一个客观的生活过程，同时还是一个文化心理的转变过程，也就是说，人类要把狼驯服为狗，首先得在精神上征服狼崇拜，取得心理上的优胜权。可见，在人类的进化中，所谓"人"的概念的确立，人与动物界限的划定，是一种历史的产物。

可以说，狗的驯养直接参与了这一历史转变过程，完成了人类从原始思维中的解脱，逐步形成自己独立身份意识的全过程。其间，与狼告别，就成了人类与狗"合谋"的一场历史仪式。

由此我想起了在印第安人生活中一直流行着的"狼舞"。

这是一种非常普遍的仪式和娱乐方式。据说，太平洋沿岸北部的魁勒特（Quilrute）和马卡合（Makah）等印第安人部落，一直存在一种带有神秘和魔法性质的组织"狼社"，他们往往在决定部落重大事宜的时候举行活动，平日也为人们治病驱邪，而狼舞就是其中最古老的传统仪式。

狼社和狼舞的起源也颇具神秘色彩。据这些部落起源的传说所述，这些部落最早的酋长是狼，但是后来的接替者却暗地杀了狼酋长。为了使人们不疑心，更为了借助狼酋长的威望行使权力，这位人酋长每次聚会都披着狼皮自己跳舞，以此来表明自己确实是狼酋长的传人，具有狼酋长一样的魔法和权威。另外还有一种说法是，后来的酋长这样做，是为了跟已经升入天国的狼酋长沟通，听从和传达狼酋长的旨意。不管怎么说，以后的人们就沿用这种形式来与祖先对话，并借助祖先的力量驱邪治病。在舞蹈过程中，人们完全模仿狼的动作起舞，并不断模拟狼的声音，发出低沉的嗥叫声。

"狼舞"的起源还有种种说法。有一种传说来自美国纳瓦合印第安人部落，据说有些男人和女人能够让狼的魂灵附体，自己可以变成狼，并可以由此向其他人施展魔法，置他人于死地，或者向人们传达神灵的旨意。当然，这些人家里一定藏着一张狼皮。当他们出来施展魔法的时候，一定得披上狼皮。因此，我们经常所说的"披着人皮的狼"之语，最早可能要追溯到这种"披着狼皮的人"。而在美国的丛林印第安人至今还保持着与动物息息相关的习性，当他们讲述有关动物的故事时，会以各种动物的叫声来模仿它们的语言，他们和这些动物具有像邻居一样良好的关系，能够以各种方式进行沟通，他们甚至不吃被认为是自己朋友的动物的肉，以表示自己的忠诚。

显然，人们扮演狼来舞蹈，本身就包含着对狼的某种崇拜心理，而且人们借这种模仿似乎能够体验到一种超越常人的力量，甚至沉浸于某种迷狂境界之中，期望唤回某种神奇的历史记忆。人们或许设想，狼是不会生病的，人之所以会生病，就是因为人远离了狼的精神和力量，或者是因为狼不再保护人们了。

当然，这里也表现了一种悔罪意识。因为人类拥有了狗，就不得不杀死原来的狼，以狗来代替狼在人类意识中的地位。人们之所以跳狼舞，是因为人们的心情非常复杂。虽然已经杀死了狼酋长，但是内心不免还存有内疚和怜悯——这也许是人类与其他动物从一开始就不同的地方。

同罗马人为自己祖先树立雕像一样，狼舞也表达了一种"杀狼"之后的复杂心态，其中包括恋恋不舍的悔罪情绪，表明人类在告别原始动物时代的怀旧心结——就像一个新娘在离开故乡，去独立生活时的心情一样。这时候，狼酋长已经被杀死了，已经成了另一个世界的成员，人们怀着同样的心情，通过狼舞表达一种悲痛和忏悔的心情，还希望通过这种舞蹈的形式把狼酋长召唤回来，与其进行短暂的接触和对话。

类似的人类现象与文化心理，在各民族习俗中并不少见，对此，哲学家费尔巴哈曾发表过自己的言论：

> 因此，占有自然或利用自然在人看来好像是一件犯法的事，好像霸占别人的财产一样，好像是一件犯罪的行为。因此人为了安慰自己的良心，为了安慰在他想象中蒙了损害的对象，为了告诉这个对象说，他之所以劫夺它，是出于不得已，并非出于骄横，于是裁减一下自己的享受，把他所窃盗来的财物送还一点给对象。所以希腊人相信当一棵树被砍倒时，树的灵魂——树神——是要悲痛的，是要哀诉司命之神对暴徒报复的。罗马人若不拿一口小猪献给树神作禳解，就不敢在自己的土地上砍倒一棵树木。当奥斯佳克人杀死一头熊的时候，要把皮挂在树上，向它做出种种崇敬的姿势，表示他们杀死了它是万分抱歉的。"他们相信这样一来便客客气气地把这个动物的鬼魂所能加在他们身上的灾害免除了。"北美洲的一些部落，也用一些类似的仪式来禳解所杀动物的鬼魂。所以

我们的祖先们如果必须要砍伐一棵赤杨，就把它当作一棵圣树，往往先向它祷告道："赤杨娘娘，请把你的木材赐给我一些吧！我也愿意把我的献给你一些，当它在林子里生长出来的时候。"菲律宾人要走过平原和山岳的时候，要请这平原和山岳许可，并且把砍倒任何一棵古树认为罪行。婆罗门教徒不敢轻易喝水，不敢轻易用脚踏土，因为这一踏、这一喝，是会给那些有感觉的东西、那些植物和动物痛苦的，是会弄死它们的，所以一定要作一番忏悔，"来禳解他白天或夜晚无意之中杀伤的生灵的死亡"。

但是，为什么杀死了狼酋长，又要把它唤回来呢？既然恋恋不舍，心中长存念想，又为什么还要杀死它呢？

这似乎又是连续不断的疑问。

一种可能的想象是：因为有些狼永远不愿成为狗，而且它们很多方面比人强，曾经是人崇拜的对象，所以在心理上会对人类产生一种压迫感，甚至在现实中也会对人类构成一种威胁，使人们一直生活在某种恐惧的阴影之中。因此，随着人的能力逐渐增强，人渴望形成自己的独立地位，就要从这种被压抑的恐惧阴影中走出来，摆脱过去种种自然力量（首先是最贴近自己的动物图腾崇拜）的控制，自己掌握自己的命运。因此，"杀死"距离自己最近、与自己生活有最密切关系的动物之神，就成了人类原始神话中的普遍现象。

我们可以把这种现象称为"杀父弑母"的过程。所谓"父母"，就是指某种既定的大自然的力量，它曾经以某种方式养育和庇护了人类，一直担任着人类生身父母的角色，它甚至透过一系列象征性的意象，在精神上也统治着人类。因此，随着人类的成长和进化，人类在肉体和精神两方面不断要求更多的自主和独立，就不得不向以往统治自己身心的自然力量提出挑战，发出质疑，甚至通过一系列"杀父弑母"的举动展现自己，从各种各样的自然统治和掌控中解脱出来，从而更加凸显出人的独立意志和本质力量。

狗的产生，在某种程度上，就扮演了这个"杀父弑母"过程中的同谋。人类借助狗的反叛"杀死"了狼，而狗则由于依附了人而获得了新的生存空间。因为人类已经有了狗，就能够与昔日的狼划清界限，告别野蛮的时代。从某种意义上来说，"狼酋长"就扮演了这种最初的自然父母的角色，所以他注定要被人类"杀死"的。换句话说，人类"杀死狼酋长"，是一次人类转型的重大事件，标志着人类摆脱动物时代，进入人类自我统治的时代。

这是一个很有意思的文化过程。我们可以设想，在远古时期，人类对动物并没有明确的分类与命名，狼与狗其实是混淆不清的，它们同人生活在一起，而且人类也常常把它们当人一样看待，不分彼此，所以才出现了像印第安神话传说中的那种情景：人与狼（或者狗）都处于一种相依为命的状态，它们和人一样，有时候助人为乐，有时候忘恩负义；有时候做事很成功，有时候非常失败等，相当明显地反映了古人类半人半动物、时而为人时而为动物的思维状态。这也表现了人类在原始时期一种矛盾、朦胧和不稳定的心理意识，人类在相互交往中还经常流露出动物意识的痕迹。

但是，狼后来却逐渐出现了分化。有的狼愿意被驯化，或者说愿意继续与人为伍，接受人的指令和安排，但是有的狼却不愿意这样做，它们不愿受人的束缚，接受所谓文明的驯化，于是，后者自然而然地成了人类生存的竞争者，对人类怀有敌意，并经常掠夺人类的食物甚至伤害人类；而前者则进入了人类文明的圈子，成了人类的帮手和朋友，在生存竞争中彼此协助——这就是狗。

可见，狼变狗与狼变人有着相关的文化逻辑，而人杀狼也与驯化狗有着密切的联系。因此，狼一旦变成了狗，狗的自然转化过程也就结束了。也就是说，狗的历史不再只是自然历史的一部分，而是加入了人类的文明史，成了人类文化的一部分。而人类对狗的驯化、养育和训练，就成了一种主动的、自觉的、富有选择性和创造性的行为。从此，狗的驯化也用不着得到它祖先的允许了，不必直接来源于野生的自然状态了。

现代人也热衷于跳狼舞，欣赏狼舞，至于他们能够从中悟出什么，则取决于人们对大自然的不同的心灵感悟。不过，有一点是毋庸置疑的，任何人都不会无动于衷。尽管我们已经远离了动物时代，甚至远离了大自然，这时候，不论是面对这种狼舞，或者是进入到这种舞蹈的行列之中，我们都不得不体会到另外一种内在的情感，感受到我们身体内部与自然、与动物、与狼血脉相通的关系，甚至，我们不得不承认，我们的血管里，依然流淌着"狼酋长"的血液。

四、知识考古：神狗盘瓠的由来

可见，狼变狗的过程，不仅反映了人类文明产生的神秘旅程，其中还隐藏着从猿到人转变的文化密码。在这个过程中，狼不仅是一种独特神奇的物种，而且是与人类历史、人类起源密切相关的一种动物，同时也是人类从远古洞穴时代走向文明的向导。

显然，当狼被人类"杀死"，或被迫逃离之后，人类与狗更加亲近了，人类建立了自己的家园，而这个家园不能没有狗，因此狗成了人类家园的守护者。这为人类文明从混沌的原始动物世界脱颖而出创造了条件。显然，把凶恶的、充满野性的狼转变为驯服的狗，显示了原始人类在自然界中不同凡响的生命潜能，其中也必定充满着人与自然在相互竞争和沟通中的种种矛盾和冲突，显示出人类在肉体、行为、组织、精神、心理、思维等各个方面的重要转变，而这一切无疑构成了人类童年时代的深层记忆，成为如今我们需要探索和揭开的人类历史文明的秘密。

比如，如何在混沌的自然世界中，对狼与狗进行分类，就是人类进化的一个关键环节。显然，在很长一段时间内，不仅人和狼难以分辨，狼和狗也处于混淆状态。它们经常是扑朔迷离的兄弟俩，就像具有分身术一样同时扮演着两个角色，时而似乎是人，时而似乎是狼，所以在印第安人的神话传说中，甚至连讲述故事的人也分不清楚它们之间的区别。也许它们根本不需要分辨清楚,因为在人类的原始记忆中,原本就有过一个人兽混居的时代。这时候,人类处于进化的初级阶段,自我意识刚刚开始萌生,还处于朦胧的状态,对自己与其他动物之间的关系还没有形成明确的区分,还无法把自己从动物世界中全然分离出来,在这种情况下,人与狼(包括其他一些动物)、狗与狼之间的界限,自然不会那么清晰,有时候人自以为是狼(或其他动物),有时候也会把狼(或其他动物)当成人,有时候与狼为伍,有时候则以狗为友。

这种混沌的意识状态显然是与人类原始文明的生存状态相辅相成的,由此我们不难理解在原始神话传说中会出现如此众多的各种半人半兽的意象,它们表现了人类远古生活的某种生活图景与历史记忆,后来曲折地显现在古老神话之中。今天,我们正是通过这些古老的神话与想象,深入到原始的历史记忆之中,去感受人类在"人与动物混居"年代的某种生存状态,体验"半人半兽"的文化心理。

显然,狗的出现,意味着人类与狼为伍的时代的结束,尽管曾经有过与狼为伍的心灵体验与历史记忆,但是它们只能以某种虚幻的、类似梦境的心理幻象时而浮现,逐渐凝固成了人类原始神话与传说。在现实生活中,狗无疑取代了狼的位置,成为人类日常生活的帮手和伴侣,但是在人类的想象与记忆世界里,狼却一直与自己的祖先,与原始自然,与未知的神灵世界,保持着藕断丝连的接触,进行着若即若离的交流。

这在人类早期的神话意识中也有表现。不知从何时何地开始,人类放弃了最早的狼神崇拜,继而为狼神盖起了寺庙。这显然就是一个值得探讨的现象,说明人类虽然会远离,或者说主动放弃某种生活或信仰,但是不会完全放弃这种记忆,相反,人类会把它们作为遗产保留下来,充实自己的文化根基。

因此,记忆是知识的根源之一,而有关动物时代的记忆,则是人类文化心理的基础。其实,狼与狗的区别,就来源于它们与人类关系的记忆。先前,人们把不愿意臣服的狼看作是天神或是伺候天神的,把跟随在自己身边的狼则看作是天神派遣的,或者是低狼一等的狗,但是,随着人类自己力量的强大，狼的神圣地位开始受到人类的挑战，人们开始把狼神变成了狗神，甚至直接变成了狗。在这个过程中，狼和狗之间的合合分分，上上下下，早已司空见惯，经过无数次的反复，后来一些狼神变成了狗神，而一些狗神则又回到了人间，不同的文化记忆演绎成了不同的神话传说。

例如，北欧神话中的路给，就是一个充满矛盾的形象，他时而为狼，时而为狗，时而是文化英雄，时而又是下界为害的狼魔。而这种情景在很多民族的神话传说中都有表现。在一些狼崇拜的神话传说中，狼和狗总是藕断丝连、难分难解的，在有狼图腾的地方总是能找到祭奠狗神的遗迹。比如，在埃及，就一直存在着狗神庙以及对天狗星的崇拜，相传天狗为人类带来了火种——这多少和印第安传说中郊狼有相似之处。而在有些神话传说中，天狗神与胡狼的身影常常是合二为一、互相替代的，它们都掌管着死亡世界的事务，负责审查人的灵魂。它们是人类与神灵世界交通的媒介与传话人。

这似乎是一个共通的文化现象，在不同的民族文化中都有类似的表现。比如，在中国，从狼崇拜到狗神的出现，历史上也留下了蛛丝马迹，神狗曾一度成为中华民族的始祖之一。

传说远古高辛帝（即帝喾高辛氏）时期就养有神狗，"其毛五彩，名曰盘瓠"。后来有戎吴将军犯上作乱，无人能平，高辛帝只好悬赏天下，答应谁能平定叛乱，斩下戎吴将军之首级，就能封邑称侯，并把公主嫁给他。结果竟然是身边所养之狗盘瓠咬下戎吴将军首级而归，高辛不敢食言，不得已将女儿嫁给盘瓠。盘瓠由此成为望族，号曰蛮夷。

可见，中国古代"蛮夷"概念与狗神有关，而狗神自然难以摆脱与自己祖先狼神的瓜葛——这无疑为探索和理解中华文化的起源提供了新的线索。从历史的角度看，"蛮夷"是中原民众对周边少数民族的统称，隐含着"野蛮""不开化"等意思。这不仅与中国中原一代较早进入农耕时代有关，而且在文化图腾崇拜方面也有一定关系，因为周边很多少数民族不仅在游牧生活状态，而且依然保持着对一些动物的图腾崇拜，其中就包括狼崇拜。

至于神犬盘瓠到底从何而来，民间也有许多传说，但是从现存的一些说法来看，大多已经与狼脱离了干系。有说盘瓠是从高辛帝娘娘耳朵里钻出来的。有一年,高辛帝娘娘突然得了耳痛病,怎么医治也医治不好,后来从耳朵里挑出一条金虫,形状似蚕子,约有三寸长,耳痛方好。帝后觉得奇怪,便用瓠盘盛着这条虫,又用盘子盖着,结果金虫忽然变成了一只龙狗,遍体锦纹,五色斑斓,金光闪闪,这就是后来的盘瓠。

另有一说法则是盘瓠变人的故事,话说盘瓠后来咬下叛将戎吴将军的头,立即跑回高辛王王宫,献给高辛王,想立刻迎娶公主。不料高辛王大喜之余,并不想真正兑现自己嫁女的诺言,只是叫人拿很多肉来犒劳盘瓠。哪知盘瓠一见此状,大为失望,对食物看也不看一眼,就闷怏怏地走开了,从此不吃不喝不活动,高辛王怎么唤它也不起来。就这样好多天,高辛王心里感到愧疚,便对盘瓠道:"盘瓠啊,是不是想得到公主为妻,恨我不实践诺言?但是,这实在让我为难,因为狗又怎能和人相配呢?"没想到话音刚落,盘瓠就口吐人言,说:"帝喾王啊!请不要忧虑,你只要把我放在金钟里面,七日七夜,我就可以变成人。"高辛王听了这话,半信半疑,就将盘瓠放在金钟里面。但是万万没想到的是,到了第六天,高辛帝之女耐不住惊奇之心,竟悄悄打开了金钟,结果盘瓠全身都变成了人,只有狗头还没来得及变,于是只能以狗头人身模样娶了帝女为妻。也许正是这个原因,婚后盘瓠只好带着妻子隐居南山,住在人迹罕至的深山岩洞里。

也许这就是至今民间还把盘瓠称为狗头皇的原因。

不过,随着文化变迁,中原地区不再流行狗神的传说,其原因是这时候新兴的农耕文化已经盛行,狩猎文化的一些神话传说逐渐退出人们的日常生活,特别是其中的一些动物意象自然也逐渐退隐,不得不让位于一些新的更重要的动物意象。比如,在一些单个的动物图腾崇拜逐渐消失的同时,中原地区的龙崇拜则越来越普及,它以一种综合的、具有多重姿态与意蕴的形象出现,得到了各族人民的广泛认同,逐渐成为中国文化的象征。

但是,这种狗神崇拜在中华辽阔的大地上并没有完全消失,而是以一种"潜文化形态"在我国一些少数民族文化中保留了下来。例如,至今南方瑶族、苗族、黎族等少数民族依然把一些独特的动物意象视为祖先的神灵,其中就包括狗神。在一些地区,还保留着狗庙和祭祀狗神的习俗,如今在广东肇庆市，就有一〇一四年汉瑶共同建的盘瓠庙，至今还供奉着一位狗首人身的神嗣。至于瑶族至今还有禁吃狗肉的风俗，这显然与古代狗崇拜传统有直接关系。

值得特别注意的是，后来"盘瓠"在中原竟然变成了"盘古"，成了中华民族的先祖的象征，不得不使我们继续探究其中隐藏着的更神奇的文化奥秘。

但是，这位狗神是从哪里来的？是否也有一个狼神的祖先？这些问题则没有人能够直接回答。至于在盘瓠之前，中国是否也存在着狼崇拜现象？盘瓠的祖先是否就是狼神？狗头皇原先是否就是狼头皇？狼是否就是"盘瓠"或"盘古"的祖先？狼作为祖先是在何时进入历史，又是在何时被人类所"杀"？这似乎已经成为中华文明渊源的千古之谜，至今我们已经很难找到确切的证据与答案，甚至很难在现存的历史典籍中找到任何蛛丝马迹。于是，我们只知道中国文字中的"狼""郎"与"良""娘"之间有着同音相近的关系，但是我们不知道这到底意味着什么。

这就是历史记忆的断崖峭壁之处。看来，我们只能就此止步了。记忆线索的中断，可能就意味着我们文化知识与意识的断层，除非我们能够从历史的断崖峭壁处飞身一跃，捕捉到另外一条记忆的线索。

这就是二郎神。

二郎神是中国神话中一个家喻户晓的形象，却有着说不清楚的身世。人们都难以忘怀《西游记》中，他与齐天大圣斗法的情景，但是无法想象他的身世一直没有得到确认。在吴承恩的笔下，只知显圣二郎真君是玉帝外甥，家住灌州灌江口，昔日曾力诛六怪，神通广大，却不清楚他到底出于何种神嗣，最后只好借孙悟空的口说出他原是杨天佑与玉帝私自下凡的妹子所生，因性傲气高才住在人间的。唯独不同的是，二郎神出征时，驾鹰牵犬，似乎与众神有别。可惜天下无敌的孙悟空，竟然最后"被二郎爷爷的细犬赶上，照腿肚子上一口，又扯了一跌"，翻身爬不起来，让七圣一拥按住，捆绑起来。

如果按照惯例，我们只从现存的汉族典籍中寻找蛛丝马迹，那么找寻的线索似乎非常微小。二郎神最早不过诞生于公元前三世纪，与当年创造人类水利史上奇迹的李冰（公元前 280—前 220）有关。相传李冰父子到四川做官，看到当地的灾情严重，下决心要治理岷江，于是二人实地考察，亲自规划，带领上万民工开山筑垒，建成了著名的都江堰，这样不但消除了水患，而且使四川平原成了富庶的天府之国。当地民众为了纪念他们，不但专门修了庙，立了雕像，而且世世代代纪念他们。

后来，如同其他很多历史人物由人变成神一样，李冰父子也慢慢变成了神，老百姓视他们为天神下凡，并且编造了很多神话传说来广布民间。例如，在古代就一直流传着李冰锁龙的神话，把李冰治水演绎成一个显示神迹的过程，李冰用一条神奇的绳索制服了引起河水泛滥的恶龙。

与此同时，李冰之子也被想象成了天上二郎神的原型。

这是一种神奇的民间艺术想象，曾经引起了很多专家学者的兴趣。因为史料中的记载与民间口头传说中的二郎神实在相去甚远。实际上，关于二郎神的来源，民间传说很多。除了李冰之子协助父亲锁住蛟龙之说外，还有隋代嘉州太守赵昱斩杀制造水患的恶龙，造福一方百姓之说，老百姓为了纪念其功绩，就在灌口建庙，把赵昱封为二郎神，世代供奉，以防水患。几乎同出一辙，晋代的邓遐任襄阳太守期间，也因为治水有功，后被百姓建庙祭祀，尊为二郎神。

还有一说则与佛教扯上了边，说二郎神原是四大天王中北方多闻天王毗沙门的第二子，名独健，所以称二郎神，他能够七十二变，有三只眼，上观天界，下察地狱，曾率天兵救唐明皇于危难之中。至于《封神榜》中的二郎神杨戬，在民间流传最广，他助姜太公讨伐暴纣，长有通天眼，七十二变，无所不能，是天界除暴安民、降魔伏妖的第一战神。

但是，令人不解的是，在这种种说法之中，人们似乎有意回避了一个事实：二郎神实际上就是二狼神。这一点在《西游记》中，已经得到证明，他作为玉皇大帝手下的一员大将，奉命前来收服冒犯天庭的孙悟空，结果展开了一场大战，他处处显露出了狼神的神勇，却只字不提与狼神的关系，甚至连一直追随二郎神的细犬，也没有一点交代。于是，李冰父子何以与狼神牵上了关系，就成了历史记忆中遗失的环节。也许人们由于某种原因有意回避了它，长期的回避就会引起淡忘，而长期的淡忘就会导致失忆，就会造成人类历史和文化心理的残缺。

我们就生活在一个人类历史记忆与文化心理残缺的时代，很多历史记忆和文化遗产已经遗失，有的正在遗失。

狗与狼的记忆就是其中的一环。可以说，二郎神就是狼崇拜意象的某种转型，而二郎神在天庭中的地位、身世和北欧神话中的狼犬并没有多大的区别，都是守护在天帝身边的战神。至于在民间传说中，为什么偏偏忽略这一点，恐怕与中国文化发展的特殊性有关。由于中国祖先很早就告别了狩猎游牧时代，中国文化中很早就滋生出了一种仇狼情结。所以，二郎神原本是狼神，但是民间却宁愿叫它天狗。狼和狗似乎在这里发生了混淆，在语言和意识上都出现了一个似狼似狗的模糊地带。由此，我们或许会再次想起那个为高辛帝建立奇功，并娶走其女的狗头人身的盘瓠，他可能比二郎神晚得多，或许就是二郎神的子嗣后代。

狗能够带领我们找到已经遗失的历史路径与环节吗？

五、中西神话谱系的交错：狼神与狗神的关系

也许，我们又步入了一个神话传说的扑朔迷离之境。我们只能继续向历史发问。

既然有二狼神，有神狗盘瓠，继而又有狗头人身的人间女婿，那么，我们就不得不发问：这一切是如何发生和变化的？它们之间有着什么样的内在联系？可惜，由于时代的久远，更由于人类连续不断地对文化遗存的淘汰、整理、删节和改变，我们已经很难在现存的汉文化典籍中找到确切的资料了。仅存的一些历史记载，也都来自西部少数民族地区的神话传说。例如，在《蒙古秘史》的开篇就有"天命所生的苍色狼与惨白色鹿同渡腾吉思水来到斡难河源的不儿罕山前，产生了巴塔赤罕"，意思是说蒙古族可能是由两个分别崇拜狼与鹿的部族结合的结果。而对于这一记载，日后也有种种不同解释，有人就不同意此种解释。但是在《国语·周语》中，有关"王不听，遂征之，得四白狼四白鹿以归"的记载，恐怕与此相关。

也就是说，在中国一些少数民族的神话传说中，还保留着狼变人的记忆，还残存着狼崇拜的遗迹。至于盘瓠娶女的传说，我们也许只有在周遭少数民族的神话传说中，才能找到一些相关的蛛丝马迹。例如，在《魏书·高车列传》中也有类似的记述：

俗云：匈奴单于生二女，姿容甚美，国人皆以为神。单于曰："吾有此女，安可配人？将以与天。"乃于国北无人之地筑高台，置二女其上曰："请天自迎之。"经三年，其母欲迎之。单于曰："不可，未彻之间耳。"复一年，乃有一老狼，昼夜守台嗥呼，因穿台下为空穴，经时不去。其小女曰："吾父处我于此，欲以与天，而今狼来，或是神物，无使之然。"将下就之。其姊惊曰："此是畜生，无乃辱父母？"妹不从，下为狼妻而产子。后遂滋繁成国。故其人好引声长歌，又似狼嗥。

这个"胡女嫁狼"的传说发生在西域，涉及了兽与人通婚的内容，带有典型的族源说的性质。在古代，匈奴是一个善于征战的民族；在现代，他们的后裔被认为能歌善舞。但是，这一切是否与狼崇拜神话有关，还需要更深入的研究。联想到狼与狗之间的亲密关系，盘瓠是否就来源于古老西域民族的狼崇拜神话谱系，至少是可以讨论的话题。

另外，在《魏书》上也有记载，说突厥的先人阿史那氏就是人与狼相交的后人。相传阿史那氏的祖先原来居住于西海之上，不幸被邻国所灭，男女无少长尽遭杀戮，唯有一男被刖足断臂，弃于大泽中。这时有一牝狼，不断衔肉而至相喂，使之得以不死。后来此男遂与狼生下十男，渐渐在高昌西北草木繁盛之地发展起来，后来由阿史那氏建国，以狼头纛为其族旗。

这个故事显然与罗马神话中的母狼传说极为相似，皆讲述了一个狼救人于危难之中的故事。而更为离奇的是，这里还有狼与人生育后代的内容，但是又比罗马母狼传说显得更古老，更具有原始色彩。

在人类历史上，这原本是一种非常普遍的现象，其不仅表现在人类的神话传说中，而且存在于现实生活中，真实反映了原始状态人兽混居时代的境况。这原本并不存在什么伦理问题，只是由于日后文明的进化，人类与动物成了不可相提并论的两个物种，两者之间的鸿沟也变得不可逾越，这才产生了种种禁忌，开始严格规范人与动物之间的关系。

当然，我们不能由此确定盘瓠、二郎神的身世来自匈奴西北等少数民族的神话传说中，或者他们与这些民族的历史记忆有关，但是能够在不同的神话谱系中发现相关、相通或相似的情形。尤其是狼与狗的关系，总会向我们透露出某种相通、相邻、相互印证的信息，它们的关系是复杂的，经常可以互换位置。这不仅表现在一个民族纵向的历史记忆中，甚至还表现在不同民族横向的神话传说中，由此我们在纵向历史记忆中遗失的环节，有可能在横向的文化遗存中找到弥补的可能。

这是人类遗失的记忆有可能恢复的标志之一。正如狗与狼的角色可以互换一样，人类记忆的主体位置也可以互换，由此达到将心比心、意识相通的状态。在这方面，人类尽管不会按照狼或狗的意志来叙述历史，但是他们会通过自己的心灵去感受它们，体验它们在文化转变过程中的种种喜怒哀乐。比如，在古老的神话传说中，狼转变为狗，总是伴随着一系列悲欢离合的事件，而且随着故事的演进，它们本身的地位和处境都在发生着变化，有的显得越来越微不足道，有的则获得了人类更高的礼遇。

例如，在古希腊罗马神话中，狼的地位就不如早先在北欧神话中那么高贵。因为在北欧神话中，狼处在天神的地位，是天庭中一员，但是到了古希腊罗马神话中，情况就不同了，狼神的地位已经开始动摇了，并且不时遭受着被驱出天庭的命运。因为这时候，动物神崇拜已经渐渐让位于人神崇拜了，这说明人类已经开始远离动物界，人的价值观念已经渐渐渗透到神话创作之中，开始建立属于自己人化的神话谱系。

这就是人神的出现，他们开始代替动物神。最有名的就是为人类盗火种的普罗米修斯了，他给予人类的恩惠与北欧神话中的狼神路给、印第安神话中狡猾的郊狼一样，但是身份却大大不同，已经与狼崇拜脱离了干系，成为一个人化的天神。而更让人困惑不解的是，既然普罗米修斯为人类盗来火，并且是人类文化的创造者，而神话又是人类自己创造的，那么，人类又为什么让他受如此磨难呢？而后来又为什么不把他救出来？这是命运的残酷无情，还是人类本身的忘恩负义？

在这里，我们或许能够为盘瓠的经历找到一种解释。盘瓠虽然为高辛王平乱立下汗马功劳，但是它毕竟是狗，是异类，除非它变成人，否则很难被人类所接受。而最后的结果是，它不可能完全变成人，所以即便娶了公主

（主要是公主自己愿意，如同"胡女嫁狼"中的情形一样），也不得不脱离人类，回到原野中生活。

"杀死"狼酋长也包含着相通的文化逻辑。因为普罗米修斯是被宙斯放逐的古老神祇族的后裔，是地母盖亚与乌拉诺斯所生的伊阿珀托斯的儿子，也就是说普罗米修斯原本就是异类泰坦巨人的后代，生来就承继了叛逆的基因。也就是说，普罗米修斯来自古老的动物神家族，是狼神的后代，其身份不够尊贵，不能满足人类对神圣天国的心理诉求，所以人类不得不让他接受天罚。同样的道理，狼酋长尽管很神奇，领导有方，但是它毕竟是狼，不能继续担任人类文明新世纪的偶像，所以不得不杀死它，让人类自己来当家做主。

这是一次文明进程中的改天换地，新的人神必然要代替旧的动物神，不管后者做过多少好事。而更值得我们深思的是，普罗米修斯的身世至今还是一个谜，即便在西方文化史上，也只能提供一个大概的说法，至于他到底出自何方何地，为什么被宙斯视为异类，并没有清晰的谱系。令人称奇的是，在亚洲的一些神话典籍与文化遗迹中却发现了相关的线索。研究者发现，在古代马西东尼亚王国（Macedonians）的喀布尔（Kabul）北部附近确实存在着绑缚普罗米修斯的山洞遗迹，而且与当地的神话传说中的情景相符。叼啄普罗米修斯的那只鹰很可能就是亚洲神话中的神鹰萨娜（Sena），据说中国的玄奘在著述中也提到过这件事。另有记载显示，普罗米修斯所娶的妻子名叫"亚洲"（Asia），也就是说，他可能是亚洲神族与欧洲神族结合的后裔。这无疑在提醒我们，普罗米修斯的祖先不但是被宙斯打败的动物神族，而且有可能来自亚洲，属于来自异地的文明谱系。就此来说，普罗米修斯可能属于后来归顺者之一，就像盘瓠可能的身世一样，来自异地，臣服于新的门庭之下。

这似乎为我们展现了一幅错综复杂的神话谱系，其中很多人们所熟悉的神族都可能是不同民族、地域神话谱系"杂交"的结晶，也就是说，它们的血缘并不那么单一和纯洁，很可能是混血的产物。二郎神的情景与普罗米修斯有相似之处。他同样是天庭的一个异类。他原本就是玉帝之妹下凡与人间英雄私通的结果，由此不仅导致了其母亲遭受天罚，而且与天庭结下了恩怨，以至于他宁愿住在人间灌口，也不愿去见天庭的亲戚。在《西游记》中，他受命捉到孙悟空后，连玉帝都不愿一见，就打道回府，显示了他倔强的性格。

于是，狼变狗的故事也就有了新的叙述方式与解说路径，其意味不仅是大自然的馈赠，人类对自然的拯救，而且在于人类文明理念的相互交流和不断更新。

比如希腊大英雄海克勒斯驯服地狱恶犬的故事，就体现了这种从狼到狗的转变。

在古希腊罗马神话中，著名的海克勒斯本身就是一个半人半兽的英雄，他的英雄业绩之一就是杀死猛兽，包括制服看守金苹果的怪龙和看守黑暗王国的多头犬，并把它们带到了地面。多头犬的主人海德斯就是看守地狱的死亡之神，而守护在他身边的就是名叫塞勃若斯的恶犬。大英雄海克勒斯要完成自己的夙愿，就不得不按照天神的命令，到地狱中去制服恶犬，并把其带到地面，为人类效劳。

对于海克勒斯来说，这是一次巨大的挑战。没有人相信海克勒斯能够战胜守卫地狱入口的塞勃若斯。这是一个凶恶的猛兽，至少有三个狗头，还有恶龙的尾巴，有数个蛇头长在背上，吐着毒舌。它的父母是恶魔厄喀德那（Echinda），是一只具有多种血统的神狗，混合了很多神奇的基因，因此连奥林匹斯山上的众神也怕它三分。

为了取胜，海克勒斯进行了大量的准备，然后就义无反顾地出发了。在地狱入口，这位大英雄先后遭遇了十一种恶兽的袭击，并把它们一一制服，最后终于见到了地狱之王，并要求带走塞勃若斯。地狱之王答应了他的请求，但是他必须能够赤手空拳制服它，才能允许他带走。于是，就在地狱的一条河边，经过一场持久的恶战，大英雄终于制服了恶犬，并把它带到人间，接受人类的驯养。我们在奥维德的《变形记》中，也可以看到对这场恶战的精彩描绘——英雄站在高高的岩石上，面对着奔突而来的恶犬毫无惧色，神圣的英雄本色决定了他一定会战胜它们，赢得最后的胜利。

这里被战胜的恶犬，其实就是介于狼与狗之间的一种动物。说它是狼，是因为它还没有被人类所驯服；说它是狗，是因为它服服帖帖地看守着地狱之门。

可以想象这是一场多么惊心动魄的战斗！但是最终还是大英雄海克勒斯胜利了，原始洞穴里的狼终于被英雄拖上了地面。这其实也是神话创造者——人类——意志的胜利，说明人类不仅可以制服野兽，而且还可以驯服野兽。而从另一个角度来说，这也表现了人类的自信：即便是已经被天神打进地狱的狼，最后也难以避免被新的文化英雄制服的命运，因为它们唯一的出路，就是接受人类的掌控，并忠诚地为人类服务。

这是对狼变狗过程的另外一种演绎，凸显的是人战胜自然、驾驭自然的勇气和力量，人类把恶犬拖出了洞穴，也意味着人类自己摆脱了茹毛饮血的原始时代。由此我们可以想到，狼从原始洞穴走向文明家园，经历了一个多么漫长的炼狱过程，这是一个从天堂到地狱、再到人间的艰难的变形过程。

被人类套上枷锁的就是狗。可以想到，海克勒斯的英雄行为象征着人类文明的转机，他把塞勃若斯从地狱中解救出来并加以驯化，暗示着人类把狼从自然野蛮的状态带到了家养的状态，从旷野森林带到了文明家园，不仅给野性的狼戴上了文明的枷锁，而且也确定了人类在自然界的地位，从此划定了人与狼、人与狗、狗与狼之间的界限，从某种意义上说，这也是人类对野蛮的一种拯救，人类把狗从黑暗蒙昧的动物世界带到文明时代，意味着自己是地球上唯一的真正的主人。

从此，狗成了另一个世界的"人质"（hostage），人类由此可以和狼分道扬镳，与自然讨价还价，获得了"万兽之王""万物之灵"的自尊心和自信心。

我们很难判定这是喜还是忧。对于当时甚至相当长一段历史时期的人类来说，这当然是喜，这不仅显示了人类的勇气和能力，更为人类的生存发展，带来了很大的空间。但是，如果换一种角度，从自然的角度来说，那就未必全然如此了。既然人类可以把狼变成狗，那么就可以把万物都变成狗，为人类所驱使、所利用，这就意味着自然本身逐步失去了自由自在的本性，失去了自我生存发展的空间和能力。所以，中国的老子在两千多年前就指出"天地不仁，以万物为刍狗，圣人不仁，以百姓为刍狗"，认为狗的驯化最终会对自然之道带来灾难。

因为被驯化得服服帖帖的狗成了人化的大自然的典范，人类由此滋生了一种幻想，那就是把万事万物都变成狗，并且像驱使和利用狗那样，甚至不仅对动物是这样，对人也是这样，权力者幻想着人们都变成狗，服服帖帖地听从指挥，像狗一样忠诚和卖命。

对此，人类自己并非没有感觉，因为人类自己也是从大自然中来的，自然会对大自然中的一切生物特别是动物的情态有所理解。也许正因如此，不仅中国先知先觉的老子老早就向人类发出了警告，而且在一些古老的神话传说中也有类似的表达和暗示。其中，印第安流传的关于狼女巴落芭的故事，让人久久不能忘怀：相传在南美印第安部落生活区域，有一位"狼女人"，她一半是狼，一半是人，独自生活在不知何处的山洞里。她的主要工作就是收集狼的骨头，在她的洞穴里放着许多狼的遗骨。当她一旦收集到一只完整的狼的骨架时，就把它摆放在自己面前，然后对着它唱起古老的复活之歌，她一直唱啊唱啊，直到狼的骨架在她的歌声中逐渐长出血肉，恢复原形，变成一头活生生的狼，向大自然狂奔而去。

很难想象这是一首什么样的歌。一个神奇的半狼半人的女子坐在夕阳西下的荒漠上，面对一副狼的白骨孤独高歌，又将是怎样一种情景？人们或许可以这样解释，她是在进行一种神秘的沟通，通过自己虔诚的祈祷，从大自然中召唤狼的灵魂，使它的尸骨得以重新复活。这个神秘的女人就生活在现实和神话之间，她的心理世界处于一种我们如今已经很难解释和体验的边缘世界。

她是在为死去的狼招魂，更是在为已经被不断开发、利用和蹂躏的大自然呼救。可惜，如此的神话传说长久隐藏在民间，并不被正统的意识形态所接受。近年来，当地球环境越来越恶化，人类已经感到自然灾害近在眼前的时候，才有人重新记起它，并开始传播。人类期待与自然沟通，与动物和解，重建一个人与自然和谐共存的社会

我们得承认，这并不容易。尤其是当人类越来越远离了自己的发源地，越来越被卷入一种人造的环境中去的时候，我们会对我们祖先的一些文化形态产生疑惑，人们不但难理解和解释它们，甚至不再相信它们，把它们看成

是某种迷信和幼稚的幻想，由此显示出人类在另一方面——自我渊源和历史意识——的愚昧无知和自以为是。对现代人来说，那分散在荒漠上的狼骨，也许就意味着人们已经丧失和忘记的历史文化，是某种无法解开和恢复的记忆。

其实，这也是我们今天面对各种各样神话传说的情景。神话传说本身就是人类文明史的碎片，长期以来散落在历史的原野之中，有的已经遗失了，有的已经被磨损了、风化了、残缺了，甚至找不到彼此共存的整体了。我们要真正理解人类的来路，人性的本原，首先就得从收集那些历史神话传说的碎片开始，像那位狼女所做的一样，用一种类似于咒语的方法，把它们对接起来，形成一个整体，赋予它们特殊的精神文化活力，使虚构的"狼"在我们的精神世界中重新复活。

六、古今变迁：人类文明进化中人与狗的互动

但是，这只能是一种文化想象。因为人类毕竟已经杀死了"狼酋长"，它再也回不来了。人类已经告别了与狼共舞的时代，再也不可能回到远古的动物时代了，当舞蹈结束的时候，人们就会重新回到现实中来，重新与身边的狗相互交谈。于是，不论是过去还是现在，无论是古代人还是现代人，都不得不怅然若失，狼酋长在哪里？那些生动的人类原始生活场景在哪里？谁能够给予我们真实的心理安慰，唤起我们内心深处的历史记忆？

狼毕竟已经远去了，留下来陪伴人类的不再是狼，而是狗。这时候，只有狗，作为它们祖先的"替身"，安静地卧在我们身边，继续守候在人类的家园，与我们一起回忆远古时代的故事。显然，狗也会使我们走火入魔，使我们重新回到人类早期与动物禽兽相互混淆而又分离的状态，我们似乎恢复了记忆，看到了自己最古老的影子：我们飞奔在原野上，我们与动物禽兽为伍，我们依赖它们，与它们共同分享大自然的恩惠，甚至和郊狼一样分食其他更凶猛的动物留下的残羹剩食，同时我们又和它们争斗，没有一刻不想彻底战胜它们，统治它们……

但是，这只是暂时的，人类一旦把狗从野性的状态中解救出来，就不再允许它们回到旷野中去，更不允许它们与野性的祖先为伍。自然，狗与狼最根本的区别就在于，狗在人类与大自然的竞争中，从一开始就是人类不可或

缺的帮手。而狗的出现，在某种程度上意味着人类向动物时代的告别。因此，我们可以把"盘瓠娶女"理解为"胡女嫁狼"的某种历史变形和文化转释，但是不能把它们完全等同起来。因为盘瓠在汉民族起源中的地位已经不能与狼相比了，不再能够承担一个民族文化始祖的重任，充其量也不过是一位战将而已。换句话说，与自己的祖先狼相比，这时候的狗已经不是人类崇拜的无所不能的"文化英雄"了，已经蜕变成了人类豢养的动物，自然在很多方面就必须接受人类的驱使和控制。这里不仅表现出了人类驾驭自然的能力的增长，还反映了人与动物，首先是人与狼之间关系的微妙变化，一方面表明人类面对动物已经有了某种优越感，能够凌驾于所有动物之上了；另一方面则表明，人类原始的动物时代早已经解体，人类已经完全可以控制动物的生存了。

因此，狼与狗的分离，使人类第一次通过其他物种印证了自己的意志和文化，也就是说，人通过狗看到了自己，实现了自己的意志。于是，人化的自然现象出现了，被驯化的狼成了人化自然最初的参照物之一。人类开始从动物世界脱颖而出，开始以文明的尺度来关照自然世界，而狗成了人类早期生活的一面镜子，从中折射出早期人类与大自然之间的密切关系——因为在人类意识刚刚开始萌生的时代，人类还无法把自己从动物世界中全然分离出来，只能在与自己生存状态密切相关的动物身上印证自己。

我们尽管已经无法知道第一只狗是何时产生的了，但是可以确定这必定是人类文明展露曙光的时刻。狗的出现与人类文明的起源有着某种难以割断的历史关联。

人是一种善于学习的动物，人可以用智力战胜任何动物——这也许是人类确立自己为万物精华地位的基础。人类把狼变成狗的过程，也是人类不断从自然，首先是从其他动物那里吸取经验和力量的过程。可以想象，人类在进化初期，就是以动物为父母，为老师的。人类在早期的生存竞争中，离不开其他动物的帮助，尤其是狗。由此来说，人类的成长离不开向动物学习，怪不得西班牙作家塞万提斯在《堂吉诃德》中写道："没有人认为作者把牲口之间的友谊与人之间的友谊相比是做得出格了。人从动物身上学到了很多警示和重要的东西,例如从鹳身上学到了灌肠法,从狗身上学到了厌恶和感恩,从鹳身上学到了警觉,从蚂蚁身上学到了知天意,从大象身上学到了诚实,从马身上学到了忠实。"这也清楚地表明了人与动物在自然界中的互动关系。人与动物不仅在生态方面,而且在心态和情感方面,也有相互沟通之处。动物不仅通人性、人情,而且其生存状态与人类理想生存状态直接相关,所以人类理想生存状态就是与动物和睦相处,人类的最高素质就是能与动物沟通,懂得它们的话语,善于向它们学习。因此,动物就是我们文明与文化之根,保护动物,就是保护我们的根。

狗当然是其中特别的一种动物,与人类的关系也更加特殊一些,因为它们做得最好。狗给予人类的远不止一般的生存技巧和经验,还有情感与知识。在人类文明起源的漫长岁月中,狗不仅是人类生活中忠实的朋友和帮手,而且还帮助人类确立了自己的自我意识。因为狗与狼原本是同类同族,长得也如此相像,如果说人类对狼与狗的关系,在很长一段时间内处于模糊阶段,并不能一下子十分清晰地从整体上、概念上进行区分,而只能从个体出发判断"这一只是好的""那一只是坏的",那么,人类赋予它们特别的名字,以便区分和辨认它们,并逐渐有了"狗"的概念,则是人类自己逐步走出混沌的自然状态,也是摆脱动物世界的一个分野。所以在概念上确定狼和狗的不同,意味着人类在思维方面的一次重大突破,说明人类已经意识到了自己与动物的界限,并开始用"自己的尺度"来要求和划分动物世界,把一部分归入了人类世界,而把另一部分归入未制服的自然世界,把它们划入异己的未被驯化的"野蛮"的范畴。

文明与野蛮的世界,就是这样由狗的出现变得分明了,狗本身成了一条界线,分别连接着两个不同的世界。人类由此在动物界有了自己的奴仆和间谍,证明自己比其他所有动物(尽管它们中间有的在体力上比自己优异和强大)更有资格和能力驾驭和统治自然。当然,这个过程非常漫长,其中经历了原始人类对动物的接触、了解辨别和分类过程,是在长期感性体验基础上形成的。什么样的狼能够最终与人类和睦相处,成为人类忠实的朋友呢?而什么样的狼最终还是狼?这些始终是一个相当复杂的问题,其重要性绝不亚于人类如今选择自己的终身伴侣。

这也就是人类最初"正名"意识的来源。就此来说，孔子所说的"名不正则言不顺；言不顺则事不成；事不成则礼乐不兴；礼乐不兴则刑罚不中；刑罚不中则民无所措手足"，其中就包含着人类起源的一种历史逻辑，"正名"只是最初的一步。当然，孔子这里所说的"正名"已经远远超越了人类原始文明阶段，但是其意识的萌芽却不能脱离最初人与动物关系的认定。其实，这种关系至今还遗存在人类的一些姓氏中，一些动物的称呼至今还是人类姓氏的来源。

不过，这一切已经越来越成为遗失的记忆了。有一点显而易见，原始人类比今天的我们更熟悉动物的习性。对于他们来说，每一种动物不仅是不同的，而且每一种动物中的个体都是不同的，都如同黑格尔所说的，是独特的"这一个"，都有自己的个性——而不像如今绝大部分现代人对动物的了解一样，只能从"类"的角度去理解它们。所以，对于早期的人类来说，狗的驯化是一个长期的实践过程，每一次体验都意味着人类自身的机会和选择，而每一个新概念的产生都经历过无数次的验证，如此反复锤炼，人类才逐渐形成比较稳固的自然与生活知识，才开始构筑最初的文明体系。

这个长期的过程也是一个思维成长与进化的过程。可见，人类行为不仅导致了动物世界的分裂，而且动物世界的分裂也促进了人类对自然的观察和认识，人类的思维和意识状态开始趋向复杂化。

所以，人类的寻根总离不开原始土地与动物，尤其是人类与动物的原始关系。狗是人类理解文明进程的一面镜子。就此来说，我们要理解人类早期的生活状态，就不得不理解狗在人类生活中的地位以及人与狗之间的不同寻常的关系。

这是一个不断变化的过程。在最早的原始社会中，人类或许把狗看作是一种天神的馈赠，所以并不是所有人都能够如愿以偿得到狗的。人类有狗陪伴在身边，不仅显示为一种力量，而且也是一种荣耀，甚至还体现了某种神灵相助的迹象。因此，人类原始习俗中不仅有很多祭奠狗神的遗迹，而且在一些尊贵的天神身边，也有形影相随的狗。比如，北欧神话中的天神奥帝身边，就永远有两只忠心耿耿的恶犬；而作为战神的希腊女神雅典娜，不仅手里拿着弓箭，而且身旁总是有一条忠实的狗，时刻听从主人的调遣。

不同的文明时期，狗的状态和命运也各有不同。比如，在人类的早期生活中，人类与动物搏斗并获得食物是日常生活的需要，所以狗之身价也多表现在狩猎活动中，狗具有这方面的优秀品质。可以设想，这时候狗根据狩猎的需要，一方面应该是高度社会化的集体猎食动物，能够听从人类的指令，在狩猎中与人类进行配合；另一方面，它们又必须更多地保存狼的本能，能够像狼一样灵敏、勇敢与强壮，凭借自己的听觉和嗅觉，迅速发现猎物踪迹，并向人类发出警告，继而与人类合作，追逐、捕获或杀死猎物。所以，我们在很多古代遗迹中发现的狗，多有勇猛威风的身姿，它们体现出比狼更厉害的捕猎技巧。这在过去很多遗存的壁画浮雕中，都留下了生动的画面。

也许正因如此，在至今还遗存的一些表现印第安人生活的绘画中，跟随人狩猎的狗，与狼并无二致。这至少也反映了人类对狗的一种期待，希望自己的狗在对付其他野性动物的过程中，具有狼一样的神勇与力量。在古希腊同样如此。据记载，在古希腊原始宗教中，也有祭奠狗神的习俗，在一些圣殿内还专门设有养犬场，挂有狗的颂词，其中留存的《悼爱犬》就是如此赞颂狗的勇猛剽悍的：

> 你白骨虽在坟茔中腐烂，
> 女猎手吕斯卡！群兽犹在发抖。
> 巍峨珀岭，俄萨群山，塔索戎孤峰，
> 都是你勇猛剽悍的见证。①

诗中的吕斯卡到底是怎样一条狗，属于谁，我们已经无从考证了，但是从诗中的赞美之词来看，狩猎在当时的古希腊生活中占据着重要地位，由此狗的勇猛善斗也成了传奇的品性。可见，人类老早就与狗建立了亲密关系，

---

① 《古希腊抒情诗选》，水建馥译，人民文学出版社，1998年，第181页。

这是人类早期对狗的期待与需要，这与其特殊的生存状态紧密相连。不难理解，狗最初进入人类社会，就是作为人类的帮手出现的，人类最看重的也是狗的勇敢和智慧，能够在狩猎过程中发挥切实的战斗作用。在人类漫长的狩猎畜牧时代，狗一直是猎取其他食肉动物，看守人类家园的卫士，我们看到的关于狗的故事与传说，也多是反映狗在这方面的英雄事迹。

所以，人类之所以赞美狗，绝不是偶然的。从某种意义上来说，这体现了人类的一种共同选择。狗虽然同属禽兽之列，但是它们在配合和帮助人类狩猎、获取人类需要的生活资源的过程中，所表现出来的神勇，实在令人感到惊奇，而它们的不畏强敌，不怕牺牲，在人类记忆中更是留下了深刻印象。

也许正是由于这一点，在人类的"寻根"意象中，总是离不开狗的身影。美国作家亚历克斯·哈利（Alexander Murray Palmer Haley, 1921—1992）在他的名著《根》中，着力描写了主人公康达与一条乌偻狗之间的亲密关系：

> 甚至有时候康达和玩伴会与忠实的乌偻狗嬉闹——曼丁喀族饲养此种狗已有好几百年，因为它们是全非洲血统最优良的猎狗和守卫狗之一。若没有它们的咆哮，没有人会在漆黑的夜里去救将遭土狼杀害的羊只。可是当康达和玩伴在玩猎人游戏时，土狼不是他们猎取的对象。当他们爬行在晒干的高耸草丛间时，他们想象要下手的对象是犀牛、大象、豹和力大无比的狮子。

也许人类最初的忠诚概念，就是在狗与其他野性动物的比较中产生的。无疑，这种人与狗之间的亲密关系，首先来源于狗的忠诚以及人类对这种忠诚的需要。在激烈的生存竞争中，狗一直是人类利益最坚定和无私的守护者，甚至有时候不惜用自己的生命来捍卫主人的领地，完成主人的意图。这在《根》中，也有生动的描述：

> 突然整个寂静的原野为乌偻狗狂烈的吠叫和一只羊刺耳恐惧的惨叫所划破。

大家急忙纵身跳起，看到高草区的边缘，一只巨大的豹子正把口中叼着的羊只放下，转身攻击两只乌偻狗。这些男孩仍站在原处，吓得无法动弹。当其中一只狗被豹子锐利的爪子横扫到一旁时，另外一只狗则来回疯狂地跳。豹子准备作纵身一跃，它那可怕的吼声吓得羊群四处狂奔。

此时男孩们才散开来，又跑又叫。大部分人都跑去追羊只，可是康达却奔向那只倒在地上的羊，那是父亲的羊。"停住，康达！不要去！"西塔法大声尖叫，阻止康达跑进乌偻狗和豹子中间。他来不及抓住康达。但当豹子看到两位狂喊的男孩冲向它，便退后了几尺，然后转身逃回森林里，那些发怒的乌偻狗则紧迫其后。

豹子身上发出的臭味和解体的母羊的气味让康达觉得很恶心——黑色的血水沿着已扭曲的脖子流下来，舌头垂伸，眼珠上翻，最可怕的是——肚皮已被撕裂。康达可以看到里面未出生的小羊仍缓缓地在喘息。旁边站着一只乌偻狗，痛苦地哼着，试着走向康达。康达当场呕吐了出来，脸色苍白，他转身看着西塔法忧伤的神情。

据说非洲是人类最早起源的地方，其中狗的命运自然也更受到人们的关注。可以说，狗的出现为人类文明的发展提供了最早的文化逻辑与源头。而人与狗的关系及其变化，也成为我们回望人类早期生活的一面镜子，为我们了解人类的早期文明状况提供了生动的原始资料。

在这种情况下，人与狗的互动促进着文明的进程，而人类更是以主动的姿态加入到了这种互动过程中。由于生存发展的需要，或者说受到内在欲望的驱动，人们自然而然地把能够在神话中才有的猛犬，当作自己的梦想。于是，人类为了得到自己满意的狗，就以各种方法进入了对狗的塑造过程中，其中包括通过杂交方式，获得优秀的狗种，使狗更加符合人类的需要。

可以说，这是人类创造人化自然的开始，时间绝不晚于人类开始制造工具，而狗则成为人类打磨出来的"第一种产品"，其一半是自然的天赋，另一半则是人类的塑造。在这个过程中，狗跟随着人类一道，朝着人化、文明化的方向越走越远。

例如，著名的爱尔兰猎狼犬，就是经过杂交改良产生的优良狗种，如今已经成为欧洲文明记忆中一项傲人的成果。这种狗因其高大灵敏，善于捕狩狼、麋鹿、野猪等动物，为欧洲大陆的开发立下了不朽功绩。据说，公元391年第一只爱尔兰猎狼犬被带到罗马的时候，整个罗马城都震惊了，母狼故乡的人爱狗的热情也显得格外狂热，完全被它那英武的身姿征服了。此后，爱尔兰猎狼犬在欧洲大陆的身价日增，受到人们的广泛喜爱。随着文明的进步，狩猎不再是人类重要的生产方式，但是在欧洲却一直保存着与狗同猎的习俗，以重温、保持与培育那种与狗配合默契的勇气和精神，也为这种猎犬在各个狩猎场所出尽风头提供了机会。后来，这种猎犬也曾被誉为爱尔兰的国犬，一时成为欧洲大陆狩猎者的最爱，一直是爱好狩猎的皇家贵族人士之间的贵重赠品，很多王公大臣不惜一掷千金都要得到一只这样的猎犬。这种情形曾一度导致走私严重，使爱尔兰境内的猎犬大量流失，迫使当时奥丽夫克仑维尔王不得不颁发禁令，以保护这种名贵的资源。

可惜，如今爱尔兰猎狼犬的命运已经今非昔比。工业化革命之后，欧洲人一度失去了对狩猎的兴趣，人们对狩猎的狗也不再那么讲究，使得善于捕猎的爱尔兰猎狼犬再也得不到往日的精心呵护，竟然连维持自己纯种的状态也难以为继。特别是在连年盛行的猎狼运动下，随着18世纪苏格兰最后一只狼被杀死以及爱尔兰的野狼被剿灭殆尽，人类在欧洲的人狼大战中终于大获全胜，致使因捕狩野狼而出名的爱尔兰猎狼犬也失去了大显身手的用武之地，它们自然就会受到人们的冷遇甚至是抛弃。到了19世纪，这种名犬竟到了濒临灭绝、一犬难求的境地。据说，我们今天看到的爱尔兰猎狼犬已经不再是当年的纯种犬了，但如今我们能看到爱尔兰猎狼犬，还多亏一位深爱此种猎狼犬的英国陆军军官乔治格拉罕的努力。如今常见的爱尔兰猎狼犬，已经是一种经过与苏格兰猎鹿犬杂交改良后产生的猎犬了。

显然，人与狗的互动，为人类文明进程提供了多种演示的舞台。即便人类远离了狩猎时代，狗在守护人类家园的过程中所表现出的忠诚和勇敢，也使人类在很长一段历史时期内不得不心怀感激，况且人类依然通过狗来获取极大的生活乐趣。在这个过程中，人改变了狗，狗同时也改变了人的生活。比如，在欧洲，狗很早就进入了上流社会的圈子，成了公众交际与娱乐生活中不可或缺的因素。王室贵族拥有充足的养狗财力，以成群结队的狗来炫耀自己的权势，而名贵出色的狗，更是主人家地位和品位的标志，经常举行的集体狩猎活动以及与狗有关的比赛，也是显示家族荣耀的机会，得胜者以狗为荣，在社交圈子里出尽风头，而落败者就不得不吞下苦果，忍受其他人的奚落。在这种情况下，一个男人与一条什么样的狗搭档，不仅成为一种生活能力与质量等级的划分，久而久之，甚至成为一种时尚的标识。尤其在中世纪的欧洲，王室贵族热衷于狩猎，使人与狗的搭配成为一种身份的标识。

在这种情况下，狗直接影响着人类对自身的认识。例如罗马的格林塔斯（Grattius）在其《狩猎》（Cynegetica）一书中就认为，一个国家的人种与这个地区的狗种有着密切联系，而通过杂交不但能够获得更好的犬，同时也能提高人的素质。这位作者还如此建议："与阿布赖恩公犬杂交的高卢犬后代会更加聪明；与海约肯公犬杂交的吉卢恩犬后代将继承其进攻性强的优点；而凯林道安犬因混有摩卢斯犬的血统，将克服不爱吠的缺点。"

我们无法得知这位罗马人的建议到底如何影响了欧洲人素质的发展变化，但是从有关的史料记载可以得知，欧洲人不仅视狗为人类不可或缺的朋友，而且一直认为狗具有一种传达神谕的能力，可以直接作用于人性的成长——这一理念至今还保留在他们的生活中。所以，在罗马帝国灭亡之后，狗在欧洲社会中的地位并没有丝毫的降低，很多国家都立法保护这种家养的动物，甚至有一些国家的君主也参与了犬研究的有关工作。例如，14世纪的西班牙国王阿芳索（Alfonso XI, King of Castile and Leon）就用西班牙文写成了《蒙特里亚的自由》（Libro de la Monteria），此书如今已经成了爱狗者的经典藏书。一般人们还相信，15世纪由约克公爵爱德华（Edward, Duke of York）所写的《王者的游戏》（The Master of Game），则是第一本用英文写成的与犬有关的著作。从这本书可以看出，狩猎是那个时代王室贵族，特别是青年人的一项重要的社会活动，人们由此锻炼自己的勇气，提高自己处置和应对紧急状态的能力。也就是说，这不仅是一种重要的社交活动，其实也是一种学习和训练。

而事后在城堡里举行的盛大酒会，同样也是炫耀各自成就与能力的场合。

特别值得一提的是，在 10 世纪之后，首先在英国兴起，继而在整个欧洲展开了一场声势浩大的猎狼运动，也由此更大程度地加深了人与狗的关系。在人类文化变迁中留下了深刻痕迹。我们甚至很难想象人和狗是如何忘乎一切地投入这场人狼大战之中的，几乎整个欧洲都响彻着猎狼的声浪，人的呼啸声、马蹄声以及狗的吠叫声，不时从村舍原野卷过，掀起一次又一次的高潮，直到欧洲的乡村原野上再也不见狼的踪影。

即便如此，一直到 19 世纪，俄罗斯依然存在着猎狼的遗风。这时候欧洲的狼已差不多销声匿迹，但是在广阔的俄罗斯原野上还有奔跑的狼群，吸引着勇敢的猎手们带着他们的狗去一显身手。托尔斯泰在《战争与和平》中就描述了这种情景，从中可以看出当年猎狼的阵势与规模。我们不妨摘录一些进行欣赏：

……这一天，九月十五号，老伯爵快活起来，也想亲自去狩猎。

过了一个钟头，所有参加狩猎的人都来到台阶的近旁。尼古拉露出严肃认真的样子，表示现在哪有闲工夫去料理琐碎的事，娜塔莎与彼佳正在和他讲话，他却顾不得这么许多，便从他们身边走过去了。他把参加狩猎的各个小组察看了一遍，先行派出一群猎犬和猎人前去围猎，他就骑着一匹枣红色的顿河种马，对他自己的一群猎犬打着唿哨，经过打谷场，向通往奥特拉德诺耶禁伐区的田野出发了。……

猎犬共计五十四头，由六名猎犬训练管理人、看管猎犬的猎人带领。除开主人之外，有八名灵狸看管人，由他们带领四十多头灵狸，这些灵狸连同主人的几群猎犬，约计有一百三十头猎犬，二十名骑马的猎人，都朝着田野的方向出发。

每只猎犬都认识主人，知道自己的名字。每个猎人都知道自己应做的事情、围猎的地点和他所承担的任务。大伙儿刚刚走出菜园子，就停止说话，寂然无声，有条不紊地、从容不迫地沿着通往奥特拉德诺耶森林的大道和田野拉长距离，散开了。

马群就像在毛皮地毯上行走那样，沿着田野前进，当它们走过大路时，偶尔踩进了水洼，发出啪嗒啪嗒的响声。雾霭弥漫的天空，仍旧不知不觉地、不疾不徐地向地面拉下来；天空中一片沉寂，而且和暖，无声无息。有时可以听见猎人的嗳哨声，马的响鼻声，或者是离开原地乱走的猎犬刺耳的吠声。

当他们走了一俄里左右的时候，有五个带着猎犬的骑士从那雾霭中出现，他们向罗斯托夫的那帮猎人迎面走来。一位精力充沛、胡髭斑白、五官端正的老人在前面骑行。

"大叔，您好。"当那老人驰近尼古拉时，尼古拉说。

"正当的事情，走吧！……我本来就晓得。"大叔开腔了（这是罗斯托夫的远亲，不富裕的邻人），"我本来就晓得，你忍不住了，你就去打猎，好得很。正当的事情，走吧！（这是大叔爱说的俗话。）你马上占领禁伐区，其实我的吉尔奇克向我禀告了，伊拉金一家带着一帮猎人盘踞在科尔尼克；正当的事情，走吧！他们会从你们鼻子底下端走一窝狼仔的。"

"我也要到那里去，怎么，我们把猎犬合在一起吧？"尼古拉问道，"把猎犬合在一起……"

他们把猎犬合成一大群了，大叔和尼古拉并辔而行。娜塔莎骑马走到他们跟前，她裹着头巾，那张兴奋的脸孔、一对闪闪发亮的眼睛从头巾下面露出来了。彼佳、猎人米哈伊尔、保姆派来照应她的驯马师，都不离寸步地陪伴着她。彼佳不知为什么而笑，为什么鞭打自己的马，不住地拉缰绳。娜塔莎熟练而自信地骑在一匹黑色的阿拉伯马上，用一只可以信赖的手毫不费劲地把马勒住了。

大叔用不赞同的目光望了望彼佳和娜塔莎。他不喜欢把嬉戏和打猎这件严肃认真的事情混为一谈。……

这是打猎前的序曲，可见这是多么隆重，在普通人眼中也是非常正当的一件事。甚至女士，也被允许参加这一兴师动众的活动，一睹人与狗结盟、与狼一较高下的场面。至于在这次狩猎中，人、狗与狼较量的情景，作品中也有出色的表现：

> 伯爵忘了收敛起脸上的微笑，向他前面的副林带远眺，手里拿着鼻烟壶，并没有闻它。紧接着犬吠之后，可以听见丹尼洛用以追狼的低沉的角笛声；另一群猎犬和头三只猎犬走在一起，于是听见猎犬时高时低地吠叫，其中夹杂着别的猎犬的特殊的呼应声，这一声声呼应就可作为追捕豺狼的吠声的标志。猎犬训练管理人已不催促猎犬追捕野兽，而是发出口令，叫猎犬抓住野兽。在这一片呼唤声中，尤以丹尼洛时而低沉、时而刺耳的呼声清晰可闻。丹尼洛的声音仿佛充满整个森林，从森林后面传出来，响彻了遥远的田野。
>
> ……
>
> 与此同时，尼古拉·罗斯托夫站在原地伺候野兽。他凭猎犬追捕野兽的吠声的远近，凭他所熟悉的猎犬的吠声，凭猎犬训练管理人的喊声的远、近与声高，他就能够感觉到那座孤林里发生的情况。他知道，在这座孤林里面藏有狼崽（幼小的豺狼）和大狼（老豺狼），他知道猎犬已分成两群，他们都在某个地方用猎犬追捕野兽，而且知道发生了什么不很顺遂的事情。他时时刻刻等候野兽走到自己这边来。他做过几千次不同的推测，认为野兽会怎样跑出来，从哪个方向跑出来，他怎样用猎狗追捕野兽。但是希望代之以绝望。他好几次向上帝祈祷，希望有只豺狼向他走来，他怀着那种强烈而真诚的感情做祷告，正如人们为了小事而极度激动时祷告一样。"唔，你只要，"他对上帝说，"为我办成这件事！我知道你很伟大，请求你做这件事真是罪过；但是看在上帝分上，做一件好事，叫那只大狼钻到我面前来，叫卡拉伊当着向那边观察的'大叔'的面，拼命地咬住大狼的喉咙。"……
>
> "不，这种运气是不会有的，"罗斯托夫这样想，"得付出多少代价！这种运气是不会有的！无论是打牌，抑或是作战，我总是处处倒霉。"奥斯特利茨和多洛霍夫鲜明地而又匆匆地在他想象中交替地闪现。"只希望

在该生能有一回捕获到一头大狼,我再没有更大的欲望了!"他想道,一面注意听,一面注意看,开头向左边,后来又向右边张望,同时倾听追逐野兽的声音的各种细微差别。他又向右边望望,而且望见有一样东西沿着荒漠的田野向他迎面跑来。"不,这不可能!"罗斯托夫想了想,深深地叹气,就像某人在完成他长久期待的事情似的。最大的幸福实现了——而且是那么简单,无声无色、毫无颂扬地实现了。罗斯托夫不相信自己的眼睛,这种疑心延续了一秒多钟。这只狼向前跑着,跑着,吃力地跳过了路上的车辙。这是一只老狼,背部斑白,吃大了的肚子有点发红。它从容不迫地跑着,很明显,它坚信没有人会看见它。罗斯托夫屏息地望望猎犬。它们有的躺着,有的站着,没有看见豺狼,什么也不明白。老卡拉伊转过头来,呲起发黄的牙齿,生气地找它身上的跳蚤,咬它自己的后腿。

"我来呼唤猎犬抓住野兽",罗斯托夫噘着嘴唇,用耳语说。猎犬都抖抖铁链,跳起来,竖起耳朵听。卡拉伊搔搔后腿,站起来,竖起耳朵听,轻轻地摆动一下那垂挂着的像毡子一样的尾巴。

"放?还是不放?"当豺狼离开森林向他面前跑来的时候,尼古拉自言自语地说。忽然狼的脸色全变了,它看见一双大概从未见过的朝它凝视的人的眼睛后,哆嗦了一下,向猎人微微地转过头来,停步了。"向后转或是向前走呢?哎!反正一样,向前走!……"显然它好像自言自语地说了一句,向前冲去,它不再回顾,迈着轻盈、疏阔、不受拘束,但很坚定的步子,跳过来了。

"我来呼唤猎犬抓野兽!"尼古拉怪声喊道,他那匹骏马独自向山下拼命地跑去,越过一个又一个水坑,拦截那只狼,几只猎犬赶过了骏马,更迅速地疾跑。尼古拉既未听见自己的喊声,亦未感觉到他在疾驰,他既未看见猎犬,亦未看见他疾驰而过的地面,他只望见那只狼,它加快跑的速度,不改变方向,沿着凹地迅跑着。头一个在那野兽近旁出现的是叫做米尔卡的黑毛白花、臀部宽大的猎犬,它渐渐接近那只野兽,更加接近了,更加接近了……瞧,它追上野兽了。可是这只狼稍微斜着眼睛看看它，米尔卡并不像平时那样加一把力气，而是忽然翘起尾巴，用两只前脚支撑在地上，站住了。

"抓住那只野兽！"尼古拉喊道。

红毛柳比姆从米尔卡后面跳出来，动作迅速地向狼扑去，咬住它的大腿（后腿），但在这一瞬间，它却惊惶地跳到旁边去。那只狼蹲了下来，牙齿碰得磕磕响，又站起来，向前跑去，所有的猎犬和豺狼相距一俄尺，跟在后面跑。

"它跑掉啦！不，这不可能。"他一面想，一面用嘶哑的嗓音继续喊叫。

"卡拉伊！抓住它！……"他用眼睛寻找那只老公犬时大声喊道，它是他的唯一的希望。卡拉伊豁出了它这只老狗的全身力气，尽可能挺直身子，不住地盯着那只狼，很费力地窜到狼的侧边，截断它的去路。但是豺狼跳得快，猎犬跳得慢，这样看来，卡拉伊是打错了算盘。尼古拉从自己前面不远的地方看见了那座森林，那只狼一跑到那里，就会溜走的。几只猎犬和那个几乎迎面驰来的猎人在前面出现了。还有一线希望。一只来自他群的、尼古拉认不得的长身量的黑褐色的小公犬，从前面飞也似的窜到狼跟前，几乎把它撞翻了。那只狼出乎意料疾速地抬起身子，向黑褐色的公犬扑过去，咬了它一口，牙齿碰得磕磕地响了一下，公犬的肋部给狼撕开了，身上鲜血淋漓，发出尖声的惨叫，倒了下来，将头埋入土里了。

"卡拉尤什卡（卡拉伊的爱称）！我的爷！"尼古拉哭着说。

老公犬的腿上的毛纠结成团了，多亏那只狼已经停步了，老公犬便去拦截它的去路，已经走到离它五步远的地方。狼好像预感到会发生危险，斜着眼睛看看卡拉伊，把尾巴藏在两腿中间，藏得更深了，接着它加快速度跳开了。但在这时候，尼古拉只见卡拉伊采取了行动，——它霎时扑在狼身上，和狼一起倒栽葱似的滚进了它们前面的水坑。

尼古拉看见那几只在水坑中与豺狼搏斗的猎犬，它们的身子下边露出了豺狼原灰毛，它那条伸得笔直的后腿，它抿着两耳，喘不过气来，显现出惶恐的样子（卡拉伊掐着它的喉咙），就在这个时刻，尼古拉看见这一情景的那个时刻，是他一生中的最幸福的时刻。他已经扶着鞍桥，要下马刺杀这只豺狼，忽然野兽从这群猎犬中间探出头来，接着它伸出两只前脚，踩在坑沿上。豺狼的牙齿咯咯地响（卡拉伊没有去掐它的喉咙），它用后脚一蹬，跳出了水坑，夹起尾巴，又复挣脱了猎犬，向前走去。卡拉伊竖起背上的毛，大概是碰伤或是被咬伤，费很大力气才从水坑中爬出来。

"我的天！为了什么？……"尼古拉绝望地喊道。

大叔的猎人从另一边疾驰而来，截断豺狼的去路，他的几只猎犬又把野兽拦住了。又把它包围起来。

尼古拉、他的马夫、大叔和他的猎人围绕野兽打转转，大声呼喊，命令猎犬抓野兽，每当那只豺狼向后蹲下来，他们就准备下马，每当那只豺狼抖擞精神，向那想必能够救它一命的森林走去的时候，他们就立刻向前驰去。

还在追捕野兽开始的时候，丹尼洛就听见纵犬捉住野兽的喊声，他一个箭步跳到林边去了。他看见卡拉伊捉住豺狼，就把马儿勒住，以为猎事已经结束了。但当几个猎人还没有下马，那只豺狼抖擞精神，又在逃走的时候，丹尼洛便驱使他的栗色大马，不是向豺狼，而是径直地向森林驰去，正如卡拉伊那样，截断野兽的去路。多亏这个方向对头，所以，当大叔的几只猎犬第二次拦住野兽的时候，他才骑着马儿驰到那只狼面前。

丹尼洛默不作声地疾驰，左手中持着一柄拔出的短剑，像用连枷打谷似的用那条短柄长鞭抽打着栗色大马的收缩进去的两肋。

一直到栗色大马在尼古拉身旁费力地喘气的时候，他才看见和听见丹尼洛，还听见身体倒下去的响声并且看见丹尼洛在猎犬中间趴在狼的屁股上，竭尽全力地揪狼的耳朵。很明显，无论对猎犬来说，对猎人来说，抑或对豺狼来说，现在一切都宣告结束。野兽惊恐地抿着耳朵，想方设法站起来，但是猎犬把它团团围住了。丹尼洛欠一欠身子，向前走一步，仿佛躺下来休息似的，他把整个沉重的身躯压在狼身上，同时用手一把抓住它的耳朵。尼古拉想刺杀它，但是丹尼洛用耳语说："用不着，我们把它捆住吧。"他改变姿势，用只脚踩在狼颈上。他们把一根棍子塞在狼嘴里，把它捆住，仿佛给它加上了皮带般的勒口，之后便缚住它的两条腿，丹尼洛约莫两次拽着它滚过来，滚过去。

他们流露着幸运而疲惫的脸色，把那只被活捉的大狼放到喷着响鼻、使人吃惊的马背上，许多只对它汪汪叫的猎犬伴随着它，把它运送到大家约定集合的地方。猎犬捉住两只小狼，灵狸捉住三只小狼。猎人们带着他们自己的猎物和故事聚集在一起，他们都走过去观看那只大狼，它低垂着它那前额宽大的脑袋，嘴里叼着一根棍子，用一对玻璃似的大眼睛注视着这群把它围住的猎犬和人。在众人碰碰它时，它那被捆着的两腿不住地颤抖，它惊恐而且随便地瞧着众人。伯爵伊利亚·安德烈伊奇也骑马走来，碰碰这只狼。

"哦！多么大的狼啊，"他说道，"大狼啊，是吗?"他问站在他身旁的丹尼洛。

"大人，这是一只大狼。"丹尼洛连忙脱下帽子，回答。

这是一次成功的狩猎活动，更是一段精彩的经典文学篇章，不仅把我们带入了具体生动的历史情景之中，眼前浮现出一幅活灵活现的猎狼场景，而且使我们感受到了这项活动对当时人们文化心理的深刻影响。此时青年贵族军官罗斯托夫在猎狼时的心理状况，会使我们想起他在俄法战争中的表现。当他心里默念着"看在上帝分上，叫那只大狼钻到我面前来，叫卡拉伊拼命地咬住大狼的喉咙"的时候，我们能够感受到他内心涌动着的建功立业的强烈欲望和战斗激情。

七、为了羊：关于狗与狼之间的恩怨情仇

当然，人类近似疯狂的猎狼运动终于过去了，但是它在人类文化心理中留下了深刻印记，继续影响着人类历史文化进程。它不仅在一定程度上改变了自然——使狼及其他多种野生动物到达濒临灭绝的境地，而且在人类文化心理中也掀起了新的波澜，引起了持久的文化反思。

不过，就历史的角度来说，人类猎狼具有不容置疑的合理性与合法性——这就是人类对自然资源必要的占据与占有，因为狼一直是人类最明显的竞争者，这是人类生存发展的需要。当人类逐渐告别了狩猎时代，进入畜牧时代后，食物来源不再只依赖于狩猎的野生动物，还通过驯养家畜。这时候，人们不得不占据一些地方，把一些动物圈养起来，作为自己的私有财产。而这时候的狼，却依然我行我素，并不承认，或者没有意识到这些圈养的动物，已经不再是可以共享的猎物，而是人类不可侵犯的私有财产，狼竟然还经常继续光顾人已经宣布为私有的领地，叼走那些人类已经据为己有的动物。

也正是由于这种对自然资源的争夺，引发了这场真正的人与狼之间的战争。尽管这种归属的认定是人类单方面做出的，并没有事先考虑到狼的生存需要，狼绝对是受害者，但是狼不可能有任何申辩的余地——所谓"绝望的狼嗥"正是由此产生的。也正是这场战争，人类把狗推向了一个不可或缺的历史地位，狗成了人类生活中一个至关重要的角色。

可见，猎狼运动最早是一场争夺资源的战争，起先并不涉及什么高尚进步的道理，也不关乎文明的原则和规范——这些都是人类为了自己的"至尊"地位和不义之举创造的口实。而当人类心平气静的时候，就会反思，思量这对狼到底公平不公平，是否有悖于自己一向倡导的厚道、平等、将心比心的原则，尤其是当地球上已经"无狼可猎"的时候，一些动物灭绝的阴影已经开始笼罩在人类自己头上，人类就再也不能固执己见，维持自己道貌岸然、"总是有理"的形象。

很明显，在人类固执的成见背后，往往就是理性的空虚，即便人类有很多猎狼的理由，但是也无法掩盖自己"自私自利"的出发点。因此，当人类需要为自己的举动制造冠冕堂皇的理由时，这种反思也就开始了。例如，我们很早就在拉·封丹的一首寓言诗《狼与牧人》（*Le Loup et les bergers*）中听到了另外一种声音：

一只满怀仁慈的狼，

（如果世界上真有这回事的话）

一天，对于它自己的残忍，

虽然只由于需要而去施行，

做了深度的反省。

它说："我为谁所恨呢？为每一个人所恨，狼是大家共同的敌人：

狗，猎人和村民集合起来想致狼于死地。

邱比德高高在上厌烦它的哀叫声；

因为这样，狼在英国绝迹，人们拿着我们的头去领奖。①

那时针对我们，

公布这样一个悬赏的诏书；

母亲以狼来恐吓哭叫的小孩。

这一切都是为了我们吃掉那些患癣的驴，

---

① 这里指的是 10 世纪英国国王曾下令全国灭狼，有捕捉 300 只狼以上者给予奖金。

生病的绵羊，几只好斗的狗，

好吧！我们不再吃那些有生命的东西；

让我们吃草，我们宁可饿死。

这是如此残酷的是吗？最好

别再引起普遍的仇恨。"

说完这些话，它看到牧人

正在吃一串烤的羔羊肉。

它说："啊，我谴责这种血液的人，羔羊的保护者

正吃着羔羊；

而我们狼族就得细心谨慎地不去吃它们吗？

不！这连神都不会允许。我太荒唐了。

看小羊的狄保特走过去没给我一块肉，①

不仅是他，还有哺乳他的母亲，

和生养他的父亲。"

这狼很有道理。它是说看见我们

用全部的捕猎物来庆典时

吃着大鱼大肉。当然我们能够这样，

但是它们岂该减少唾手可得的食物？

它们岂有铁钩和锅子？

牧人，牧人！狼没有错，

当它不是最强壮时，难道你要它隐居生活吗？

　　可以说，这是人类文明史的另外一种叙述方式，出于狼的纬度和口吻。在这首寓言诗中，狼出于自己生命的生存需要，为自己进行了辩护，并且揭露了人类"说一套，做一套"、只顾自己大吃大喝不顾其他动物死活的自私逻辑。这首诗直接面对刚刚兴起的猎狼运动，显得格外引人注目。我们可以设

---

①　狄保特（Thibaut），是 15 世纪流行的一部滑稽戏 *La Force de Pathelin* 中的一个牧羊人的名字。

想，这种替狼抱怨的态度在当时肯定是一种时代中不和谐的声音，直接冲击着占统治地位的人的意识形态观念。

显然，这是人给予狼的一次申冤的机会，同时也是人对自己思想行为的一次反省。狼原本是无辜的，因为草场与原野原本是共有的，这些是人类与狼分享的家园，但是现在却成了人类独享，并禁止狼进入的地方，这当然是不公平的。其实，人类不论是过去，还是现在一直都是猎羊、吃羊的魁首，只不过在狩猎时代，人虽然也与狼争食，但却不能宣告狼有罪，而现在不仅把"吃羊"作为一种罪过，而且让狼独自承担罪名，自己却坐收其利。就此来说，狼的抱怨无疑是"有理"的，无非是想说明狼的行径并不残忍和卑鄙，只不过是为了自己的生存。而与人的行为相比，狼似乎还有仁慈的一面，因为它们对食物的要求并不像人类那样贪婪无度。当然，站在人类这一边的狗，更不见得比狼高尚、高贵，也不过是为了获得一口食物而已。

显然，说到人与狗的亲密关系，就不得不涉及在人类生活中几乎与狗同时是不可或缺的动物——羊。因为羊不仅是人类最早驯养的动物，而且一开始就成为人类与其他动物争夺的生存资源，而狗的意义正是在这种生存竞争中显示出来的——它们一直是人类羊群的忠实守护者。

从这个角度来说，人类爱狗绝不仅仅是因为狗之恋主，而是在于狗与早期人类生活状态的密切联系——确切地说，在于狗能够帮助人类获取猎物，看守家园。于是，讲到狗必然会涉及羊，它们与人类的文明史已经不可分离。人与狼的密切关系及其变化，始终与狗和羊的关系紧密相连，它们几乎同时被卷入了人类的文明史中，并包含着各自不同的独特的人文内涵，成为人类精神意识中的重要意象和符号。在世界很多地方留存的文化遗迹中，我们都可以发现羊的图像，原始人类用朴素的方式——岩画或雕饰——表达了对羊的敬意。

狗在人类文明史上的意义，不仅与羊有关，而且与自己的祖先狼紧密相连。狗为了维护人类，不惜得罪自己的祖先，与自己的野性同类作战，为人类立下汗马功劳。这就构成了人类文明史上最有意思的"三角关系"，彼此冲突又彼此影响，一路打打闹闹，一起从原始洞穴向现代社会走来。

狼的厄运是从人类企图独占羊的时候开始的。这无疑与人类早期生存状态相关。羊作为容易猎取，且数目繁多的动物，为早期的人类提供了食物。也许正因如此，人类不仅对羊怀着一种感恩的心情，而且理所当然地把羊作为最珍贵的礼物，奉献给神灵。这种在祭祀中以羊为祭品的习俗，至少在人类的上古时期，就已经形成。至今在巴黎卢浮宫，还保存着公元前8世纪亚述时代的浮雕《礼拜者》，一位虔诚的王者手持一只山羊，正准备把它奉献给神灵。这只健硕、优美的山羊，特别是那弯曲有致的羊角，能够给予我们很多想象。除了古人对这种生灵有特殊的崇拜之情外，这种生灵以酒神的身影活跃在后来的西方文化中。而作为祭品的进一步升华，羊成了很多神圣礼器上的主角，专门用来取悦神灵。这一现象打破了东西方世界文化的界限，羊在世界各民族原始宗教习俗中几乎是相通的，说明羊是地球上各族人民共同的朋友，人类在自我精神发展中有共通的因素。

正如历史学家为我们所描绘的那样，人类对羊的热爱、依恋及艺术表现，与人类原始狩猎及游牧生活紧密相关。在相当长的历史时期里，人类和动物共同分享着自然世界，甚至不得不依赖动物获得生存与发展。在原始生活中，动物不仅与神灵相连，而且和人类一样具有人性，明白人的意念，可以作为人的使者与神灵交接，向神灵传达人的信息。所以，与人类生活密切相关的羊，既然是奉献于神灵的动物，自然也就有了与神灵交接、交通的机会，从而也就具有了一定的神性，可以享受到人类的敬意。例如，在西方神话传说中，一直流传着魔笛的故事，主持者就是一只山羊，它可以把各种动物带到人们身边；而在埃及神话中，羊神经常陪伴在神圣的法老身边，显示着它高贵的地位。

不过，尽管人与羊的关系很紧密，但却不可能独自享有和占有羊。而狼就是人类天然的竞争者，由此便形成了人与狼的一种特殊关系。一方面，在食物资源比较富足的情况下，或者在人类尚需要与其他动物合作才能顺利捕获羊的情况下，狼是人的朋友；而另一方面，当食物资源相对短缺，尤其是人类不再需要狼与自己合作的情况下，狼就成了人的敌人。在后一种情况下，人类如果不愿意与狼共享资源，还通过驯养把羊变为己有的话，那么，人与狼的矛盾自然就被激化了。于是，在人类早期的神话传说中，开始出现了狼与羊对立的局面。

正是在这种情况下，狗的出现更加凸显了其独特的意味。由此，狗与狼在人类文明的天平上，正好形成了正负两极，而狗成为人类的朋友，狼成为文明的大敌，自然也就不难理解了。就这一点来说，人类怎样赞美狗、如何恶魔化狼都不过分。

显然，人类赞美羊的理由也是明显的，因为羊如此不加反抗地为人类所享用，所以才成了人类共同的善恶伦理之树的原型根底。也就是说，羊在获得某种善良符号的过程中，不得不付出代价，经常作为祭品或牺牲者奉献在神灵面前。这一点在中西文化中都是毋庸置疑的。

在西方文化中，最典型的例子莫过于《旧约·创始纪》中亚伯拉罕杀子的故事：

> 亚伯拉罕晚年得子，自然十分钟爱他的儿子，而上帝为了考验他的虔诚，要求他把自己的儿子作为祭品。虔诚的亚伯拉罕并不迟疑，也不询问原因，而是严格按照神的旨意，把儿子带到了山上，准备杀子奉献给神。但是，当他举刀要杀死自己儿子的时候，神的使者阻止了他，并用一只公羊代替了他的儿子。

由此，羊成为人类善良观念的牺牲品，早在几千多年前就成了定局，而基督教文化则更加把它固定化和神圣化了。显然，上帝是仁慈的，他不会把自己虔诚的信徒推向死境。但是，为什么要用一只羊来代替呢？这是不是意味着羊就应该被杀死呢？这当然是不仁慈的。因为上帝热爱一切生命，除非羊是自愿的，羊命中注定就是一种神圣的、完全意义上的祭品。

在中国文化中也有相类似的传统观念。例如，中国汉文化中"羊有三德"的观念，就充分体现了汉民族的性格与道德价值观念，值得我们认真体会和回味。

所谓"羊有三德"，早在《春秋繁露》中，就有明确记载。一是"羊有角而不任，设备而不用，类好仁者"。也就是说，羊的性格就是善良和顺从，温良恭俭让，不是头上长角，到处生事。这也是儒家"仁"的主要特征。二是"执之不鸣，杀之不谛，类死义者"。这也就是说，要甘于奉献，无怨无悔，为了正义、事业和国家（实际上最终是为了人的享受）万死不辞。这也是"义"和"勇"的含义。三是"羔食于其母，必跪而受之，类知礼者"，这是从羊羔吃奶的姿势中引发出来的，羊羔吃奶时前面两条腿是跪着的，非常感人。由此古人认为羊象征着"孝"，这也是古代"礼"的核心。

所以"羊有三德"之说实际上表现了中国传统的做人准则和理想，古人特别讲究人的奉献、善良、谦让、孝顺和温和，不喜欢"刺头儿"和过激的行动与言辞。当然，实行如此"三德"，做"小绵羊"，是有特定语境和前提的，这就是古代家国同一的人伦关系。到了现代恐怕得重新思考一番。

说到"羊有三德"，最令人感动的恐怕是羊在祭祀上的表现。古人在这方面也特别讲究。据《周礼》记载，古人为此设置了专门的官人与礼数，夏官有"羊人，下士二人、史一人、贾二人、徒八人，掌羊牲，凡祭祀，饰羔，祭祀，割羊牲，登其首；凡祈珥，共其羊牲，宾客，共其法羊"。

羊在祭祀中的表现直接触动了古人的心灵，开启了人性的善良之门，羊还用生命的奉献昭示了中国文化中的"仁""义"与"礼"的意味。可见，羊虽是一种普通动物，但是经过人类文化的演绎，讲述了一个有关人性和美的悲悯、奉献与善良的历史故事，它悠长而又凄美，充满哀伤和期盼，充分表现了人之为人的感动与感伤。从历史上看，中国人"羊大为美"的观念就与古人祭祀仪式直接相关。羊作为一种奉献给神灵的祭品，自然越肥大越好，因为如此才能表达人类对至高无上神灵的崇敬和向往。至于羊会不会由此感到幸福和美，那就另当别论了。所以，《埤雅》对"羊大为美"有如此评说："羊大则充实而美，美成矣，则羊有死之道焉。《老子》曰'天下皆知美之为美，斯恶已'。"

可见，羊之美德的核心在于奉献，这在中西方文化中，有着相同的命运。这在某种程度上体现了人类善恶观念发生的一致性。所以，如果说人类德行之原义就是一种祭品和奉献，体现了人类对神性的祈求和向往，指向了天空、神灵和永恒，那么，作为一种柔弱、牺牲和痛苦的体验，就不得不表现出人类一种悲鸣、感伤、内疚与忏悔的复杂情绪，令人不得不为之所动：人为了体验美，体验与神灵交通和共在的感觉，不得不面对，甚至实施另一种牺牲，体验另一种生灵的死亡。这也就是羊赋予人类的一种柔弱、温良和悲悯的品质。

原来，所谓人类道德之所以发生，竟是一种如此让人感怀和感伤的东西，因为从它一开始发生，就意味着牺牲与奉献，意味着一种恻隐与同情之心，意味着某种复杂的人性、自然与神灵的冲突与沟通。因为这说明人追求德行就是要付出，人不仅要承受人性、人情、人生中的痛苦，把自己最宝贵的东西奉献给神灵与理想，有时甚至需要付出生命。在这里，羊是德行的化身和传递者，它包容、承受和体验着悲伤、痛苦和对命运的忍从。

而狼却恰恰相反。狼是人类利益的竞争者，所以人类在确立羊作为善良文明的象征的过程中，自然而然地就把狼描述到一种绝对丑恶、完全不可救药的地步。这也反映了人类一贯的思维方式，那就是树立"对立面"，用"敌人"来反衬自己喜欢、对自己有用的对象。

可见，上帝是站在人类这一边的。中国古代有言"道不远人"，西方基督教的产生也是贴近人类需要的。显然，这是由羊的牺牲换来的，也就是说，羊不仅替代了人的牺牲，而且保全了人类对神的信仰和虔诚。这是人类永远应该感谢羊的。由此，中西之"善"的观念有了以羊为本的同源意味。在中国，据许慎在《说文解字》中所说："美，甘也。从羊从大，羊在六畜主给膳也。"美与善同义。"善"和"美"首先都以美味食物为基础，这至少体现了"民以食为天"的原则。羊正是因能够为人类提供美食而受到青睐，而人类能够把自己钟爱的东西奉献给上帝，也多少体现了人类的虔诚和信仰。

所以，在《狼和小羊》等很多民间故事中，与好战的狼相对应的，无疑就是善良、柔弱、令人同情的羊了。人类在把狼恶魔化的同时，把羊人性化了，道德化了，羊成了文明与善的象征。尽管从潜意识层面来分析，人类同情小羊，站在小羊的一边，目的并不是维护小羊的生命，而是为了自己的利益，但是羊作为善良的表达，却掩盖了人类贪婪的、自私的本质，美化了人类，为人类的自私创造了冠冕堂皇的理由。

狗自然也加入了这场文明的辩解中，因为狗一直是人类羊群的守护者。可以说，人与狼的对立，多半是为了羊，人类为了证明自己独自享用羊的合理性和合法性，把狗也拉了进来，人作为狼的对立面进入了寓言故事。例如，《狼与绵羊》（*Les Loups et les brebis*）就是一例：

> 经过一千多年的公然挑战，
> 狼想和绵羊和解了。
> 看来，和解对双方都有好处，
> 因为狼吃掉了很多迷途的羔羊，
> 牧羊人也以狼皮做了不少衣服。
> 它们不曾自由，也没有牧草，
> 更没有供残杀的一方，
> 因为双方都在恐怖之中。
> 因此，双方同意缔结和平并提出保证，
> 狼以小狼为质；绵羊以狗为质，
> 以和平的规则交换，
> 由委员们监督。
> 过了一段时间，小狼群
> 变成了嗜杀的狼群，
> 它们利用牧羊人不在的时间，
> 掐死了半数肥胖的小羊，用利齿衔走它们，拖入林中。
> 它们暗地里通知自己的伙伴来共同享受。
> 信任条约的狗，酣然入睡，
> 在睡梦中被掐死。
> 狗群毫无察觉；
> 都被撕裂，没有一只幸免。

我们可以从这个故事中得出结论，是坏人使战争持续下去的。和平固然需要，但我却承认：碰到无信不义的敌人，还有什么话可说呢？

这里不仅表现了狼与羊的不同，而且演绎了人类善恶观念的合法性。无疑，从表面上看，这是狼和绵羊之间的战争和纠纷，但是真正的利害关系却在人与狼之间，所以狼和羊有可能和解，但是人与狼却没有和解的余地——即使是狼崇拜的后人在这个问题上也不会妥协。至于狗，在这里是作为"人质"出现的，也就是说，它们实际上是牧羊人的代理，原本就是为牧羊人看护羊群的，但是一旦它们放弃了职责，不仅羊群会被狼群吞噬，就连自己都性命难保。

这也为人类留下了另一种警示：羊一旦远离了羊群和羊圈，脱离了牧羊人的视线，尤其是失去了狗的看护，就有可能给在一旁窥伺已久的狼创造机会，有被吃掉的危险。

另外，值得注意的是，这里出现了一个时间概念——一千多年来的公然挑战。可以想到，这绝不是一个自然的时间概念，而是一个人为的文化概念。人们也许在处理自己与狼的关系，并确定一种文化共识的过程中，经历了一千多年的反复认定，才最后定型。这也表明，尽管人们早已经熟悉狼的品行，但是把它确认为一种"无信不义的敌人"，仍然需要不断用文化的方式来完成，要用同样的"事实"和"经验"不断提醒和警告人们。

八、天狗星的传说：人与自然之间的"灵媒"

这一切都反映了人类文明的变迁。在这个过程中，人与狗的命运不仅是相连的，而且是互动的，我们可以透过人与狗的关系，看到人与自然之间发生的种种神奇的变化，感受到人类文明的发展与动物世界的发展是息息相通的。

由于狗在人类生存竞争中功不可没，人类从来没有忽视过狗的作用，一直不停地为它们树碑立传。对此，羊或许会有所抱怨，但是人类早就想好了如何安抚羊的心情，老早就有了一番解释。古希腊最智慧的人苏格拉底就讲过这样一段话：

如果野兽可以说话的话，羊就会这样对自己的主人说："太奇怪了，除了我们从土地上得到的，你们什么都没有给我们，但是我们却供给你们皮毛、肉和奶。可是，你们竟然与狗分享自己的食物，它们却从来没有供给你们这些东西。"狗听到此话之后，就说："那当然了，难道不是我看护着你们，防止那些恶狼把你们叼走吗？如果不是我的话，你们恐怕只有生活在被叼走的恐惧之中。"因此，这些羊不得不羡慕这些狗的境况。

无疑，苏格拉底是智慧的，他总是能够为人类的所作所为找到充足的理由，但是最终他却不能解释自己为什么会被人类所杀。同样的逻辑，在这里，他赞美了狗保护羊不被恶狼叼走的功绩，但是却不能说明狗为什么对人类吃羊的举动无动于衷——因为对羊来说，被狼吃和被人吃都是一样的，并没有本质的区别。难道一只被人吃掉的羊比一只被狼叼走的羊更光荣吗？

由此可以看出，尽管人类如何赞美羊的奉献，也并不会改变羊"被吃"的命运。相反，正是这种赞美，才把更多的生灵送上了祭坛，送上了都并不心甘情愿的死路。例如，在漫长的中世纪，人们在基督教文明的洗礼中，一直与羊结伴而行，而神权与教会的权威恰恰就依仗于这种"羊"的温顺与奉献，维持着自己至高无上的地位。就这一点来说，狗的命运与羊有相似之处。我们可以想象，这里的狗就是大英雄海克勒斯从地狱带回来的恶犬，它们已经变得相当温顺和忠诚，还担负起了为人类看护羊群的责任。但是，这却并不意味着人类忘记了它们是恶犬的后裔。

于是，我们只能这样为苏格拉底辩护：因为狗始终站在人类的一边，自觉地为人类看护家园。当然，这也是实情，比起其他动物，狗或许是唯一卷入人类文化体系中的动物，并且与人类的理智和情感纠缠在一起，形成了各种难解难分的复杂关系，成为人类文明进程中一种特殊的符号与象征。而这些特殊的符号与象征，就像人类意识本身一样，不仅有相对的确定性，也有变换不断的不确定性，充满着矛盾、变异和冲突的意义与信息。

不仅如此，在很长一段历史时期内，狗不但是人类的朋友和帮手，而且是人与狼，甚至人与大自然之间的"灵媒"。

所谓灵媒，就是一种神奇的，能够传达生命气息的中间体，它能够用一种只能意会不能言传的方式把人带入另一种生命姿态之中。显然，在很长一段历史时期内，狼是人与自然神灵交流的灵媒和中介，它们一方面向人类传达着自然生命的信息和生存技巧，另一方面担负着向宇宙之神传达人类意愿的使者，人类通过它们与自然神祇进行交流和沟通——这也就是在很多神话传说中狼竟然是"文化英雄"，充当神的代言人或英雄的保护人的原因。

但是，随着人类文明的进步，狼神及狼崇拜逐渐退出历史舞台，狗更多地介入和参与到人类的生活，与人类生活发生更密切的联系，狗取代了狼，成了唯一的灵媒，不仅充当了狼（由于它不肯被驯服）在人类生活中的"影子"，而且在某种程度上逐渐取代了狼，人们只能通过狗不断重温和回忆原始自然的野性，唤起内在回归自然的愿望。

这也许得从天狗星说起。也许从原始时代开始，狗就通人性，甚至通灵。所以，人类很早就建了狗神庙，并把狗神列为最重要的星宿之一。这当然传达了一个很重要的信息，即狗在整个宇宙的格局中占据着一个位置，这不仅是很早就被人类所认可的事实，而且还说明人类很早就意识到狗是人与宇宙之间的一个中介。天狼星又叫天狗星，星光白色，离地球只有 8.8 光年，是离太阳系第五近的恒星，在人类目力所及的星空中只有太阳、月亮、金星、木星、火星的亮度超过了它。当天狼星接近地平线时，光线受到空气的扰动，闪烁着多彩的光芒。至于人们为何把这颗最亮的星称为天狗星，并且赋予那么重要的意义，我们至今还无法解释。而另一个令人奇怪的地方在于，在很多民族的文化意识中，作为狗的祖先的狼，却没有在天上永久地得到这个位置，这颗星原先叫"天狼星"，但是很快被"天狗星"所代替了。

这里，我们可以获得某种解释，比如，人类在某一时期特别忌讳"狼"的存在，不愿再把狼当作崇拜的对象。因为狼是狗的祖先不假，但是它毕竟没有被"人化"，依然是野性的动物，而狗虽然是狼的后裔，但是它已经接受了人的驯养，成为人类文明生活的一部分。因此，天上最早的天狼星，自然就变成了天狗星，其模样和意味也发生了很大的转变。

不过，在这种转变中，天狗星依然履行着在宇宙与人类之间进行沟通的职责。据说，在西方，天狗星自古以来就是最有名的星，其名字的来源可以追溯到古埃及，意思是"最热的东西"——或许因为它出现在一年中最热的日子。天狗星不仅是全天最亮的恒星，更重要的是它在生活在尼罗河两岸的古埃及人心目中占据着重要地位，其位置和光亮的隐现，传达着自然变化的重要信息。古埃及人认为，在每年的 7 月 19 日，天狗星与太阳同时在黎明时分升起，就意味着当年尼罗河水势丰沛，土地因此变得肥沃，预示着一个新的丰收年景。因此，这一天也被古埃及人定位为新年的开始，他们开始一系列的祭祀活动，并开始走出家门，修整运河，为丰收做准备。

但是，古埃及人何以认为天狗星有如此的作用，至今仍然是个谜。但是，可以肯定的是，这绝不只是一种迷信，而是古埃及人通过长期生产和生活的积累获得的一种认知。只不过所表达的方式与今天不同而已。后来，罗马人同样把这颗星称为天狗星，并把一年中最热的日子——最长54天，最短30天——称为"Dog Days"，也就是中国人常说的"三伏天"。在这些日子里，天狗星会和太阳一起升起，其光亮日夜辉映，使人们真正感受到盛夏。

这一切给予人们无尽的想象，也导致了很多习俗和禁忌的产生。比如，早在二千年前，欧洲人就认为狗可以传达自然的一些不为人所感觉的神秘信息。比如，罗马的普林尼（Pliny）很早就对狂犬病与天狗星之间的关系进行了研究，他在所著的《大自然的历史》（*Elder's Naturalis Historia*）一书中，就研究了人类、天狗星与地上的狗之间一种神秘的联系，对于天狗星的一些异常表现，他认为这些现象不仅会导致狂犬病的流行，而且也是某一地区将要发生灾难的预兆。这也是人们一直对狗抱有戒心的原因。一些人甚至认为，狂犬症就是一种狼性回归的表现，甚至预示着自然界中某种邪恶的力量。由于狂犬症又多发于炎热的暑期，正是天狗星最亮的时期，因此影响了天狗星的声誉，致使一些地区的人们把对自然灾变的恐惧感，转嫁到了天狗星身上，把天狗星视为灾星。

但是，不管怎么说，狗具有天赋灵性是不可否认的，这种灵性使之具有领会和传达宇宙和天神旨意的能力。

这种意识甚至渗透到了基督教的文化中。例如，尽管基督教对狼毫不留情，视之为恶魔、野蛮的象征，但是对狗却一直网开一面，在神圣的领地也为狗留了一席之地。狗可以出现在神殿里，卧在天神的脚下；也可以徜徉在牧师的讲堂旁，自由自在地歇息。而最有名的莫过于早期基督教中的圣克里斯道夫（Saint Christophe）的形象了，他被描绘成一个犬头人身的圣徒。

天狗星在中国则是另外一种说法。在《山海经》中，就有天狗的意象，而且有多种类型。中国很早就有了天狗吞月的传说，说的是远古神箭手后羿为民除害射落了9个太阳，万民称颂，得到了王母娘娘奖赏的长生不老仙药，但是两颗仙药都被贪心的妻子嫦娥吞下，结果嫦娥带着爱犬黑狗一起上了天。上天的黑狗后来因为招王母娘娘的喜欢，被封为天狗，成了天狗星。但是，由于这位天狗喜欢吞月，时常造成月食，所以每当发生这种情况时，王母娘娘又让地上的百姓敲打铜盆，驱赶天狗。据说这样，就会吓得天狗把月亮吐出来。

当然，这不过是一种民间传说而已。天狗星到底源于何时何处，至今还没有更清楚的说法。但是，中国民间对天狗星的敬畏却一直存在。中国古代有用狗来祭祀的习俗，尽管我们不知道这一习俗的意义与古罗马的有什么不同，但是在为了取悦神灵方面恐怕是一致的。为此，中国周代还专门设有"犬人"职位，专门负责这项礼仪。至于在民间，人们普遍认为狗具有某种预兆吉凶灾异的能力，有时甚至可以狗吐人言，传达上天某种神秘的信息，就像古代盘瓠的传说一样，里面隐藏着一种"天意"，是人类不能违背的 。另外，像狗血可以辟邪驱魔，把它涂在墙上或门上可以驱逐一些不祥之物之类的观念，也在很多地方长期流行。据说就连著名的医学家李时珍也认为狗能够禳辟一切邪魅妖术，具有疗救疾病的功能。

当然，天狗在现代中国更有意想不到的演绎。虽说中国很早就进入了农业文明，再加上中原一直深受边缘游牧民族的侵害，因而在文化心理上较早地形成了一种"仇狼"情结，这在很大程度上也导致了人们对天狗的不敬。况且中国人对月亮太钟爱了，加上月亮上面的嫦娥与小白兔又是那么优美乖巧，与天狗的精神气质根本不同。这就使得天狗吞月的欲望显得更加不得人心。但是，令人惊奇的是，即便有长期的历史积淀，在一些特殊的历史时刻，特别是在文化发生裂变与转变的时候，人们的文化心理也会发生逆转，从一个极端走向另一个极端，甚至会爆发出惊世骇俗的心声，把内心中长期被压抑和遮蔽的一面展示出来，以全新的姿态召唤这一充满叛逆激情的文化原型：

> 我是一条天狗呀！
> 我把月来吞了，我把日来吞了，
> 我把一切的星球来吞了，

我把全宇宙来吞了。

我便是我了！

我是月底光，我是日底光，我是一切星球底光，我是 X 光线底光，

我是全宇宙的 Energy 底总量！

我飞奔，我狂叫，我燃烧。

我如烈火一样地燃烧！

我如大海一样地狂叫！

我如电气一样地飞跑！

我飞跑，我飞跑，我飞跑，

我剥我的皮，我食我的肉，我吸我的血，我啮我的心肝，

我在我神经上飞跑，我在我脊髓上飞跑，我在我脑筋上飞跑。

我便是我呀！我的我要爆了！

——《天狗》

  这是人们熟悉的诗人郭沫若的诗句。他在五四新文学运动的浪尖上感受到天狗的激情，吐露出了被压抑了几千年的，渴望冲破一切传统束缚的创造欲望，由此在那个时代起到了振聋发聩的作用，很多人被这样的诗句震撼了，唤醒了，为之疯狂了；也有很多人至今都难以接受、难以忍受这种疯狂的激情。

  天狗在中国只有片刻的幸运。而再次令人意外的是，这条从中国流传到日本的天狗，却受到了百姓的广泛青睐，直到如今，他们还用各种想象的花环供奉着它，并且不断展示着世人的欣赏——巧合的是，崇拜天狗的诗人郭沫若正好就在日本留学。也许正是在日本，从经过日本文化再造的天狗身上，郭沫若不仅重新感受到了中国古代神话中蕴藏的巨大创造力，而且获得了新的历史时代到来的启示，因此他用自己的精、气、神使它重新复活了。

  由此，天狗再次降落到了中国地面，飞跑着，呼啸着，在充满活力的神

州大地上创造神迹。

这条天狗不仅源于中国,而且血液中还奔流着西方文化的血液——那是狼的血液,这是一条中西文化杂交的天狗。

从这个角度来看,这只天狗不仅表现了那个时代反传统的激昂的战斗精神,反映了中西文化在新的历史条件下的相遇和融合,而且还意味着中国人对自身原始生命力的挖掘与张扬。这种原始生命力,用鲁迅的话来说,就是"野力"——它来自人类生命深处,来自历史深处长期被压抑的创造欲望。

于是,我们不得不谈一谈这"野力"的魅力,即狗拥有的作为人与自然之间"灵媒"的神奇能力。由此,我们发现,狗之所以被人类认为是一种有灵性的动物,就在于它能够传达人所无法领会、企及和知觉的自然信息。这种灵性不仅来自天国,而且来自它们的自然天性,也就是说,狗的本性中还保持着无法根绝的原始基因,使之能够保持与神秘莫测的大自然沟通的能力,随时接受大自然的信息——这就是狼性。这也正是人类所不能达到的境界。人类尽管大脑发达,智力高强,具有理性思维的能力,但是在天赋的感觉能力方面,与很多动物相比都有差距。而随着人类文明的进步,人类通过科学技术手段延伸了自己的感官,弥补了自己很多缺憾,但是在身体本原方面,不但没有得到进一步完善,反而有退化的迹象,人类在感受、接受自然信息方面的功能显得更迟钝了,对于突如其来的自然灾害和潜在的自然危机,也远没有一些动物感觉敏锐,能够及早地做出反应。

狗在这方面,却表现出了出色的通灵天赋——这是从它们的祖先那里继承下来的。由此我们会想起印第安神话传说中的郊狼形象,它们就穿梭于人与自然之间,充当着人与自然之间的"灵媒"。原始人类或许就像对待淘气的孩子一样对待它们。这不仅由于它们体型较小,还由于它们狡猾、淘气、更具人情味,它们时而为人,时而为狗,时而为狼,并且具有各种各样神奇的本领。比如它们为人们带来了火、白昼和太阳,传授了各种有关艺术和制造的知识和技艺,同时也喜欢恃强欺弱,很贪心,很放纵,经常充当一个蠢笨的欺骗者。可以想象,一些郊狼很早就变成了狗,它们在很多情况下帮助人类狩猎,原因并不在于它们具有体力和能力上的优势,而是在于它们头脑灵活，嗅觉灵敏，能够为人类提供准确的信息，帮助人类追寻猎物。

狗就是以自己敏锐的嗅觉和听觉取悦人类的，并且向人类传达了很多重要的信息，比如其他动物的行踪，潜在敌人的来源，甚至自然灾难的预兆等，使人类及早获得了警告，并成功逃避了灾难。相传希腊塞若寇斯圣主格龙就是被自己的狗从睡梦中叫醒，结果幸免不死。

人们甚至相信，在很多方面，狗实际上比人类更聪明，不仅能够洞悉动物的足迹，帮助人们追逐猎物，而且能够洞察人心内部藏匿的秘密，甚至具有预知未来的能力。即便在科技发达的今天，人们似乎依然不忘狗所具有的神奇能力，尤其是与神秘的大自然及其奥秘交流的本领。可以说，如果说狼是狗的野性祖先，那么狗就是狼的人性代理。如果世界上真有巫术中的"灵媒"的话，狗就是人与狼之间的"灵媒"，它们用一种自己特殊的方式沟通着人类与自然、文明和野蛮。

比如，在人类生活中，流传着许多"犬能避害"的故事，通过很多事例反映了狗的通灵能力。传说，明朝初年，无锡的张尚书非常爱狗，家里养了一只爱犬。有一天，他出外探访多年好友，不承想路上一条毒蛇悄然缠在他的左脚上，他竟然毫无知觉，多亏随行的狗及时发现，并将蛇咬成数段，救了主人一命，但是它自己也因为中了蛇毒而丧命。事后张尚书十分感动，用上好的席子裹尸掩埋，并写下一篇《义犬志》。

另一则"犬劝避祸"的事出自干宝的《搜神记》，说的是吴国的诸葛恪征战淮南回来，朝廷大设宴席，彻夜不停，非常热闹，他睡不着，也准备出席夜宴。但是，他穿着得当，正要出门时，却被家里的狗衔着衣角不放，心头一惊，觉得爱犬不愿自己出去，于是就又回了屋。但是，过了一阵，诸葛恪再一次想出门，又遇到了狗的阻拦，这一次诸葛恪有点烦了，就让人把狗赶跑了，去参加宴席，结果一进去就被孙峻杀了。

显然，在这则故事里，还涉及了人，也就是说，狗在感知人类内在心理活动方面，具有比人更敏锐的通灵能力，是人与自身内在的潜意识、无意识之间的灵媒。人们正是通过狗，真切地感受到了自己，看到了自己的内心，触摸到了被重重文化符号遮蔽的原始心态。

也许这就是人们通常所说的"狗通人性"。其实，在很多情况下，我们既不了解自己，也不了解自己同类的真实面目，尤其对内心深处的一些状况，缺乏真切的感知与了解。换句话说，我们经常在心灵表面徘徊，只是与他人进行一些表面的交流和沟通，也很容易被一些表面的现象所迷惑，所以久而久之，也失去了对自己和他人内心知觉的能力。而就在这种情况下，我们身边的狗却比我们敏感得多，它们可以不被表面现象所迷惑，直奔人的内心，为我们提供更多的发自内在心灵的信息。

也许正是由于这种情景，在很多文艺作品中，狗成了人性及其文化心理的象征。这在寓言故事中表现得特别明显，各种各样的狗实际上表现了不同方面的人性，例如：

贼和看家狗

一个宁静的夜晚，一个贼悄悄地溜入一户人家的院子。为了防止狗吠叫喊醒主人和追咬自己，贼特意随身带了几块肉。当他把肉给狗吃的时候，狗说："你若想这样来堵住我的嘴，那就大错特错了。你这样无缘无故、突如其来地送给我肉，一定是别有用心，不怀好意的，肯定是为了你自己的利益，想伤害我的主人。"

这是说忠心的狗不受肉的贿赂，每个人都应忠于职守，抵制诱惑。

牧羊人与狗

有一天，牧羊人把羊群赶进圈时，一条狼跑来，混入羊群中。牧羊人差一点儿把狼与羊关在一起。狗看见了，连忙对他说道："你若想要这群羊，怎能把狼和羊关在一起呢？"

这是说，与恶人同居必将引来灾难和死亡。

睡着的狗与狼

有条狗睡在羊圈前面。狼窥见后，冲上去袭击他，想把他吃掉。狗请求暂时不要吃他，说道："我现在还骨瘦如柴，你再等几天，我的主人要举行婚礼，那时我将吃得饱饱的，定会变得肥肥胖胖的，你再来吃不是更香些吗？"狼听信了狗的话，便放了他。过了几天狼再来时，发现狗已睡到了屋顶上，他便站在下面喊狗，提醒他记住以前的诺言。狗却说："喂，狼呀，你若以后看见我睡在那羊圈前面，用不着再等婚礼了。"

这故事说明，聪明的人一旦脱离险境后，他终生都会防范这种危险。

挂铃的狗

有条狗常常咬人。主人给它挂上了一个铃，让大家防范它。然而，它在市场上摇着铃跑来跑去，洋洋得意。老母狗对它说："你得意什么呢？你挂着铃并不是因为你有美德，而是为了表示你会作恶呀。"

对于狂妄自大的人来说，虚荣的性格显露出他们隐秘的罪恶。

狼与狗

狼对狗说："你们和我们几乎一样，咱们为什么就不能亲如兄弟？我们和你们其他方面毫无差别，可是你们却要屈服于主人，被套上颈圈，保护羊群。尽管你们劳累工作，甘心做奴隶，但仍免不了遭鞭打。你们若认为我说得对，那羊群就都归我们了。"那些狗同意了，狼走进羊圈里，首先把狗全咬死了。

这是说，那些背叛朋友的人，都会受到严厉的惩罚。

马槽中的狗

一条狗躺在马槽中，不停地叫，不让马吃干草。一匹马对同伴说："这条狗太自私了！他自己不会吃干草，还不让会吃的去吃。"

这故事是说那些总是不愿别人得到好处的人。

狗和狼

有只狗自认为自己有劲，跑得快，便拼命去追赶一只狼。毕竟狗的心里还是有点畏惧，不时躲躲闪闪。狼回过头来对他说："你并不可怕，你身后的主人来袭击我那才真正可怕。"

这是说那些狗仗人势的人。

在这些故事中，我们可以看到好狗，也可以看到坏狗，它们往往形成强烈的对比。读者能够通过这些不同的狗，去了解人性各个不同层面的内容。显然，在这些寓言故事中，动物形象已经被拟人化了，成了某种人性道德与哲理的象征。也就是说，这里虽然写的是动物，但是重点是为了写人，所以这些坏狗其实就是坏人或人性恶的方面象征。在这方面，人类或许有这份特权，对所有动物进行重新塑造，用虚拟、虚构的方式来表现自己的理念。

这也是狗与其他动物形象有区别的地方。众所周知，在寓言故事中，拟人化的动物就是用来表现某一类型的人的，或者是某种普遍的人性道德或警世智慧，人们似乎有充分的虚拟空间和想象能力来处理动物形象，让它们为人类特定的理念和意图服务。但是，即便如此，人们也不能不考虑到动物本身的特性，使寓言的象征与比喻具有某种天然的合理性。由此我们可以在寓言故事中看到一些近似于固定的动物形象特征，比如狮子威风凛凛，老虎勇敢威猛，狐狸狡猾机灵等，但是，如果我们把其中的狗与其他动物形象加以比较的话，就不难发现其中的差异：人们在狗身上寄寓的意义不仅很多，而且往往歧义更多，彼此相互冲突和矛盾，似乎最好的是狗，最坏的也是狗。人类在不断赞美狗的同时，从古代神话到现代小说中，描述狗作为恶魔的随从或者坏人的帮凶的层出不穷，人类似乎一直难以摆脱对狗的厌恶、怀疑和轻蔑的态度，况且，在这些寓言故事中，狗的行为和想法大多是人类强加的，根据自己的道德意图编造的，有的压根不符合狗的生活逻辑。比如，在《狗和狼》这一则寓言中，原本说的就是人的行为，但是偏偏把狗牵扯进来，让狗成了人类丑行的担待者，而人类只是为了完成一种形象表达的需要。

或许这对于狗来说并不见得公平——因为狗毕竟不同于其他动物，它给予人类的恩惠实在太多了，而自己得到的却并不多。但是，只要我们想到人与狗之间如此亲密的关系，以及人性与狗性经常可以相互认同与转换的现实，就不难理解了，因为人们在说到狗的时候就是在说自己，在塑造自己心目中理想的狗的过程中也在表达着人类对自己的期待。

九、中国灵犬的故事：丰子恺向我们展示了什么？

正因为狗生活在人与自然之间，能够同时拥有两种生活体验与经验，在感知自然的某些方面比人类更为敏感与敏锐，所以能够接受并传达一些人类无法获知的信息，所以在中外古今都流传着很多灵犬的故事。即便很多中国人认为，狗的时运不如西方，人们经常听到涉及狗的贬义词，例如狼心狗肺、狐朋狗友、鸡鸣狗盗、狗仗人势、狗苟蝇营、狗胆包天、狗尾续貂、走狗、狗男女、狗奸贼、狗咬吕洞宾、狗嘴吐不出象牙等，但是在中国依然流传着不少灵犬的故事，表达了中国人对狗的特殊情感。

例如，中国现代著名散文家、漫画家丰子恺，就收集了一些古代的传说，并欣然作画，创作了许多有情趣并且有意味的艺术作品，"灵犬"就是其中重要的角色。他搜集了很多灵犬的故事，并一一作画，留下了一笔珍贵的文化遗产。他笔下的灵犬很多，这里所选的只是他有意识以"灵犬"命名的一些作品。

《灵犬一》来自中国古代流传的一则故事，出自薛用弱的《集异记》。

话说在隋炀帝时代，福建中部的太守郑韶养了一条狗，十分可爱，所以太守怜爱其犬胜过自己的儿子。而太守有一仇家薛元周，一直怀里藏刀想要行刺他，但是始终没有得到机会，只好在门外徘徊。一天，郑太守想出去逛逛，但是爱犬却咬住其衣摆不放，硬是不让他出门。太守不解，反而大怒，让家仆将其拴在柱子上，自己走出大门。这时，这条狗奋力挣断绳索追出，继续咬住太守的衣摆不让他走。太守感到非常惊异，感觉到要有什么危险发生，而狗这时忽然发出怒吼，向企图刺杀太守的元周扑去。结果元周被抓住，从其身上果然搜出了短剑。

这个故事与前面所引的"劝人避祸"的故事有点相像，都表现了狗对潜在的危险，特别是恶人恶意的敏锐感知。这种情景，我们在很多文学作品中都能看到，狗比主人更加敏锐地感到了来者不善，不顾主人的呵斥，在一旁发出连续的警告声。这是一种对人性、人之内心状态的特殊的直觉，是人类一般不具有（也许在远古时候具有，后来逐渐遗失了），也无法解释的。正是由于狗的这种天赋，出现了很多灵犬救人的感人事迹，狗不仅解救了人类，使其免受灾难，而且还使人类意识到了自己的局限性，滋长了爱护动物的意识观念。

《灵犬二》同样来自《集异记》。这个故事不仅表明了狗对主人的忠诚，知恩图报，而且显示出了其超凡的洞察周围环境的能力，尤其是能够敏锐识别人心善恶的能力，帮助人们回避风险。

故事说的是唐朝一个名叫杨褒的人，旅途住在一姓戚的人家，由于戚家很穷，没有什么可待客的，就准备杀了家犬来招待杨褒。没想到家犬通灵，立即前足跪在杨褒面前求情，杨褒看到这种情景，十分感动，就让主人家放弃了杀狗的打算。一年多过去了，杨褒对此已经淡忘。由于杨褒长期在外，根本不知家内已经生变，妻子与他人私通，并串通起来准备谋害杨褒。杨褒却全然蒙在鼓里，一无知觉。一天夜晚，其妻和奸人趁杨褒熟睡之际，正欲下手，突然有一条狗跳进，在奸人脚上大咬一口，紧接着又在杨褒妻子脚上狠咬一口，使二凶惊恐万状。惊醒后的杨褒方大梦初醒，检获了凶器，并告官，把妻子与凶手一道绳之以法。

这是一个知恩图报的故事，更表现了狗对人情世故的了解和把握。它不仅了解主人的心情，还知道如何打动主人，引起人们对自己的恻隐之心，显示了人与狗之间关系感人至深的一面。在这里，人与狗之间已经建立了深厚的感情，狗明白人的心意，而人亦明白狗的感情，彼此能够读懂对方的心理。

而故事的发展，更是用狗对感情的忠诚，反讽了人的不忠不义，以及人与人在感情沟通方面的迟钝与无知。狗的知情知义、重情重义与人的麻木不仁、不忠不义形成了强烈的对比。在这方面，灵犬当然具有更多的表现，无不显示了人类对自身状态的担忧与反省。比如，在对感情的态度上，狗往往比人更纯粹，更有深度，在关键时刻能够不顾一切地去解救对方，根本不像人类那样患得患失，斤斤计较，往往显得人类的肤浅与功利。

不难看出，丰子恺对狗的歌功颂德，实际上体现了人类对自身情感道德的追求。因此，人类不仅在现实生活中赞扬狗，而且还不断通过各种文艺创作来记录、保留和颂扬狗的这种美德，不断唤起自己对自然本性的向往。

《灵犬三》则是为一条名叫黄耳的狗画了像，故事出自古代典籍《述异记》。

话说晋朝的大文豪陆机在京城做官，养了一条狗叫黄耳。陆机久居京城，挂念家人，但是又久未接到家书，心里更加不安，因此有一天就对黄耳戏语："如果你能为我传取家书就好了！"没想到黄耳听后，立即欢喜不已，摇尾称是。于是，陆机便修了家书，放入竹筒，系在黄耳脖子上。黄耳一路疾奔到陆机家，并带来回信。这段行程人一般要行半月，但是黄耳只用了20天。为此，陆机对这条狗更加厚爱，黄耳死后，陆机加以厚葬，人们称其墓为"黄耳冢"。

陆机是有名的大文豪，诗文写得很棒，特别是他的《文赋》。他在描述文学创作过程方面留下了千古绝唱，不知是否是从自己的爱犬那里获得的灵感。这个故事不但反映了狗通人意，也涉及了文人、艺术家与狗的亲密关系。在西方有很多此类的有趣的故事，但是在中国似乎并不多，所以在所谓野史之类的书籍中记载的这类传说更加引人注目。

这是一个内容丰富的故事，向我们传达了多方面的信息。首先是狗之善解人意与善于学习——这正是人类从灵犬身上获得的最宝贵的启发。

显然，狗之所以能够进入文明社会，最初就在于它们愿意接受人类的调教，并能够迅速领会人类的意图。就此来说，狗作为一种聪明智慧的动物早就得到了人类的认可。不过，这并不是狗最令人类青睐的地方，因为事实证明很多动物的聪明智慧并不亚于狗。而狗之所以成为人类最忠实的朋友，在于它们的善解人意，能够理解人类的内在需求，并尽力为人类排忧解难，陆机的黄耳就做到了这一点，它懂得主人的心愿，并帮助主人如愿以偿。类似地，很多灵犬的故事都展示了狗与人之间的某种息息相通的关系，表现了狗自觉地为人类服务的场景。

不仅如此，这个故事还传达出了这样一个信息，即狗是一种文明的动物。在这里，信，本身就具有一种象征意义，而狗则充当了人类的信使，把人与人之间的关系连接起来。所以，狗与它们的祖先不同，狗能够自觉地遵守人类的礼仪规范（甚至做得更好），显示出良好的教养。比如，"一犬不至，众犬不食"就非常明显地表现了狗作为"礼仪之犬"的风度。

除此之外，狗在不断反省和完善自己这方面，也颇有读书人的风范。例如，《庐隐笔记》中"犬能知罪"的故事。这个故事说的是某人养了一条狗，一听到人们说"鸭"字，就现出惊异之状。有一天，来了一位客人，主人就谈到这件事，客人不相信，所以故意说到"鸭"字，狗立即显得坐卧不安。客人再提及，狗就更加不安，站了起来。当客人说到第三遍的时候，狗就垂着尾巴出去了，显出非常羞愧的样子。原来，几天前，这条狗伤害了一只鸭子，从而受到主人的严厉呵斥，所以听到有人说"鸭"字才如此羞愧不已。

另一则故事"犬能改过"也颇为感人。

宋代一位儒生养有一犬，因为经常偷盗邻居的肉，所以被主人送到屠狗场。这条狗侥幸逃脱，回来后跪在主人面前，乞求主人可怜开恩。儒生就对它说："不要偷盗别人的肉，否则只有一死。"狗听后立即俯首帖耳，表示听从。从此，这条狗不仅不再偷盗别人家的肉，就连别人投给它的肉骨头，它也是一嗅而去，再不沾唇，甘愿以糠核为食。

这些尽显中国传统文明理念的故事和情景，无疑生动地演绎了狗的文明程度，也在无形中鞭策着人类。显然，在这些故事画面中，我们不难看出人类对自己的要求与期待。这些灵犬有些甚至被理想化了，人们相信它们经过文明的熏陶，能够成为文明的典范。在这里，狗不但是展示人类文明理念的一种象征，而且还成为传递人类文明理念的使者，为人类文明的延展提供了范例。

也许这就是黄耳死后，陆机要加以厚葬的原因。这种方式体现了人类在文明理念上"一视同仁"的胸怀，也体现了一种对狗的特殊的钟爱之情。这说明人类已经从理念上把狗视为了自己的"知己"，并将自己一部分人生寄托和思想感情投射到了狗的身上，所以，人们不会去"对牛弹琴"，因为害怕得不到任何理解和回应。但是一点也不担心"对狗弹琴"，因为经过人类文明熏陶的狗，一定会成为人类高雅艺术的知音。

《灵犬四》所表现的是一则民间传说。说的是一位以卖药为生的朱先生，带着自己的一妻一妾，还有一条狗到处行走，不幸有一天遇到路匪，不仅被掳去身上全部钱财，三人也全部被杀害，只有这条狗得以逃生。逃生的狗回到家后，不断用爪子捶地，哀鸣不已。家人就带这条狗去报官，官问："你的主人是不是被路匪所杀？"这条狗马上摇尾称是，并把官兵带到埋尸处，然后又把官兵带到路匪所在地，把他们全部抓获。

这是一个狗为人复仇的故事。所表现的不仅是灵犬与人类结下的生死之交，还有它们的神勇和深明大义。在历史上，这样的故事并不少见，如《虞初新志》中所载：古代一名战将袁粲，因参加谋反而遭朝廷杀害，留下一个数岁的小儿。无奈之下，乳母就带着小儿投奔袁粲一门生狄灵庆家里，希望得到庇护。不料狄灵庆乃见利忘义之徒，竟对乳母说："听说官府正在重赏缉拿这个小儿，不如报官得赏。"乳母当即大叫："他父亲多年有恩于你，所以危难之时才来求你，你如果杀了小儿去领赏，上天不容，你家必有一天会遭报应。"但是无耻之徒还是杀了小儿。小儿有一爱犬，经常一起戏耍。几年之后，狄灵庆早已忘掉乳母之言，一日正从厅堂出来，突然窜进一条大狗，狄灵庆当场就被咬死，继而，大狗又咬死了他的妻子——这正是小儿经常骑着玩的那条狗。

可见，狗之复仇，不仅表现了狗对主人的忠贞，更体现了一种不同凡响的正义的力量。这种力量是人们所期待的，但却不是出于人类本身的，因此带有一种神明和天意的性质。实际上，面对现实社会种种不公、不幸的现状，人类总是在期待着一种神秘的、难以预期的力量，履行正义公正的判决，对那些十恶不赦的人进行惩罚。在这方面，除了宗教以及"最后的审判"（Last Judgement）给了人类一些心理上的安慰之外，大自然的力量往往也会应和人类的心愿，其中动物就是人类最贴心的知己。狗不仅与人类最亲近，而且最能领会人类的心愿，实现人类心中冥冥的期待。

《灵犬五》讲述了一个通灵救主的故事，原载于《集异记》。

唐中宗时，谏议大夫柳超因为得罪了不该得罪的人，因此被贬到岭南。他带着自己的狗，一路与两个仆人同行。不想两个仆人心起歹念，为图钱财行李，想毒死柳超。但是，两人密谋之时并没有在意柳超的狗正在一旁，没想到此狗通人言，知道了他们的阴谋。所以，在两个仆人想毒死柳超时，这条狗出其不意，怒起进攻，当场咬死了他们，从而使得主人避过一难。

显然，这条狗是通人语的。这同人类所追寻的"马语""鸟语"一样，丰子恺的漫画也恰恰捕捉到了这一点，表现出了财迷心窍的仆人与通灵不语的狗的神态。当两个仆人商议如何谋财害命时，自以为神不知、鬼不觉，却万万没想到旁边这只狗就是他们的灾星。

实际上，关于义犬救主的民间传说有很多，丰子恺也为此作了很多画。有的故事更加感人。例如，据《虞初新志》所记：晋泰兴二年，有个吴国人华隆，喜欢打猎，养了一条好狗，名叫的尾，总是跟着主人去打猎。有一次，华隆在一条江边打猎，没想到被一条蟒蛇缠住身体，几近死去。多亏紧随其后的狗赶上，把蛇咬死。这时候，华隆已经身体僵直，没有知觉。这条狗就汪汪直叫，一路跑回家，不断做往返状，家人因此感到很奇怪，就跟着狗前往华隆昏迷的地方，这才将他抬回。华隆昏迷了两日后才苏醒过来，而狗就一直守在身边，不吃不喝。

当然，人们之所以对此类民间传说感兴趣，一方面出自自己的本能，在惊叹大自然赋予狗神忠勇禀性的同时，怀念人类远古的动物时代；另外一方面也是对现实的人的状态的一种警示：人类也许是培育了狗，使狗步上了文明的路途，但是结果却是人类自己逐渐不如其狗，不仅在感觉方面，而且在最起码的仁义道德方面也逐渐退化，反而需要狗来教育自己。

或许这就是"文明的反哺"现象，动物成了人类的老师，提醒人类不要忘记自己的本分和天性。尽管这是一种普遍的人类现象，但是丰子恺笔下《守冢》（《灵犬六》）还是相当感人的，故事出自《南史》。

相传陈武帝害死了王僧辩，王的部属扬州刺史张彪也被打败，携家人逃到一深山中藏匿，跟随者是家养爱犬黄苍。陈武帝并不甘心，一方面想霸占张彪的妻子，另外还想获得张彪的爱犬，就派大将章昭带领大队人马前去抓捕。当时，张彪还没有起床，只听见爱犬惊吠，不久就看见它拖进一个被咬断喉咙的官兵。张彪终寡不敌众，被官兵杀死，而黄苍则不断围着尸体哀号，浑身是血……此后，张彪被葬，黄苍就伏在墓边，嗥叫着不肯离去。

但是，在整个故事中，丰子恺只选了"守冢"这个细节，义犬黄苍守在主人陵墓前面，不肯离去，像是提醒人们不要那么快地忘记那个悲惨的往事。就此来说，这只狗守护的不仅仅是自己主人的坟冢，而是一种历史的记忆，尤其是一些悲惨的历史记忆——而在这方面，人类又是多么健忘啊，他们总是在向前奔，追求着现实中更大的利益和成功，却对一些历史记忆和文化遗产不予理睬，让它们很快就遗落、荒废在历史原野上。

狗都能为死去的主人守护坟冢，守护那一段已经过去的历史，难道人类就不能守护好自己的历史记忆与文化家园吗？

应该说，没有记忆，没有历史，就意味着人类失去了自己的根，失去了文明的根基，就难免失去人性，沦落为自相残杀的野兽。而正是因有像黄苍这样的狗的不断提醒，人类才悬崖勒马，守护好自己的历史家园。或许这个故事深深打动了丰子恺，所以他还专门为"义犬冢"作了一幅漫画。据《虞初新志》记载，这座义犬冢为东汉孙吴时襄阳的纪信纯为自己的爱犬乌龙所修。

乌龙生前总是与自己的主人纪信纯形影相随，同进同出。但是有一天，主人在城外喝酒大醉，归家不及，就卧睡在了草丛中，不巧碰到当地太守邓瑕出外打猎，纵火烧草以驱赶野兽。危难之际，乌龙先试图用嘴相拖，使主人脱离火场，但是无奈不行。碰巧距离三五十米远有一条小溪，乌龙就扑入水中，弄湿自己的身体，然后回来用身上的水灭火。如此不断来回，使大火不能近主人的身，而乌龙最后疲惫至死。纪信纯得救了，醒来后方发现犬死毛湿，周遭火斑斑，因而不胜感慨，抚犬痛哭。此事也惊动了太守，纪信纯就特意以棺柩葬之，并修了这座义犬冢，以供人们怀念这只有情有义的狗。

如果我们将这两幅画面摆在一起，就能感受到人与狗之间的一种深厚情义——狗为人守墓，人为狗修冢，两者之间贯穿着一种人与自然之间互相同情与信任的文化关系。

而在《搜神后记》中，又有一《杨生狗》的故事，情节与上面的故事如出一辙，只是把故事发生的时间挪到了晋代，狗的主人换成了杨生：

> 晋太和中，广陵人杨生，养一狗，甚爱怜之，行止与俱。后，生饮酒醉，行大泽草中，眠，不能动。时方冬月燎原，风势极盛。狗乃周章号唤，生醉不觉。前有一坑水，狗便走往水中，还以身洒生左右草上。如此数次，周旋跬步，草皆沾湿。火至免焚。生醒，方见之。
>
> 尔后，生因暗行堕于空井中，狗呻吟彻晓。有人经过，怪此狗向井号，往视，见生。生曰："君可出我，当有厚报。"人曰："以此狗见与，便当相出。"生曰："此狗曾活我已死，不得相与。余即无惜。"人曰："若而，便不相出。"狗因下头目井。生知其意，乃语路人云："以狗相与。"人即出之，系之而去。却后五日，狗夜走还。

如此多的版本，一方面说明义犬救人的故事经常发生，另一方面说明，人们对狗非常感恩，记忆犹新。由此可见，人类为义犬、灵犬立碑建庙不足为奇。这种行为在西方很多，在中国也不鲜见。例如，在福建省清流县东山村，至今在祭奠远祖萧禹的庙前檐的走廊里有一尊石刻的犬，和萧禹一道接受后代子孙的礼拜和供养。据说这只石犬生前是萧禹的爱犬，也是他的救命恩人。

传说萧禹特别喜欢养狗。不管是赴宴还是出征，总带着一条大黄狗。一次，萧禹出兵讨伐番兵时不幸驻营起火，大火非常凶猛，将士们几乎殉于火中，萧禹也昏倒在地，只有这条黄狗在萧禹身边。临危之际，黄狗灵机一动，迅速冲到附近的水坑里，沾满一身水，用湿润的身躯在萧禹身边滚来滚去，就这样沾了又滚、滚了又沾，才把主人身边的烈火扑灭。天黑下来，黄狗咬着主人的脚绑，摇晃着呼叫主人，不想萧禹正处于半昏迷状态，忽觉身边有动静，以为是敌，于是，用脚猛力一踢，只听"嗷"的一声，黄狗被踢出一丈多远，七窍流血而死，萧禹翻身一看，发现心爱的黄狗救了自己却死于自己之手，痛悔不已。事后，他把黄狗埋葬在一个山坡上，并写了一副挽联："千秋与狗同分功劳，万代与狗同享甘苦"，来祭祀狗的救命之恩。据说后来皇上听了此事也深受感动，加封这条黄狗为"黄狗大将军"。

所以，人们在古代墓葬中就发现有关狗的雕塑、石像，甚至是用狗作陪葬，就更不足为奇了。狗虽然不如狮子、老虎威猛，但是，它作为人类的朋友，尤其是人与自然之间的灵媒，具有不可替代的地位和作用，在人类的文明进程中留下了深刻的痕迹与记忆。人们为狗立碑修坟，不仅仅是为了人类纪念狗的功德，更是为了自己的历史记忆，为自己与大自然永恒的关系树立标识，并防止自己失去与大自然之间最后的联系。

可见，中西文化虽有不同，在对待狼的态度上也颇有差异，但是在与狗的交往和沟通中，却有更多的相通与相似的体验与感怀。这不仅反映了人类与大自然，尤其是与动物之间源远流长的亲密关系，而且还说明了狗为如今中西文化的交流与沟通提供了新的生命媒介。可以说，狗是人类共同的朋友，可以自由游走在中西文化之间，使远隔千里的人感受到共同的历史渊源，唤起共同的文化记忆，在新的历史条件下团结起来。

十、狗随人性：关于狗之忠诚的两难选择

显然，丰子恺的艺术创作给予我们的远不止如此，他作品中透露出来的尊重自然、爱护动物的博大心怀，不只限于狗的世界，各种各样的动物都在他的作品中留下了身影，并延续着与人类的同源关系。他一生都在追寻着一个人类与大自然和谐相处的境界。

但是，这并不能让丰子恺避免"路遇恶狗"，人们也无法回避好狗与坏狗的纷争。这似乎成了一个古今中外的悖论：人们在很多情况下颂扬狗，为狗树碑立传，但是转眼之间又会对狗嗤之以鼻，以各种方式贬低狗，视狗为最下贱的动物。这一点在西方同样如此。可以说，西方人很早就有了爱狗如命的传统，不仅视狗为文明的同行者，而且把狗看作是人类最亲近的生命形式之一，但是，如果了解了他们用了哪些词语来敌视、鄙视和侮辱狗的话，你肯定会感到非常不解和困惑。

例如，你如果说一个人像狗的话，那么就得准备挨揍；但是你如果说一个人像只虎或狮子的话，可能会得到微笑的回报。在西方，至今还把最下贱、最丑恶的人形容为狗，比如酒鬼、蹩脚的警察、懒惰肮脏的无家可归者、无耻之徒、告密者、献媚者等，甚至一些最差的物品也会用到"狗"字，比如破烂汽车、不中用的电话、劣质家具、垃圾食品等，狗简直成了世界上最冤的动物，无缘无故成了人类任意开罪的对象。可见，狗是尴尬的，尽管狗为

人类文明做出了巨大贡献，但是人类似乎并不领情，不仅对狗性一直存有戒心，而且时常用一种蔑视和嘲讽的态度来对待它们。可怜的狗，尽管被人类挂上了铃，套上了圈，为人们看守家园，但是，当人类需要讽刺对象的时候，依然会毫不犹豫地选择狗——这也许是连狗也永远无法理解的事情。

不仅如此，在很多经典作品中，狗的形象也颇为不佳，为人们鄙视狗提供着口实。例如，在爱米莉·布朗特（Emily Bronte）的《呼啸山庄》（*Wuthering Heights*）中，那条看守住所的狼狗就是构成整个小说难以言传的压抑氛围的不可或缺的因素。那条狗在小说一开始就出现了，刚来此地的房客洛克乌德一进门厅就看到了这种情形："橱柜下面的圆拱里，躺着一条好大的、猪肝色的母猎狗，一窝唧唧叫着的小狗围着它，还有些狗在别的空地走动。"而此后它的每一次出现，不仅向读者暗示着主人公希刺克厉夫的性格，而且还透露着一种长期压抑着的罪恶的情绪状态：

　　我在炉边的椅子上坐下，我的房东就去坐对面的一把。为了消磨这一刻的沉默，我想去摩弄那只母狗。它才离开那窝崽子，正在凶狠地偷偷溜到我的腿后面，龇牙咧嘴地，白牙上馋涎欲滴。我的爱抚却使它从喉头里发出一声长长的狺声。

　　"你最好别理这只狗，"希刺克厉夫先生以同样的声音咆哮着，跺一下脚来警告它。"它是不习惯受人娇惯的——它不是当作玩意儿养的。"接着，他大步走到一个边门，又大叫：

　　"约瑟夫！"

　　约瑟夫在地窖的深处咕哝着，可是并不打算上来。因此他的主人就下地窖去找他，留下我和那凶暴的母狗和一对狰狞的蓬毛守羊狗面面相觑。这对狗和那母狗一起对我的一举一动都提防着，监视着。我并不想和犬牙打交道，就静坐着不动；然而，我以为它们不会理解沉默的蔑视，不幸我又对这三只狗挤挤眼，做做鬼脸，我脸上的某种变化如此激怒了狗夫人，它突然暴怒，跳上我的膝盖。我把它推开，赶忙拉过一张桌子作挡箭牌。这举动惹起了公愤：六只大小不同、年龄不一的四脚恶魔，从暗处一齐窜到屋中。我觉得我的脚跟和衣边尤其是攻击的目标，就一面尽可能有效地用火钳来挡开较大的斗士，一面又不得不大声求援，请这家里的什么人来重建和平。

这是作品开场白中的一部分，其实已经暗示了呼啸山庄的悲剧氛围。从这条狗，以及狗主人对它的态度上面，读者已经感受到了两者之间的相通之处。很多读者都是从这里进入小说，进入主人公希剌克厉夫的心理世界的。

无疑，这是一个阴暗、充满邪恶念头的世界，而这条恶狗就是这个世界的向导。而在俄国作家米哈伊尔·布尔加科夫的小说《撒旦起舞》中，守候在魔鬼总督本丢·彼拉多身边的也是一条恶狗，它是主人唯一的知己，与邪恶的主人形影不离，他们保持着无与伦比的亲密关系。下面一段就是当这位总督宣判了耶稣死刑之后的情景：

"班加，班加"，总督轻轻叫着。

公狗用后爪站立，而前爪搭在了主人的肩头上，因此差点使他摔倒在地。公狗舔舔主人的面颊。总督坐在圈椅上，班加伸出舌头，咻咻地喘着气，躺卧在主人腿旁，而且眼里露出喜悦的神色，意思是无畏的，公狗在世上唯一害怕的大雷雨结束了，同时还表示它在这里重新与它所热爱、所尊重的人在一起了，它认为他是世界上最强壮有力的人，是所有人的统治者，多亏了他，公狗自己才是享有特权的、高级而特殊的生物。但是，躺在脚边，甚至没瞅着自己的主人，而只是望着傍晚的花园，公狗还是立刻明白，它的主人遭到了不幸。因此它改变姿势，站起身，侧身绕过去，把前爪和脑袋放在总督的膝盖上，潮湿的沙子弄污了斗篷的下摆，大概班加的行动是想表示它在替自己的主人解忧，并打算和他一起共患难。为了试图表明这一点，它斜着眼睛盯着主人，还竖起警觉的耳朵。就这样，这一对儿，公狗和人相互依恋着在阳台上迎接着节日之夜。①

这里的主人公本丢·彼拉多是公元 26—公元 36 年罗马帝国驻犹太总督。据传统的说法，就是他判处耶稣死罪，并将其钉上了十字架的，由此他也就成了西方文明史上的千古罪人，成了西方魔鬼撒旦的化身，在很多传说中被想象和描绘为"人狼"的原型。而在这里，陪伴这位邪恶总督的正是一条叫班加的狗，它就像主人的影子一样环绕着主人，保卫着主人，而且洞悉主人内心中的一切。按照某种民间观念，人的影子就是其灵魂所在，人一旦不见了影子，就意味着丢魂失魄。显然，狗在这里成了人性恶的象征，与恶魔一道承担着不可救赎的罪责。也许这也是对人类状态的绝妙写照。上帝不仅创造了撒旦，而且创造了像班加一样的狗，让它们一直陪伴着自己的主人。而当撒旦来到人间时，其忠实的走狗也会追随在身边。

于是，无论在哪里，我们都经常会遇到两种不同的狗：好狗和坏狗。这对人类理智也是巨大的挑战。人们如何分辨好狗和坏狗，或者说用什么标准来判断好狗或是坏狗呢？比如说，在《呼啸山庄》中，那只令房客洛克乌德厌恶的母狗，对主人公希刺克厉夫来说，不失为一只堪称"知己"的好狗。再比如，人们往往把守卫在天神身边的狗看成是好狗，却把守卫在地狱门口的狗称为恶狗，这对于狗来说，是否有失公允呢？

这对人类来说，不仅是一个艰难的话题，而且是一种文化挑战。

因为我们无法得到一个两全其美、自圆其说的答案。

这里首先涉及的，就是狗的忠诚。显然，这不仅是确立狗在人类精神生活中最重要地位的因素，更是人类自身精神价值的体现，所以至今人们还经常把狗作为典范，来进行自我教育。

在这方面，人类难得表现出了自己谦虚的一面，对狗的忠心不二表现出由衷的赞美。比如，有名的还有雅典保卫战的故事。据说，当雅典人被迫放弃城池退守萨拉米斯海岛（Salamis Island）时，那些狗狂叫着尾随着主人，

① 米哈伊尔·布尔加科夫：《撒旦起舞》，寒青译，作家出版社，1998 年，第 369 页。

绝望地一起奔向海港。其中著名的希腊英雄派克勒斯（Pericles，公元前495—公元前429）的父亲桑西普斯（Xanthippus）的狗让人尤为感动，它不能忍受与主人分离的痛苦，自己跳进海里，一直紧随主人乘坐的船只，奋力游过海峡，登上萨拉米斯海岛，最终疲惫而死。人们为了纪念这只狗，还专门为它修了墓，供后人吊唁。

再例如，"忠诚之狗格勒特"的故事也一直被人们传播着：

很多年之前，威尔斯王子拥有一只勇敢无比的爱尔兰猎犬格勒特（Gelert），据说这是英王约翰1205年所赠，就因为它特别勇敢和聪明，在猎杀灰狼的过程中非常勇猛。从此它便追随生活在白雪山冈（Snowdon Mountain）附近的新主人，白天一起打猎，夜晚守候在主人床前。

有一天，威尔斯王子出去打猎，把格勒特留在家里，让它看护自己的孩子。小男婴放在一个木制的小摇篮里。当王子打猎归家时，格勒特立即兴奋地跑来迎接自己的主人，它摇着尾巴，爬到主人胸前表示亲热，但是这时，王子在爱犬的爪子和头上发现了血迹。"你做了什么事，弄成这样？"王子感到事情有点不妙。

下面的事情令王子更加惊慌，他迅速跑回屋里，去看自己的孩子，结果他发现婴孩已经不见了，只有摇篮还在地上，衣服已经被撕破，上面还有血迹。

"原来是你咬死了我的孩子！"王子愤怒了，"你这个叛逆的烂狗！"于是，他拔出自己的长剑，杀死了格勒特。而就在格勒特临终之际，它叫了一声，然后，王子听到了自己儿子的叫声。王子立即飞奔出屋，看见自己的儿子完好无损地躺在地上。在他身边，躺着一条死去的狼。王子这才知道，是自己的爱犬为了庇护自己的儿子杀死了这条狼。

王子赶紧转身回到屋子，但是一切都太晚了，忠诚的格勒特已经死了。王子非常悲痛，为杀死了自己忠诚无比的狗感到痛心，眼泪滚滚而下。他抱着它走上山冈，在山顶上埋葬了它，从此，王子再也没有笑过。每天黎明时分，他都会步上山冈，在自己爱犬的墓前待上一些时间。

关于爱犬格勒特的故事至今还在民间传诵，原本埋藏格勒特的地方如今已经成为一个富有纪念意义的地方，叫格勒特纪念地（Beth-Gelert or Bedd-Gelert）。如果你有机会到白雪山冈一游，当地人一定会告诉你这个故事，让你也记住这只勇敢和忠诚的狗。

不用说，这是一个悲伤的故事。狗不愧是人类忠诚的朋友，但是，不幸的是，如此忠心耿耿的它死在了自己主人的剑下。这也许是最让人感触的地方，因为人之不智、不忠往往与狗形成强烈的对比，人类只有用忏悔和愧疚之心来补救自己的过失。

也许这才是人类良心发现的源头。从这个故事中我们可以领悟到，忠诚作为一种人类普遍的道义观念，是用生命与鲜血换来的，其起源并不仅限于人类的道德范畴，我们可以追溯到人类原始的狩猎时代，追溯到人类与狗曾经患难与共的亲密关系之中。也就是说，忠诚起源于人与自然，特别是与一些动物的原始关系，它的本源来自原始的自然状态。这种本源关系在人类的原始时代就开始形成了，长期的人与自然、神与神、人与人之间的浴血战争，不知有多少狗为它们的主人献出了生命，由此谱写关于"忠诚"的篇章。

这种忠诚观念在日后频繁的人类战争中得到了强化，狗再次经受住了血与火的考验。在爱尔兰也发生了一个感人至深的故事，但时间已经无法确定了。

相传一位武士，或许是一位军官，和自己的爱犬一起投入了战斗，杀死了很多敌人，但是最后自己也战死在了沙场。他几乎赤身露体地被丢在了战场上，等待着饿狼的光顾。但是，他的爱犬却寸步不离，日夜守候在他的尸体旁边。它以战场上其他人的尸体充饥，却不让任何人或野兽接近主人的尸体，直到尸体腐烂只剩下了白皑皑的骨头。这时它才到较远的地方去寻食，不过从这年7月到来年1月，它每天晚上都会回到自己主人的尸骨旁边，从来没有间断过，直到有一天，有几个战士经过这里，其中一个很想目睹一下这条出奇的猎犬，就靠近过来，哪知这个猎犬生怕自己主人的尸骨被打扰，立即向这位士兵发起攻击。这位士兵一面抵抗，一面大叫救命，结果引来了自己的同伴，杀死了这只至死都还在效忠自己主人的狗。

这种在战场上表现出忠勇本色的狗，在后来的第一次世界大战中，继续谱写了很多可歌可泣的新篇章。在人力物力都紧缺的情况下，狗开始承担很多工作，包括放哨、搜索、送信、救援等工作，特别是在救治伤员方面，立下了卓越功勋。同时，它们还是军中宠物，在感情上给予官兵很多安慰，因为战斗着的人也需要被关爱，所以大量的狗被带到军中，带到战场，与人在同一战壕里并肩作战，这在人们心灵中留下了深刻的记忆。

特别是在救治伤员方面，狗甚至成了人们心中的白衣天使。关于救护犬巴利·山诺（Bally Shannon）的故事一直流传至今。在大战中，巴利是一位勇敢的救护员，它从诺曼底战场上连续救下来了十名受伤的战士。最后它和自己的主人都负伤了。其他战士把他们一起送上回家的救护船，但是不幸的是船在中途遭到了德军潜水艇水雷的袭击。只有三个人侥幸活了下来，包括巴利的主人，他们挣扎地爬到船体的最上面，靠漂浮的残骸逃生。就在这时，负伤的巴利竟然顽强地游了过来，并且渴望也能靠上那木板残片。但是，破损的木板无法承担它的重量，所以它的主人也不让它靠前。就这样，巴利还是紧随着自己的主人，顽强地游啊游啊，几乎筋疲力尽，直到有人把他们救起。

所以，人类尽管在日常生活中经常对狗嗤之以鼻，但是还是在很多地方为狗建立了"永远忠诚"的纪念碑，以怀念那些在战争中为自己主人竭尽所有的忠诚的伴侣。

这也是对人类自身状态的一种鞭策。如果说忠诚是人类文明的基石的话，那么，经常背信弃义、践踏这块基石的恰恰是人类自己，所以得有一种动物不断提醒人们——不用说，那就是狗。其实，当回想起狗的忠诚时，人类自己往往会感到自愧不如，甚至有一种负罪感。因为人类确实是一种多疑的动物，不仅很难建立信任感，而且经常用猜疑和恶报来回馈其他动物的忠诚。所以，其他动物很难与人类（包括人与人之间）建立忠诚不渝的信任关系，与人打交道时得不断窥测对方的意图，不断调整自己的信任度。这也许是由于人性太复杂，人类社会太复杂、凶险的缘故。在这方面，也许唯有狗能够忍受人类的多疑和善变，无条件地忠诚人类，给予人类以无限的信任，即便人类不断误解它、怀疑它，甚至盛怒之下杀死它。

就此来说，狗有理由接受人类的任何赞美。例如，美国作家佛斯特所写的《狗的礼赞》就非常出名：

在这个世界上，一个人的好友可能和他作对，变成敌人；他用慈爱培养起来的儿女也可能变得忤逆不孝；那些我们最感密切和亲近的人，那些我们用全部幸福和名誉所痴信的人，都可能会舍弃忠诚而成叛逆。一个人所拥有的金钱可能失去，很可能在最需要的时候它却插翅飞走；一个人的声誉可能断送在考虑欠周的一瞬间。那些惯会在我们成功时屈膝奉承的人，很可能就是当失败的阴云笼罩在我们头上时投掷第一块阴险恶毒之石的人。

在这个自私的世界上，一个人唯一毫不自私的朋友，唯一不抛弃他的朋友，唯一不忘恩负义的朋友，就是他的狗。

不管主人是贫困或腾达，健康或病弱，狗都会守在主人的身旁。只要能靠近主人，即使地面冰凉坚硬，寒风凛冽，大雪纷飞，它会全然不顾地躺在主人身边。哪怕主人无食喂养，它仍会舔主人的手和主人手上因抵御这个冷酷的世界而受的创伤。纵然主人是乞丐，它也像守护王子一样伴随着他。当他所有的朋友都掉头而去，它却义无反顾。当财富消失，声誉扫地时，它对主人的爱依然如天空运行不息的太阳一样永恒不变。假若因命运的捉弄，它的主人变成了一个无家可归的流浪者，这只忠诚的狗只求陪伴主人，有难同当，对抗敌人，此外毫无奢求。当万物共同的结局来临，死神夺去了主人的生命，尸体埋葬在寒冷的地下时，纵使所有的亲友都各奔前程，而这只高贵的狗却会独自守卫在墓旁。它仰首于两足之间，眼睛里虽然充满悲伤，却仍机警地守护墓地，忠贞不渝，直到死亡。

据说，这篇《狗的礼赞》原本是一篇辩护词。事情发生在 1870 年的美国密苏里州的沃伦斯堡。波登养了一只名叫"老鼓"的狗，有一天晚上它跑到了隔壁邻居杭斯贝家的后院中，不幸被杭斯贝开枪打死，波登悲愤难平，把邻居（也是老朋友）告上了法庭，官司从地方法院一直打到了最高法院。最后终审时，参议员佛斯特代表波登向陪审团朗诵了一篇名为《狗的礼赞》的辩护词，深深打动了陪审团成员，法官最终宣判波登胜诉，以被告赔偿500美元（当时的500美元相当于现在的5000美元）而结案。由于佛斯特的这篇《狗的礼赞》把犬对主人最朴素、最纯真、最珍贵的感情表达得淋漓尽致，具有强烈的感染力，因而成为养狗爱好者喜爱的经典篇章，备受人们推崇，影响力至今不衰。

但是，在这里，我们也发现了狗的一种致命不幸，那就是绝对的忠诚也会把它们带入地狱的深渊。于是，我们只能如此来解释那些狗为什么不讨人喜欢，甚至惹人憎恨——它们跟错了主人，是它们主人的罪恶牵连了它们，把它们也拖入了罪恶的深渊。

在这里，狗不仅能通灵，而且能通人性，这就构成了与人类心灵相互映照的情景。也就是说，什么样的人就应该有什么样的狗，有什么样的生活，才能养出什么样的狗——现代社会的广告广泛地宣扬了这一理念。

可见，狗是一种可塑性极强的动物，会跟着主人的性格走，按照周围环境的要求塑造自己。狗的性情并不固定，它们可能是人性善的代表，是人类忠实的朋友；但也有可能成为人性恶的帮凶，是人类文明的敌人。关键取决于主人对它的引导和影响，要看随什么样的人，接受什么样的熏陶，所以有好狗就必有坏狗，就像有好人就必有坏人一样。例如，在《呼啸山庄》中，那些让人惧怕的狗，正是承袭了自己主人的性格，与自己主人的心境十分契合，时刻显露出了对外来人的怀疑与仇视，同时表现出了对自己主人的深切理解，传达出内心被压抑的狂野与复仇心理。真是有其主才有其狗，而其狗更衬托出了主人的性情。所以，狗随人性不假，但是恶人养恶狗，也在人类心理上留下了深刻的记忆。

在这里，狗不仅代表了人性恶的一面，而且反映了人类对狗的矛盾心理，使忠诚的狗不时陷入尴尬的两难境地。尤其是当人类的利害关系发生冲突、人类的价值观念产生分化、人类的情感世界出现分裂的时候，狗的忠诚就不得不面临更严峻的考验——而结果总是由狗来承担罪责。狗随人性，不仅为狗之忠诚提供了基础，而且意味着狗性会随人的环境变化，会顺应人的意志和要求。

于是，我们不再为狗抱怨了，因为在这好狗坏狗的背后，是人的眼睛，好坏并不在于狗，而在于它们是为谁效劳和服务。说得更深一点，在于人们对它们主人的文化定位，甚至在于人对人的评价。

因此，在拉·封丹的寓言中，会出现如此的狗的形象也就并不奇怪了：

脖子上挂着主人饭菜的狗

美人使人们管不住自己的双眼，黄金使有些人管不住自己的双手。有几个人能做到看守珍宝而不动心呢？

有一只狗为了把主人的饭菜捎回家中，戴上了一个挂着主人餐盒的项圈。尽管饭菜可口，但它还是克制住自己的食欲，压抑住自己不太情愿的心。狗尚且能做到这一点，而我们人却常常身不由己地被财富所吸引，也就无怪乎要学一学狗的克己之心了。

不过，这一次情况有所不同，挂好了盛满饭菜餐盒的狗在路上，被一只看家狗看见了。看家狗就打起了如意算盘，想要抢它的饭菜。而这只狗为了保护好主人的饭菜，只能卸下餐盒轻装上阵，展开一场厮杀。这时，一些流落街头、专以偷窃乞讨为生的狗，眼看能分享到一口吃的，就上来为看家狗助阵。这只狗在寡不敌众、自身难保的情况下，为了保住主人留给自己的那份饭菜，就灵机一动，对群狗说："先生们，请息怒，我仅要我自己的那一份，其余的全归大伙儿。"说完它率先叼起一块食物大嚼起来，其余的狗当然一哄而上，把饭菜一抢而光，最后的结果是皆大欢喜。

这个寓言故事让我们想起有些官吏包括市长等，一个个把肮脏的手伸得老长。鬼点子多的人抢先动作，您要是想看热闹消磨时光，最好去看一看这些人是如何把钱财分光的。假如有人胆小怕事，不敢伸手拿钱，但看到周围的人都虎视眈眈，他很快就会改变观点，成为抢占钱财、同流合污的第一人！

在这里，狗不过是人的一种"替代"而已，而且凸显出了狗受周遭环境影响的因素。在社会普遍腐败的氛围中，即便是一条很有克制能力的狗，也会狗随人变，调整自己的生活习性，与周围的环境同流合污，这使人性的腐败很快就转移到了狗的身上。可见，狗的忠诚原本是无瑕的，但是人性的堕落会给它们染上罪恶的色彩，让它们代人受过。至于人类在多大程度上利用了这种忠诚，把它们带上了死路，这就是另外一个更为悲惨的话题了。

但是，这里引出了人类文明的另一个重要话题，那就是教育——而狗又是那么一种难得的善解人意和善于学习的动物。狗既然通人性，随人性，可见狗的可塑性之强，那么如何来养狗、培训狗就显得格外重要了。这一点，也许从洞穴时代、从人类驯化第一只狼的时候就开始了。当人类面对那么一群俯首帖耳、随时准备听从主人呼唤的动物时，乐以为师的心态就自然而然地产生了。

对于人类来说，这里显示的或许就是通向文明的路径，也是人类可以逐步摆脱野蛮世界的具体步骤。可以设想，人类最早从狼群中选择狗的时候，可塑性是最重要的条件之一，也就是从中挑选出"此狼可教"的狗——正是后来人类选择"可教孺子"，然后再加以精心养育与培训，使狗越来越接近人类。在这个过程中，忠诚也逐渐成为人类的一种教育成果。如果说，狗对人类的忠诚最早建立在群体相互依赖的共同利益基础之上，在很大程度上来源于一种平等互利、互助、互惠的关系，那么，随着人类的逐渐成长以及生活的变迁，人类逐渐把它升华为一种教育理念，推广到整个人类社会之中——而狗始终是恪守这种理念的典范。

也许正因如此，很多人认为，狼被驯养成狗，很可能是从幼崽开始的。因为狗是一种教育的结果，狗越小可塑性就越强，人类驯化的结果就越明显。这时候，狼很容易与人产生感情，因为狼本身就是一种富有感情的动物，它们喜欢群居，懂得在生活中互相照顾，在猎食时互相配合。尽管原始时代的情景到底如何我们已经无从得知，但是现代社会的一些人类学家、动物学家一直对此很感兴趣，他们通过对野生狼群生活的实地观察与研究，尤其是通过与狼的一些亲密接触，企图证明人和狼的和睦相处是完全有可能的。而在这个过程中，狼从幼小时候就与人接触，很容易与人建立相互依赖的感情——也许这就是狼最早变成狗的原因。

由此，狗与儿童又相互有了特别紧密的关系。这一方面由于狗的忠诚，赢得了人类的信任，人类愿意把自己的孩子交给狗来照看——这方面已经有大量的民间习俗和故事可以证明；另一方面，则是他们之间有着天然的、更亲密的亲缘关系——他们都具有可塑性，其成长都依赖于教育的结果。实际上，在人类生活中，儿童与狗共同成长的场景到处可见，他们之间的互亲互爱、互相学习，已经成为人类生活中最让人欣慰的现象之一。尤其是在西方社会中，传统的独家独户的农场生活，使人与狗已经形成了不可分离的关系。我们甚至不能设想没有狗，因为没有狗也就意味着没有孩子童年的欢乐与梦想。在很长一段时间内，狗也许是他们最亲密的伴侣和朋友，狗会伴随着他们度过最寂寞的时光。

由此，我们或许还记得美国作家马克·吐温在《汤姆·索亚历险记》中所描写的情景，就在牧师布道的时候，一只狮子狗的举动给了汤姆莫大的欢喜：

> 其他的人对牧师的布道也不感兴趣，就拿这只甲虫来解闷，他们也盯着它看。这时一只游荡的狮子狗懒洋洋地走过来，心情郁闷，在安闲的夏日里显得懒懒散散，它在屋里待腻了，很想出来换换环境。它一眼发现了这只甲虫，垂着的尾巴立即竖起来，晃动着。它审视了一下这个俘虏，围着它转了一圈，远远地闻了闻，又围着它走了一圈，胆子渐渐大了起来，靠近点又闻了闻。它张开嘴，小心翼翼地想把它咬住，可是却没咬住。于是它试了一回，又一回，渐渐地觉得这很开心，便把肚子贴着地，用两只脚把甲虫挡在中间，继续捉弄它。最后它终于厌烦了，下巴一点一点往下低，刚一碰到它的对手就被它咬住了。狮子狗尖叫一

声,猛然摇了一下头,于是甲虫被它摔出了有一两码,摔得仰面朝天。邻座的观看者心里感到一种轻松的愉快,笑了起来,有些人用扇子和手绢遮住了脸,汤姆简直高兴死了。那只狗看起来傻乎乎的,也许它自己也觉得如此吧,可是它怀恨在心,决计报复。于是,它又走近甲虫,小心翼翼地开始再向它进攻。它围着它转,一有机会就扑上去,前爪离甲虫还不到一英尺远,又靠上去用牙齿去咬它,忙得它头直点,耳朵也上下直扇悠。可是,过了一会儿,它又厌烦了。它本想拿只苍蝇来开开味,可是仍不能解闷;然后,它鼻子贴着地面,跟着一只蚂蚁走,不久又打了呵欠,叹了口气,把那只甲虫彻底地给忘记了,一屁股坐在甲虫上面。于是,就听到这狗痛苦地尖叫起来,只见它在过道上飞快地跑着。它不停地叫着,不停地跑着,从圣坛前面跑过去,跑到了另一边的过道上。它又从大门那儿跑出去,跑到门边上的最后一段跑道,它往前跑,越是痛得难受,后来简直成了一个毛茸茸的彗星,闪着光亮,以光的速度在它的轨道上运行着。最后这只痛得发疯的狮子狗,越出了跑道,跳到主人的怀里;主人一把抓住它,把它扔到窗户外,痛苦的叫声很快地小下来,最后在远处听不见了。

也许这就是即便在狼群几乎灭绝之后,人类依然要把狗留在身边的原因。狗不再需要去冒死追逐狼群了,但是有了更重要的任务——看守家园,与孩子一起成长。其实,作为狼的后裔,狗也一直生活在狼的阴影之中。这不仅表现在它们所承袭的野性的基因上,更表现在与狼相依相存的关系上。在这方面,狗背叛了狼,成了狼的竞争者和追逐者,但是其对人的价值与存在的意义又离不开狼,否则,狗如果不是沦为人类食用的对象,那么就有被离弃的命运。实际上,自古以来,人类驯养家畜的目的,多半都是为了食用,最终结果就是成为人类的刀下鬼、盘中肉。唯有狗例外,成为家畜中唯一逃脱被食用的动物。其中奥秘无疑是狼的存在,狗由此在人类生活中获得了特殊的地位。

这种情景实际上早就被人类所觉察,于是创造出了以下的故事:

一个牧羊人有一条很忠诚的狗，叫作苏丹。它老了，连牙齿也掉完了。有一天，牧羊人对妻子说："我准备明天上午把老苏丹杀掉，因为它已经没有用了。"但妻子不同意，说道："请把这条可怜的狗留下吧，它为我们忠心耿耿地服务了许多年，我们应该在它有生之年里继续供养它。"牧羊人却坚持要杀。可怜的苏丹听了牧羊人的话非常害怕。傍晚就去找森林里的好朋友狼，请求帮助。狼给它出了一个主意："你的主人每天清晨都会带他们的小孩去地里干活，会把小孩放在篱笆下的阴凉处，明早你就蹲在小孩附近，做出照看小孩的样子，我从森林出来把小孩叼走，你就装作拼命追赶我，我也装作惊慌的样子扔下小孩逃走。然后你就把小孩带回去。经过这一闹，你的主人一定会很感激你，就会留下你，继续供养你了。"狗非常赞赏这个办法。第二天清晨，它们按计划进行，小孩被狼叼走，老苏丹奋力追狼，救回小家伙，受到主人赞赏。牧羊人不但没有杀老苏丹，还让妻子给老苏丹做一顿好吃的，把自己的旧靠垫做窝给它睡。苏丹终于如愿以偿，过上了备受主人家青睐的生活。但是不久，狼来向苏丹祝贺，同时请好朋友帮个忙。他说自己很久没吃过一顿饱餐了，希望自己抓吃牧羊人的肥羊时，老苏丹能把头调过去，只当没看见。老苏丹说："那不行，我得忠于我的主人。"狼开始还以为老苏丹不过说说笑话，但是晚上它来抓羊，老苏丹立刻报警，狼抓羊未成，还挨了牧羊人一闷棍。狼非常气愤，发誓对"老杂种"进行报复。第二天早晨，就派野猪来挑战老苏丹，要与老苏丹进行决斗。此刻，苏丹因为找不到第二个帮手，只好叫上一只三条腿的瘸脚猫一道前往。这可怜的猫走路极不方便，所以就把尾巴举起来平衡身子。但是狼和野猪远远看见那只尾巴，以为猫带来一把刀。而猫走起来一跛一跛，它们又以为猫在拾石头。所以，狼和野猪都十分害怕。野猪急急忙忙地藏进了灌木丛里，狼跳到一棵大树上。苏丹和猫走过来，四下一看，很奇怪对手怎么没来。野猪这时还没有把自己完全藏好，耳朵还露在灌木丛外面轻轻晃动，那只猫觉察到有东西在灌木丛中晃动，以为是一只老鼠，就扑了上去，又是撕咬又是抓挠。野猪受不了，又跳又叫，一边逃跑，一边大声叫道："快看树上，那上面坐的才是你们要找的对头。"苏丹和猫一起向树上望去，见狼正坐在树枝上，就说它是一个胆小鬼。狼十分羞愧，就答应和苏丹讲和，这样狼和老苏丹又成了好朋友。

这是《格林童话》中的一个故事。它很含蓄地反映了人、狼和狗之间戏剧性的"三角关系"。第一，由于人及其文明的存在，导致了狼世界的分裂，狗背叛了狼，并成了狼的对手；第二，从本源上看，狗与狼有天然的亲缘关系，所以狗在自己遇到困难的时候，首先想到了狼，请狼出主意，希望狼伸出援手；第三，狗已经归依了人化的存在原则，它的存在价值在于守护牧羊人的羊群，并在关键时刻保护小主人；第四，根据人的利益原则，狗对狼背信弃义是忠诚的表现，但是就狼的"自然道德"来说，狗确实是不可原谅的"老杂种"；第五，在一段很长的历史时期内，狗的价值是通过狼实现的，所以它们之间最后还是要"讲和"的。

当然，我们也可以把这个故事看成是人类心理状态的一种反映。人在某种意义上确实更接近狗。就像狗一样，一方面并没有完全摆脱狼的世界，另一方面，又不可能脱离人的世界。这不仅是狗的生存状态，而且是狗的价值和命运。因为，正是狼的存在（狼会叼走人的孩子，偷窃人的羊羔），狗才得到了人的重视，获得了人的青睐和豢养，但是，正是由于人的青睐和豢养，狗不得不与狼成为敌手。由此可以想象，如果这个世界失去了狼，狗的价值和生存环境必然会大打折扣。

十一、狗之为人：关于人类文明与教育尺度的延伸

实际上，人们很少分析这篇童话的意义，我们更无法想象狗在这时候有何感想。我们可以目睹的是，随着人类自身力量的强大，更由于狼群的不堪一击，不再构成人类生存的威胁，狗的命运也开始面临着转折。一种或者像羊等其他家畜一样，转变成为人类家养的食用对象，另一种就是逃离人类家园，回到阔别已久的旷野之中重新做狼。这种情景在亚洲实际上已经发生了，在较早进入农业社会的一些国家与地区，狗已经成为盘中佳肴，供人类随时享用。这就意味着，人类像圈养羊一样养狗，狗的唯一价值就是被食用。

还好，这种情景并没有在整个地球上大面积发生，狗并没有完全堕入被烹食的命运。这种现象的发生不是狼的有效配合，而很大程度上在于狗在人类生活中获得了新的价值与定位，那就是狗作为人类精神上的朋友，为人类看守家园和孩子。

对于狗来说，这是一次命运的转折，标志着它们的价值不再表现在对外狩猎方面，而是表现在人类家园方面；不再体现在物质生产层面，而主要体现在人类的思想情感层面。

人类在这种转折中最大的收获就是教育。

于是，我们才能读到拉·封丹笔下《教育》这样的寓言诗：

拉狄顿与恺撒，原本是两只

漂亮、端庄、勇猛的名犬兄弟，

很久以前，由于两位不同主人的挑选，

一只出入森林，另一只则在厨房。

起先，它们分别有各自的别名；

各种不同的食物，分别

供应着幸运的这一只，

与变坏的另一只——它是厨师的助手，

被命名为拉狄顿。

而它的兄弟则必须冒着千辛万苦，

穷追群鹿，与野兽搏斗，

做些祖先所做的事情。

一位外行的女主人细心地注意

不让它后代的血统起变化；

相反地，被忽视的拉狄顿证明

它的柔驯已跟初来之时的勇猛完全不同了。

他全然改变了品种：

绞肉机使它在法国住家里

失去了冒险精神，只剩下了躯体，

变成了与恺撒完全相反的狗。

人们不再注意它的祖先与父亲，

粗心，岁月，一再使它退化。

由于不善于本性和天赋的培育，

喔，有多少只恺撒正在变成拉狄顿呢！

很少有人提到过，人类教育理念的来源与狗有关，也就是说，狗的驯化为人类文明的延展提供了有效的切实的途径——教育。文明是通过教育奠定的、延展的，而教育则是人类从大自然中获得的最大收益——而这正是通过狗馈赠给人类的。在这里，我们不妨把"教育"看成是对狼进行"人化"的途径，同时也是人类文明尺度的延伸。在这首诗中，蕴藏着人类教育理念的生成、发展的奥秘，记录了实施教育的最原始过程，表达了人类对自身教育理念的反省和反思，包含着人类不断创新的欲念。

这又是一首情节生动、寓意明显的寓言诗。诗中的"恺撒"是指罗马帝王，而"拉狄顿"则是猪油的意思。把恺撒看作是拉狄顿的祖先，所指的就是狼与狗的关系，因为说到罗马文明的起源，就不得不提到罗马母狼的传说，而罗马大帝恺撒的血管里原本就流淌着"母狼"文化的血液。可见，在这里，用"猪油"来称呼追随人类的狗，原本就表达了一种鄙弃的意思。而恺撒则象征着勇敢、征战、杀戮和辉煌，在他的血管里流淌着古代英雄的血液，这种说法当然明显带着一种赞美的口吻。至于诗中所言的"祖先"在原文中就是"第一只恺撒"，当然就是丛林中的狼了，其血统决定了它们与野兽搏斗的勇猛性格。但是，后来人类的"教育"却改变了它们，恺撒继续保持着祖先的血统，而拉狄顿却变得温顺了，甚至"改变了品种"，它失去了祖先的冒险精神，变成了与狼完全不同的狗。

对于这一点，我们在莎士比亚的戏剧《裘力斯·恺撒》中就不难听到回应，剧中背叛恺撒的凯歇斯就曾发出过感叹："罗马人现在有的是跟他们的祖先同样的筋骨手脚；可是唉！我们祖先的精神却已经死去，我们是被我们母亲的灵魂所统治着，我们的束缚和痛苦显出我们缺少男子的气概。"还有，"那么为什么要让恺撒做一个暴君呢？可怜的人！我知道他只是因为看见罗马人都是绵羊，所以才做一头狼……"

这条狗不但是人类制服、驯化野兽的结果，更体现了一种教育的理念。换句话说，这种把狼驯化为狗的过程，就是人类文明及其教育理念的萌芽与起始。在这里，狗的产生至少需要以下条件：一是人类的挑选；二是被选中的是否愿意进入人类文明的环境，也就是人类的厨房；三是岁月的熏陶，野生的狼是在人类环境中逐步变成狗。于是，人类就把这个过程称为"教育"。

如果从这里进一步延伸，我们或许能够领会这样一种理念：人类文明并不是天然的，相反，它是一种教育和培育的结果，人类文明的全部成果都是教育的结晶。在这个过程中，文明就是人化的过程，用马克思的话来说，就是"人的本质力量的对象化"，马克思还在自己《1844年经济学哲学手稿》中指出："动物和自己的生命活动是直接同一的。动物不把自己同自己的生命活动区别开来。它就是自己的生命活动。人则使自己的生命活动本身变成自己意志的和自己意识的对象。他具有有意识的生命活动。这不是人与之直接融为一体的那种规定性。有意识的生命活动把人同动物的生命活动直接区别开来。……人证明自己是有意识的类存在物，就是说是这样一种存在物，它把类看作自己的本质，或者说把自身看作类存在物。诚然，动物也生产。它为自己营造巢穴或住所，如蜜蜂、海狸、蚂蚁等。但是，动物只生产它自己或它的幼仔所直接需要的东西；动物的生产是片面的，而人的生产是全面的；动物只是在直接的肉体需要的支配下生产，而人甚至不受肉体需要的影响也进行生产，并且只有不受这种需要的影响才进行真正的生产；动物只生产自身，而人再生产整个自然界；动物的产品直接属于它的肉体，而人则自由地面对自己的产品；动物只是按照它所属的那个种的尺度和需要来构造，而人却懂得按照任何一个种的尺度来进行生产，并且懂得处处都把固有的尺度运用于对象。因此，人也按照美的规律来构造。"

无疑，狗的驯化，就是人的"本质力量对象化"的最早成果之一，这个过程是通过"教育"实现的。不过，这种"教育"使人与动物的关系变得更优雅，并且改变了一些动物的品质，也改变了人类自己，使狗自己的某种本性和天赋逐渐遗失。同时，这里也表现了在西方文化语境中"教育"的一种特殊意味，那就是人和狗的互动，他们互相达到教育的效果，人们通过养狗不但获得自然的知识，而且陶冶自己的情操，而狗则在与人同行的过程中走向了文明。

其实，在西方文化中，狗的名字有一个"大家族"，绝对不亚于人类。实际上，人类的很多名字都来自它们的祖先。这是一个有趣的文化现象。狗之所以一直作为人类的朋友，是因为它们接受了人类的"尺度"，接受了人类的"再教育"，甘愿放弃自己原来自然的、野性的生活习性，所以人们给了它们一定的回报；而狼由于坚持自己原始的立场，所以必然遭到人类的驱逐和猎杀，就像《变形记》中阿克特昂（Acteon）被野狗撕碎一样。中国古人讲"名不正则言不顺"，但是"名正"也并不意味着"言顺"。人类文化的产生就是从命名开始的。命名不仅意味着对事物的分辨认知，更体现了人类把自己的意志和想象投向自然的过程，但是，这毕竟是一种有意识的"归划"，即把外在的事物通过命名归入自己的世界，但是这并不见得就完全符合自然的存在规则。所以，人类赋予狼和狗不同的文化意义，也经常出现相互矛盾的情景。

所以，西方教育理念的源头，就存在着一种"变狼为狗"的说法。例如，西方古代哲学家柏拉图就提倡"狗道"，他说"我们的健壮武士……必须像牧羊犬一样警觉"，并且他问道："就他们在天性上即适宜于保卫而言，在英勇的青年和良种狗二者之间，想必是不存在什么差异吧？"在对狗的热忱和赞赏之词上，柏拉图甚至走得更远，以至于在狗身上觉察出一种"真正的哲学的本性"。因为，"热爱学习不是和哲学的态度相一致的吗？"柏拉图之所以认为这是一个非常严峻的问题，是因为"凶残本性恰恰是温和本性的对立面"，"训练有素的狗天性即是对其朋友及熟识者极为温和，而对陌生人刚好相反"。由此，柏拉图确立了自己的教育目的与政治目的，即通过把凶猛成分和温和成分混合而成的统治者的性格，保证国家稳定。所以在古希腊，体操和音乐（后者在更宽泛的含义上包括了所有文艺方面的学习）是上层阶级孩子们主修的科目，体现了柏拉图理想性格中的两种成分——凶狠和温和。

这一切都把狗与人类精神拉得更近了。极端的、不尽如人意的状态并没有影响人类从狗身上获得更多的东西。如果说，狗的驯化体现了人类文明的成果，那么，反过来，狗的品质及其表现又为人类树立了榜样，由此人类引申出了一系列人的教育。比如，学会克制与忍耐，成了任何一个文明人都必须养成的习惯。至于遵守既定的社会规则和等级制度，更是不可或缺的修养。而这都需要人类有像狗一样的涵养，或者类似驯狗一样的教育过程。例如，在欧洲的教育制度中，寄宿学校非常普遍，一些贵族和富裕家庭都会把自己的子女送去那里读书，让他们在那里养成服从和守纪律的习惯。在这些学校里，新生进校后按不成文的规定，都要为高年级学生打杂服务，甚至做擦鞋之类的工作，由此懂得如何成为整个团队中合格的一员。无疑，这也是人类文明传承的过程，教育的目的就是把一个无理念、无规则的人培养成一个有理念、有规则的人，使之成为一个社会的合格公民，履行社会赋予的各项义务。

直至今日，这依然是人类社会通行的文明规则，尽管它不是最好的，尽管它还有种种令人不满的地方，人类社会至今还不能放弃它。在这个过程中，人与狗其实并没有根本的区别，从文明化角度来说，他们处于同一平台。文明是教育、教化的结果，并不是某种天然或天赋的品质。由此，一个人即便出身于书香门第、贵族世家，如果从小把他抛在野外、在狼穴中长大，也必不可能成为一个文明社会的合格公民。

20 世纪轰动一时的对印度狼孩的研究就证明了这一点。据说，狼孩是一位名叫辛格的印度传教士发现的。1920 年 10 月初，他与几个欧洲人在一个废弃的白蚁冢附近的狼穴中，意外发现三只大狼、两只狼崽外，还有两只奇怪的"动物"，最后确定是两个小孩，一个 1 岁半，另一个 8 岁左右。两个孩子被解救出来后，辛格给她们分别取名为阿玛拉和卡玛拉，并把她们送进了米德纳普尔市孤儿院，进行专门的抚养和教育。据辛格后来发表的日记记载，这两个小孩虽然是人，但是不会像人一样行走，只能四肢着地，像动物一样灵活地爬行，她们的眼睛也非常锐利，像狼一样在黑暗中闪闪发光，并且害怕光亮，她们拒绝穿上衣服。刚开始，她们只会像狼一样舔食东西，热了就像狗一般张大嘴巴喘气。她们白天缩成一团，萎靡不振，午夜一过就变得活跃起来，她们不喜欢吃人类的食物，但是对动物肉类的气味非常敏感，藏在哪里都能够找出来，并大口吞噬。她们不会说话，但是到了夜半三更，会不时地发出阵阵长嗥。后来，卡玛拉死于肾炎，而阿玛拉则活到了 17 岁左右，死于 1929 年。在这期间，尽管她学会了用语音来表达一些自己的愿望，甚至掌握了一些简单的词语和句子，但是她始终未能流利地讲话。另外，尽管辛格夫人尽了很大努力，包括借助按摩和浴疗来舒张她的关节，使她能站立起来，可是阿玛拉一直未能学会直立走路。

可见，人之为人，是文明教育的结果。离开文明的环境（就像"猪油"

离开了人类的厨房一样），离开了人类的教育，就会与禽兽无异。相反，即便是狗，如果把它带入文明环境中，进行良好的教育和培训，也会改变其原来的习性，成为人类文明大家庭中的一员。如康德所说："人只有通过教育才能成为人。除了教育从他身上所造就出的东西，他什么也不是。"

这也就是在西方文明理念中，人们特别重视教育与教化的原因之一。

人类把狼人化为了狗，但是仍然时时担心自己会变成狼。《呼啸山庄》对此进行了刻意的渲染。文明的绅士洛克乌德在山庄之所以感到不自在，是因为整个山庄都弥漫着一种粗野的气息。内内外外都是一片狼藉，主人更是粗鲁不堪，没有一点文明教养的气息。至于他一进门就看到的那条好大的、猪肝色的母猎狗以及一窝唧唧叫的小狗，与其说是家养的狗，不如说是未脱野性的狼，它们和主人公希剌克厉夫一样未能真正进入人类文明社会。

所以，教育是文明之根，无论是狗还是人皆需要文明的熏陶。

而在这里，人类文明的另一个基本理念也脱颖而出，那就是学习。因为教育是由两方面构成的，即一方面是教育者的引导与培训，另一方面是受教育者的学习与服从。名叫恺撒的狼之所以永远是狼，是因为它不愿意服从和学习。人也同样如此，一个文明人必须具备学习的愿望和能力。在这方面，人类从狗的习性与行为中获得了很多东西。如今，尽管人类已经发现很多动物都具备学习的本能，但是还是愿意把"学习模范"的桂冠首先授予狗。

可见，在人类文明的起源与发展中，狗与人是互动的，狗的人化与人的"狗化"经常融合在一起，构成了人类教化的基本理念。这里也表现了西方文化语境中"教育"的一种特殊意味，那就是人和狗的互动，他们互相达到教育的效果，尤其是对孩子来说，一条狗的陪伴能够极大地促进其身心发展，激发其学习的热情，开发其学习的潜在能力。这种情景在人类生活中至今还非常普遍。在人类文明化进程中，人与狗处于一种"教学相长"的状态，互相在对方身上获取了文明和知识。

也就是说，人类不仅驯化了狼，使之变成了狗，证明了自己具有驾驭动物世界的能力，而且也从狗身上学到了许多东西，并把这种东西融入了人类文明的理念之中，成为人类文化中不可或缺的因素。

这也就是人类难以离开狗的根本原因之一。在很多文学作品中，我们都可以发现，人在万不得已远离文明社会、处于极度孤单境地之时，其求生，特别是继续维持一个文明人状态的基本原因，就是要有一条狗在身边。在笛福（Daniel Defoe，1660—1731）的《鲁滨逊漂流记》中就是如此。在一位冒险家开始上路的时候，作者就生怕他后来在孤岛上沦为野人，特意让他带上了一些人类社会必不可少的东西，包括一些书籍，其中有《圣经》、天主教祈祷书和几本别的书籍等，除此之外还不忘特意告诉读者，船上还有一条狗和两只猫，而其中那条狗，几乎是天之所赐，是主人公第一次上船搬东西时，它就泅水跟主人公上岸了，后来许多年，它一直是主人公忠实的仆人。从这个意义上来说，鲁滨逊虽然被困在了一个荒岛上，但是，他没有一刻是完全脱离人类文明的，依然是一个地地道道的文明人。而且他也并非完全孤独的——因为他还有一条狗，之后才有了"星期五"。

但是，这种情况一开始就存在危机。换句话说，教育就是把人训练成狗，像狗一样服服帖帖服从长官的意志，按照主人的指令行事，在一些场合，还要学会向主人摇头摆尾，讨主人的欢心。

可见，在有关教育理念方面，人类在狗面前并没有完全放弃自己的反省与思考，在既定的文明框架之后，一直抱有某种怀疑的态度。当然，这并不妨碍这种培养狗的教育理念与模式长期有效，只不过近年，随着现代化社会的到来，人类已经空前地把自己变成了狗，所以其怀疑和反对的声浪似乎越来越高涨。

例如，现代作家马里奥·巴尔加斯·略萨（Mario Vargas Llosa）就通过自己的小说表达了这种反叛之声，他在《城市与狗》之中，就描述了城市一所警察学校中的生活情景，显示了专制制度对"狗道"教育的依赖。其中最生动的描述就是每一个新生都要经历一次的"新生洗礼"。当入学新生明白了"军人的生活是由三个要素组成的：服从、勤劳与勇敢"之后，接下来就是接受高年级同学的一顿暴打，被迫用墨西哥民歌的调子唱一百遍"我是一个狗崽子"。下面是一个外号叫"奴隶"的新生的遭遇：

"你是狗还是人？"那个声音问道。

"报告士官生，是狗。"

"那么你站着干什么？狗是四只脚走路的。"

当他弯下身子双手触地的时候，立刻感到胳膊上火辣辣地疼。忽然，他发现身边另外一个小伙子也四肢着地趴在那里。

这时只听得那个声音说道："好啦，两条狗在街上相遇的时候，它们会怎么样？士官生，你回答！我是在跟你说话呐。"

"奴隶"的屁股上挨了一脚。他立即回答说：

"报告士官生，我不知道。"

"狗咬狗。"那个声音说，"它们会互相狂叫、扑打、撕咬。"

"奴隶"不记得那个和他一起接受新生"洗礼"的少年的面庞。大概是八、九、十班中的某个新生，因为他身材矮小。由于恐惧，那张脸已经变了形。那个声音刚一停，小伙子便朝他扑过来，一面狂叫着，一面喷吐着白沫。突然，"奴隶"感到肩膀上被疯狗咬了一口，这时，他的身体才有了反应。他在边叫边咬的同时，以为自己真的长了一身皮毛，嘴巴也是既长又尖的，好像真的有条尾巴像皮鞭一样在背上甩来甩去。

"行了。"那个声音说道，"你赢了。可是那小个子骗了我们。他不是公的，是母的。你们知道，公狗和母狗在街上相遇会怎么样吗？"

"报告士官生，不知道。""奴隶"答道。

"它们互相舔来舔去。一开始，它们亲热地闻一闻，然后就舔起来。"

后来，他被拉到室外，带到体育场上。他已经记不清那是白天，还是夜幕正在降临。在那里，他被脱光了衣服。那个声音命令他在跑道上围着足球场"仰泳"一圈。接着，他又被弄回寝室，命令他铺好床，站在衣橱上唱歌、跳舞，模仿电影演员的动作，擦拭短靴，舔净地板，用力骑压在枕头上，喝尿……总之，是一连串狂热的神经错乱。[1]

---

[1] 马里奥·巴尔加斯·略萨：《城市与狗》，赵绍天译，外国文学出版社，1981年，第57—58页。

这个世界之所以充满罪恶，原因之一就是有很多训练有素的"狗"在维护它，而专制教育制度往往就是以培养这种"狗"为目的的。这一点，我们在巴尔扎克等19世纪的文学大师笔下已经领教过了。这类训练有素的"狗"，最好像雨果笔下的沙威警官一样，绝对忠于职守，对上司像狗一样，但是对待底层人民像狼一样凶恶。至于这种制度培养出来的"成品"，我们在托尔斯泰的《复活》中也能看到："玛斯连尼科夫之所以特别兴奋，原因是那位显要人物对他青眼相看。玛斯连尼科夫在近卫军团供职，本来就接近皇室，经常同皇亲国戚交往，但恶习总是越来越厉害，上司的每次垂青总弄得玛斯连尼科夫心花怒放，得意忘形，就像一只温顺的小狗得到主人拍打、抚摩和搔耳朵那样。它会摇摇尾巴，缩成一团，扭动身子，垂下耳朵，疯疯癫癫地乱转圈子。玛斯连尼科夫此刻正处在这种状态。"

当然，像略萨笔下的如此荒唐残酷的"新生洗礼"，也许并不常见，但是其背后隐藏的类似的文明理念与教育方法却由来已久。其实，人类完全没有必要把自己的文明体系与生存状态过于神圣化和无瑕化，更没有必要为把自己与狗相提并论而感到羞耻。因为人类为了自身文明的发展，个人不仅在有些方面有时候像狗一样生活，而且还有时候不如狗，处于"猪狗不如"的生存状态。

因此，从表面上看，人给狼披上了衣装，把它们的后裔带进文明时代，但是从本质上来说，人类不仅在把狼变成狗的过程中建立了认识世界的独一无二的尺度和标准，而且也给自己套上了文明的枷锁。

其实，狼可以变成狗，狗也可能变成狼。这也许是艺术世界经常发生的另一种神奇的"转形"，它带领人类去领略内心深处那个深不可测的原始深渊。因为人在很多方面与狗相似，是一种可塑性很强的高级动物。人性原本又是一个复杂的整体，不仅具有向善的本性，拥有软弱、敏感和有同情心的一面，同时也有动物性的一面，拥有不可遏制的欲望和品质。这两方面不可分割，融为一体，人类不可能简单地肯定某一方面，而去否定另一方面。也许正因为前者，人类能够与动物相通，不断从动物那里获得智慧和力量源泉。同时也正因为拥有后者，人类与动物世界才保持生息相关的联系，永远不可能完全被语言和法规异化，变成某种虚伪、机械的工具。

十二、做狗还是做狼：人性在自由与奴役之间徘徊

但是，这一切都把人类文明推向了一种两难境地：做狗还是做狼。

显然，在西方文化中，狗不是单独存在的。其实，在我们谈到的每一个狗的背后，都或明或暗地站立着另一种存在——狼。可以说，无论人类如何努力，被人化或文明化的狗都一直生活在狼的阴影中，由此构成了人类灵魂中野性与文明的抗衡与冲突。

很有意思的是，人类宗教文化的兴起，就是把原来是兄弟的狼与狗推向了两个极端，一方面是狼的境遇空前倒霉，从过去的英雄沦落到了恶魔和被诅咒、被追杀的对象；另一方面则是狗的运道蒸蒸日上，不断得到人们的赞颂。例如，在古代"拜火教"（一译琐罗亚斯德教）中，狗就为神物，人死后肉体不仅要由它来"净化"（喂狗），灵魂也要由狗精灵护送到极乐世界。在基督教中，耶稣在进入圣地耶路撒冷之时，自己的那条笨狗也获得了进入天堂的权利。

这不仅表现在宗教神话中，而且卷入了西方对人与社会的哲学思考之中。对这种成长中的烦恼，无数哲学家和思想家都在辗转反侧，希望找到一条通向自由的路。例如，古罗马思想家马嘉维利曾经说过，"每一个统治者都面临着做人或做兽两种选择；而对于一个普通人来说，或许更现实的选择是做狼

还是做狗。"① 如果说，人性在西方人的文化意识中占据着核心地位，那么，在这种人性中，狗性和狼性就成了其中最重要的两极，既难解难分又经常发生激烈冲突。这也许是人们最难进行选择的地方，正如中国人所谓"鱼翅与熊掌"不可兼得，狼性与狗性也是难以取舍的。所以，在西方文学中，赞美狗的言辞不计其数，但是说你"简直是一条狗"，仍然是一句极其蔑视的骂人话，因为这意味着你失去了人格，取媚于权贵；对狼同样如此，尽管仇狼的话语层出不穷，甚至有一段时间把狼赶尽杀绝，但是在人的内心深处永远保留着对狼的一种敬佩和羡慕——因为它们为了自由决不屈服，决不在自己脖子上套上皮套。

对于这一点，叔本华和尼采也深有体会。但作为具有反叛性的一代思想家，他们都试图冲出那种传统的、已经固定成型的"狗"的教育模式，期望人性到达一种自由创造的境界。叔本华曾指出，人不能像狮子狗一样过活，他还在《论充足是根据律的四重根》中提出过如此问题："当一个人想到狗时，他是否意识到一个介于狗和狼之间的动物；或者，他是否如我们已经讲过的：或者通过理性思考一个抽象概念，或者通过他的想象力把这一概念的表象展示为一幅明净的图画。"② 那么这里"介于狗与狼之间的动物"与"理性""想象"的关系，就会令我们困惑——尽管叔本华晚年只有一条取名为Atma（宇宙精神）的鬈毛狗陪伴着他，他和这条狗每天散步两小时，回到家后，他又叼起自己的长烟斗，开始阅读伦敦《泰晤士报》。

尼采同样如此，他把"做狗"看作是人的最大痛苦，他的名言是："我给我的痛苦起了一个名字，叫作'狗'。它与别的狗一样，忠实、有趣、聪明、缠绕不休。我可以对它厉声呵斥，在它身上发泄恶劣情绪，就像别人对待他们的狗、仆人和老婆一样。"——显然，如果用一种动物来给尼采赋形作画的话，那么，尼采不是一只羊，也不是一条狗，而是 20 世纪人类文化史上的一匹"狼"，其酒神精神充满着原始野性的生命活力。

显然，他们都属于未被征服的"狼"。正像在自然界一样，有的狼就是不

① 梅勒什可夫斯基：《诸神复活》，绮文译，北京三联书店，1988 年，第 616 页。
② 叔本华：《叔本华文集·悲观论集》，王成译，红旗出版社，1998 年，第 413 页。

愿意成为人类的随从，不愿接受人类文明规则的约束，由此放弃自己的自由自在的生活。对于这一点，我们在以往狼与狗的历史中已经有所体验，而最著名的、出神入化的叙述说明则来自《伊索寓言》中那则《狼与家狗》（The Wolf and the House Dog）的故事，其中的经典对白就发生在一条被主人养得毛光皮亮的家犬和因为觅不到足够食物而瘦得皮包骨头的狼之间：

由于乡村里的狗非常机敏和厉害，狼几乎很难在附近找到吃的。有一只狼因此瘦得皮包骨头，它的情绪也显得特别沮丧。一天傍晚，这只狼在村边遇到一只肥胖的狗。狼本来很高兴能够找到吃的，但是看到这条狗如此强壮，只好放弃自己的打算。所以，狼就以友好的态度赞美这条狗和狗的外表。

"但是如果你愿意你也可以和我一样啊，"狗听后回答，"离开森林吧，你生活在那里实在太辛苦了，为什么呢，你很辛苦搏斗才能获得一点点食物。以我为榜样就行了，你可以长得很肥美。"

"可是我必须做些什么呢？"这狼问道。

"并没有什么大不了的，"这狗回答，"赶走那些拿讨饭棍的，朝那些乞丐吠叫示威，同时向房屋的主人献媚，由此就能得到各种食物，比如鸡骨头、肉块、糖、点心，还有许多说不上名字的好吃东西。"

因为有如此美好、快乐的事情，狼几乎要掉泪了。但是，就在这时候，它注意到了这条狗脖子上有皮带勒过的印痕。

"那，你脖子上的印痕是怎么回事？"

"那没什么。"狗如此回答。

"什么！？没什么！？"

"噢，那只是小事而已。"

"但是到底是怎么一回事儿，请告诉我。"狼很想知道真相。

"你看到的也许不过是皮带留下的印痕而已，它有时候太紧了。"

"什么？皮带？"狼叫了起来，"那么你是否可以想到哪儿就可以到哪儿去呢？"

"并不是总可以这样的！但是这又有什么关系呢？"狗回答。

"这可是这个世界最重要的问题！由此我并不稀罕你所获得的美食，我也决不会用如此的代价去换取世界上所有肥嫩的小羊。"说完，那狼就头也不回地跑回了森林。

这是一则流传甚广的寓言故事。应该说，这是一次意味深长的历史对话，几千年之后，狗与自己祖先的一次相遇和对话。与史前社会相比，狼的处境已经大不相同了，但是它竟然依然坚持自己的生活道路——尽管狼失去了先前的威风和荣耀，甚至连自己基本的生存状态也面临着危机。而更重要的是，人类已经改变了对它们的认知方式，它们已经失去了各自作为个体的独立身份，并且永远失去了再度团圆的可能性。

不过，依然令人感到困惑不解的是，人类并没有完全否定狼的选择。人尽管选择了狗，把食物奖赏给狗，但是却把内心的尊敬与认同留给了狼。人性的内在矛盾也许就表现在这种狼与狗的选择之中。

这说明人类并没有一劳永逸地解决狼与狗的冲突。因为人类虽然把从狼那里学来的本领发扬光大，并逐渐脱离了"与狼为伍"的时代，但是自己却步上了奴役动物的时代，不但把一切动物作为奴役对象，而且同类也互相奴役、相残、相食。当人类把众多动物关进动物园的时候，也把自己束缚在了人性异化的樊笼之中。人类固然脱离了野性的狼，但是变成了文明的狗，这未必是人性的喜剧。所以，人类内心又不时感到某种遗憾，觉得不安，甚至难以掩饰内心对狼的自然本性的留恋和向往，同时对失去了冒险精神的狗，心存几分蔑视。

显然，这里不仅表现了狼走投无路的处境，而且暗示了人的另一种价值选择。狗的状态再惬意，也是一种被奴役的生活；而狼的生存再艰难，甚至处于走投无路的境地，却还是要保持一种自我的尊严，这就突显了狼的自由选择。在狼和狗的处境对比中，突显了两种不同的价值观，一种是狗的屈从，用丧失自由的代价来换取物质的享受，而另一种则是狼的坚持，虽然走投无路，穷途潦倒，生存处境非常艰难，但是仍然珍惜自由，不愿放弃自我的独立。

也许从古老的时代开始，人类就面临着不同选择，或者成为一个失去自由的狗，或者坚持做一个自由的狼。尽管我们知道那个坚持自由的狼回到森林中的日子并不好过，但是还是不愿意把最后的命运交给别人，做和狗一样的选择，不会认定狗的选择是每个人唯一的生存机会，所以这个寓言最后的注脚是："没有什么比自由更宝贵了。"（There is nothing worth so much as liberty）

这种发自人类内心的声音自然会得到认同。例如卢梭就认为，我们无法割裂人类与自然的联系，首先是与动物的联系，而正是这种联系使人类拥有了爱好自由的天性。"人是生而自由的，又无往不在枷锁之中。"这是卢梭的名言，他想提醒世人的是，文明社会的形成即是人类堕落的开始，文明社会应对人类的一切罪恶负责，而现代社会非但没能减少社会发展的罪恶倾向，反而使人类在迷途上越陷越深。正是在此意义上，他发现现代教育制度实际上是对人天性的束缚，主张通过教育使人的天性得到全面自由的发展。为此，卢梭在《爱弥儿》中，就专门讨论过《狼与家狗》这则寓言在孩子心灵上的反映，他写道："学了《瘦狼和肥狗》这个寓言后，孩子们不仅不像你所想象那样把它作为一种谦逊的教训，反而认为这个寓言是教人放肆。我永远不能忘记的是，我曾经看见过有人拿这个寓言来折磨一个小女孩，想用这个寓言教她乖乖地听大人的话，结果使那个小女孩很伤心地哭了一场。起初大家都不清楚她为什么会哭，到最后才明白了她哭的原因。原来，这个可怜的女孩子受人的束缚已经受够了，她觉得她脖子上的皮都被锁链磨破了，她哭她不是一只狼。"

因为这个女孩是从自己的天性出发，来感受和理解这个故事的，她比刻板的大人更贴近自然，也更崇尚自由的天地——也许这也是小孩更能与狗相处的原因，他们一起共同分享着一种大人很难理解的快乐。而在这里，卢梭无非是说明，大人们的教育不仅有悖于孩子的自由天性，而且企图曲解这则寓言原本的意味。

这会使我们想起匈牙利诗人裴多菲的一首十分闻名的小诗："生命诚可贵，爱情价更高。若为自由故，两者皆可抛。"但是，人们并非都能意识到，这里最宝贵的"自由"与《伊索寓言》中的那条瘦骨嶙峋的狼有关。不仅如此，其至今还深刻影响着西方现代人思维中一系列自由与法制理念，包括人们熟悉的那座自由女神雕像也与这匹瘦骨嶙峋的狼相关联。

你如果尚有异议的话，我们不妨举出裴多菲的另外两首诗《狗之歌》和《狼之歌》来进行对比：

狗之歌

在浓重的黑云下，
狂风猛烈地吹动，
冬天的双生子——
雪和雨下个不停。

这不干我们的事，
大慈大悲的好主人
在厨房的一角
为我们找好了休息的地方。

我们不必担心肚子，
主人吃饱之后，
那桌上残留的
供我们大吃大嚼。

说真的，有几次，
皮鞭在噼啪作响，
给了我们痛苦，
那狗皮愈合后我们就把这些忘掉。

等主人发过脾气，
又唤我们过去，

我们高兴愉快地
舔着他那高贵的脚！

———1847 年 1 月

狼之歌

在浓重的黑云下，
狂风在猛烈地吹动，
冬天的双生子——
雪和雨下个不停。

在这光秃的沙漠上，
我们就这样生存，
我们无处栖身，
在这没有树木的地方。

我们体内忍受饥饿，
我们的身外是刺骨的寒风，
雪和雨这两个暴君，
残酷地把我们折磨。

那里还有第三位，
就是射击的枪，
我们的鲜血流了出来，
染红了一片片雪地。

我们又冷又饿，
腹部还有枪击的伤口，
我们呜呜地喊着不幸，

> 可是，我们有自由的生命！
>
> ——1847 年 1 月

很明显，诗人是站在饥饿的狼这一边的，他鄙视匍匐在主人脚下乞食的狗。我们甚至相信，这两首诗就是依据《瘦狼与肥狗》那则寓言故事写的，只不过时间已经移到了 19 世纪中叶，那正是欧洲大陆风起云涌的革命时代。

可见，做狼还是做狗，这确实是一个问题。人类之所以不能完全从狗那里得到满足但是又依恋狗，是出于一种对自己的怜悯。例如，莎士比亚笔下的朗斯对狗的同情与依恋，恰恰表达了人物自己的处境与心境，当他语无伦次地说"我就算是狗；不，狗是他自己，我是狗——哦，狗是我，我是我自己"的时候，所唤起的恰巧是他自己内心深处的自卑自恋意识，与他作为一个低下的仆人的状态相符。如果是强者或者是掌权者，都不会让自己成为狗的，这同样可以从莎士比亚的台词中得到印证。例如在莎士比亚戏剧《裘力斯·恺凯》中背叛恺撒的凯歇斯发出感叹："罗马人现在有的是跟他们的祖先同样的筋骨手脚；可是唉！我们祖先的精神却已经死去，我们是被我们母亲的灵魂所统制着，我们的束缚和痛苦显出我们缺少男子的气概。"还有，"那么为什么要让恺撒做一个暴君呢？可怜的人！我知道他只是因为看见罗马人都是绵羊，所以才做一头狼；……"①

这一问题不仅在过去的革命时代中形势逼人，迫使人做出抉择，而且在太平盛世，也时常侵扰着人们的思绪，使人们重新思考做人的价值和意义。实际上，在现代社会中，人类日益深陷于自己所创造的精致、精密的樊笼之中，内心受到多方面的挤压与限制，显得越来越萎靡与猥琐。而更有甚者，为了鼓励这种"狗性"，施行"狗道"，社会权力者与组织者采取了很多绝妙的方法。人类除了实行聪明的奖罚办法外，还用各种名义为狗颁奖，甚至奉狗为英雄，建立光荣榜。

---

① 莎士比亚：《莎士比亚全集》（第 8 卷），朱生豪译，人民文学出版社，1978 年，第 226—227 页。

这也许是人类几千年文明发展的极致。人类在一步步地远离自然的原始状态，逐渐建立起了以自我为中心的价值标准和理念，尽管其间不乏犹豫不决和矛盾冲突。所以，尽管人们对狗怀有一种蔑视态度，却一直愿意把它养在家里，一直宠爱有加；而对狼则完全不同，尽管在内心深处有一种敬重和留恋，但是还是要把它驱逐消灭。也许从某种意义上来说，狼就是人类文明过程的一个牺牲品。它不得不承受人类在迈向自己目标过程中的某种诅咒和误解。通过这种诅咒和误解，人类把自己进化中背负的原始重担转嫁到了特定的对象身上，使自己能够毫无精神负担（也可以说毫无羞耻感）地走向未来，成为地球的真正主人。

所以，在现代社会，人类"做狗"的感受和体验显得更加深刻。在这方面，"卡夫卡与狗的关系恐怕最令人感动了。对狗与狼的关系，卡夫卡有自己独特的见解，他不止一次地表达过如此的见解："自由和束缚在其根本意义上是一个东西。"① 他这样表达自己对自由的理解："你可以避开这世界的苦难，你完全有这样做的自由，这也符合你的天性，但也许正是这种回避是你可以避免的唯一的苦难。""你的意志是自由的，这就是说：当它想要穿越沙漠时，它是自由的，因为它可以选择穿越的道路，所以它是自由的，由于它可以选择走路的方式，所以它是自由的，可是它也是不自由的，因为你必须穿越这片沙漠，不自由，因为无论哪条路，由于其谜般的特点，必然令你触及这片沙漠的每一寸土地。"②

我们也许可以把这种理念称为"狼与狗的统一"。事实上，卡夫卡不仅有"遇狼"的心理体验，而且经常与狗同住。前者是从"强"方面来理解世界，后者则是从"弱"的方面来体验人生。他曾谈到，他有一段时间把所有的精力都花在一只叫"绝不"的吉卜赛种的小狗身上，并且真切感受到这条小狗

---

① 弗兰茨·卡夫卡：《卡夫卡全集》（第5卷），黎奇、赵登荣译，河北教育出版社，1980年，第68页。

② 弗兰茨·卡夫卡：《卡夫卡全集》（第5卷），黎奇、赵登荣译，河北教育出版社，1980年，第72页。

与他有同样的困惑。① 这绝不是偶然的，因为在卡夫卡看来，他的生命意识从童年起就与狗相连了：

> "一个生命"。一只发臭的母狗，众多狗崽子之母，有些部位已经发烂，可是在我的童年它曾是我的一切。它忠实地、形影不离地跟着我，我总是舍不得打它，在它的面前，我一步步地后退，躲着它，如果我没能够做出别的决定，它最终会把我逼到已经在望的墙角，会在那儿在我身上，同我一起完全腐烂，直到最终——我感到光彩吗？它那满足虚荣的虫一般的舌头舔着我的手。②

不管如何解读这段寓言般的回忆，都不能否认狗在卡夫卡意识中占据着重要作用。因为他确实有一种"做狗"的感觉和体验。在《一只狗的研究》中，他就这样写道："我的生活发生了怎样的变化啊，可从根本上看也没什么改变！当初我也生活在狗类当中，狗类所有的忧虑我也有，我只是狗类中的一条狗，当我现在将那些岁月重新唤到自己面前，当我回想起那些岁月并进一步观察时，我发现，在这里自古以来就有什么东西不对头，在这里有个小小的断裂处，在最令人起敬的民众集会中我会稍稍感到不适，甚至有时在最亲密的狗当中也是如此，不，不是有时，而是很频繁，只要看到一只我所喜欢的狗伙伴，只要看到以某种方式新见到的伙伴，就使我感到难堪，感到惊慌，感到束手无策，感到失望。我尽力安慰自己，凡是我告以实情的朋友们

---

① 他写道："我所有的业余时间（本来是很多的，可是为了抵抗饥饿，很多时间我都得强迫自己以睡眠度过）都用于'绝不'了。在一张雷卡米叶夫人床上。这件家具是怎么跑到我这个阁楼上来的，我就不知道了。也许它本来是要搬到一个废物室去的，却偶然地（这已是司空见惯的了）留在了我房间里。'绝不'认为，不能再这样下去了。必须找到一条出路。我实际上也是这么想的，可是在它面前我却装出另一副样子。它在房间里东奔西跑，有时窜到椅子上，用牙撕扯我给它的香肠块，最后用爪子把肠子向我弹来，然后又开始它的东奔西跑。"——弗兰茨·卡夫卡：《卡夫卡全集》（第5卷），黎奇、赵登荣译，河北教育出版社，1980年，第90页。
② 弗兰茨·卡夫卡：《卡夫卡全集》（第5卷），黎奇、赵登荣译，河北教育出版社，1980年，第34页。

都帮助我，这样随后的一段时间就比较平静了，在这段时间里，虽然不乏那种意外，但我却能比较沉着冷静地对待它们，能比较沉着冷静地将它们接纳进生活。这段时间也许会使我悲伤疲倦，但它却使我从整体上来说真正在做狗，虽然我这条狗有些冷漠，拘谨，胆怯，精打细算。"

正如写大甲虫一样，卡夫卡对狗的研究其实就是对人的研究，尤其是对自我存在状况的研究。就此来说，狗其实就是人类的一面镜子，卡夫卡能够从狗那里获得人类生存和心理状态的信息。也许正因如此，卡夫卡认为狗的出现有一种"神谕"作用，至少对于他来说是如此①——其实，这在古代或许并不稀奇。对此，古斯塔夫·雅诺施（Gustav Janouch，1903—1968）在《谈话录》中记叙了这样一件事：

> 我和朋友莱奥·雷德勒一起在共和国广场上，当我看见弗兰茨·卡夫卡突然向我们走来时，我就向我的朋友告辞。
>
> "我从特施诺夫就一直跟在你们后面，"他寒暄了几句后这样说，"你们谈得非常入神。"
>
> "莱奥向我解释了泰勒主义和工业中的劳动分工。"
>
> "这是一件可怕的事情。"
>
> "博士先生，您是不是想到了人被奴役？"
>
> "问题还不止于此。这样严重的恶行只能产生被恶所奴役的结果。这是很自然的事。一切造物中最崇高的、最少触及的部分——时间——被压进了肮脏的商务利益的网里。这样，不仅仅是创造，而且首先是创造的组成部分的人被玷污，被侮辱。这样一种泰勒化的生活是可恶的诅咒，其结果只能是以饥饿和穷困取代希望得到的财富和利润，这是迈向……"
>
> "迈向世界毁灭。"我接着说。弗兰茨·卡夫卡摇摇头。"要是能很肯定地这样说倒也好了。可实际上没有一点东西是肯定的。所以我们不能说什么。我们只能呼喊、磕巴、喘息。生活的流水线把一个人载向某个

---

① 弗兰茨·卡夫卡：《卡夫卡全集》（第5卷），黎奇、赵登荣译，河北教育出版社，1980年，第415—416页。

地方,人们不知道被载向何方。人与其说是生物,还不如说是事件、物件。"卡夫卡突然停住脚步,伸出手:"您看!这里,这里!您看见了吗?"

这时,我们已经到了雅各布街,从一座房子里跑出一只一团毛似的小狗,越过我们前面的路,消失在寺庙街的街角。

"一只可爱的小狗。"我说。

"一只狗?"卡夫卡疑惑地问,慢慢迈开了脚步。

"是一只幼小的小狗。您没有看见?"

"我看见了。可那是狗吗?"

"是一只卷毛狗。"

"卷毛狗。可能是一只狗,但也可能只是一个信号。我们犹太人有时会可悲地弄错事情。"

"我们看见的只是一只狗。"我说。

"要是那样倒也好,"卡夫卡点点头,"可是这个'只是'适合于需要它的人。对甲来说是垃圾或狗,对乙来说是信号。"

卡夫卡之所以把小狗的出现看作是一种神谕,在于它向人们传达了一个信号,更是为他与朋友的这场谈话提供了最生动的注解:现代社会并不见得会毁灭,甚至也不会发生革命,但是其结果无非是人们都变成狗——一只卷毛狗,像狗一样生存。

无疑,作为现代人的呼应,做狗与做狼(Wolf or Dog)已经成了像哈姆雷特式的生存还是不生存(to be or not to be)的难题。一位作者曾如此描述自己的狼狗:

这是一种伟大的、强有力的动物,它穿越在丛林中,心在猛烈跳动。它是一种强有力的食肉动物,但是它到底是一种什么样的猛兽呢?这仍是一种神秘的难题。

它很硕大,甚至有38英尺高、170多磅重。它就是一头灰狼,但是看起来却没有那样凶恶。它的皮毛可能是黑的，白的，灰的，或银灰色的，它的爪子完全像狼。只有一样使它有别于狼，那就是它的眼睛。真的，它们很大，在黑暗中闪光，但是那眼光有别。它没有蓝眼睛，它似乎已经失去了那深深的蓝色。它可能从它母亲那里继承了这种蓝色，但是它母亲只是3/4或1/4的狼了。它的父亲可能是一只大黑狼，有更大的蓝眼睛。但是，现在那只蓝眼睛的动物已经不能不远去了，因为否则它可能会丧命。

……

但是它对我来说，永远是狼的象征。

所以，尽管卡夫卡认为"自由和束缚是一回事"，但是狼和狗绝对不是一回事。从历史进化的角度来看，狗确实是人驯服的一种动物，可以说是人化的狼，或者说狼是未被人类驯化的狗，而狗就是人类驯化的狼。

但是问题恰恰在于，为什么有的狼被驯化成了狗，而有的狼永远是狼呢？

而人为什么长期被这样一个问题困扰呢？

对于前一个问题，也许需要从生物遗传或基因方面获得答案，而后一个问题，则直接关系到人之为人的自我认同。也许狼和狗的关系本身，就构成了人自我存在的一种悖论和困境，因为在很多情况下，狼与狗代表着人性的两极，人类经常在这两极中选择和摇摆，一方面体验着"做狗"的懦弱，另一方面，不断显露出"似狼"的野心和贪婪。而在现实生活中，人类所喜欢的永远不可能是自己选择的，而自己所选择的又总是自己并不十分喜欢的，因为人们很难，甚至永远不可能得到自己的另一半。让狼性和狗性和睦相处，这在人的普遍意识中，也自然形成了对狗的双重态度——鄙视与赞美并存，皮鞭与美食相加。

同时，这也是人性的真实状态。在现实生活中，人类为了生存发展，表面上不得不像狗一样服从各种规则规范，而内心中却隐藏着狼一样的欲望，希望有朝一日能够超越一切束缚，进入无限自由的广阔天地。

也许这就是人类双重性格的表现，人性实际上就是狼性与狗性的结合，并在两者的碰撞、转化与升华之中找到自己的定位。

十三、怀念狼：人类永远的回望与反思

于是，我们产生了在文明装饰之下的另一种历史的潜流：怀念狼。

人类不得不怀念狼。显然，人类尽管有过各种各样的动物图腾崇拜和神话传说，其中狮子、老虎、蛇等意象至今还深刻影响着人类，在文化中留下了各种印记，但是它们绝对没有狼那样的缘分，能够与人类生活发生如此密切的关系，狼在原始时代与人同行，留在了人们的历史神话之中，此后与人类分道扬镳，还把自己的影子——狗——留在人类身边，充当自己的代理人，服务人类并监督人类。而更为独特的是，并不是所有的狼都愿意臣服于人，总有一部分永远不愿意成为狗，并云游于人类社会之外。这就是人类心中永远的心病，也造就了狼与狗在人类精神生活中的特殊意味与价值。

当然，人类曾经想摆脱狼，甚至消灭狼，永远忘记狼，为此也曾做过长期不懈的努力。其实，当人类有了狗之后，就意味着开始与狼分道扬镳，直到永远，同时这也意味着人类试图开始"遗忘狼"。人们以为，只要有忠诚的狗追随左右，狼就失去了存在意义。于是，正如我们前面已经提到过的，这种现象从很早就开始存在了。人们让狗进入天庭，却把狼打入地狱。从天狗星代替天狼星作为人类膜拜对象的时候起，人类就开始把各种各样的美德与狗联系起来，使之成为文明的典范。所以不知从什么时候起，我们在世界的很多地方，都可以见到专门为狗建造的雕像或纪念碑，人类用各种各样的方式为狗封功立传，似乎都在昭示着人类文明的一项伟大成果，即狗已经完全脱离了野性的动物世界，已经完全接受了人类对它们的要求，已经完全融入了人类社会。这在无形中也是一种对狼的宣判，实现人类所谓"扬善惩恶"的意图。也许很少有人意识到，在这背后一直隐藏着一种意图，那就是消除或者遮蔽狼在人们心灵中的地位。也就是在这种情况下，来自原始时代的一些情感记忆被压抑下来，被迫处于"被遗忘"或"被遮蔽"的状态，逐渐形成了弗洛伊德所说的"潜意识"。

似乎一切都是徒劳的，人类刻意消灭自然界的狼，却泯灭不了心灵中的狼，人类能够把人们意识中的狼批倒批臭，却无法剔除人们潜意识中的狼。就拿狗来说，也是如此，它们虽然一直追随人类，遵守着文明规范，但是狗性永远不等于人性，狗不仅心灵深处永远隐藏着狼性，而且在现实生活中也追随着狼，经常与人类内心中的狼性相呼应，留下恶人恶狗的记忆。这一点在西方文化中表现得格外明显。在很多情况下，狗会变得比狼还要凶恶，尤其在远离教堂的地方，会变得很狂野，甚至具有狼的习性。这种比狼还凶恶的狗，我们在《呼啸山庄》和《撒旦起舞》中已经见识过了。

在人类精心打造的文明规范框架中，狼一般就隐藏在潜意识之中，在大多数情况下，只能以变形变体的方式表现出来，或者干脆在人们梦境中浮在意识的表层。显然，这对人类内心的需求来说，是远远不够的，因为既然狼性存在于人类本性之中，那么它就会不甘心一直处于被监督、被禁锢的状态，其不但不时向人的意识层面挺进，还不失时机地突破人类文明逻辑的束缚，在人的现实生活中争取存在的合理性与合法性。

于是，即便在人类誓死要把狼赶尽杀绝的年代，我们也能在文学作品中听到人们替狼发出的抱怨：

> 它看到牧人
> 正在吃一串烤的羔羊肉。
> 它说："啊，我谴责这种血液的人，羔羊的保护者
> 正吃着羔羊；

而我们狼族就得细心谨慎地不去吃它们吗？

不！这连神都不会允许。

……"

同《瘦狼与肥狗》的寓言一样，这里透露出来的是人类潜意识中的反省与抗议，显示了人与狼在"吃羊"方面的共同性，说明仅仅用这样的理由去猎杀狼，其实也是对人类自身潜意识欲望的一种亵渎。而这里浮现出来的看世界的狼的眼光，正是人类潜意识的一种流露，它总是在人们不经意的时候，向正统的文明观念发出挑战。

其实，猎狼运动不能从欧洲说起，早在公元前，中国的中原大地就开始了一场声势浩大的灭狼之战。据说，当时正值春秋时期，晋国大夫赵简子经常亲自带军队出城猎狼，前面有当地知情人引路，后面有猎犬追随，旌旗蔽日，号角震天，所谓"惊尘蔽天，足音鸣雷，十步之外，不辨人马"，这正是其声势浩大之写照。明人马中锡（1446—1512）就专门写了《中山狼传》一文，为我们留下了不可多得的历史材料。

值得注意的是，虽然马中锡与拉·封丹各处东西两方，但是在各自的作品中都涉及了狼，不但涉及了狼，而且都透露出了为狼请命的声音。《中山狼传》中的东郭先生虽也明白狼"性贪而狠，党豺为虐"，但是在狼情急乞命之时，依然冒险救狼，并且不惜为狼撒谎。而使人感到更尴尬的是，当东郭先生事后处于被狼所吃的危急时刻，请三老评理，前面的二老皆站在狼一边，共同控诉人类的无情无义。我们不妨先听听他们的意见。

其一是老杏树，它是这样说的：

我是一棵杏树，当年老农种我时，只费一颗果核。过了一年开花，再过一年结果，三年有合掌那么粗，十年有合抱粗，到今天，二十年了。老农吃我，老农的老婆孩子吃我，外到宾客，下到仆人，都吃我。还在市场卖我谋利。我对老农有非常大的功劳。如今我老了，不能花谢结果，惹得老农恼怒，砍伐我的枝条，剪除我的枝叶，还要把我卖给木匠店换钱啊。唉！我这已不成材的朽木，老态的光景，但求免除斧凿的杀戮都不行。你对狼有什么功德，就指望免死啊？这样的情况本来就应当吃你。

而随后碰到一头老牛，它是这样说的：

老杏树的话不错啊！我现在是一头老牛了，但是当我牛角还是如蚕茧栗子一般的时候，筋骨颇为健壮有力，老农在市场上用一把刀就换到了我，让我做群牛的副手，耕种田地；等到我长壮了，群牛日渐老而无力，我就成了干活的主力，随主人任意驱使，我背负的是田猎的车，在道路上急速奔驰；说要耕种，我就卸掉大车到地里拉犁耕田。老农对待我犹如左右手。衣食仰仗我供给，嫁娶仰仗我完成，赋税仰仗我交付，粮囤仰仗我装满。我也自信，能够得到帷帷席子遮蔽风雨，像马、狗一样生存。过去主人家储蓄的粮食一担一石都没有，如今却十斛那么多；从前主人家穷得没人理睬，如今甩着膀子在村社行走；往年主人家灰的酒杯酒坛，空空如也，半辈子没装过酒，如今用粮食酿着酒，整日拿着酒杯，娇惯着妻妾啊；往年主人家穿着粗布衣服，和树木石头为伴，手聚不拢，心里没学问，如今拿着书，戴着帽子，腰扎皮带，衣服宽松啊。这一根丝一粒粟，都是我的功劳啊。但是如今我年老体弱，主人家就把我赶到郊野；整日冷风吹眼，寒阳照身，老泪如雨；我也早已骨瘦嶙峋，整日涎流不止，腿脚痉挛，连皮毛都脱光了，身上更是遍布疮痍。老农的老婆更是凶狠刻薄，早晚都在唠叨："牛的一身没有废物啊。肉可以做脯，皮可以做皮革，骨头和角还能做成器皿。"还指着大儿子说："你学徒庖丁有年头了，为什么还不磨好刀准备下手呢？"照这样看来，我也无多来日了，还不知道要死在什么地方呢！我有功劳又如何，还不是要死于人的屠刀之下吗？你对狼有什么公德啊，难道还指望免于一死吗？

无疑，从主旨上说，《中山狼传》是一篇"仇狼"的作品，所以历代读者都十分同情东郭先生的遭遇，痛恨中山狼的忘恩负义，都非常赞叹最后出现的"第三老"——一位老农的举动,他不仅打死了中山狼,而且教训了心怀仁慈的东郭先生。但是,东郭先生从来没有认真对待和思考过前面二老的意见。换句话说,人类在阅读这篇寓言的时候,一开始就是站在"唯我独尊"的人的立场上来接受和思索的。就这一点来说,就连心软意慈的东郭先生也没有跳出樊笼,所以他才一再用"草木无知,叩焉何益?""禽兽耳,更何问为?"等理由来反诘狼的要求,没想到草木禽兽不但能言有知,更能说出一大堆道理来,让东郭先生,甚至所有的读者无理以对。

可以说,老杏树和老牛之所以站在狼这一方,是因为它们同属于被人类利用、统治和猎杀的大自然一边,它们有相同的遭遇和感受。与此同时,它们也是用大自然中共通的逻辑和道理来评理的。我们可以设想,如果当时有个自然法庭的话,那么中山狼未免会败诉。但是他们最后碰到的却是农民——一个绝对以人的利益为本位的仲裁人,所以他对狼的理由根本不假思索,就使用诡计杀死了中山狼。

人当然是最后的胜利者,但是人们却没有得到最后精神上的胜利,因为除了"狼就该杀"之外,并没有充分理由说服先前的老树和老牛。照此逻辑,老树和老牛的命运就可想而知了,它们只能无奈地接受人类的宰割。

马中锡的这篇《中山狼传》与拉·封丹的《农夫与蛇》有相似之处,都用某种动物来比喻本性难移的恶人,只不过拉·封丹用的是蛇。而就内容而言,《中山狼传》显然要充实复杂得多,不仅情节生动,所涉及的动物和人都很多,为狼的表演预设了很大的空间,能够使它比较充分地表达自己。这在西方的《伊索寓言》和《拉·封丹寓言》中都是少见的。也许正因如此,我们在人类为狼精心设计的圈套背后,发现了人类内在的空洞和空虚,即人类为自己寻找的所有理由,最后无非都是为了达到自己设定的目的,为了证明自己行动的正确性。而当这种理由不能自圆其说的时候,也会像拉·封丹寓言诗中的《狼与小羊》一样,照样杀死自己欲望中的目标。

这是狼的逻辑,也是人的逻辑,实际上是人与狼内在共通的原始基础。因此,我们在《中山狼传》中同样能够发现一种"潜结构",它与作品的表面结构——宣扬一种正统的、不容置疑的扬善惩恶的思想——不同,表达了人类潜意识中对狼的同情与怀念。

当然，在西方，同样存在着这种与正统观念唱反调的作品，但是如此精彩的寓言故事出现在中国，也是一个值得关注的现象。大家知道，在西方文化和文学中，狼扮演了一个重要角色，但是狼在中国传统文化与文学中却有不同的命运，由此折射出中西方文化及文学的不同价值观和情感内涵。而狼在中国的特殊命运及其变迁，不仅与中国传统文化与民族心理的独特性密切相关，也体现了中国文化及文学关系的不断变化。

中国是龙文化的故乡，具有根深蒂固的"仇狼"情结。这与西方文化中源远流长的"憎龙"的传统有其同样深刻的历史来源和心理背景。而就在这样一片黄土地上，也隐藏着"怀念狼"的文化情愫，这为我们沟通中西文化及人类心灵提供了新的线索。

从某种程度来说，文化研究首先是一种路径的设置，即从什么角度去理解人类与自然的联系及其信仰的确立。对此，人类其实已经进行过各种各样的尝试，设置了各种各样的路标，使人们从诞生之日起就能够依照这些路标来认识自己的文化，找到自己的人生定位和方向。就此来说，古代的神话传说和现代的哲学理念具有相同的文化功能。而问题在于，随着人类生活远离自然状态，人类也越来越远离古代神话传说，越来越依赖于哲学家、思想家的理念来指导自己的人生，这是否就意味着人类文明的进步呢？而另一个非常现实的危机在于，人类与动物之间关系的疏远、异化和隔绝将会对人类自身的生存和心理状态带来什么影响呢？当人们已经进入"机器狗"时代的时候，人类文化及文学是否也失去了往日的生命活力呢？

因此，"怀念狼"是人类共通的一种意识，来源于人类的原始记忆，隐藏在人的潜意识之中。"怀念狼"实际上是怀念人类与自然之间的原始、自然与和谐的关系。怀念人类天真、纯洁与自然的童年，怀念人类在大自然中天性流露、自由奔驰的美好时光。所以，当人们实在无法忍受"狗样"的生活，距离大自然越来越远的时候，就会越"怀念狼"，回望已经过去的时光，反思人类的所作所为。

这种情形不仅在西方备受关注，在中国也同样引人注目。20世纪以来，随着中国打开国门、走向世界，西方文化中的狼及狼性也进入了中国，成为中国文学乃至文化发生变革的一个重要元素，它与中国传统文化相碰撞相融合，造就了一系列神奇的文化创造。由此，从传统到现代，西方的"狼文化"开始进入中国，而中国的"龙文化"也随着中国融入世界的过程，走向地球的各个角落。"狼文化"与"龙文化"的碰撞、交接、交流和互相认同交融，正在成为当今世界最引人注目的文化景观。

于是，在21世纪开首，一本引人注目的小说出现在了《收获》杂志2000年第3期上，那就是著名作家贾平凹的长篇小说《怀念狼》。

小说描述了一个发生在黄土地上的故事。

商州曾是野狼肆虐的地方，人和狼之间发生过惨烈的战争——至今"我"舅舅后脖子上还有三个疤，那是七岁那年被狼叼走留下的纪念。而时过境迁，如今狼已经成了保护动物，整个商州仅存十五只狼。但是，不见了狼，很多奇奇怪怪的事情却发生了。比如，听说县东十八里的黄家堡出了个杀人狂，从他家后院刨出了四十八具尸体。杀人的是个瘫子，个头才一米五八，每每有人从门前过，就让进来喝水，然后朝人后脑用斧背一敲。杀人狂还声称，他杀的都是老弱病残和痴呆人，他是帮政府在优化人口。再比如，我们在一条船上听到狼叫，但是船夫说，他可见过狼抱根木头从河那边游过来，往岸上柳树枝上跳，把头挂在树杈上自杀了等。最后连剩下的三只狼都不能幸免于被枪杀的命运，而负责调查和保护这一即将灭绝动物的"我"不得不陷于绝望之中。

据说，《怀念狼》这部作品写了大约三年时间，改得也最多，一共改了四遍，最后一次整整修改了三天三夜。当有人问，怀念什么不好，为什么要怀念狼时，贾平凹在访谈中如此回答道：

> 商州的故事是我终生也难以写完的，如果有一段时间目光投向了别处，商州仍是背景。正因为狼是以一种凶残的形象存在于人的印象中的，也恰恰是狼最具有民间性，宜于我隐喻和象征的需要。人是在与狼的斗争中成为人的，狼的消失使人陷入了惊恐、孤独、衰弱和卑鄙，乃至死

亡的境地。怀念狼是怀念勃发的生命，怀念英雄，怀念着世界的平衡。

四十岁以后，我对这个世界感到越来越恐惧了，我也弄不明白是因为年龄所致还是阅读了太多战争、灾荒和高科技时代的新闻报道。如果我说对人类关怀的话，有人一定会讥笑我也患上了时髦病而庸俗与矫情，但我确确实实得如此。……有一日，故乡的几位农民进城看病，来我家闲聊，我的孩子问道狼是什么，因为幼儿园的老师给他们讲了大灰狼的故事，我和我的乡亲当时都愣了，突然意识到：怎么现在没有狼了呢？小的时候，狼是司空见惯了的，而这二三十年来狼竟在不知不觉中就没有了。狼的近乎绝灭如我们的年龄一样，我在过了四十五个生日之后，才猛然觉得我已经开始衰老了。

对于生存的观念变了，随之自然而然地引发着我的文学观的转变。作家的特点决定了他永远与现实发生着冲突，其超前的意识往往是以生存环境为根本的。……当种种迹象表明，西方理性文化在遭受种种挫折后与中国的感性文化靠拢吸收之际，这就为我们的文学提供了可以独立的机会。……

人的生存不能没有狼，一旦狼从人的视野中消失，狼就会在人的心中依然存在。这部小说肯定是隐喻和象征的，隐喻和象征是人的思维中的一部分，它最易呈现文学的意义。

可以设想，从小生长在中国这片黄土高原上的贾平凹遇到了和西方作家同样的困惑。其实，在贾平凹的作品中，狼性早在《废都》中就出现了，那个丧失了性能力的庄之蝶，不仅在"怀念狼"，而且是在寻找狼。他的痛苦不仅在于生理本能的丧失，更在于一种长期的精神"被阉割"状态所导致的生命力的退化。灵与肉的退化与勃发原本就是连在一起的。所以，贾平凹创作的意义，就在于其以一种活生生的生命形式显示了中国人的困境与渴望，在最原始的生命活动中寻找与展现艺术美的源泉。而从历史上看，中国的黄河流域可能是人类农耕文明成熟最早的地区，因此也是人类"仇狼"意识形成最早的地方。这或许和文化的感性或者理性并没有多大的干系，但是却能够帮助我们重新反思和了解一个民族的精神足迹,使新一代作家开始重新返回自然,寻找遗失的原始生命活力。

可惜,这一切都是在"没有狼"的土地上发生的。换句话说,"怀念狼"本身就是一种怀旧的心态,是在狼的身影越来越远,甚至即将消失时的一种回望和反思,其中包含着某种对大自然忏悔和迁就的心情。正因为狼快要消失了,人类距离自然也越来越远了,人生也越来越像狗了,所以人们才如此频繁地讲起了狼的故事,唱起了狼歌,跳起了狼舞,做起了"与狼共舞"的美梦。在这个过程中,狼依然是人与自然之间的媒介和"传信人",同时也是多种文化之间交流的"灵媒",其中包括"失去狼"的都市文化和现存的印第安人的"狼文化"之间的理解、沟通和融会。

但是,一切毕竟今非昔比了。狼似乎越来越成为一种虚构的幻影了,它不得不把真实的使命交给自己的后裔——狗。这一点,我们在前几年风行一时的小说及其电影《与狼共舞》(*Dance with a Wolf*)中就能感觉到。在小说中,白人军官邓巴中尉在孤独中与狼相遇,他们从对视、认识到帮助,充分体现了人与狼自然沟通的生动场景。开始时,邓巴中尉只是让狼分享一些自己的肉食,但是有一天他发现,这只老狼竟然为他猎杀了一只大鸡,并把它拖到自己家里。从此,他们开始分享猎物,成了名副其实的生活伙伴。正像小说中所描述的,当邓巴在屋里休息时,那只狼会在外面等着;当它看到邓巴中尉出门时,它会在中尉身旁转好几个圈,左右跑跳,然后卧下喘着气,像一只小狗一样。因此,我们完全可以想到这样一幅远古人类的生活图景:在远古荒原和丛林中,一些狼正在一步步转变为人类的帮手,而人类利用它们天生的嗅觉和机敏的跟踪能力来获取猎物。在享受猎物的时候,人类也决不会忘记协助自己的帮手,作为感谢把一部分食物留给它们——这是真正的人类与狼为伍共舞的时光。

这种情景无疑打消了印第安人对白人的顾虑,促成了印第安人对邓巴的信任。当印第安人踢鸟和他两个朋友看到邓巴与狼的这种亲密交往时,立即感到了一种相通的人类之情,意识到邓巴虽然是一个白人,但绝对是一个跟自己一样的人。由此,苏族部落的巫师才为邓巴起了一个很别致的名字——

"与狼共舞"。

但是，这里的"与狼共舞"难道不是一种变相的"与狗同行"吗？因为，至少在书中主人公的感觉中，这只狼已经不是森林中伤人的野兽，而是具有狗一样的特点。在这里，我们不仅怀念狼，也更了解了狗的处境与命运。狼与狗似乎在某一个美好的历史时刻融为一体了：狼确实是狗的祖先，而狗为狼的情感"替代"。当狼逐渐从人类文明的地平线上消失的时候，狗陪伴着人类走过了漫长的与天搏斗、与地搏斗、与各种野兽搏斗的历程，使人类能够在强手如林的自然界站住脚，并从千姿百态的动物界脱颖而出，成为自然界的主人。

而这一切如今已经成为文艺创作中展示的幻象，已经成为人类与自然、与自己的潜意识连接的特殊线索。无疑，人们对原野中狼的怀念，不管如何深远与深沉，最终感情都会落实到身边的狗身上——因为这是如今人们唯一能够贴近它们祖先的方式。其实，我们怀念狼，就不能忽视狗。因为狼被驯养为狗，不仅体现了人类文化的成果，更反映了自然中的人性，说明人并不孤独。在这个过程中，人类通过各种文艺创作来保持自己的原始记忆，不断唤起对自然的向往，就不得不经常在想象中与狼及其近亲动物，比如郊狼、猎狗等进行亲密接触和交流。这从古老的神话传说到现代文艺创作，都有不同形式的表现。

十四、回到狗：人性的多重镜像

其实，怀念狼，最终不得不回到狗，而回到狗，就是回到我们自身。

正如若伯特·若斯路穆（Robert Rosenblum）在其《艺术中的狗》（*The Dog in Art*，1988）中所写："所有动物来说，狗至今仍然是人类活动与欲求的最生动、贴近的一面镜子。"

而奥尼尔在替狗写的遗嘱中写道："无论何时，如果你们到我的坟前看我，借助我与你们相伴一生的快乐记忆，请以满怀哀伤而欢欣的口吻对你们自己说，'这里埋葬着爱着我们和我们所爱的朋友。'不管我睡得多沉，依旧可以听到你们的呼唤，所有的死神都无法阻止我对你们欢快地摇摆尾巴的心意。"

因此，在人类文化艺术中，很早就出现了表现狗的篇章，究其原因则在于人与狗之间的亲密关系，这种关系不仅是生活中的互相依赖，还是情感上的互相慰藉。例如，希腊作家荷马（Homer）在自己无与伦比的史诗故事中，就对有灵性和忠诚的阿加斯猎犬给予颂扬。当经历了长期漫游的尤利西斯（Ulysses）归来时，没有人还记得他，只有自己过去的爱犬认出了他，狗顿时来了精神，用它最后一点力量向主人致敬，然后闭上了自己的眼睛。而荷马通过对牧人欧米斯与狗之间关系的细腻描述，生动表现了人类与狗由来已久的感情关系。无疑，这种关系在文学创作中留下了动人的情节。从古到今，从文明诞生时期野性的狼到人类最好的朋友狗，一直是世界文学，特别是西方文学中最流行的主题，狗开始拥有了自己特殊的编年史，不断出现在各种文学体裁中。比较早的，比如在乔叟（Chaucer）的《坎特布雷故事集》（*The Canterbury Tales*）中就出现了狗的身影。至于在《伊索寓言》中，狗出现的次数就更多了，而且经常与自己的祖先狼面对面，表达了人类文化心理中很多的矛盾冲突。可见，西方文化及文学中的狗，和狼一样，是一个悠长、复杂、变化多端的角色。显然，它在不同时期、不同语境中充当着不同的角色，但是从来没有离开过文化艺术的视野。

在这个过程中，狗实际上为人类了解自己提供了多重镜像，人们从狗的生存状态中往往最能够感受到自己，体验到人性在狼性与狗性之间徘徊的处境。所以，人类之所以不能完全从狗那里得到满足但是又依恋狗，是出于一种对自己的怜悯。例如，莎士比亚笔下的朗斯对狗的同情与依恋，恰恰表达了人物自己的处境与心境，当他语无伦次地说"我就算是狗；不，狗是他自己，我是狗——哦，狗是我，我是我自己"的时候，所唤起的恰巧是他自己内心深处的自卑自恋意识，与他作为一个低下的仆人的状态相符。如果是强者或者权力者，是不会让自己成为狗的。

至于莎士比亚在《维洛纳的两位绅士》（*The Two Gentlemen of Verona*）中所表现的朗斯与自己爱犬克来勃（Crab）的亲密关系，至今还让人津津乐道。在剧中，朗斯是主人公普洛丢斯的仆人。刚一上场，就是对克来勃一大段的抱怨。因为要跟随主人离家到京城去了，全家人都伤心落泪，而朗斯最难舍难分的却是自己的克来勃，以至于伤心到了语无伦次的地步：

> ……我想我的狗克来勃是最狠心的一条狗。我的妈妈眼泪直流，我的爸爸涕泗横流，我的妹妹放声大哭，我家的丫头也号啕喊叫，就是我们养的猫儿也悲伤得乱搓两手，一份人家弄得七零八乱，可是这条狠心的恶狗却不流一点儿泪。……我就算是狗；不，狗是他自己，我是狗

——哦，狗是我，我是我自己。……①

正因为如此难舍难分，朗斯迟迟不愿登船上路，最后在同伴潘西诺的再三催促下才离开。也正是由于这份感情，朗斯后来为了保护爱犬克来勃，甘愿替狗顶罪。请看这一段有趣的台词：

> 一个人不走运时，自己的仆人也会像恶狗一样反过来咬他一口。这畜生，我把它从小喂大；它的三四个兄弟姊妹落下地来眼睛还没睁开，便给人淹死了，是我把它救了出来。我辛辛苦苦地教导它，正像人家说的，教一条狗也不过如此。我的主人要我把它送给西尔维亚小姐，我一脚刚踏进膳厅的门，这作怪的东西就跳到砧板上把腌鸡腿衔去了。唉，一条狗当着众人面前，一点不懂规矩，那可真糟糕！按道理说，要是以狗自命，做起什么事情来都应该有几分狗聪明才对。可是它呢？倘不是我比它聪明几分，把它的过失认在自己身上，它早给人家吊死了。你们替我评评理看，它是不是自己找死？它在公爵食桌底下和三四条绅士模样的狗在一起，一下子就撒起尿来，满房间都是臊气。一位客人说："这是哪儿来的癞皮狗？"另一个人说："赶掉它！赶掉它！"第三个人说："用鞭子把它抽出去！"公爵说："把它吊死了吧。"我闻惯了这种尿臊气，知道是克来勃干的事，连忙跑到打狗的面前，说："朋友，您要打这狗吗？"他说："是的。"我说："那您可冤枉了它了，这尿是我撒的。"他就干脆把我打了一顿赶了出来。天下有几个主人肯为他的仆人受这样的委屈？我可以对天发誓，我曾经因为它偷了人家的香肠而给人家铐住了手脚，否则它早就一命呜呼了；我也曾经因为它咬死了人家的鹅而颈上套枷，否则它也逃不了一顿打。……②

应该说，这种亲密的人狗关系，就是互为镜像的，我们从狗的处境中能

---

① 莎士比亚：《莎士比亚全集》（一），人民文学出版社，1984年，第112—113页。
② 莎士比亚：《莎士比亚全集》（一），人民文学出版社，1984年，第155—156页。

够感受到人，同样从人的状态中能够发现狗的价值。就此来说，狗及狗的多样形态成为我们理解西方文化乃至西方人文化心理的一个重要方面。显然，在欧洲大陆，狩猎不仅一直是社会日常生活的重要内容，甚至连妇女都参加了这项活动，而且也是上流社会文化的标志性活动，所以一直延续到今天还让人们难舍难离。而狗作为人类的帮手，自然会受到艺术家的青睐，这也就为狗文学的繁荣提供了平台。

在种种人与狗的镜像中，弱者的形象最引人注目。也可以说，艺术家之所以常常流露出对狗的溺爱，也往往与自己那颗爱美、敏感的心灵相关。换句话说，在很多情况下，尤其是在一些敏感的、富有同情心的艺术家生活中，狗是弱者的象征，是苦难中忠诚的朋友。例如，在卓别林的艺术生涯中，狗始终伴随在其左右。毫无疑问，卓别林所扮演的最成功的角色，正是那些弱势人物。

相同的情景我们还可以从俄国作家的创作中看到，例如，在陀斯托耶夫斯基的《死屋手记》中，狗是囚犯最忠实的朋友，当主人公从监狱出来，第一个来迎接他的正是自己的狗，这使他感受到了真正的慰藉。

除此之外，最令人难忘的是屠格涅夫笔下的木木——那只可爱可怜的小狗。它不仅能够唤起那种久远的原始记忆，勾起人们对那种原始的、完全出于内心深处的信任感的向往，而且使人们身临其境地感受到了人与狗之间那种相依为命的情感联系。在作品中，一个残疾人之所以如此珍爱一只捡来的小狗，是因为他从这只狗那里获得了同样无私、无功利的信任感。而这种彼此信任，在作者看来，是建立在一种生命意识相通、相融的基础上的。正因如此，这种信任才能保持到生命的最后一刻，请看：

> ……他丢开桨朝着木木俯下头去，木木正坐在他前面一块干的坐板上（船底积满了水），动也不动一下，他把他那两只力气很大的手交叉地放在"她"的背上，在这时候，浪渐渐地把小船朝城市的方向冲回去，后来盖拉辛很快地挺起身子，脸上带着一种痛苦的愤怒，他把他拿来的两块砖用绳子缠住，在绳子上做了一个活结，拿它套着木木的颈项，把

"她"举在河面上，最后一次看"她"。……"她"信任地而且没有一点恐惧地回看他，轻轻地摇着尾巴。他掉开头，眯着眼睛，放开了手。……盖拉辛什么也听不见……他听不见木木落下去时候的尖声哀叫，也听不见那一下很响的溅水声，……①

这是最后的信任，木木让所有的读者感动。在这最后，也是最悲哀的时刻，木木毫无怨恨地接受了主人对它的处置，用一种无言的顺从回报了主人对它的爱恋，在人类记忆中留下了一种刻骨铭心的印记。

所以，诺贝尔文学奖获得者美国作家尤金·奥尼尔，在《一只狗的遗嘱》中的所言，使众多爱狗者铭记于心："除了爱和信赖，我没有什么值钱的东西可以留给他人。我将这些留给所有爱过我的人，首先要留给我的男主人和女主人，我知道他们会为我的离去献上最深切的哀悼。"

我相信，这篇礼赞同样适合写给俄罗斯的木木，也应该刻在纪念木木的纪念碑上。可惜没有，据报道，人们最近在彼得堡特意建立了一座特殊的"木木"纪念碑，以纪念一百五十年前屠格涅夫的短篇小说《木木》的发表，而木木的雕像旁，只有盖拉辛的雨衣和靴子。与此同时，就在纪念碑揭幕的日子，出于一种对作者、作品中的主人公和木木的极其复杂的感情，人们举行了对这只无辜被害的小狗的悔罪仪式。

因为人们至今还难以理解这样一个问题：盖拉辛最后为什么要亲手杀死木木？其实，今天我们不禁还要发问，人们在为谁、为什么悔罪？这确实是一个值得反省的问题。是为那个不能言语的盖拉辛悔罪呢，还是为长期以来已经丧失了太多的忠诚和信任品质的人类悔罪呢？也许人们都承认，狗是人类最忠实的朋友，但是人是否也是狗的最忠实的朋友呢？显然，我们不得不在这里打一个大大的问号。

可见，《木木》的意义远远超过了一个农夫与一条狗的关系范畴，也不仅仅表现了一个作家对人性状态的体验与看法。有人认为，作品中的盖拉辛当

---

① 屠格涅夫：《屠格涅夫中短篇小说集》，萧珊、巴金译，四川人民出版社，1981年，第36页。

然值得同情，但是那条可怜的狗更值得怜悯。盖拉辛是一个受损害和被压迫者，但是当他把这种损害与压迫转嫁到木木身上，并亲手把自己的爱犬淹死时，无疑反映了他最终也难以摆脱人类内心深处的残酷与不义。不用说，人们在缅怀这条悲惨的狗的时候，不得不为人类自己长期以"宇宙的精华"自居的傲慢心理感到惭愧，因为一百五十年以来的人类实践告诉我们，在很多情况下，人类并不比狗更强、更好、更文明，地球上最危险、最丑恶的动物有时候恰恰是人。

但是，也可以从另外一个角度替可怜的盖拉辛进行有理的辩护：盖拉辛不得不杀死木木，是因为他太爱木木了，已经把自己的生命和木木融为了一体，因此他不能承受木木被别人杀死或者活着继续受侮辱的情况。换句话说，他杀死了木木，其实也意味着杀死了"自己"，灭绝了自己对世界上所有一切的兴趣，从此他只是作为一个承受苦难的躯体而活着——这正是作品结尾处所要点明的。

读到《木木》，我们会想到同样感人的《邢老汉和狗的故事》，这是中国作家张贤亮写于1979年的小说作品。从这部东方小说中，我们或许能够找到想在《木木》中寻找到的答案。作品是从画家韩美林的一幅狗的水粉画开始的，特别是画家给这幅画的题名《患友》，深深吸引住了故事的叙述者。对此，作品中这样写道：

> 我认为，这绝不是画家在故作玄虚，也不是虚构的人格化的动物形象，一定是画家对实有其狗的小友的纪念。果然，后来我听说，画家在患难中身边的确有过这位小友，而它最后竟死在"四人帮"爪牙的棒下。"患难小友"！我想，当一个人已经不能在他的同类中寻求到友谊与关怀，而要把他的爱倾注到一条四足动物的身上时，他一定是经历了一段难言的痛苦和正在苦熬着不能忍受的孤独。有些文学大师就曾经把孤独的人与狗之间的友谊作为题材写出过不朽的作品，譬如屠格涅夫和莫泊桑；而自然科学家布丰（Buffon）也曾用他优美的笔触对狗做过精彩的描述。据他说，狗是人类最早的朋友，又说，狗完全具有人类的感情和人类的

道德观念。也许这说得有些过分,不过要是有人问我:你最喜欢什么动物?我还是要肯定地回答:狗!因为我自己就曾亲眼见过一条狗和一个孤独的老人建立的亲密友谊。

如果说这篇小说的缘起是屠格涅夫的《木木》,我们同样会欣然接受。看来,张贤亮写这篇小说并不是一时兴起,而是孕育了很长时间。在这之前,他已经接触过包括屠格涅夫在内的很多作家写狗的作品,并且都深有感触。

其实,作品中的邢老汉有着与《木木》中盖拉辛相同的生活处境与命运,他极其平常,是一个约莫六十岁的孤单老人,个子不高不矮,背略有些驼,独自住在一间位于村子边缘、孤零零的土坯房内,门口有一棵孤零零的高大的白杨树,家里仅有的就是一铺炕和两个旧得发黑的木板箱,"出门一把锁,进门一把火"就概括了他的生活。也许正因如此,邢老汉与狗相依为命,并且建立了难分难舍的亲密关系,狗成了邢老汉唯一的情感安慰:

邢老汉和他的狗是形影不离的伙伴,他赶车出差时也领着它,人坐在车辕上,狗就在车的前前后后跑着。如果见到什么它感兴趣的东西,它至多跑上前去嗅一嗅,然后打个喷嚏,又急忙地撵上大车。要是邢老汉在庄子附近干活,那么一到了收工的时候,狗也跟一群孩子跑出村去,孩子们欢天喜地地迎接他们的爸爸妈妈,把爸爸妈妈的铁锹或锄头抢下来扛在肩上,而狗见了邢老汉就一下子扑上去,舐他的脸,舐他的手,两只耳朵紧紧地贴在头上,尾巴摇摆得连腰肢都扭动起来。

这条狗对主人的感情是真诚的,因为邢老汉一年才分得二三百斤带皮的粮食,搭上一些菜也只能勉强维持自己的温饱,并没有多余的粮食喂它,但在邢老汉烧火做饭的时候,它总守在他身边,一直等到邢老汉吃完饭锁上门又出工了,才跑到外面找些野食。它好像也知道主人拿不出什么东西来喂它,从来不"呜呜"地在旁边要求施舍。它守着他,看着他吃饭,完全出于一种真挚的依恋感,因为社员们只有在吃饭的时候才在家里。要是到了晚上,休息的时候当然比较长一些,邢老汉吃完饭,就噙着烟锅抚摸着它，要跟它聊一会儿。

"今儿上哪里去啦？我看肚子吃饱了没有？狗日的，都吃圆了……"有时他伸出食指点着它，吓唬它说："狗日的，你要咬娃娃，我就给你一棒。他们逗你，你就跑远点，地方大着哩。可不敢吓着娃娃……"其实他从来没有打过它，它也完全不必要受这样的教训。它是温驯的，孩子还经常骑在它身上玩。

到了过年过节，生产队也要宰一两只羊分给社员，邢老汉会对它说："明儿羊圈宰羊，你到羊圈去，舐点羊血，还有撂下的肠肠肚肚的……"尽管社员们一年难得吃几次肉，可是邢老汉吃肉的时候并不像别人那样把骨头上的肉都撕得精光，他总是把还剩下些肉屑的骨头用刀背砸开，一块一块地喂给他的狗。"好好啃，上边肉多的是，你的牙行，我的牙不行了……"邢老汉跟人的话不多，但和他的狗在一起是很饶舌的。这个孤单的老人就只有和他的狗消遣寂寞。对他来说，这不是一条狗，而是他身边的一个亲人。在那夏天的夜晚，在生产队派他看菜园时，只有这条狗陪他一起在满天蚊虫的菜地守到天明；在冬天，他晚上喂牲口，也只有这条狗跟着他熬过那寒冷的长夜，天亮时，狗的背上，尾巴尖上，甚至狗的胡须上都结上一层白霜。虽然狗不会用语言来表示它对老人的关心，也不会替他赶蚊子或是拢一堆火让他烤，但它总是像一个忠诚的卫兵一样守护着他，就足以使老人那因贫穷和劳累而麻木了的人性感动了。很多个夜晚，他都是搂着它来相互取暖，在万籁俱寂的深夜，好像世界上只剩下他和他的狗了。

与狗相依为命的故事很多，但是如此具体、细腻的描述依然使人非常感动。况且邢老汉是一个如此善良、勤劳、朴实的农民，竟然沦落到如此可怜的境地，连作为一个人最基本的人间温暖、信任和安全感都得不到，只有依赖一条狗来获得一点安慰。这在无形之中形成了对人性乃至人类文明的嘲讽，人类经过数万年的努力建立了文明社会，但是无法为一个朴实的庄稼汉提供比一条狗更多的生命尊严与意义，由此我们完全可以说，这条可怜的狗就是中国农民的一面镜子,镜子深处还隐隐约约显露着阿 Q 的身影。其实,邢老汉是有过家,有过女人的,但是由于种种天灾人祸,他失去了一切。而更悲惨和不幸的是,如盖拉辛和木木所面临的困境一样,就仅有的这么一点安慰,社会也要继续进行剥夺,把人性的尊严推向绝境。于是,就连邢老汉的良心最后也不得不面对同样的考验:

> 他轻轻地拍着他的狗,就像拍他的孩子一样。我们中国农民在不可避免的灾难面前总是平静和忍耐的,他又一次发挥了这一特性。他既然发现了他的生活已经失去了意义,留着一条狗又有什么用?而且,这条狗的生命居然和全队人今后的生活有关系。他自言自语地说:
> "你先走吧,随后我就来。"

大家知道,同样的考验曾经也降临在盖拉辛身上,当不得不亲自把心爱的狗送上死路的时候,他的良心同样充满痛楚和践踏,但是,在张贤亮的笔下,实施这一残酷行为的原因似乎得到了解释:当人的生活失去意义之后,狗的生命意义又在何处?

于是,最后的悲剧终于发生了:

> 第二天早晨,他把狗喂得饱饱的放了出去。还没到晌午,他在场上听见马圈里突然响起一声清凄的枪声。他知道这准是对着他的狗放的,心里猛然泛起一阵内疚和懊悔。当他跑到马圈去时,行刑的人已经扬长而去了,只有一群娃娃围着他的狗。狗展展地侧躺在地上,脖子下面流出一缕细细的殷红的鲜血,一只瞳孔已经放大的眼睛,和那个要饭的女人的眼睛一样,露着惊惧不安的神色斜视着碧蓝碧蓝的天空。
> 邢老汉垂着头站在狗的尸体旁边,全身颤抖地号啕大哭。

狗死了,尽管不是邢老汉亲手所杀,但是他的良心永远不会再宁静,所以,他的号啕大哭不仅是为狗,更是为自己;不仅是为自己的生活与命运,更是为人类的良心和精神状态，人类正在把自己推向无情无义、无尊严的境地。

也许，这就是文明的代价，但是，首先是狗，作为人性的替代，为人类付出了生命，警示人类悬崖勒马，不要在邪恶和堕落的路上走得太远，不要失去人性中最基本的关爱和尊严。

当然，有卑贱的狗，也有渴望成为狼的狗。这一点我们同样可以从莎士比亚的台词中得到印证，正如我们已经引用过的，在莎士比亚戏剧《裘力斯·恺撒》中背叛恺撒的凯歇斯就发出感叹："罗马人现在有的是跟他们的祖先同样的筋骨手脚；可是唉！我们祖先的精神却已经死去，我们是被我们母亲的灵魂所统制着，我们的束缚和痛苦显出我们缺少男子的气概。"还有，"那么为什么要让恺撒做一个暴君呢？可怜的人！我知道他只是因为看见罗马人都是绵羊，所以才做一头狼；……"①

这种古代的期待实际上依然在现代生活中流传。尽管随着历史的演进，人类状况的改变，狗不再帮人打猎牧羊，守护家园——这些似乎已经成了历史记忆和昔日幻象，人们也只能通过虚构的画面来怀念那些历史记忆，但是，人类并没有放弃对威武勇敢的狗的培养。例如，人类通过新的方式来训练狗，以期达到自己的目的。在新型的警犬训练基地，被选中的狗被带入了一个全新的环境之中，按照一系列制定好的科学程序进行训练，其结果也要通过一系列既定的标准进行考核。在现代社会中，训练有素的警犬已经成了人们侦破罪案、抓捕罪犯的得力助手，它们在关键时刻所表现出的英雄本色仍然让人惊叹不已。20世纪70年代有一部日本连续剧《警犬卡尔》，就表现了一条聪明勇敢的德国牧羊犬的神奇破案本领，它忠诚，主持正义，不仅能够帮助警察在复杂情况下排除障碍，在扑朔迷离中锁定真凶，而且总能在危难之际及时出现，解救人质、制服歹徒，不可思议地完成惊险的任务，因此成为广大观众心目中的"英雄"。

当然，现代的狗英雄在很多方面，已经不同于自己的先辈了。它们已经

---

① 莎士比亚：《莎士比亚全集》（第8卷），朱生豪译，人民文学出版社，1978年，第226—227页。

不再在丛林中帮助猎人搜捕猎物，而是转移到了城市之中，所面对的"猎物"也不再是其他野性动物，而可能是人，或者是新的"猎物"，比如毒品、伪钞等。由此，人们对狗的潜能也进行了新的开发和利用，例如，人们根据狗所具有的超乎人类很多倍的灵敏嗅觉，把它们训练成了具有特殊能力的警犬，继续帮助人们"捕猎"。目前，很多国家已经把狗嗅气味作为提审证据，进行有效的身份鉴别，因为研究证明，使用体味辨认疑凶身份的精确度跟指纹和DNA辨认没有太大差异。优秀的警犬即使在混杂多人的气味中，也能成功辨认出罪犯。所以，警犬技术已经在各种案件和执行任务中使用，在边防检查、毒品稽查、刑事案件侦查等各方面都有广泛应用。警犬已经是侦查人员最得力的助手之一，有许多名犬在缉毒、刑事侦查、边防检查中屡建奇功。

这样的狗依然受到人们的青睐，例如，《警犬追杀令》就是一部表现警犬的美国电影。警犬 Eleven 是联邦调查局特工默多克的忠实搭档，但是面临着被当地的黑帮老大桑尼-塔利亚的追杀，原因无非是它太出色了，尤其是对毒品的嗅觉异常灵敏，使贩毒集团坐立不安。这位黑帮头目派出去的杀手太蠢，没办法干掉这个"四脚特工"。故事的结局当然是皆大欢喜，勇敢的"四脚特工"挫败了黑帮的阴谋，而联邦探员默多克也重新找到了自己的搭档。

可见，人对狗的依赖还有很长的路可走，尽管当今人类已经完全主宰了世界，但是人类在心理上还存在着种种忐忑不安的情绪。显然，这种在科学技术不发达的社会，或者在战争环境中发生的狗的英雄故事，到了现代社会，特别是太平盛世，已经越来越少了。和平时代，狗则更多地成为人类的朋友，填补人们心理上的空虚。所以，人们尽管为了自己的需要，已经在很大程度上改变了狗，但是却改变不了自己内心的期待：希望能够有所陪伴地走向未来，而不是孤独地迎接世界的末日。

十五、心有灵犀：艺术家与狗的故事

于是，艺术家与狗，成了人类历史上迷人的传奇。而艺术家与狗心有灵犀的故事，更是为人类精神文化史提供了生动的注脚。

当狗加入人类生活之后，人类艺术创造中就出现了狗的身影。因此，狗受到一些艺术家的宠爱并不奇怪。尤其是在文艺复兴之后，在一些艺术家的画室里，狗会得到特别的优待。艺术家们热衷于养狗，并把它们带到工作室，期望能够激发自己的创作灵感。

这种热衷于狗的情结一直影响着西方的文化心理与艺术创作。即便不直接写狗和表现狗，它也会像影子一样伴随着艺术家的灵魂。例如爱米丽·勃朗特（Emily Bronte，1818—1848），这位维多利亚时代伟大的女作家，曾经在《呼啸山庄》（*Wuthering Heights*）中对人性中的狼性进行过深刻透视，却对狗表现出相当崇敬。1838 年，她还把创作中的灵感转移到了绘画上面，创作了水彩画《保持者》（*Keeper*）。由此我们想到了西方家喻户晓 的《小红帽》的故事。随着工业化、城市化时代的到来，原野和森林已经远去，人们已经再没有机会与狼相遇，与狼同行了，在这种情况下，与狗同行，与狗对视，在与狗的亲密接触中，或许能够弥补心灵深处的某种失落感，获得某种心灵上的慰藉与启迪——况且这是一种安全，甚至温柔的触动，在新的文化氛围中持续着历史的回忆与畅想。

实际上，随着人类社会的发展，艺术家"遇狼"的机会已经大大减少，他们只能通过狗来跟自然对话。因此，在这里，我们听到了人狗之间由来已久的对话。这是人与狗之间的对话，也是人与自然、人与自己良心的对话。

在这方面，很多作家都有深刻的期盼与体验。例如，福楼拜（Gustave Flaubert）在《包法利夫人》（*Madame Bovary*）中，就为寂寞无奈、内心渴望无处诉说的主人公，提供了一条叫嘉莉的狗：

> 她喊她的小猎狗嘉莉过来，把它夹在两个膝盖中间，用手指抚摸它细长的头，对它说："来，亲亲你的女主人，你哪里知道世上还有忧愁啊！"
>
> 然后，她看到这条细长的小狗慢悠悠地打呵欠，仿佛露出了忧郁的神气，于是又怪自己对它太严，将心比心，高声同它诉说起来，仿佛自己不该错怪了它，赶快安慰几句，将功补过似的。有时海上忽然刮起一阵狂风，一下就席卷了科州的高原，把清凉的咸味一直带到遥远的田地里。灯心草倒伏在地上，噓噓作响，山毛榉的叶子急促地颤抖，树梢也总是摇来摆去，不断地呼啸。艾玛把披巾紧紧裹住肩头，站了起来。
>
> 林荫道上，给树叶染绿了的光线，照亮了地面上的青苔；她一走过，青苔就发出轻微的咯吱声。夕阳西下，树枝间的天空变得通红，大同小异的树干，排成一条直线，仿佛金色的布景衬托着一行棕色的圆柱；她忽然觉得害怕，就叫唤着嘉莉，赶快走大路回到托特，精疲力竭地倒在扶手椅里，整个晚上没有说话。

我们无法明白包法利夫人最终从这条小狗那里得到了什么，但是可以肯定的是，如果没有它，她的孤独和寂寞会更加难熬。对于这一点，即便是走南闯北的男人也深有体会。例如，在 J. R. 沃勒的《廊桥遗梦》（*The Bridges of Madison County*）中，到处奔波的摄影家罗伯特·金凯，就曾千百次私心窃望有一条狗："或许是一条金色的猎狗，可以伴他作这样的旅行，并且在家里同他做伴。但是他经常外出，多数是到国外，这对狗来说太不公平。不过他总是想着这件事。"后来，他果真有了一条金色的猎狗，起名叫"大路"，伴随着他继续到处旅行。他在给自己心爱的女人的信中说，当他感到自己已经被世界遗弃的时候，就与"大路"共处几天。

这是一个孤单男人的感受。人类往往在孤独的时候，感到难以得到人间真情的时候，会格外怀念狗的存在。当然，我们也不知道这位摄影家在与自己的狗相处的几天中获得了什么，他们之间有什么交流，但是我们相信，这种感受在不同男人的生活中会有不同的表现，而狗总是一如既往地给予不同的应答。尤其对于孤独的男人来说，在漫长的人生征途上，狗往往是唯一的忠实伴侣，不仅能够给予主人最多的温情与安慰，而且随时为主人排忧解难，承担风险——这在古代社会造就了无数关于狗的英雄传奇。

于是，在很多艺术作品中，我们都听到了人与狗之间充满痛楚的对话。这时候，人类不仅从狗的生存状态中看到了自己，而且感受到一种在人世间无法得到的慰藉。在现实生活中人们遗失的人性，却在与狗的对话与交流中得到某种恢复。

在这方面，俄罗斯作家给予我们的最多。例如，在19世纪俄罗斯文学的创作中，契诃夫是一个洞察人与狗之间关系的大家，特别在表现"小人物"悲惨处境的过程中，狗往往是其小说中绝妙的参照和对比，由此不仅突出了人之生存状态的可悲和可怜，也揭示了人物心理品质与精神素质上的卑贱与低下。

《人与狗的谈话》就是最好的例子。一个公务员罗曼索夫在醉醺醺的情况下，开始吐露自己为人的卑贱与可怜："人其实就是尘埃，是幻影，是灰烬……"而当面对一条狗向他"汪汪"叫的时候，不由得敞开了自己心扉，进行了一场绝妙的与狗的谈话：

> "啊啊，……你咬人？很好，行啊。那咱们就记住这一点。这样说来，你根本不管人是宇宙之主，……万兽之王？由此可见，就连巴威尔·尼古拉伊奇你也能咬一口？是吗？大家见了巴威尔·尼古拉伊奇都叩头，可是你却把他看得跟别的东西一样？我把你的想法了解对了吗？啊啊，……

那么，可见你是个社会主义者？慢着，你回答我的话。……你是社会主义者吗？"

"呜呜呜……汪汪！"

"等一等，你别咬。……咦，我在说什么来着？……哦，对了，我在说灰烬。你吹一口气，他就无影无踪了！扑的一声就没了！……那么请问，我们活着是为了什么？……灰烬！人一个钱也不值！你呢，是一只狗，什么也不懂，要是你能……钻进人的灵魂里去就好了！要是你能领会人的心理活动就好了！"

罗曼索夫摇摇头，啐口唾沫。

"一塌糊涂。……你以为我是罗曼索夫，十等文官，……自然界之王。……你错了！我是寄生虫，是接受贿赂的家伙，是伪君子！……我是坏蛋！"

阿历克塞·伊凡内奇伸出拳头捶自己的胸口，哭起来。

"我告密，我搬弄是非。……你以为叶果尔卡·柯尔纽希金不是因为我使坏而被革职的吗？啊？那么请您容许我问您一句，是谁私自拿走委员会的二百卢布，却把罪名栽在苏尔吉切夫身上的？难道不是我吗？坏蛋，假充正经。……犹大！拍马屁，拿贿赂，……下流胚！"

罗曼索夫用袖口擦眼泪，哭起来。

"你咬我吧！你吃了我吧！有生以来，我从没有听人对我说过一句正经话。……大家光是心里把我看作坏人，可是当着我的面，除了恭维和笑脸之外，啥也没有！哪怕一个人打我一个嘴巴，骂我一顿也是好的！你吃了我吧，你这只狗！你咬我！你把我这该死的撕得粉碎！你把这个丧尽天良的人吞下肚去吧！"

罗曼索夫身子摇晃一下，扑到那只狗身上。

"对，就这样咬！把我的丑嘴脸撕碎！不要可怜我！虽然我痛，你也不用留情。诺，这两只手你也咬吧！啊哈，流血了！你活该，寄生虫！咬得对！多谢，茹奇卡。……不过，你到底叫什么名字来着？多谢……你把这皮大衣也撕碎。没关系，反正这是不义之财。……我把一个熟人出卖了，就拿我得来的钱买了这件皮大衣。……我这顶有帽徽的帽子也是这样来的。……不过，我在说什么来着？……现在该走了。……再见，亲爱的小狗，……小坏包。……"

"呜呜呜……"

罗曼索夫把那条狗摩挲一下，让它再把他的腿肚子咬一口，然后裹紧他的皮大衣，脚步歪斜，慢腾腾地往他的家门口走去。……①

这是人类难得一次吐露自己心声的机会，让契诃夫用他那支生动的笔记录了下来。我们在历史上不难发现，人类精神领域中很多的纪念文字，都是一些动物，尤其是狗用自己的生命证明和谱写的，它们用自己无言的行为呼唤着人世间的忠诚与信任。

无疑，相对人类对于自身心灵状态的关注而言，没有比从狗身上找到自己更欣慰的了。这是人在与狗的对话与交流中，获得的最刻骨铭心的体验。对此，米兰·昆德拉的创作为我们提供了另一种思考和选择。昆德拉说："狗是我们与天堂的联结。它们不懂何为邪恶、嫉妒、不满。在美丽的黄昏，和狗儿并肩坐在河边，有如重回伊甸园。即使什么事也不做也不觉得无聊——只有幸福平和。"在《生命不可承受之轻》中，作者就试图通过人与狗的关系，来表现一种尴尬的人生或艺术景况。其中对那只小狗命名的描写，就十分有趣。

在作品中，托马斯在特丽莎特别痛苦的时刻，不但娶了她，而且送给她一条德国牧羊犬与一条圣·伯纳德种狗生的杂种母狗。托马斯开始时让狗叫"托尔斯泰"，但特丽莎却觉得"安娜·卡列尼娜"更合适（因为是母狗），后来决定叫"卡列宁"，因为它长得实在太滑稽了，太没有"母"相了。粗看，这好像是很不经意的一笔，但是越到后来就越发显得并非如此。到了第七章"卡列宁的微笑"，作品开始真正触及了"人与狗"的息息相关的命运。当卡列宁得了癌症时，痛苦的特丽莎回忆起很多年以前读到的一则短新闻，

---

① 契诃夫：《契诃夫小说全集》（三），汝龙译，上海译文出版社，1995年，第247—249页。

"仅仅两行字,谈的是俄国某个确切的城市,所有的狗怎样统统被射杀",结果导致了人的丧心病狂的报仇泄愤的行动,最后涉及了人,"人们开始从工作岗位被赶走,被逮捕,被投入审判。"① 正是从这里,作者引申出了对人类美德的思考,引申出了尼采1889年看到的一个马夫鞭打一匹马而跑上去抱住马头放声大哭的情景。可以说,这只小狗虽然叫卡列宁,但是它始终带着托尔斯泰的仁爱胸怀和安娜·卡列尼娜敏感的心灵,并且预示着小说的结局。

可惜,这只小狗得了绝症。(这是否象征着无可救药的人"根本性的溃裂"呢?)如果对此我们不便妄加猜测的话,那么,作者从这条杂种狗那里所获得的人性的启示是非常显而易见的。例如特丽莎就有如此感悟:

> 她还是孩子的时候,无论何时见到母亲带有经血污痕的卫生纸,就感到作呕,恨母亲竟然寡廉鲜耻不知把它们藏起来。然而卡列宁毕竟也是雌性,也有它的生理周期。它每六个月来一次,一次长达两个星期。为了不让它弄脏房子,特丽莎在它的两腿之间塞上一叠脱脂棉,用一条旧短裤包住,再用一条长丝线很巧妙地把它们紧紧系在身上,她看着这个能对付每次整整两个星期的装备,笑了又笑。

> 为什么狗的行径使她开心和欢心,而自己行径却使她恶心呢?对我来说答案似乎是简单的:狗类不是从天堂放逐出来的。卡列宁绝对不知道肉体和灵魂的两重性,也没有恶心的概念。这就是特丽莎与它在一起时如此轻松自如的原因。(也正因为如此,把一个动物变成一个活动的机器,一头牛变成生产牛奶的自动机,是相当危险的。人这样做,就切断了把自己与天堂连接起来的线,在飞越时间的虚空时,他将无所攀依和无所慰藉。)②

---

① 米兰·昆德拉:《生命中不可承受之轻》,韩少功译,敦煌文艺出版社,2000年,第241—242页。
② 米兰·昆德拉:《生命中不可承受之轻》,韩少功译,敦煌文艺出版社,2000年,第249页。

确实，在西方文化意识中，狗与狼不同，它不是从天堂放逐出来的，但是正因如此，它拥有了一份特殊的神性。对于昆德拉来说，狗的这份神性更接近人性，使它能够真正超越灵与肉之间的冲突和矛盾。所以，卡列宁从一开始出现，就承担着一种"拯救"人类的意义。

在小说中，"卡列宁的微笑"是最后一章，小狗最后的命运不仅和作品中人物紧密相连，而且表达了作者对小说艺术的深入思考。昆德拉在1985年获得耶路撒冷文学奖的典礼上发表演讲，曾特别提到一句犹太谚语"人们一思索，上帝就发笑"，并且说，"这句谚语带给我灵感，我常想象拉伯雷有一天突然听到上帝笑声，欧洲第一部伟大的小说就呱呱坠地了。小说艺术就是上帝笑声的回响。"①

显然，昆德拉是一个爱思考的小说家，他在小说中从来没有停止过思考。而他之所以如此，是因为他自己往往在小说的结尾才听到"上帝的笑声"——也许这就是一只叫卡列宁的杂种狗发出的。

显然，卡夫卡所体验的"做狗"，已经是被人类文化所驯服和改造的狼了，它早已经失去了其祖先的性情和威风，它已经是宠物，而不是野兽了。至于野性的狼何以变成了家养的狗，又何以沦落到这种境地，已然成为一个文化之谜。我们可以从不同角度来重新回顾、反省和思考这段历史。

也许狼进入人类神话传说，是一种自然注定的命运。其实，只从想象和虚拟的角度来理解这些神话传说是不妥当的，因为对一些原始部落生活的人们来说，狼在他们具体的社会组织中扮演着不可或缺的角色，与他们的日常生活紧密相连。而在后来的日子里，尽管狼已经退出了人类生活，但是我们从有关狗的文学中，仍然可以看到人与狼的某种复杂的生活和情感联系。这一点在杰克·伦敦的作品中得到了很好的体现，他在很多作品中描写半狼半狗或者狗与狼相伴相争的故事。

显然，人类世界就是这样一步步在地球上扩大的，而狼的地盘也是这样一天天缩小甚至失去的。杰克·伦敦的小说现在已经成为传奇，而不是写实

---

① 米兰·昆德拉：《生命中不可承受之轻》，韩少功译，敦煌文艺出版社，2000年，第268页。

主义小说。在电脑前长大的一代人正在把一切都看成是虚拟的，而把一切虚拟的都看成是现实的。

因为人的行为已经改变了。狼一旦接受人类的驯化，就不得不按照人类的意志改造自己，在不同的时期根据人类的需要繁殖自己的后代。在这个过程中，狼与狗之间的界限越来越分明了。由于它们的生存差别越来越大，生活越来越隔绝，关系越来越疏远，其自然的亲缘关系也就越来越淡薄了，自然界中的狼有了新的遭遇与命运。从此以后，狗距离自己的祖先越来越远了，经过数万年的人工饲养与繁殖，狗已经变得越来越"人化"，不仅其外貌，就是其性情也改变了许多，以至于连人类也难以相信它们曾经是嗜血的野兽。

例如，藏獒的命运就是如此，据说这是亚洲狼与欧洲狼杂交生出的一个非常古老品种的狗。世界上体形最大的猛犬，在西藏有雪域雄狮的美称，当地人称赞它"像黑熊一样强壮，像豹子一样敏捷，像猎人一样聪明"，藏獒被喻为"天狗"，是护卫草原牛羊的"神犬"。马可·波罗的游记也有对它的描述。藏獒身长四尺，壮似牛犊，头大腿短，强劲凶猛，两只大眼睛炯炯有神。由于生长在高海拔低气温的青藏高原上，藏獒形成了粗犷、凶猛、奔走迅速、嗅觉灵敏的特性，其对陌生人有强烈敌意，对主人却极为亲热。相传，一条成年藏獒能斗败三条恶狼，可以独自看护几百只羊，使金钱豹也不敢走近羊群。藏獒产于中国喜马拉雅山区，还是举世公认的稀有犬种，至今已有二千多年的历史，被国际组织认定为中国独特的犬种。但是，随着狼群的减少，人们已经走上了机器放牧的时代，藏獒由此也失去了往日的价值，成为新的珍稀宠物，而面临着断代绝种的危机。随着藏獒身价的飙升，很多人涌入西藏收购纯种藏獒，更多的人加入了快速繁殖藏獒的竞争中，可以想象，用不了多久，昔日的纯种藏獒就会消失，取而代之的可能是种种憨态可掬的宠物家犬。

也许这就是狗的悲剧，它们不得不按照人的需要和尺度来塑造自己，变得越来越人化。如今人类饲养的家犬已经有数百种，高度从1米到只有几厘米，颜色从白到黑、红、灰、棕等，出现了各种各样的狗，皆是为了适合人类居家及社会环境的需要。由此，比起自己的祖先，如今的狗变化相当巨大，不仅在体形、外貌和行为上已经今非昔比，而且在饮食、居住习惯方面也越来越人化了。例如，从传统上说，家犬属于食肉型动物，但是如今家犬已经习惯吃诸如蔬菜和谷物类食物生存，也就是说，它们和很多热衷于减肥的主人一道，已经成为典型的素食主义者，搭配一些鸡蛋或牛奶就已经非常满意了。令人惊奇的是，就连出身于阿拉斯加的雪橇犬也能够改变自己大量食用肉类的习惯。

在当今世界的宠物排行榜，狗名列榜首。人类视狗为自己的朋友，有些人甚至爱狗如命，惜狗过人，当然，这绝对是有道理的。尤其是在人情淡漠的都市，狗成了家庭宠物，不仅帮主人看家，而且在主人孤独寂寞之时，能够忠心陪伴他们。人在困难之际求救于狗或者在危难之际获得狗的解救，这种故事也是举不胜举。

如果说，当年拉·封丹的寓言诗《教育》表达了人类在文明进程中极其复杂的心理，那么，柏拉图式的"教育"实际上暗示着人类文明的过程，它固然使人与动物的关系变得更优雅，并且改变了一些动物的品性，但是也改变了人类自己，使人类自己的某种本性和天赋逐渐遗失。

不得不说，我们今天更需要狗，更需要与狗同行。因为人类最高精神境界的追求和内心最深层的原始欲望是一对孪生兄弟，它们永远不可能互相分离。也许正因如此，人类需要一种缓冲，一种中介，一座桥梁，使自己的心智、文化与自然世界联系起来，并不间断地进行交流。

狗，恰恰在这种联系中扮演着一个重要角色。

于是，艺术家创造了种种机会让我们与狗接近。我们知道 20 世纪初的弗洛伊德是通过狼来解释人类的潜意识的，但是他在家里经常接触的是狗。我们不知道他在同狗的亲密接触中到底意识到了什么，但是他对禁忌（Taboo）的分析有助于我们理解人、狼、狗之间的关系。他认为，禁忌是人类早期克服自己欲望的一种形式。为了防止自己再回到动物界，为了进一步巩固自己的文明成果，人类不得不制定很多禁忌，使人类远离充满残忍、乱伦、通奸等毫无伦理秩序的原始状态。但是，这是否意味着人类能够一下子摆脱狼的阴影呢？或者说，人类真的能够从此义无反顾地告别狼的时代，和动物世界一刀两断，沿着人化（或称文化）的道路越走越远，再也不留恋自己的过去了吗？当然不是，也不可能。荒漠、旷野、森林、月夜、清风等，人类不仅永远和自然美景连在一起，更和自己内心永远无法泯灭的对自由的追求和向往一脉相连。

由此，我们可以从另外一个角度来理解人类对狗的态度。人们如今如此宠爱狗，给它戴上了各种各样的花环，并不只是为了远离狼，相反，也许这正是自己重温旧梦的一种补救形式，因为狗的祖先前辈是狼，所以人们通过狗能够间接地接触狼，由此狗成了一个中介，连接着人与狼的那份难以割舍的情思，同时人们把它们具体化、时尚化了。

可见，做狗还是做狼，不仅是艺术家思考的问题，也是人类日常面对的现实选择。这里面，有残酷的竞争，惊奇的想象，无奈的传奇，悲情的故事，有所有人类问题的最终答案。

还好，在远离旷野与森林的地方，还有狗，它向人类讲述着它的祖先的故事。